Patricia Briggs menait une vie parfaitement ordinaire jusqu'à ce qu'elle apprenne à lire. À partir de ce moment-là, ses après-midi se déroulèrent à dos de dragon ou à la recherche d'épées magiques, quand ce n'était pas à cheval dans les Rocheuses. Diplômée en histoire et en allemand, elle est professeur et auteur. Elle vit avec sa famille dans le Nord-Ouest pacifique.

Patricia Briggs

Le Cri du loup

Alpha & Omega – 1

Traduit de l'anglais (États-Unis) par Éléonore Kempler

Milady

Milady est un label des éditions Bragelonne

Illustration de couverture :
© Daniel Dos Santos

1re édition : novembre 2010
2e tirage : juin 2011
2e édition : mai 2012

ISBN : 978-2-8112-0781-6

Bragelonne – Milady
60-62, rue d'Hauteville – 75010 Paris

E-mail : info@milady.fr
Site Internet : www.milady.fr

Amanda, fashionista, musicienne et artiste coiffeuse,
celui-ci est pour toi.

REMERCIEMENTS

La bande habituelle pour m'avoir rendu des services éditoriaux qui vont bien au-delà des exigences de l'appel du devoir : Michael Briggs, Katharine et Dave Carson, Michael Enzweiler, Anne Peters, et Kaye et Kyle Roberson. Ma patiente et formidable éditrice : Anne Sowards. L'équipe artistique d'Ace, en particulier Daniel Dos Santos, qui continue à m'offrir ces magnifiques couvertures. Et mes sources de recherche : mon cher ami CthulhuBob Lovely (cette fois, j'espère que je l'ai correctement orthographié) ; Shelley Rubenacker et ses copains du *Latin Forum* ; Bill Fansler, officier en chef pour la reforestation à la forêt nationale de Kootenai – et tout particulièrement mon mari, Mike, qui m'aide et m'encourage dans mes recherches depuis des années (lui, contrairement à moi, n'est pas timide au téléphone). Comme d'habitude, si c'est bien, c'est grâce à eux – toutes les erreurs sont de moi.

PROLOGUE

**Nord-ouest du Montana,
Parc naturel des Cabinet Mountains : octobre**

Personne ne savait mieux que Walter Rice que le seul endroit sûr se trouvait loin des gens. Sûr pour eux, s'entend. Le seul problème était qu'il avait toujours *besoin* d'eux, besoin d'entendre des voix humaines et des rires. À sa grande honte, il rôdait parfois à la lisière d'un camping juste pour entendre les voix et faire comme si elles étaient en train de lui parler.

Cela expliquait en partie pourquoi il était allongé sur le ventre dans le raisin d'ours et les aiguilles d'un vieux mélèze d'Amérique à regarder un jeune homme prendre des notes sur un carnet à spirale, après avoir prélevé des échantillons d'excréments d'ours et avoir stocké le sachet plastique partiellement rempli dans son sac à dos.

Walter ne craignait pas que le garçon le remarque : Oncle Sam s'était assuré que Walter savait se cacher et suivre une piste, et des décennies passées à vivre seul dans une des zones sauvages les plus inhospitalières des États-Unis avaient fait de lui une bonne imitation de ces Indiens miraculeusement invisibles qui avaient peuplé les livres et les films favoris de son enfance. S'il ne voulait pas être vu, on ne le voyait pas. En outre, le garçon était aussi doué pour la vie au grand air qu'une ménagère de moins de cinquante ans. Ils n'auraient pas dû l'envoyer au pays du grizzli tout seul : nourrir les ours avec des doctorants n'était pas une bonne idée, ça pourrait leur donner des idées.

Non que les ours soient de sortie aujourd'hui. Comme Walter, ils savaient interpréter les signes : d'ici quatre ou cinq heures une grosse tempête arriverait. Il pouvait le sentir dans ses os, et l'étranger n'avait pas un sac à dos assez gros pour y être préparé. C'était tôt pour une tempête hivernale, mais cette région était comme ça. Il avait déjà vu de la neige en août.

Cette tempête était l'autre raison pour laquelle il suivait le jeune homme. La tempête et ce qu'il fallait faire à ce sujet… Il n'était plus que rarement en proie à l'indécision.

Il pouvait laisser le gamin partir. La tempête arriverait et l'emporterait, c'était la voie de la montagne, du monde sauvage. C'était une mort propre. Si seulement l'étudiant n'était pas si jeune. Dans une autre vie, il avait vu tellement de garçons mourir… On aurait pu penser qu'il s'y serait habitué. Au lieu de quoi, un de plus semblait un de trop.

Il pouvait avertir le garçon. Mais tout en lui se révoltait à cette pensée. Cela faisait trop longtemps qu'il n'avait pas parlé en face à quelqu'un… L'idée même lui coupait le souffle.

C'était trop dangereux. Ça pouvait causer un autre flash-back – il n'en avait pas eu depuis un moment, mais ils surgissaient de manière inattendue. Ce serait dommage qu'il essaie d'avertir le garçon et à la place se retrouve à le tuer.

Non. Il ne pouvait pas risquer le peu de paix qui lui restait en prévenant l'étranger… mais il ne pouvait pas non plus le laisser simplement mourir.

Frustré, il l'avait suivi pendant quelques heures, alors que le garçon enchaînait les gaffes, inconscient du danger, et s'éloignait de plus en plus de la route et de la sécurité. Le sac de couchage sur son sac à dos montrait clairement qu'il avait l'intention de passer la nuit là ; c'était censé montrer qu'il savait se débrouiller dans les bois. Malheureusement, il était devenu de plus en plus évident que cette apparente confiance en lui n'était qu'une façade. C'était comme voir June Cleaver[1] vivre à la dure. Triste. Tellement triste.

Comme voir les bleus arriver au Vietnam tendus et prêts à devenir des hommes, alors que tout le monde savait qu'ils n'étaient que de la chair à canon.

Ce satané garçon attisait toutes sortes de choses que Walter préférait tenir à distance. Mais il n'était pas suffisamment contrarié pour que ça change quoi que ce soit. Pendant une dizaine de kilomètres, lui sembla-t-il, il avait suivi la piste du garçon, incapable de se décider ; sa préoccupation l'empêcha de sentir le danger jusqu'à ce que le jeune étudiant s'arrête net au milieu du chemin.

L'épaisse broussaille entre eux ne lui permettait de voir que le sommet du sac à dos du garçon, et ce qui l'avait arrêté était plus petit. La bonne nouvelle, c'est que ce n'était pas un élan. On pouvait raisonner avec un ours brun ; et même un grizzli s'il n'était pas affamé (ce qui était, selon son expérience, rarement le cas), mais un élan était…

Walter sortit son grand couteau, même s'il n'était pas sûr d'aider le garçon. Un ours brun restait une mort plus rapide que la tempête, même si elle serait plus sanglante. Et il connaissait les ours d'ici, il ne pouvait pas en dire autant du garçon. Il bougea doucement à travers les broussailles, ne faisant aucun bruit alors que les feuilles de tremble mortes jonchaient le sol. Quand il ne voulait pas faire de bruit, il n'en faisait pas.

---

1. June Cleaver est un personnage de série télévisée, représentant l'archétype de la mère de famille américaine des années 1950. (*NdT*)

Un frisson de peur le traversa au son d'un grognement grave qui fit grimper son taux d'adrénaline en flèche. C'était un son qu'il n'avait jamais entendu ici, et il connaissait chaque prédateur qui vivait sur son territoire.

Encore un mètre, et plus rien ne lui bouchait la vue.

Là, au milieu du chemin, se tenait un chien, ou plutôt ça ressemblait à un chien. Au début, il crut que c'était un berger allemand à cause de sa robe, mais quelque chose clochait avec les articulations antérieures, qui le faisaient plus ressembler à un ours qu'à un chien. Et c'était plus grand que n'importe quel foutu chien ou loup qu'il ait jamais vu. Il avait des yeux froids, des yeux de tueur, et des dents incroyablement longues.

Walter ne savait peut-être pas comment le nommer, mais il savait ce que c'était. Il voyait dans les traits de ce fauve toutes les images de cauchemar qui avaient hanté sa vie. C'était la chose qu'il avait combattue pendant ses deux périples au Vietnam, et chaque nuit depuis : la mort. C'était une bataille pour un guerrier qui avait versé le sang, abîmé et souillé comme lui, pas pour un innocent.

Il sortit du couvert avec un hurlement sauvage afin d'attirer l'attention, et courut à toute vitesse, ignorant les protestations de ses genoux devenus trop vieux pour la bagarre. Son dernier combat remontait à loin, mais il n'avait jamais oublié la sensation du sang qui battait dans ses veines.

— Cours, mon garçon, dit-il alors qu'il dépassait le jeune homme à la vitesse de l'éclair avec une grimace féroce, prêt à charger l'ennemi.

L'animal s'enfuirait peut-être. Il avait pris son temps pour évaluer le garçon et, parfois, le prédateur s'enfuyait quand il voyait son repas le charger. Mais, d'une certaine manière, il ne pensait pas que ce soit le cas de ce fauve : il y avait une intelligence malveillante dans ses yeux dorés à l'éclat aveuglant.

Peu importe ce qui l'avait retenu d'attaquer le garçon immédiatement, il n'eut pas les mêmes scrupules à l'égard de Walter. Il se jeta sur lui comme s'il était désarmé. Peut-être n'était-il pas aussi intelligent qu'il l'avait cru… ou bien il avait été trompé par son aspect grisonnant et n'avait pas pris conscience de ce qu'un vieux vétéran armé d'un couteau long comme son bras était capable de faire. Peut-être était-il excité par la fuite du garçon – qui avait pris le conseil de Walter pour argent comptant et courait comme un dératé – et ne voyait Walter que comme un obstacle à son désir de viande fraîche et tendre.

Mais Walter n'était pas un garçon sans défense, lui. Il avait récupéré son couteau auprès d'un général ennemi qu'il avait tué, assassiné dans le noir, comme on le lui avait enseigné. Le couteau était couvert de talismans magiques gravés dans la lame, des symboles étranges qui avaient noirci avec le temps, et perdu leur vive couleur argentée. Malgré tout ce bazar fantaisiste, c'était une bonne lame et il entailla profondément l'épaule de l'animal.

Le fauve était plus rapide que lui, plus rapide et plus fort. Mais ce premier coup avait porté et l'avait estropié, et cela faisait toute la différence.

Il ne gagna pas, mais il triompha. Il tint le fauve occupé et le blessa gravement. Il ne serait pas en mesure de poursuivre le gamin ce soir ; et, si le gamin était intelligent, il devait déjà être à mi-chemin de sa voiture en ce moment.

Enfin le monstre partit, traînant la patte avant, et saignant d'une douzaine de blessures… même si la question de savoir lequel des deux était le plus blessé ne se posait pas. Il avait vu beaucoup d'hommes mourir, et savait d'après l'odeur de ses intestins perforés que son heure était venue.

Mais le jeune homme était sauf. Peut-être était-ce une compensation, à petite échelle, pour tous ces jeunes gens qui n'avaient pas vécu.

Il laissa les muscles de son dos se détendre et sentit l'herbe sèche et la terre s'enfoncer sous son poids. Le sol était froid sous son corps brûlant et en sueur, et cela le réconforta. Cela lui semblait juste de terminer sa vie ici en sauvant un étranger, alors que la mort d'un autre étranger l'y avait amené au départ.

Le vent se leva, et il songea que la température baissait de plusieurs degrés ; mais ce pouvait juste être la perte de sang et le choc. Il ferma les yeux et attendit patiemment que la mort, sa vieille ennemie, vienne enfin le réclamer. Le couteau était toujours dans sa main droite, juste au cas où la douleur serait trop vive. Les blessures au ventre n'étaient pas la manière la plus douce de mourir.

Mais ce n'est pas la mort qui survint au cœur du premier blizzard de la saison.

CHAPITRE PREMIER

A nna Latham essayait de disparaître au fond du siège passager.

Elle n'avait pas pris conscience à quel point sa confiance en elle était liée à la présence de Charles à son côté. Elle ne le connaissait que depuis un jour et demi, et il avait changé son univers… tout du moins quand il était à côté d'elle.

Sans lui, toute sa nouvelle confiance retrouvée avait disparu. L'ironie de son absence ne faisait que souligner quelle lâche elle était en réalité. Comme si elle avait besoin qu'on le lui rappelle.

Elle jeta un regard en coin à l'homme qui conduisait avec aisance le 4 x 4 que Charles avait loué. Dans la circulation fluide d'après l'heure de pointe, il s'orientait sur l'autoroute couverte de neige fondue comme s'il était originaire de Chicago et non un visiteur venu du Montana sauvage.

Le père de Charles, Bran Cornick, ressemblait pour tout le monde à un étudiant, un fondu d'informatique ou peut-être un étudiant en arts. Quelqu'un de sensible, doux et jeune… mais elle savait qu'il n'était rien de tout cela. Il était le Marrok, celui auquel les Alphas obéissaient ; et personne ne dominait un loup-garou alpha en étant sensible et doux.

15

Il n'était pas jeune non plus. Elle savait que Charles avait près de deux cents ans, donc son père, nécessairement plus âgé, était encore plus vieux.

Elle regardait très attentivement, du coin de l'œil, mais à part quelque chose dans la forme des mains et des yeux, elle ne pouvait pas du tout retrouver Charles en lui. Charles avait l'air d'un pur Amérindien, comme sa mère l'avait été, mais Anna pensait quand même qu'elle aurait dû être capable de voir une petite ressemblance, quelque chose qui lui dirait que le Marrok était le même genre d'homme que son fils.

Sa tête voulait croire que Bran Cornick ne la blesserait pas, qu'il était différent des autres loups qu'elle connaissait. Mais son corps avait appris à craindre les mâles de leur espèce. Plus les loups-garous étaient dominants, plus ils étaient susceptibles de la blesser. Il n'y avait nulle part de loup plus dominant que Bran Cornick, peu importe qu'il semble inoffensif.

— Je ne laisserai rien t'arriver, dit-il sans la regarder.

Elle pouvait sentir sa propre peur donc, lui aussi, pouvait bien sûr la sentir.

— Je sais, parvint-elle à dire, se détestant de leur avoir permis de la changer en lâche.

Elle espérait qu'il attribuerait sa crainte au malaise qu'elle ressentait à l'idée d'affronter les autres loups de sa meute après avoir précipité la mort de leur Alpha. Elle ne voulait pas qu'il sache qu'elle avait aussi peur de lui. Enfin presque.

Il sourit un peu, mais ne dit rien de plus.

Toutes les places de parking à l'arrière de l'immeuble de quatre étages où vivait Anna étaient occupées par des voitures inconnues. Entre autres une camionnette d'un gris brillant qui remorquait une petite caravane blanche et orange vif, avec un lamantin géant peint sur le côté, juste au-dessus des caractères qui permettaient à tous ceux qui habitaient à un pâté de maisons à la ronde de savoir que la Floride était « L'État du lamantin ».

Bran se gara derrière la caravane sans s'inquiéter de bloquer l'allée. Eh bien, comprit-elle alors qu'ils sortaient de la voiture, elle n'aurait plus à se soucier de ce que pensait son propriétaire. Elle partait pour le Montana. Est-ce que le Montana était « L'État du loup-garou » ?

Quatre loups sous forme humaine les attendaient devant le sas, y compris Boyd, le nouvel Alpha. Il la détailla de ses yeux voilés. Elle baissa le regard vers le sol après ce premier coup d'œil et maintint Bran entre elle et eux.

Elle avait plus peur d'eux que du Marrok, après tout. Comme c'était étrange, car aujourd'hui leurs yeux ne reflétaient ni les interrogations ni l'avidité qui déclenchaient habituellement sa peur. Ils avaient l'air sous contrôle… et fatigués. Hier, l'Alpha avait été tué, et cela leur faisait mal à tous. Elle l'avait senti elle-même, mais n'en avait pas tenu compte, parce qu'elle croyait que Charles était mourant.

Leur douleur était sa faute. Ils le savaient tous.

Elle se rappela que Leo devait être tué : il avait tué tellement de gens lui-même, et autorisé la mort de beaucoup d'autres. Plus jamais elle ne regarderait l'un d'entre eux. Elle essaierait de ne pas leur parler, en espérant qu'ils l'ignoreraient.

Sauf que… ils étaient venus ici pour l'aider à déménager. Elle avait essayé d'éviter cela, mais elle n'était pas en état d'argumenter longtemps avec le Marrok. Elle osa jeter un autre coup d'œil à Boyd, mais ne put pas mieux déchiffrer son expression.

Elle prit sa clé et l'introduisit dans la serrure, les doigts rendus malhabiles par la peur. Aucun des loups-garous ne fit le moindre geste d'impatience, mais elle essaya de se dépêcher, sentant leurs yeux dans son dos. Que pensaient-ils ? Se rappelaient-ils de ce que certains d'entre eux lui avaient fait ? Elle, non. Elle, *non*.

Respire, se tança-t-elle intérieurement.

L'un des hommes se balançait sur ses pieds et émit un bruit exprimant son impatience.

— George, dit Boyd, et l'autre loup se calma.

C'était sa peur qui encourageait le loup, elle le savait. Elle devait se calmer, et la serrure grippée ne l'aidait pas. Si Charles avait été là, elle aurait pu tout affronter, mais il se remettait de plusieurs blessures par balles. Son père lui avait dit qu'il réagissait plus fortement à l'argent que la plupart d'entre eux.

— Je ne m'attendais pas que tu viennes, dit Bran.

Elle présuma qu'il ne lui parlait pas à elle, puisqu'il l'avait manipulée et convaincue de laisser Charles seul ce matin.

Il avait dû parler à Boyd, parce que Boyd lui répondit.

— Je ne travaillais pas aujourd'hui.

Jusqu'à la nuit dernière, Boyd était le troisième. Mais, à présent, il était l'Alpha de la meute de la banlieue ouest de Chicago. La meute qu'elle quittait.

— J'ai pensé que cela pourrait accélérer un peu les choses, poursuivit Boyd. Thomas ici présent a accepté de faire l'aller et retour avec le camion jusque dans le Montana.

Elle tira la porte pour l'ouvrir, mais Bran n'entra pas immédiatement, aussi s'arrêta-t-elle sur le seuil pour lui tenir la porte.

— Comment vont les finances de ta meute ? demanda Bran. Mon fils dit que Leo affirmait avoir besoin d'argent.

Elle entendit le sourire sans humour caractéristique dans la voix de Boyd.

— Il ne mentait pas. Sa compagne coûtait diablement cher à entretenir. Nous n'allons pas perdre le manoir, mais c'était la seule bonne nouvelle que notre comptable avait à m'annoncer. Nous obtiendrons quelque chose de la vente des bijoux d'Isabella, mais pas autant que ce que Leo les a payés.

Elle pouvait voir Bran, et elle le vit jauger les loups amenés par Boyd comme un général inspectant ses troupes. Son regard se fixa sur Thomas.

Anna regarda aussi, et vit ce que le Marrok voyait : un vieux jean avec un trou au genou et des baskets qui avaient vu des jours meilleurs. Cela ressemblait beaucoup à ce qu'elle portait, sauf que le trou de son jean était sur le genou gauche, non le droit.

— Est-ce que le temps qu'il te faudra pour faire l'aller et retour dans le Montana menace ton emploi ? demanda Bran.

Thomas garda les yeux fixés sur ses orteils et répondit d'une voix douce.

— Non, monsieur. Je travaille dans le bâtiment, et c'est la saison morte. Je me suis arrangé avec le patron, il m'a donné deux semaines.

Bran tira un chéquier de sa poche et, s'appuyant sur l'épaule de l'un des loups pour écrire sur une surface solide, lui fit un chèque.

— Voilà pour payer tes dépenses pendant le trajet. Nous déterminerons un salaire et tiendrons l'argent à ta disposition d'ici ton arrivée dans le Montana.

Une expression de soulagement passa dans les yeux de Thomas, mais il ne dit rien.

Bran passa la porte, suivi d'Anna, et commença à monter l'escalier. Dès qu'il cessa de les regarder, les autres loups levèrent les yeux sur Anna.

Elle avança le menton et soutint leurs regards, oubliant complètement sa décision de ne surtout pas faire ça, jusqu'à ce qu'il soit trop tard. Les yeux de Boyd étaient insondables, et

Thomas regardait toujours par terre… mais les deux autres, George et Joshua, étaient faciles à déchiffrer. Comme Bran leur tournait le dos, on voyait clairement dans leurs yeux qu'ils se rappelaient son ancienne position dans la meute.

Et ils n'étaient pas les loups de Leo uniquement sur le papier. Elle n'était rien, et elle avait provoqué la mort de leur Alpha : ils l'auraient tuée s'ils avaient osé.

Essayez seulement, leur dit-elle sans utiliser de mots. Elle leur tourna le dos sans baisser les yeux : en tant que compagne de Charles, son rang était supérieur à tous. Mais ils n'étaient pas seulement des loups, et leur part humaine n'oublierait jamais ce qu'ils lui avaient fait, avec les encouragements de Leo.

L'estomac serré et la nuque contractée par la tension, Anna essaya de garder un rythme régulier pendant toute l'ascension jusqu'à son appartement au troisième étage. Bran attendit à côté d'elle pendant qu'elle déverrouillait la porte. Elle se poussa sur le côté pour qu'il entre en premier, montrant aux autres que lui, au moins, avait droit à son respect.

Il s'arrêta sur le seuil et parcourut son studio du regard en fronçant les sourcils. Elle savait ce qu'il voyait : une petite table avec deux chaises pliantes abîmées, son futon et pas grand-chose d'autre.

— Je vous avais dit que je pouvais tout emballer ce matin, lui dit Anna. (Elle savait que ce n'était pas grand-chose, mais elle lui en voulait de son jugement silencieux.) Ils auraient pu venir ensuite juste pour descendre les cartons.

— Ça ne prendra pas une heure pour emballer et descendre tout ça, dit Bran. Boyd, combien de tes loups vivent ainsi ?

Convoqué, Boyd se glissa à côté d'Anna, entra dans la pièce, et fronça les sourcils. Il n'était jamais venu dans son appartement. Il jeta un coup d'œil à Anna, alla jusqu'à son frigo et l'ouvrit, exposant son intérieur vide.

— Je ne pensais pas que ça allait mal à ce point. (Il jeta un regard en arrière.) Thomas ?

Invité à entrer, Thomas passa la porte à son tour.

Il sourit d'un air d'excuse à son nouvel Alpha.

— Je n'en suis pas là, mais ma femme travaille aussi. Les impôts sont assez élevés.

Il était presque aussi bas dans la meute qu'Anna et, étant marié, n'avait jamais été invité à « jouer » avec elle. Mais il ne s'y était pas opposé non plus. Elle supposa que c'était plus qu'on n'en pouvait attendre d'un loup soumis, mais cela ne l'empêcha pas de le lui reprocher.

— Cinq ou six alors, probablement, répondit Boyd avec un soupir. Je verrai ce que je peux faire.

Bran ouvrit son portefeuille et tendit une carte à l'Alpha.

— Appelle Charles la semaine prochaine et organise un rendez-vous entre lui et votre comptable. Si nécessaire, nous pouvons arranger un prêt. Ce n'est pas prudent d'avoir des loups-garous affamés et désespérés en liberté.

Boyd acquiesça.

Les affaires du Marrok apparemment conclues, les deux autres loups dépassèrent Anna, George lui rentrant dedans volontairement. Elle s'éloigna de lui en croisant instinctivement les bras sur la poitrine. Il lui fit un sourire méprisant qu'il cacha vite aux autres.

— *Illegitimis nil carborundum*, murmura-t-elle.

C'était stupide. Elle le savait avant même que le poing de George la frappe.

Elle esquiva et évita le pire. Au lieu d'un coup de poing dans l'estomac, elle le prit dans l'épaule et l'encaissa. La petite entrée ne lui donnait pas beaucoup d'espace pour échapper à un second coup.

Il n'y en eut pas.

Boyd avait cloué George au sol, le genou posé au milieu de son dos. George ne lui résistait pas, il se contentait de parler vite.

— Elle n'est pas censée faire ça. Leo a dit « pas de latin ». Tu te souviens.

Quand Anna s'était rendu compte que personne d'autre dans la meute, hormis Isabella, qu'elle avait cru être son amie, ne comprenait le latin, elle l'avait utilisé comme un défi secret. Leo avait mis du temps à s'en rendre compte.

— Leo est mort, dit Boyd très calmement, sa bouche près de l'oreille de George. Nouvelles règles. Si tu es assez intelligent pour vivre, tu ne frapperas pas la compagne de Charles devant son père.

— « Ne laisse pas les salauds t'écraser » ? dit Bran depuis son seuil. (Il la regardait comme une enfant qui se serait montrée étonnamment intelligente.) C'est du très mauvais latin, et ta prononciation a besoin d'être travaillée.

— C'est la faute de mon père, lui dit-elle en se massant l'épaule. (Le bleu aurait disparu le lendemain, mais pour le moment c'était douloureux.) Il a fait deux ans de latin à l'université et l'utilisait pour s'amuser. Tout le monde dans ma famille a pris le pli. Sa citation favorite était : « *Interdum feror cupidine partium magnarum Europæ vincendarum* ».

— « Parfois l'envie me prend de conquérir de grandes parties de l'Europe » ? dit Boyd, l'air un peu incrédule.

Apparemment, Isabella n'avait pas été la seule à comprendre ses provocations.

Elle acquiesça.

— En règle générale, il ne l'utilisait que quand mon frère ou moi avions fait quelque chose de particulièrement horrible.

— Et c'était sa citation *préférée*? dit Bran en l'examinant comme si elle était un insecte… mais un insecte dont il était de plus en plus content.

— Mon frère était un sale morveux.

Il sourit lentement et elle reconnut l'un des sourires de Charles.

— Que veux-tu que je fasse de celui-ci? demanda Boyd, inclinant la tête vers George.

Le sourire de Bran s'évanouit, et il regarda Anna.

— Veux-tu que je le tue?

Le silence tomba alors que tout le monde attendait sa réponse. Pour la première fois, elle prit conscience que la peur qu'elle ressentait n'était pas uniquement la sienne. Le Marrok les effrayait tous.

— Non, mentit-elle.

Elle voulait juste vider son appartement et en finir avec tout ça, pour ne plus avoir à croiser George et tous ceux de son espèce.

— Non.

Cette fois, elle était sérieuse.

Bran inclina la tête, et dans la pénombre du palier elle vit ses yeux changer, juste un peu, devenir couleur or scintillant.

— Laissez-le se relever.

Elle attendit que tout le monde soit dans son appartement pour quitter l'anonymat du palier. Quand elle entra, Bran défaisait son futon pour ne garder que le matelas nu. C'était un peu comme voir le président tondre la pelouse de la Maison-Blanche ou sortir les poubelles.

Boyd s'approcha d'elle et lui tendit le chèque qu'elle avait laissé sur la porte du frigo, sa dernière paie.

— Garde-le sur toi.

Elle le prit et le fourra dans son pantalon.

— Merci.

— Nous te sommes tous redevables, lui dit-il. Aucun de nous ne pouvait contacter le Marrok quand les choses ont commencé à aller mal. Leo l'avait interdit. Je ne peux pas te dire combien d'heures j'ai passé à fixer le téléphone en essayant de briser son contrôle.

Elle fut surprise quand elle croisa son regard.

— Ça m'a pris un moment pour comprendre ce que tu étais. (Il lui sourit amèrement.) Je ne faisais pas attention. Je me suis vraiment efforcé de ne pas faire attention ou de ne pas penser. Ça rendait les choses plus faciles.

— Les Omegas sont rares, dit Bran.

Boyd ne la quittait pas du regard.

— Je suis quasiment passé à côté de ce que faisait Leo, je n'ai pas compris pourquoi il t'avait choisie et fait subir un tel traitement alors qu'il avait toujours été du genre « Tuons-les vite ». Je le connaissais depuis longtemps, et il n'avait jamais toléré autant de violence auparavant. Je pouvais voir que ça le rendait malade ; seul Justin a vraiment apprécié.

Anna retint un sursaut et se rappela que Justin était mort la nuit dernière, lui aussi.

— Quand j'ai compris que tu pouvais te défier des ordres de Leo, que tu n'étais pas simplement une louve très soumise, que tu étais un Omega… il était presque trop tard. (Il soupira.) Si je t'avais donné le numéro du Marrok il y a deux ans, tu n'aurais pas mis autant de temps à l'appeler. Alors, je te dois à la fois mes remerciements et mes plus humbles excuses.

Et il baissa les yeux, penchant la tête pour lui offrir sa gorge.

— Est-ce que… (Elle avala pour humecter sa gorge soudain sèche.) Est-ce que tu t'assureras que ça n'arrive plus ? À personne ? Je ne suis pas la seule à avoir été blessée.

Elle ne regarda pas Thomas. Justin avait pris beaucoup de plaisir à le tourmenter.

Boyd inclina la tête d'un air solennel.

—Je te le promets.

Elle hocha brièvement la tête, ce qui sembla le satisfaire. Il prit un carton vide des mains de Joshua et alla à grands pas dans la cuisine. Ils avaient apporté des cartons, du scotch et du papier d'emballage, bien plus qu'il en fallait pour emballer tout ce qu'elle possédait.

Elle n'avait pas de valise, alors elle prit un des cartons et y rassembla l'essentiel de ses affaires. Elle s'efforçait de garder les yeux sur ce qu'elle faisait. Trop de choses avaient changé, et elle ne connaissait pas d'autre moyen de faire face à la situation.

Elle était dans la salle de bains quand le téléphone portable de quelqu'un sonna. L'ouïe des loups-garous lui permit d'entendre les deux côtés de la conversation.

—Boyd ?

C'était l'un des nouveaux loups, Rashid, le docteur, pensa-t-elle. Il avait l'air paniqué.

—C'est moi. Qu'y a-t-il ?

—Ce loup dans la chambre d'isolement, il…

Boyd et son téléphone portable étaient dans la cuisine, et elle entendit quand même le fracas dans le combiné.

—C'est lui, chuchota désespérément Rashid. C'est lui. Il essaie de sortir… et il est en train de déchiqueter toute la pièce sécurisée. Je ne pense pas qu'elle va le retenir.

Charles.

Il était assommé quand elle était partie, mais avait semblé assez content de la laisser entre les mains de son père, pendant que le sommeil réparait les dégâts causés par les balles en argent qui l'avaient traversé de part en part la nuit dernière. Apparemment, les choses avaient changé.

Anna attrapa son carton et croisa Bran sur le seuil de la salle de bains.

Il lui jeta un coup d'œil pénétrant, mais il ne semblait pas inquiet.

—Il semblerait qu'on ait besoin de nous ailleurs, dit-il d'un air calme et détendu. Je ne pense pas qu'il blessera quelqu'un… mais l'argent a sur lui des effets plus puissants et plus imprévisibles que sur les autres loups. As-tu tout ce qu'il te faut?

—Oui.

Bran regarda autour de lui, puis ses yeux s'arrêtèrent sur Boyd.

—Dis à ton loup que nous serons là dès que possible. Je te fais confiance pour t'assurer que tout soit emballé et que l'appartement soit vide à votre départ.

Boyd inclina la tête avec soumission.

Bran prit le carton des mains d'Anna et le coinça sous son bras, puis il lui offrit l'autre en un geste démodé. Elle posa légèrement ses doigts sur le creux de son bras, et il l'escorta de cette manière pendant tout le trajet jusqu'au 4 x 4, la ralentissant alors qu'elle aurait voulu courir.

Il retourna au domaine de Naperville que la meute de la banlieue ouest gardait pour elle, sans une seule infraction au code de la route, mais il ne gaspilla pas son temps non plus.

—La plupart des loups ne seraient pas capables de s'enfuir d'une chambre d'isolement, dit-il doucement. Il y a de l'argent dans les barreaux, et il y a beaucoup de barreaux, mais Charles est aussi le fils de sa mère. Elle n'aurait jamais laissé quelque chose d'aussi trivial que des barreaux et une porte blindée la retenir.

D'une certaine manière, Anna ne fut pas surprise que Bran sache comment était construite la salle sécurisée de la meute.

— La mère de Charles était une sorcière?

Anna n'avait jamais rencontré de sorcière, mais elle avait entendu des histoires. Et, depuis qu'elle était devenue loup-garou, elle avait appris à croire en la magie.

Il secoua la tête.

— Rien d'aussi clairement défini. Je ne suis même pas sûr qu'elle manipulait la magie au sens strict. Les Salish ne voient pas le monde ainsi : magie et non-magie. Naturel et artificiel. En tout cas, quoiqu'elle ait été, son fils l'est aussi.

— Qu'arrivera-t-il s'il s'échappe?

— Ce serait bien que nous arrivions avant, dit-il pour seule réponse.

Ils quittèrent l'autoroute, et il ralentit jusqu'à la vitesse indiquée. Son seul signe d'impatience était ses doigts qui battaient le rythme sur le volant. Quand il arriva devant la demeure, Anna sauta hors du 4 x 4 et courut vers la porte d'entrée. Bran n'avait pas l'air pressé, mais il y arriva avant elle et ouvrit la porte.

Elle traversa le hall en courant et descendit l'escalier de la cave quatre à quatre, Bran à son côté. L'absence de bruit n'était pas rassurante.

D'habitude, le seul moyen de distinguer la pièce sécurisée des chambres d'invités du sous-sol était la porte en acier et son encadrement. Mais de grands morceaux de plâtre avaient été arrachés du mur de chaque côté de la porte, révélant les barreaux d'argent et d'acier qui étaient scellés dans le mur. Le papier peint de la pièce pendait en bandes comme un rideau, et empêchait Anna de voir à l'intérieur.

Trois membres de la meute sous forme humaine se tenaient devant la porte, et elle pouvait sentir leur peur. Ils savaient ce qu'ils retenaient dans la pièce : au moins l'un d'entre eux était présent quand Charles avait tué Leo, alors qu'il avait reçu deux balles en argent.

—Charles, dit Bran d'un ton de réprimande.

Le loup rugit en réponse, un hurlement rauque qui blessa les oreilles d'Anna et ne contenait rien d'autre que de la rage aveugle.

—Les vis sortaient des gonds, monsieur. Toutes seules, dit un loup avec nervosité, et Anna s'aperçut que ce qu'il tenait dans les mains était un tournevis.

—Oui, dit Bran calmement. Je vous crois. Mon fils ne réagit pas bien du tout à l'argent, et encore moins bien à la captivité. Vous auriez peut-être été plus en sécurité en le laissant sortir… ou peut-être pas. Toutes mes excuses pour vous avoir laissés ici seuls avec lui. Je pensais qu'il était en meilleure forme. On dirait que j'ai sous-estimé l'influence d'Anna.

Il se retourna et tendit la main à Anna, qui s'était arrêtée au bas de l'escalier. Elle n'était pas aussi embarrassée par le loup enragé que par les hommes qui se trouvaient au sous-sol. Les murs du couloir étaient trop proches, et elle n'aimait pas en avoir autant si près d'elle.

—Viens, Anna, dit Bran.

Même si sa voix était douce, c'était un ordre.

Elle frôla les autres loups en passant à côté d'eux, regardant leurs pieds plutôt que leurs visages. Quand Bran prit son coude, Charles grogna d'un air sauvage ; même si Anna ne comprenait pas comment il avait vu la scène au travers des lambeaux de papier peint.

Bran sourit et ôta sa main.

—Bien. Mais tu l'effraies.

Instantanément, le grognement s'adoucit.

—Parle-lui un peu, lui dit Bran. Je vais emmener les autres en haut pendant un moment. Quand tu seras à ton aise, ouvre la porte… mais ce serait une bonne idée d'attendre qu'il ait fini de grogner.

Et ils la laissèrent seule. Elle devait être folle, parce qu'elle se sentit immédiatement plus en sécurité qu'elle l'avait été de toute la journée. Le soulagement de ne plus avoir peur était presque grisant. Le papier peint s'agita quand Charles se mit à faire les cent pas derrière la barrière, et elle eut une vision fugitive de sa fourrure rousse.

—Que t'est-il arrivé? lui demanda-t-elle. Tu allais bien quand nous sommes partis ce matin. (Sous sa forme de loup, il ne pouvait pas répondre, mais il cessa de grogner.) Je suis désolée, se risqua-t-elle. Mais ils sont en train de vider mon appartement et je devais y être. Et j'avais besoin de prendre des vêtements que je puisse porter avant que le camion arrive dans le Montana.

Il cogna la porte. Pas assez fort pour faire des dégâts, mais la demande était claire.

Elle hésita, mais il avait cessé de grogner. Haussant les épaules intérieurement, elle défit le verrou et ouvrit. Il était plus grand que dans ses souvenirs ou peut-être avait-il l'air plus menaçant lorsqu'il montrait les crocs. Du sang suintait de la plaie de sa patte arrière gauche, et coulait lentement sur ses griffes. Les deux plaies de ses côtes gouttaient un peu plus vite.

Derrière lui, la pièce, qui avait été plutôt bien meublée quand elle était partie, était en pagaille. Il avait arraché de grands morceaux de plâtre des quatre murs aussi bien que du plafond. Des lambeaux de matelas tapissaient la pièce, entremêlés de morceaux de commode.

Elle siffla devant les dégâts.

—Mince alors!

Il boita vers elle et la renifla attentivement partout. Une marche craqua, et il se retourna en grognant, se mettant entre elle et l'intrus.

Bran s'arrêta sur la première marche.

— Je ne vais pas lui faire de mal, commenta-t-il. (Puis il regarda Anna.) Je ne sais pas à quel point il nous comprend vraiment en ce moment. Mais je pense qu'il ira mieux dans sa propre maison. J'ai appelé notre pilote, et il est prêt à décoller.

— Je pensais que nous disposions d'encore quelques jours. (Elle sentit son estomac se contracter. Chicago était son *foyer*.) Je dois appeler *Scorci's* et dire à Mick que je pars, qu'il puisse trouver une autre serveuse. Et je n'ai pas eu l'occasion de parler à ma voisine et de lui raconter ce qui se passe.

Kara allait s'inquiéter.

— Je dois rentrer dans le Montana aujourd'hui, dit Bran. Demain matin, nous organisons une cérémonie funèbre pour un de mes amis qui vient de mourir. J'allais vous laisser ici pour que vous me rejoigniez plus tard, mais je pense maintenant que ce n'est pas une bonne idée. (Bran désigna Charles du menton.) À l'évidence, il ne guérit pas aussi bien que je le pensais. Je dois le ramener à la maison et le faire examiner. J'ai un téléphone portable. Peux-tu appeler ta voisine et ton Mick et leur expliquer les choses ?

Elle baissa les yeux vers le loup qui s'était mis entre elle et son père pour la protéger. Ce n'était pas la première fois qu'il faisait une telle chose.

D'ailleurs, quelle était son alternative ? Rester dans la meute de Chicago ? Boyd était peut-être un grand progrès par rapport à Leo, mais… elle n'avait aucun désir de rester avec eux.

Elle posa la main sur le dos de Charles et la fit glisser dans sa fourrure. Elle n'avait d'ailleurs pas besoin de se pencher pour le faire : Charles était un grand loup-garou. Il changea de pose jusqu'à se presser contre elle, même s'il ne détacha pas son regard de Bran.

— OK, dit-elle. Donnez-moi votre téléphone.

Bran sourit et le lui tendit. Charles ne bougea pas d'entre eux, forçant Anna à étirer le bras pour saisir le portable tandis que Charles regardait froidement son père. Son attitude la fit rire, ce qui lui facilita la tâche de convaincre Kara qu'elle partait dans le Montana de son plein gré.

CHAPITRE 2

Après le désastre du matin, Anna avait redouté le vol vers le Montana. Elle n'avait jamais pris l'avion de sa vie, et avait pensé que ce serait terrifiant, en particulier sur le petit bimoteur pour six passagers vers lequel le sieur Bran les menait.

Bran s'assit dans le siège du copilote, ce qui laissa les six sièges passagers vides. Charles la poussa au-delà de la première série de fauteuils installés face à face d'un coup de museau, et regarda fixement les sièges du fond jusqu'à ce qu'elle s'asseye. Quand il eut pris place sur le sol et posé la tête sur ses pieds, elle posa son carton sur le siège à côté d'elle, boucla sa ceinture et attendit le décollage.

Elle ne s'attendait pas à une partie de plaisir, d'autant plus que Charles n'avait pas du tout l'air d'apprécier. Il devint raide et grognon à ses pieds, grondant doucement quand l'avion bougeait un peu.

Mais voler dans ce petit avion, c'était comme se trouver dans la plus grande attraction du monde. Une attraction douce, comme une grande roue, avec juste une pointe de danger qui rendait le tout encore plus amusant. Elle ne pensait pas réellement qu'ils allaient dégringoler dans le ciel, pas plus qu'elle ne croyait qu'une grande roue pouvait se détacher et rouler hors de ses montants. Et aucune grande roue au monde n'avait une telle vue.

Même la descente en piqué pour atterrir sur une minuscule bande de terre qui semblait plus petite qu'un parking de supermarché n'altéra pas son humeur. Elle s'attacha de nouveau et se prépara, posant une main sur sa boîte pour qu'elle ne tombe pas sur Charles pendant la descente, et son estomac tenta de rester à sa place. Elle se surprit à sourire quand ils touchèrent le tarmac et rebondirent deux fois avant que les roues adhèrent au sol.

Le pilote se gara dans un hangar assez grand pour contenir deux avions de cette taille, mais l'autre moitié du bâtiment était vide. Anna récupéra sa boîte et suivit Charles hors de l'avion. Il boitait sévèrement : rester immobile tout ce temps ne lui avait clairement fait aucun bien. Il était toujours entre son père et elle.

Une fois au sol, elle commença à trembler. Sa veste était un peu fine pour Chicago, mais ici elle était complètement insuffisante. Le hangar n'était pas chauffé, et il y faisait assez froid pour que la vapeur de sa respiration soit visible.

Elle ne s'était pas rendu compte à quel point Charles était près et, quand elle se retourna pour regarder l'avion, elle heurta son flanc bandé du genou. Il ne le montra pas, mais ça avait dû faire mal. S'il ne s'était pas pressé contre elle, elle ne l'aurait pas bousculé.

—Calme-toi, lui dit-elle, exaspérée. Ton père ne va pas m'attaquer.

—Je ne pense pas qu'il soit inquiet que je te fasse *du mal*, dit Bran, amusé. Nous allons t'emmener loin de tous les autres mâles, pour qu'il puisse se détendre un peu.

Le pilote, qui les avait suivis et était en train d'effectuer un genre de maintenance, sourit à ces mots.

—J'aurais jamais pensé voir ce vieil Indien aussi excité.

Charles le regarda, et le pilote baissa les yeux, mais ne cessa pas de sourire.

—Hé, ne me lance pas un tel regard : je t'ai ramené à la maison, sain et sauf. Presque aussi bien que tu aurais pu le faire, hein, Charles ?

—Merci, Hank. (Bran se tourna vers Anna.) Hank doit faire la maintenance de l'avion, alors nous allons nous réchauffer dans le pick-up.

Il la prit par le coude alors qu'ils quittaient la protection du hangar pour mettre les pieds dans vingt-cinq centimètres de neige. Charles gronda ; Bran gronda en retour, exaspéré.

—Assez ! *Assez !* Je n'ai pas de vues sur ta dame, et le terrain est difficile.

Charles cessa de faire du bruit, mais il marchait si près d'Anna qu'elle se retrouva à buter contre Bran parce qu'elle ne voulait pas blesser Charles. Bran la tint fermement et fronça les sourcils à l'égard du loup-garou à côté d'elle, mais ne dit rien de plus.

En dehors du hangar, de la piste et de deux ornières dans la neige épaisse là où quelqu'un avait récemment conduit une voiture, il n'y avait virtuellement aucun signe de civilisation. Les montagnes étaient impressionnantes, plus grandes, plus sombres et plus sauvages que les douces collines du Midwest qu'elle connaissait. Elle pouvait sentir le feu de bois, cependant, donc ils ne pouvaient pas être aussi isolés qu'ils en avaient l'air.

—Je pensais que ce serait plus silencieux par ici.

Elle n'avait pas l'intention de dire un mot, mais le bruit la surprenait.

—Le vent dans les arbres, dit Bran. Et certains oiseaux restent ici à l'année. Parfois, quand le vent tombe et que le froid est sur nous, le silence est si profond qu'on peut le sentir dans ses os.

Cela lui paraissait effrayant, mais elle pouvait dire d'après sa voix qu'il adorait cet endroit.

Bran les conduisit à l'arrière du hangar, où un pick-up gris à la cabine couverte de neige les attendait. Il se pencha sur le plateau de la voiture, en tira un balai et le tapa énergiquement sur le sol pour en déloger la neige.

—Allez-y et installez-vous, dit-il. Mettez la voiture en marche pour qu'elle se réchauffe. Les clés sont sur le contact.

Il balaya la neige de la portière passager et lui tint la porte.

Elle posa son carton sur le sol du pick-up, et grimpa à l'intérieur. Elle se glissa maladroitement le long du siège en cuir jusqu'à la place du conducteur. Charles sauta derrière elle et accrocha la porte de la patte pour la fermer. Sa fourrure était mouillée, mais, après son premier sursaut, elle découvrit qu'il dégageait une intense chaleur. Le pick-up ronronna en démarrant, soufflant de l'air froid dans toute la cabine. Dès qu'elle fut sûre que le moteur continuerait à tourner, elle se glissa sur le siège du milieu.

Quand il eut débarrassé le pick-up d'une bonne partie de la neige, Bran lança le balai sur le plateau et sauta dans le siège du conducteur.

—Hank ne devrait plus tarder. (Il aperçut Anna qui tremblait et fronça les sourcils.) On te trouvera un manteau plus chaud et des bottes appropriées à la météo locale. Chicago n'est pas vraiment tropical : tu devrais avoir de meilleures fringues d'hiver que ça.

Pendant qu'il parlait, Charles enjamba Anna, la forçant à se déplacer vers le siège passager extérieur. Il s'installa entre eux mais, pour pouvoir rentrer complètement, il dut s'installer en partie sur les genoux d'Anna.

—Je devais payer l'électricité, l'essence, l'eau et le loyer, dit-elle doucement. Ouf, Charles, tu pèses une tonne. Nous autres serveuses ne gagnons pas assez pour nous payer des objets de luxe.

La porte arrière s'ouvrit, Hank grimpa à l'intérieur et attacha sa ceinture avant de souffler dans ses mains.

—Ce bon vieux vent, il mord sacrément.

—Il est temps de rentrer à la maison, acquiesça Bran. (Il fit avancer le pick-up mais, s'il suivait une route, elle était recouverte par la neige.) Je vais déposer Charles et sa compagne en premier.

—Sa compagne? (Elle regardait devant elle, mais il était impossible de rater la surprise dans la voix de Hank.) Pas étonnant que ce mec soit aussi excité. Eh bien, Charles, c'est du rapide. Et elle est jolie, en plus.

Et elle n'appréciait pas non plus qu'on parle d'elle comme si elle n'était pas là. Même si elle était trop intimidée pour le dire.

Charles tourna la tête vers Hank et releva une babine pour découvrir des dents très aiguisées.

Le pilote éclata de rire.

—Très bien, très bien. Mais beau travail, mec.

Ce n'est qu'à ce moment-là que son nez lui apprit quelque chose dont elle n'avait pas pris conscience dans l'avion : Hank n'était pas un loup-garou. Et il savait clairement que Charles en était un.

—Je croyais que nous n'étions censés le dire à personne, dit-elle.

—Dire quoi? demanda Bran.

Elle jeta un coup d'œil à Hank à l'arrière.

—Dire ce que nous sommes.

—Oh, c'est Aspen Creek! lui répondit Hank. Tout le monde sait pour les loups-garous. Si on n'en a pas épousé un, on a été engendré par un loup-garou… ou un de nos parents l'a été. C'est le territoire du Marrok, et nous sommes une seule et heureuse famille.

Était-ce du sarcasme dans sa voix ? Elle ne le connaissait pas assez pour en être sûre.

L'aération sur son visage s'était réchauffée, en fin de compte. Entre ça et Charles, elle commençait à se sentir moins comme un glaçon.

— Je croyais que les loups-garous n'avaient pas de famille, juste une meute, hasarda-t-elle.

Bran lui jeta un coup d'œil avant de reporter son attention sur la route.

— Toi et Charles, vous avez besoin d'avoir une longue conversation. Depuis quand es-tu un loup-garou ?

— Trois ans.

Il fronça les sourcils.

— Tu as de la famille ?

— Mon père et mon frère. Je ne les ai pas vus depuis… (Elle haussa les épaules.) Leo m'avait dit que je devais rompre tout contact avec eux… si je ne voulais pas qu'il les considère comme un risque pour la meute.

Et qu'il les tue.

Bran se renfrogna.

— Hors d'Aspen Creek, les loups ne peuvent dire à personne, en dehors de leur conjoint, ce qu'ils sont ; nous l'autorisons pour la sécurité du conjoint. Mais tu n'as pas besoin de t'isoler de ta famille. (Presque pour lui-même, il dit :) Je suppose que Leo avait peur que ta famille puisse interférer avec ce qu'il essayait de te faire.

Elle pouvait appeler sa famille ? Elle faillit poser la question à Bran, puis décida d'attendre et d'en parler avec Charles.

Tout comme le voyage en avion, la maison de Charles était différente de ce à quoi elle s'attendait. Puisqu'elle se trouvait dans le fin fond du Montana, elle avait pensé qu'il vivait dans une de ces grandes maisons en rondins, ou une vieille demeure, comme le domaine de la meute de Chicago. Mais la maison où Bran les déposa n'était ni immense ni faite de rondins. C'était une maison très simple d'un étage, peinte en un camaïeu de vert et de gris plutôt agréable. Elle était coincée contre le flanc d'une colline et donnait sur une série de pâturages clôturés occupés par quelques chevaux.

Elle fit un geste de remerciement à Bran alors qu'il repartait. Puis elle posa son carton – qui avait l'air un peu misérable depuis qu'il avait séjourné sur le sol humide du pick-up – sur les marches. Charles marchait furtivement sur ses talons. Une légère couche de neige s'était amassée sur les marches, mais il était apparent qu'en temps normal on la pelletait.

Elle fut prise d'une légère inquiétude quand elle s'aperçut qu'elle avait oublié de demander à Bran de déverrouiller la porte mais la poignée tourna sans peine dans sa main. Elle supposa que si tout le monde à Aspen Creek était au courant pour les loups-garous les gens se méfieraient avant de voler quelque chose à l'un d'entre eux. Néanmoins, pour la citadine qu'elle était, cela lui paraissait étrange que Charles laisse sa maison ouverte alors qu'il voyageait à l'autre bout du pays.

Elle ouvrit la porte et toutes ses considérations concernant les verrous disparurent. L'extérieur de la maison était peut-être quelconque, mais l'intérieur en était très loin.

Comme dans son appartement, le salon était parqueté, mais dans une alternance de bois sombre et clair dont le dessin lui rappelait des motifs amérindiens. Des tapis persans épais et d'aspect soyeux couvraient la partie centrale dudit salon et de la salle à manger. Contre le mur du fond se dressait une immense cheminée en granit, à la fois utile et magnifique.

Des canapés et des fauteuils d'aspect confortable se mêlaient à des tables et à des étagères en loupe d'érable façonnées à la main. La peinture à l'huile représentant une cascade entourée d'une forêt de pins aurait pu être accrochée dans un musée et, calcula-t-elle, coûtait probablement plus cher que tout ce qu'elle avait gagné dans sa vie.

Depuis le seuil, elle pouvait voir directement la cuisine, où un comptoir de granit gris scintillant légèrement contrastait avec les petits placards sombres en chêne de style Shaker[1], juste assez irréguliers pour être de fabrication artisanale, comme les meubles du salon. Les appareils ménagers en acier inoxydable auraient dû paraître trop modernes, mais tout se fondait harmonieusement. Ce n'était pas une cuisine immense, mais rien de ce qu'elle contenait n'aurait dépareillé dans une villa de luxe.

Elle se tint là, dégouttant de neige fondue sur le parquet parfaitement ciré, et sut sans le moindre doute qu'elle et son carton ne s'accordaient pas du tout avec le décor. Si elle avait eu quelque part où aller, elle aurait fait demi-tour et serait partie mais, tout ce qui l'attendait dehors, c'était le froid et la neige. Même s'il y avait des taxis par ici, elle avait quatre dollars dans son portefeuille, et encore moins sur son compte en banque. Grâce au chèque qu'elle avait toujours dans la poche, elle pourrait peut-être faire la moitié du chemin jusqu'à Chicago, si elle arrivait à trouver une banque pour l'encaisser et une gare routière.

---

1. Les Shakers sont une très ancienne secte protestante dont les convictions religieuses leur ont fait développer un style propre de mobilier, très dépouillé et purement utilitaire. (*NdT*)

Charles était passé à côté d'elle en la frôlant, et se promenait à pas feutrés dans la maison, mais il s'arrêta quand il s'aperçut qu'elle ne le suivait pas. Il lui jeta un long regard, et elle resserra ses bras autour du carton humide. Peut-être qu'il avait des doutes, lui aussi.

—Je suis désolée, dit-elle, baissant les yeux sur son regard jaune.

Désolée d'être une gêne, désolée de ne pas être plus forte, plus convenable, plus quelque chose.

Une décharge de pouvoir embrasa la peau d'Anna et la poussa à détourner le regard. Il était tombé sur le sol et commençait à redevenir humain.

C'était trop tôt, il était trop gravement blessé. En hâte, elle ferma la porte d'entrée avec sa hanche, jeta son carton sur le sol et se précipita à son côté.

—Qu'est-ce que tu fais ? Arrête ça.

Mais il avait déjà commencé, et elle n'osait pas le toucher. Changer dans un sens ou dans l'autre était douloureux… et même un léger contact pouvait lui faire subir une douleur atroce.

—Bon sang, Charles !

Même après trois ans de lycanthropie, elle n'aimait pas regarder la transformation ; la sienne ou celle de quelqu'un d'autre. Il y avait quelque chose d'horrible à voir les bras et les jambes de quelqu'un se tordre et se courber… et il y avait ce moment qui retournait l'estomac, quand il n'y avait ni fourrure ni peau pour recouvrir les muscles et les os.

Charles était différent. Il lui avait dit que, grâce à la magie de sa mère ou au fait d'être né loup-garou, sa transformation était plus rapide : cela rendait aussi le changement presque magnifique. La première fois qu'elle l'avait vu se transformer, elle avait été impressionnée.

Cette fois, ce n'était pas la même chose. C'était aussi long et aussi horrible que pour elle. Il avait oublié les bandages, et ils n'étaient pas faits pour changer en même temps que lui. Elle savait qu'ils finiraient par se déchirer, mais elle savait aussi qu'ils lui feraient mal avant cela.

Alors elle se glissa le long du mur pour éviter de le toucher, puis courut dans la cuisine. Elle ouvrit les tiroirs, cherchant frénétiquement jusqu'à ce qu'elle trouve celui où il gardait les objets aiguisés et pointus, dont une paire de ciseaux. Se disant qu'elle risquait moins de le poignarder avec des ciseaux qu'avec un couteau, elle les saisit et revint.

Elle coupa pendant qu'il changeait, ignorant son grognement quand elle força la lame sous le tissu trop serré. La pression supplémentaire serait douloureuse, mais ce serait mieux qu'attendre que le tissu finisse par se déchirer sous la tension.

La vitesse de sa transformation ralentissait au fur et à mesure de sa progression, au point qu'elle s'inquiéta qu'il reste coincé à mi-chemin : elle avait fait des cauchemars où elle se voyait coincée entre les deux formes. À la fin, il s'étendit en position fœtale à ses pieds, complètement humain.

Elle pensait qu'il en avait terminé, mais alors des vêtements se formèrent sur son corps nu, recouvrant sa chair alors qu'il se transformait. Rien de fantastique, juste un jean et un tee-shirt blanc, mais elle n'avait jamais entendu dire qu'un loup-garou était capable de faire ça. Ça, c'était de la magie !

Elle ne savait pas ce qu'il pouvait accomplir. Elle ne savait pas grand-chose de lui à part qu'il faisait battre son cœur plus fort et repoussait son habituel état de demi-panique.

Elle frissonna, puis se rendit compte qu'il faisait frais dans la maison. Il avait sans doute baissé le chauffage quand il était parti à Chicago. Elle regarda autour d'elle et trouva un petit châle épais plié sur le dossier d'un fauteuil à bascule et l'attrapa. Attentive à ne pas frôler trop fort sa peau sensible, elle déposa doucement la couverture sur lui.

Il était allongé, une joue sur le sol, frissonnant et haletant.

—Charles?

Son premier réflexe fut de le toucher mais, après une transformation, elle n'avait vraiment pas envie qu'on la touche. Sa peau était neuve et à vif.

La couverture glissa de ses épaules et quand elle la souleva pour le recouvrir, elle vit une tache sombre s'étendre rapidement sur le dos de son tee-shirt. Si ses blessures avaient été normales, la transformation l'aurait mieux soigné. Les blessures infligées par l'argent guérissaient beaucoup plus lentement.

—Est-ce que tu as une trousse de secours? demanda-t-elle.

La trousse de secours de sa meute permettait de soigner les coups reçus dans les combats mineurs qui éclataient chaque fois que la meute entière était réunie. Impossible de croire que Charles n'était pas aussi bien préparé que sa… que la meute de Chicago.

—La salle de bains.

Sa voix était aussi rêche que du papier de verre sous l'effet de la douleur.

La salle de bains était derrière la première porte qu'elle ouvrit, une grande pièce avec une baignoire aux pieds griffus, une grande cabine de douche et un évier en porcelaine sur pied. Dans un coin se trouvait une armoire sèche-linge. Sur l'étagère du bas, elle trouva une trousse de secours de taille industrielle, et la rapporta dans le salon.

La peau habituellement brun foncé de Charles était grise, ses mâchoires étaient serrées de douleur, et ses yeux noirs brillaient de fièvre, scintillant de taches dorées qui allaient bien avec le clou qu'il portait à l'oreille. Il s'était assis bien droit, la couverture étalée sur le sol autour de lui.

—C'était stupide. Changer n'aide pas les blessures à l'argent, le gronda-t-elle, sa soudaine colère nourrie par la douleur qu'il s'était infligée. Tout ce que tu as réussi à faire c'est utiliser toute l'énergie dont ton corps a besoin pour guérir. Laisse-moi te panser, et je te trouverai quelque chose à manger.

Elle avait faim, elle aussi.

Il lui sourit, juste un petit sourire. Puis il ferma les yeux.

—Très bien.

Sa voix était rauque.

Elle allait devoir retirer la plupart des vêtements qu'il avait enfilés.

—D'où viennent tes vêtements?

Elle aurait supposé que c'était ceux qu'il portait quand il s'était changé d'humain en loup, sauf qu'elle avait aidé à le déshabiller pour que le docteur de Chicago puisse l'examiner. Il ne portait rien d'autre que des bandages quand il avait pris sa forme de loup.

Il secoua la tête.

—De quelque part. Je ne sais pas.

Le jean était un Levi's, usé au genou, et le tee-shirt portait une étiquette Hanes. Elle se demanda si quelqu'un quelque part se retrouvait soudain à déambuler en sous-vêtements.

—Formidable! dit-elle tandis qu'elle remontait avec précaution son tee-shirt pour pouvoir regarder la blessure de sa poitrine. Mais ça aurait été plus facile si tu ne t'étais pas habillé.

—Désolé, grogna-t-il. L'habitude.

Une balle avait transpercé sa poitrine juste à droite de son sternum. Le trou dans le dos était pire, plus grand que celui de devant. S'il avait été humain, il serait toujours aux urgences, mais les loups-garous étaient des durs à cuire.

— Si tu mets un pansement stérile sur le devant, lui dit-il, je peux le tenir pour toi. Tu devras tenir celui du dos. Puis envelopper le tout dans une bande vétérinaire.

— Une bande vétérinaire ?

— Le truc coloré qui ressemble à de la gaze. Il va se coller à lui-même, donc tu n'auras pas besoin de l'attacher. Tu devras sans doute utiliser deux pansements pour couvrir toute la surface.

Elle découpa son tee-shirt avec les ciseaux qu'elle avait trouvés dans la cuisine. Puis elle déchira l'emballage des pansements stériles et en posa un sur la petite ouverture de sa poitrine et essaya de ne pas penser au trou qui le traversait de part en part. Il appuya sur le pansement plus fortement qu'elle l'aurait osé.

Elle fouilla dans la trousse, cherchant la bande de contention, et trouva une douzaine de rouleaux au fond. La plupart étaient marron ou noirs, mais il y en avait quelques autres. Parce qu'elle lui en voulait de s'être blessé encore plus, alors qu'il aurait pu rester sous sa forme de loup pendant quelques jours, elle saisit une paire de rouleaux rose fluo.

Il rit quand elle les sortit, mais cela dut lui faire mal : sa bouche s'étrécit, et il haleta pendant un moment.

— Mon frère les a mises là, dit-il quand le pire fut passé.

— Tu as fait quelque chose pour l'embêter, lui aussi ? demanda-t-elle.

Il grimaça un sourire.

— Il a prétendu que c'était tout ce qu'il avait dans son bureau quand j'ai fait le plein.

Elle était prête à lui poser quelques questions supplémentaires à propos de son frère, mais tout désir de le taquiner mourut quand elle regarda son dos. Pendant les quelques minutes qu'elle avait passées à se préparer pour le soigner, le sang s'était répandu jusqu'au bord de son jean. Elle aurait dû laisser son tee-shirt tranquille jusqu'à ce que tout soit prêt.

— *Tarditas et procrastinatio odiosa est*, dit-elle pour elle-même avant de découper un paquet de pansements.

— Tu parles latin ? lui demanda-t-il.

— Non, je me contente de le citer beaucoup. C'est censé être du Cicéron, mais ton père dit que ma prononciation est mauvaise. Tu veux la traduction ?

L'éraflure causée par la première balle, celle qu'il avait prise en la protégeant, faisait une diagonale rouge et enflée au-dessus de la blessure plus grave. Ça allait lui faire mal un moment, mais ce n'était pas important.

— Je ne parle pas latin, dit-il. Mais je connais un peu de français et d'espagnol. La procrastination, ça craint ?

— C'est ce que c'est censé vouloir dire.

Elle avait déjà aggravé les choses ; il devait voir un médecin pour cette plaie-là.

— Tout va bien, dit-il en réponse à la tension de sa voix. Colmate juste la fuite.

Avec difficulté, elle ne se concentra que sur ça. Elle rassembla les cheveux trempés de sueur qui arrivaient à la taille de Charles, et les poussa par-dessus son épaule.

Il n'y avait pas de pansement stérile assez grand pour la blessure de son dos, alors elle en prit deux et les maintint d'une judicieuse pression du genou pendant qu'elle faisait le tour de son torse avec la bande vétérinaire. Il tint l'extrémité pour elle sans qu'elle le lui demande, et la maintint contre ses côtes. Elle utilisa cet ancrage pour enrouler le reste autour de lui une première fois.

Elle lui faisait mal. Il avait presque cessé de respirer, hormis de petites inspirations superficielles. Donner les premiers soins à un loup-garou était dangereux. La douleur pouvait faire perdre le contrôle à un loup, comme cela s'était produit ce matin. Mais Charles se tenait très tranquille tandis qu'elle serrait suffisamment le bandage pour maintenir les pansements à leur place.

Elle utilisa les deux rouleaux et essaya de ne pas remarquer combien le rose éclatant allait bien avec sa peau sombre. Alors qu'un homme était sur le point de perdre connaissance à cause de la douleur, ça ne lui semblait pas correct de s'attarder sur sa beauté. Les muscles et les os tendaient sa peau douce et sombre… peut-être que s'il n'avait pas senti aussi bon sous l'odeur de sang et de sueur elle aurait pu garder ses distances.

Sien. Il était sien, murmura la part d'elle-même qui ne se souciait pas des problèmes humains. Quelles que soient les peurs d'Anna au sujet des changements rapides dans sa vie, sa moitié louve était très heureuse des événements de ces derniers jours.

Elle attrapa un torchon dans la cuisine, l'humidifia, et nettoya le sang de sa peau pendant qu'il se remettait de ses efforts maladroits de premiers soins.

—Il y a du sang sur ta jambe de pantalon aussi, lui dit-elle. Tu dois retirer ton jean. Est-ce que tu peux le retirer par magie comme tu l'as enfilé?

Il secoua la tête.

—Pas maintenant. Même pas pour frimer.

Elle mesura l'ampleur de la difficulté à retirer un jean et s'empara des ciseaux qu'elle avait utilisés sur le tee-shirt. C'étaient de bons ciseaux acérés et elle put découper le denim rigide aussi facilement que le tee-shirt, ne laissant à Charles qu'un boxer vert foncé.

—J'espère que tu as un bon revêtement de sol, murmura-t-elle pour s'aider à se distancier de la blessure. Ce serait une honte de le tacher.

Le sang s'était répandu sur les motifs sophistiqués du sol. Heureusement, les tapis persans étaient trop loin pour être en danger.

La seconde balle avait traversé le mollet. La blessure avait plus mauvaise mine que la veille, plus enflée et plus irritée.

— Le sang ne l'abîmera pas, répondit-il comme s'il saignait sur le sol tout le temps. On lui a appliqué quatre couches de polyuréthane l'année dernière. Ça ira très bien.

Il n'y avait plus de bandages roses dans la trousse, alors, pour la jambe, elle choisit la couleur la plus discordante, un vert chartreuse. Comme le rose, la teinte éclatante lui allait bien. Elle utilisa tout le rouleau et une autre paire de pansements stériles pour empêcher le bandage de coller. Quand elle en eut fini avec lui, le châle, les vêtements et le sol étaient couverts de sang. Ses propres vêtements ne s'en étaient pas très bien tirés non plus.

— Veux-tu que je te mette au lit avant de ranger ce bazar, ou préfères-tu avoir quelques minutes pour te remettre ?

— J'attendrai, dit-il.

Ses yeux noirs étaient passés au jaune loup pendant qu'elle s'affairait. Malgré la crise de rage du matin qui avait effrayé les loups de Chicago, son contrôle devait être excellent pour lui permettre de se tenir tranquille à côté d'elle, mais ce n'était pas une raison pour le bousculer.

— Où est ta buanderie ? demanda-t-elle en saisissant des vêtements de rechange dans sa boîte.

— En bas.

Il lui fallut une minute pour trouver comment s'y rendre. Elle finit par ouvrir une porte dans le mur étroit entre la cuisine et la salle à manger, qu'elle avait prise pour un placard, et y découvrit l'escalier. La buanderie était située dans un coin du sous-sol à moitié terminé ; le reste du sous-sol était une salle de musculation à l'équipement impressionnant.

Elle jeta les restes des bandages et des vêtements inutilisables dans la poubelle à côté du lave-linge. Il y avait un évier dans la buanderie ; elle le remplit d'eau froide et y mit ce qui était récupérable. Elle laissa tremper le tout quelques minutes pendant qu'elle enfilait des vêtements propres, et se débarrassa aussi de son tee-shirt et de son jean maculés de sang dans l'évier. Elle trouva un seau de vingt litres rempli de chiffons propres et pliés à côté du sèche-linge, et en prit quelques-uns pour nettoyer le sol.

Il ne réagit pas à son retour ; il avait les yeux fermés et le visage serein. Il aurait dû paraître idiot, assis dans ses sous-vêtements tachés de sang, enveloppé de bandages roses et verts, mais il était simplement lui-même.

Le sol était aussi facile à nettoyer qu'il l'avait promis. Après un dernier passage, elle se leva pour repartir au sous-sol avec ses chiffons ensanglantés, mais Charles lui saisit la cheville de sa grande main, et elle s'arrêta net, se demandant s'il avait fini par perdre le contrôle.

— Merci, dit-il d'un ton plutôt civilisé.

— Je te dirais bien « de rien » mais, si tu me forces à te panser souvent, je vais devoir te tuer, lui dit-elle.

Il sourit, les yeux toujours fermés.

— J'essaierai de ne pas saigner plus que nécessaire, promit-il, la laissant retourner à ses tâches.

Une fois que le lave-linge eut commencé à s'agiter en bas, elle entreprit de sortir des burritos surgelés du congélateur. Si elle avait faim, lui devait être affamé.

Elle ne trouva pas de café, mais il y avait du chocolat instantané et une grande variété de thés. Elle décida qu'il avait besoin de sucre, et mit de l'eau à bouillir pour un chocolat.

Quand tout fut prêt, elle emporta une assiette et une tasse de chocolat dans le salon et les posa sur le sol devant

Charles. Il n'ouvrit pas les yeux et ne bougea pas, aussi le laissa-t-elle seul.

Elle fouilla la maison jusqu'à trouver sa chambre. Ce n'était pas difficile. Malgré tout le luxe de ses meubles et de sa décoration, ce n'était pas une maison immense. Il n'y avait qu'une seule chambre avec un lit.

Cela lui fit faire une petite pause déplaisante.

Elle tira les couvertures. Au moins, elle n'aurait pas à gérer les problèmes de sexe pendant encore quelques jours. Il n'était pas vraiment en forme pour faire de la gymnastique dans l'immédiat. Sa condition de louve-garou lui avait appris – entre autres choses – à oublier le passé, à vivre dans le présent et à ne pas trop penser au futur. Ça marchait, tant que le présent était supportable.

Elle était fatiguée, fatiguée et pas du tout à sa place. Elle fit ce qu'elle avait appris à faire ces dernières années, et puisa dans sa force de louve. Pas assez pour qu'un autre loup le sente, et elle savait que, si elle se regardait dans un miroir, elle serait face à ses propres yeux bruns. Mais, sous sa peau, elle pouvait sentir cet *autre*. La louve lui avait permis de traverser des épreuves auxquelles sa moitié humaine n'aurait pas survécu. Pour l'instant, cela lui donnait plus de force et l'isolait de ses angoisses.

Elle lissa de la main les draps vert sapin – Charles semblait apprécier le vert – et retourna dans le salon.

Il était toujours assis, mais il avait ouvert les yeux, et le chocolat et les burritos qu'elle lui avait laissés avaient entièrement disparu ; tout cela était bon signe. Mais il avait toujours les yeux dans le vague, le teint plus pâle qu'il aurait dû, et le visage profondément marqué par la tension.

—Allons te mettre au lit, lui dit-elle, en sûreté dans le couloir.

Mieux valait ne pas surprendre un loup-garou blessé, même un loup sous forme humaine qui avait du mal à tenir assis tout seul.

Elle aurait pu le prendre dans ses bras et le porter si besoin, mais cela aurait été étrange, et elle lui aurait fait mal. À la place, elle passa son épaule sous son bras et le soutint pendant tout le trajet jusqu'à la chambre.

Si près de lui, il était impossible de ne pas répondre à l'odeur de sa peau. Il sentait le mâle et le compagnon. Cette odeur l'aida à accepter la certitude de sa louve d'avoir trouvé un compagnon. Elle s'y plongea, et accueillit la satisfaction de la bête.

Il n'émit pas un son pendant tout le trajet jusqu'à son lit, même si elle pouvait sentir l'étendue de sa douleur à la tension de ses muscles. Il était chaud et fiévreux, et cela l'inquiéta. Elle n'avait jamais vu de loup-garou fiévreux avant.

Il s'assit sur le matelas avec un sifflement. Le sang qui restait sur l'élastique de son boxer allait tacher les draps, mais elle n'était pas assez à l'aise pour le lui faire remarquer. Il avait l'air sur le point de s'évanouir ; il avait été en bien meilleure forme avant de décider de se transformer en humain. Étant donné son expérience, il aurait dû se méfier.

—Pourquoi n'es-tu pas resté loup ? le gronda-t-elle.

Des yeux froids se plantèrent dans les siens, plus loup qu'homme dans leurs profondeurs jaunes.

— Tu allais partir. Le loup n'avait aucun autre moyen de te parler.

Il avait supporté ça parce qu'il avait eu peur qu'elle le quitte ? C'était romantique… et stupide.

Elle roula des yeux d'exaspération.

—Et où serais-je allée au juste ? Et qu'est-ce que ça aurait bien pu te faire si tu avais réussi à saigner à mort ?

Il baissa les yeux délibérément.

Que ce loup, cet homme si dominant que même les humains s'éloignaient quand il passait à côté d'eux, lui donne l'avantage, lui coupa le souffle.

— Mon père t'aurait emmenée là où tu aurais voulu aller, lui dit-il doucement. J'étais presque sûr que je pouvais te persuader de rester en parlant, mais j'ai sous-estimé à quel point j'étais mal en point.

— C'est stupide, dit-elle avec aigreur.

Il leva les yeux vers elle, et ce qu'il vit sur son visage le fit sourire, même si sa voix était sérieuse quand il répondit à son attaque.

— Oui. Tu me fais perdre mon bon sens.

Il commença à s'allonger dans le lit ; elle passa rapidement un bras autour de lui, juste au-dessus du bandage, et l'aida à s'installer doucement sur le matelas.

— Tu préfères t'allonger sur le côté ?

Il secoua la tête et se mordit la lèvre. Elle savait d'expérience à quel point être allongé sur le dos pouvait faire mal quand on était sévèrement blessé.

— Il y a quelqu'un que je peux appeler pour toi ? demanda-t-elle. Un docteur ? Ton père ?

— Non. J'irai mieux après un peu de sommeil.

Elle lui jeta un regard sceptique.

— Est-ce qu'*il y a* un docteur dans le coin ? Ou du personnel soignant qui saurait mieux faire que moi ? Comme, par exemple, un boy-scout de dix ans ?

Il lui fit un bref sourire, qui réchauffa sa beauté austère au point de serrer le cœur d'Anna.

— Mon frère est docteur, mais il est probablement toujours dans l'État de Washington. (Il hésita.) Peut-être pas, en fait. Il sera probablement de retour pour l'enterrement.

— L'enterrement ?

L'enterrement de l'ami de Bran, se rappela-t-elle, la raison pour laquelle Bran n'avait pas pu rester plus longtemps à Chicago.

— Demain, répondit-il, même si ce n'était pas ce qu'elle avait voulu dire.

Comme elle n'était pas sûre de vouloir en savoir plus sur qui était mort et pourquoi, elle ne posa pas d'autre question. Il se fit silencieux, et elle pensa qu'il dormait jusqu'à ce qu'il recommence à parler.

— Anna, ne fais pas confiance trop facilement.

— Quoi ?

Elle posa la main sur son front, mais il n'était pas plus chaud.

— Si tu décides d'accepter l'offre de mon père de partir, rappelle-toi qu'il agit rarement pour des motivations simples. Il ne serait pas aussi vieux, ne serait pas aussi puissant qu'il l'est, s'il était un homme simple. (Il ouvrit ses yeux dorés et soutint son regard.) C'est un homme bon. Mais il est fermement ancré à la réalité, et sa réalité lui dit qu'un Omega pourrait signifier qu'il n'aura plus jamais à tuer un autre ami.

— Comme celui dont c'est l'enterrement demain ? dit-elle.

Oui, c'était le sous-entendu qu'elle avait senti.

Il acquiesça une fois, farouchement.

— Tu n'aurais pas pu l'aider avec celui-ci, personne ne l'aurait pu. Peut-être le prochain…

— Ton père ne veut pas *vraiment* me laisser partir ?

Était-elle prisonnière ?

Il remarqua son anxiété.

— Ce n'est pas ce que je voulais dire. Il ne ment pas. Il t'a dit qu'il y réfléchirait si tu voulais partir et c'est ce qu'il fera. Il essaiera de te faire accepter d'aller là où il aura le plus besoin de toi, mais il ne te gardera pas contre ta volonté.

Anna le regarda, et la louve en elle se détendit.

— Tu ne me garderais pas non plus ici si je ne le voulais pas.

Ses mains bougèrent à une vitesse stupéfiante, saisissant ses poignets avant qu'elle puisse réagir. Ses yeux passèrent du doré bruni à l'ambre brillant du loup.

— N'y compte pas, Anna. N'y compte pas, dit-il d'une voix enrouée

Elle aurait dû avoir peur. Il était plus grand et plus fort qu'elle, et la vitesse de son geste était calculée pour lui faire peur… même si elle n'était pas certaine de comprendre pourquoi il pensait devoir le faire à moins de vouloir être sûr qu'elle comprenne. Mais, avec la louve qui avait pris l'ascendant, elle ne pouvait pas avoir peur de lui : il était sien et ne la blesserait pas, pas plus qu'elle ne lui ferait volontairement du mal.

Elle se pencha en avant, posant son front contre le sien.

— Je te connais, lui dit-elle. Tu ne peux pas me tromper.

Cette conviction la rassura. Elle ne le connaissait peut-être que depuis très peu de temps – vraiment très peu – mais en un sens elle le connaissait mieux qu'il se connaissait lui-même.

À sa surprise, il éclata de rire ; un souffle calme qui, elle l'espérait, ne lui fit pas trop mal.

— Comment Leo a-t-il réussi à te tromper au point que tu te comportes comme une louve soumise ?

Tous ces coups, toutes ces relations non consenties avec des hommes dont elle ne voulait pas… elle baissa les yeux sur les cicatrices sur ses poignets, que Charles tenait toujours. Elle avait utilisé un couteau en argent et, si elle n'avait pas été aussi impatiente, si elle avait attendu d'être seule chez elle, elle serait morte.

Leo avait essayé de la briser parce qu'elle n'était pas soumise, parce qu'elle était quelque chose d'entièrement différent. Il n'avait pas voulu qu'elle le sache. Elle était hors de la structure de la meute, lui avait dit Charles. Ni dominante ni soumise. Omega. Quoique ça signifie.

Charles lâcha rapidement ses poignets et posa ses mains des deux côtés de son visage. Il l'éloigna de lui pour pouvoir la regarder.

—Anna ? Anna, je suis désolé. Je ne voulais pas…

—Ce n'était pas toi, lui dit-elle. Je vais bien. (Elle le regarda fixement et remarqua qu'il avait l'air encore plus fatigué qu'avant.) Tu as besoin de dormir.

Il la regarda d'un air pénétrant, puis hocha la tête et la relâcha.

—Il y a une télé dans la salle à manger. Ou alors, tu peux utiliser Internet sur l'ordinateur de mon bureau. Il y a…

—Je suis fatiguée, moi aussi.

Elle avait peut-être été conditionnée à marcher la queue entre les jambes, mais elle n'était pas stupide. Dormir était ce dont son esprit épuisé avait besoin pour essayer de gérer les brusques changements de sa vie. Échanger Chicago pour la nature sauvage du Montana était le moindre de tous : Omega et appréciée, non pas soumise et sans valeur ; un compagnon et tout ce qui allait avec. Mieux que tout ce qu'elle avait eu, à coup sûr, mais c'était encore un peu traumatisant.

—Ça t'ennuie si je dors ici ?

Elle avait pris une voix timide, elle ne voulait pas être une intruse là où on ne voulait pas d'elle. C'était son territoire à lui ; mais sa louve répugnait à le laisser seul et blessé.

C'était étrange, ce besoin. Étrange et dangereux, comme si ce qu'il était pouvait l'atteindre et l'avaler tout entière ou la changer au point qu'elle ne se reconnaisse plus. Mais elle était trop fatiguée pour le combattre ou ne serait-ce que déterminer si elle avait envie de le combattre ou non.

—Je t'en prie, dit-il, et ce fut suffisant.

Elle avait raison, songea-t-il. Il avait besoin de dormir.

Après être revenue de la salle de bains dans une chemise de flanelle usée jusqu'à la corde et un pantalon de pyjama délavé, elle s'était roulée en boule à côté de lui et s'était endormie tout de suite. Il était épuisé, lui aussi, mais il découvrit qu'il ne voulait pas perdre le moindre moment passé à l'avoir dans ses bras, son cadeau inespéré.

Il ignorait ce qu'elle pensait de lui. Avant de se faire tirer dessus, il avait prévu de prendre un peu plus de temps pour lui faire la cour. Ainsi, elle aurait eu plus confiance en lui avant qu'il l'entraîne hors de son territoire.

L'expression de son visage quand elle était entrée chez lui… Elle émit un bruit et il relâcha ses bras. Il avait aggravé ses blessures avec ce changement, et il guérirait plus lentement sous forme humaine mais, s'il l'avait perdue, il suspectait qu'il ne s'en serait jamais remis.

Elle était forte pour avoir survécu au traitement de Leo et s'en être sortie entière. Peu importait ce qu'elle disait à propos de son manque d'options, il savait que, s'il ne l'avait pas perturbée, elle se serait enfuie loin de lui. La fatigue qu'il ressentait à présent et la douleur du changement en valaient la peine. Il avait attendu longtemps avant de la trouver, et il n'allait pas courir le risque de la perdre.

C'était étrange d'avoir une femme dans ce lit et en même temps il lui semblait qu'elle avait toujours été là. Sienne. Sa main était posée sur sa poitrine, mais il ignorait la douleur, au profit d'un mal plus intense qui le rendait heureux.

Sienne.

La voix du Marrok afflua et reflua dans sa tête, comme un courant chaud. *« L'enterrement aura lieu à 9 heures. Si tu ne peux pas venir, dis-le-moi. Samuel sera là ; il voudra jeter un œil à tes blessures après. »*

Bran n'était pas un vrai télépathe ; il pouvait envoyer mais pas recevoir. Samuel avait dit une fois à Charles que Bran n'avait pas toujours été capable de le faire, mais que quelque temps après être devenu alpha, il avait développé cette faculté.

« Et il y a quelque chose que j'aimerais te demander… »

La voix de son père s'évanouit, et Charles sut qu'il n'était pas censé entendre cette partie-là. Ou au moins que son père n'avait pas l'intention de la lui faire entendre.

Il n'avait jamais remis en question la foi de son père en Dieu ou la croyance de son grand-père aux esprits, parce qu'il les acceptait toutes deux. Dieu lui parlait rarement, même si parfois Il l'avertissait, lui prodiguait du réconfort ou de la force. Mais les esprits étaient plus exigeants, même si souvent ils étaient moins bienfaisants, et Charles avait appris à reconnaître les signes quand l'un d'entre eux lui en envoyait.

— Désolé, murmura-t-il à Anna en attrapant le téléphone, qui n'était heureusement pas trop loin de son côté du lit. Mais elle ne remua pas.

Il composa le numéro de son père.

— Tu ne peux pas aller à l'enterrement ? Ça va plus mal ?

Même avant l'identification du numéro, son père avait toujours su qui appelait. Avec Charles, il avait depuis longtemps cessé de perdre du temps avec les salutations et allait droit au but.

— Je vais bien, Père, dit Charles. (Les muscles d'Anna se contractèrent juste un peu contre lui alors qu'elle se réveillait.) Mais tu as autre chose à me dire.

Il y eut une pause.

— Si j'avais su que ta mère était la fille d'un homme-médecine, je ne l'aurais jamais prise pour compagne.

Il disait ça depuis que son fils avait commencé à montrer des signes du talent de sa mère. Charles sourit : son père ne pouvait pas mentir à un autre loup-garou ; en tout cas pas à un de ses fils. Pas même au téléphone.

— Bien, dit Bran alors que Charles attendait toujours. (La frustration lui durcissait la voix.) Il y a eu un meurtre dans le parc naturel des Cabinet Mountains. Un chasseur d'élan a été taillé en pièces il y a deux jours, le dernier jour de la saison. Un de nos contacts parmi les gardes forestiers me l'a dit. Ce sera dans les journaux demain. Officiellement, on accuse un grizzli.

— Un loup solitaire ?

— Peut-être. Ou peut-être quelqu'un qui cherche à me faire savoir qu'il serait inopportun de rendre publique l'existence des loups.

Anna était devenue très tranquille à côté de lui. Elle était éveillée et écoutait.

Bran poursuivit.

— Le parc naturel des Cabinet Mountains est juste derrière notre territoire ; là, je serai sûr de comprendre le message. Nous n'avons pas eu de loup solitaire dans le Montana depuis quinze ou vingt ans. (La plupart d'entre eux étaient assez intelligents pour rester éloignés du territoire personnel du Marrok.) Les gardes forestiers ont aussi reçu un communiqué il y a environ un mois à propos d'un monstre qu'aurait rencontré un doctorant, c'était à quelques kilomètres de là où on a trouvé le chasseur mort.

» L'étudiant a dit que cette chose était sortie du bois. Elle lui a rugi dessus et a sorti les crocs et les griffes ; tout le monde a supposé que c'était un couguar, même si l'étudiant était très énervé qu'on pense qu'il ne reconnaîtrait pas un couguar. Il a maintenu que c'était un monstre jusqu'à ce qu'on l'ait à l'usure et qu'il change son histoire.

—Comment se fait-il qu'il soit toujours en vie ? demanda Charles, et il sentit Anna se raidir un peu plus. (Elle avait mal compris sa question. Il poursuivit donc, plus pour elle que pour son père.) Si c'était un loup solitaire, il ne l'aurait pas laissé partir après qu'il l'eut vu dans cet état, clarifia-t-il.

Il n'avait pas eu à tuer de témoin depuis longtemps. Le plus souvent, on pouvait s'appuyer sur l'incrédulité générale à propos du surnaturel et, au moins dans le nord-ouest du pays, sur les légendes du Big Foot. Une des meutes de l'Oregon avait érigé en passe-temps la création d'apparitions du Big Foot chaque fois qu'un de ses nouveaux loups causait des dégâts, qui étaient bien entendu imputés au Big Foot.

—L'étudiant a dit qu'une espèce de vieux fou avec un couteau avait débarqué de nulle part et lui avait dit de s'enfuir, dit Bran. C'est ce qu'il a fait.

Charles y réfléchit pendant une minute.

—Une espèce de vieux fou qui par hasard se trouvait là juste quand un loup-garou a décidé de tuer ce gamin ? Un vieil homme ne ralentirait même pas un loup-garou.

—Je n'ai jamais prétendu que l'histoire avait un sens. (La voix de son père était sèche.) Et nous ne sommes pas sûrs que le monstre était un loup-garou. Je n'y avais pas fait attention jusqu'à ce que le chasseur soit tué dans la même zone à peine un mois plus tard.

—Et à propos de celui-là ? Tu es sûr que le chasseur a été victime d'un loup-garou ?

—Mon informateur est Heather Morrell. Elle sait différencier une attaque de grizzli de celle d'un loup-garou.

Heather était humaine, mais elle avait grandi à Aspen Creek.

—Très bien, convint Charles. Tu as besoin que j'aille vérifier tout ça ? Il me faudra quelques jours avant d'être prêt. (Et il ne voulait pas laisser Anna.) Tu peux envoyer quelqu'un d'autre ?

Il faudrait quelqu'un d'assez dominant pour contrôler un loup-garou solitaire.

— Je ne veux pas envoyer quelqu'un se faire tuer.

— Juste moi.

Charles pouvait utiliser un ton sec, lui aussi.

— Juste toi, reconnut Bran simplement. Mais je ne t'envoie pas blessé en mission. Samuel est là pour l'enterrement. Il peut aller vérifier ça.

— Tu ne peux pas envoyer Samuel.

Sa réponse fut immédiate. Le refus était trop fort pour être juste de l'instinct. Parfois, les esprits de sa mère lui donnaient un peu d'aide pour préparer l'avenir.

Cette fois, c'était son père qui attendait. Il essaya donc de comprendre pourquoi c'était une si mauvaise idée, et il n'apprécia pas la réponse quand elle lui apparut.

— Depuis qu'il est rentré du Texas, Samuel n'est plus comme avant, finit par dire Charles.

— Il est suicidaire. (Bran avait mis des mots dessus.) Je l'ai jeté en pâture à Mercy, pour voir si elle pouvait le secouer. C'est pour ça que je t'ai envoyé à Chicago et pas dans l'État de Washington.

Pauvre Mercy, pauvre Samuel. Charles fit courir un doigt sur le bras d'Anna. Dieu soit loué, tous les esprits en soient remerciés, son père n'avait jamais essayé de jouer l'entremetteur pour lui. Il baissa les yeux sur Anna et pensa, merci mon Dieu que son père l'ait envoyé lui, et pas Samuel, à Chicago.

Les esprits répondirent à sa prière impulsive en interférant un peu plus.

— Samuel est coriace, dit-il, en faisant défiler les signaux d'alerte qui se bousculaient les uns les autres dans sa tête. Mais c'est un guérisseur et je ne pense pas que la situation ait besoin de ça. J'irai. Ça devra attendre quelques jours, mais j'irai.

Le malaise qui le tenait depuis que son père l'avait contacté se calma. Sa décision lui semblait juste.

Mais son père n'en était pas convaincu.

— Tu t'es pris trois balles en argent hier ou j'ai raté quelque chose ? Tu as aussi perdu le contrôle ce matin.

— Deux balles et une éraflure, corrigea Charles. Je boiterai un peu sur le chemin. Je me contrôle bien, à présent.

— Tu laisseras Samuel t'ausculter, puis nous en reparlerons.

Son père raccrocha brusquement. Mais sa voix continua dans la tête de Charles : *je ne veux pas perdre mes deux enfants.*

Charles reposa le combiné.

— Pose ta question, dit-il à Anna.

— Bran, le Marrok, va révéler l'existence des loups-garous ?

Elle parlait d'une voix étouffée, comme si une telle chose lui paraissait impensable.

— Il pense que trop de personnes qui ne devraient pas être au courant le sont déjà, lui dit-il. La science et les ordinateurs nous ont rendus de plus en plus difficiles à cacher. Père espère qu'il pourra mieux le contrôler s'il est à l'origine du flot d'informations, au lieu d'attendre que nos ennemis ou qu'un idiot innocent décide de le faire pour nous.

Elle se détendit contre lui, et réfléchit à la question.

— Ça rendrait les choses intéressantes.

Il rit, la serra contre lui et finit par sombrer béatement dans le sommeil.

CHAPITRE 3

I l y avait bien une ville. Pas bien grande, mais on y trouvait une station-service, un hôtel, et un bâtiment à étages dont le panneau proclamait qu'il s'agissait de l'école d'Aspen Creek. Derrière, une vieille église en pierre, qu'on ne pouvait voir que depuis le parking, se nichait entre les arbres. Sans les indications de Charles, elle aurait pu la rater.

Anna réduisit la vitesse du grand pick-up vert dans le parking, jusqu'à un emplacement conçu pour un véhicule beaucoup plus petit. C'était la seule place libre. Elle n'avait pas vu de maison, mais il y avait beaucoup de pick-up et autres 4 x 4 dans le parking.

Le pick-up de Charles était plus vieux qu'elle, mais il avait l'air parfaitement neuf. Il avait à peine quatre-vingt mille kilomètres au compteur, si elle en croyait l'odomètre ; environ trois mille kilomètres par an. Charles lui avait dit qu'il n'aimait pas conduire.

Elle coupa le moteur et regarda avec anxiété Charles ouvrir la portière et se laisser glisser à terre. La descente ne sembla pas lui poser un problème. La tache sur le bandage rose ne s'était pas étendue par rapport à la veille. Mais il avait toujours l'air épuisé, et une rougeur inquiétante était apparue sous sa peau.

S'ils avaient été à Chicago pour une rencontre avec son ancienne meute, elle ne l'aurait pas laissé y aller. Trop de loups là-bas auraient cherché à tirer parti de sa faiblesse. Du moins, elle aurait essayé de l'en empêcher beaucoup plus sérieusement qu'elle l'avait fait ce matin.

Elle avait exprimé son inquiétude, les yeux soigneusement rivés au sol. D'après son expérience, les loups dominants n'aimaient pas qu'on remette en cause leur vaillance et réagissaient parfois mal. Non qu'elle pense vraiment qu'il pourrait la blesser.

— Personne n'oserait me défier. Mon père tuerait l'inconscient si je n'y arrivais pas moi-même. Je ne suis pas tout à fait sans défense, avait-il simplement dit.

Elle n'avait pas eu le courage de remettre son jugement de nouveau en question. Et tout ce qu'elle pouvait faire était espérer qu'il avait raison.

Elle dut reconnaître qu'il n'avait absolument pas l'air sans défense avec ses bandages dissimulés par la veste de costume sombre qu'il portait. Le contraste entre le costume strict et ses cheveux tressés et ornés de perles qui lui arrivaient à la taille était singulièrement fascinant. Avec son beau visage exotique et son grand corps musclé, il aurait été magnifique dans n'importe quelle tenue.

Il avait l'air beaucoup plus raffiné qu'elle. Elle portait un jean et une chemise jaune, parce qu'elle ne possédait rien d'autre à part quelques tee-shirts. Elle ne s'attendait pas à aller à un enterrement quand elle avait emballé ses affaires.

Elle soupira et ouvrit sa portière avec précaution, pour ne pas érafler la Subaru garée à côté d'elle. Charles l'attendait devant le pick-up et lui offrit son bras, en un geste qui commençait à devenir familier, si démodé qu'il puisse être. Elle coinça son bras sous le sien et le laissa avancer à son propre rythme jusqu'à l'église.

En public il ne boitait pas, mais elle savait qu'un œil entraîné remarquerait la raideur de sa démarche. Elle lui jeta un regard quand ils montèrent les marches, mais elle ne put déchiffrer son expression : il avait déjà mis son masque public, dépourvu d'émotion.

À l'intérieur, l'église avait des allures de ruche, une centaine de voix s'entremêlaient, et elle saisissait un mot ici ou là, mais rien qui ait un sens. Elle pouvait sentir les loups, mais il y avait aussi des humains. L'assemblée tout entière dégageait l'odeur spécifique du chagrin, à laquelle se superposait l'odeur de la colère et du ressentiment.

Dans la chapelle, tous les bancs étaient bondés, et quelques personnes se tenaient même debout vers le fond. Ils se retournèrent quand Charles et elle avancèrent. Ils la dévisageaient tous : une étrangère, la seule personne de cette gigantesque assemblée à porter un jean. Ou du jaune.

Elle resserra sa prise sur le bras de Charles. Il baissa les yeux sur son visage, puis balaya l'assemblée du regard. Le temps de dépasser trois bancs, tout le monde sembla avoir trouvé quelque chose d'urgent qui attirait leur attention ailleurs.

Elle serra son avant-bras un peu plus fort en signe de gratitude et regarda l'église. Elle lui rappelait un peu l'église de la Congrégation au sein de laquelle elle avait grandi, avec son haut plafond de bois sombre et son intérieur en forme de croix. La chaire était juste devant la nef qu'ils descendaient, à environ cinquante centimètres du sol. Derrière, il y avait plusieurs rangs de sièges installés face à l'assemblée.

Comme ils approchaient du centre de l'église, elle se rendit compte qu'elle s'était trompée et que les bancs n'étaient pas tous complètement occupés. Le premier rang était vide, en dehors de Bran.

Malgré le costume anthracite griffé qu'il portait, il avait plutôt l'air d'attendre le bus qu'une cérémonie d'enterrement : assis les bras étendus le long du corps, les épaules appuyées contre le dossier du banc, les jambes allongées devant lui et croisées au niveau des chevilles, et les yeux rivés sur la balustrade devant lui ou sur l'infini peut-être. Son visage n'en révélait pas plus que l'expression habituelle de Charles, ce qui était mauvais signe. Elle ne le connaissait pas depuis longtemps, mais le visage du Marrok était mobile, et pas conçu pour être aussi impassible.

Il semblait mis à l'écart, et Anna se rappela que l'homme dont la ville entière venait honorer la mémoire avait été tué par Bran. Un ami, avait-il dit.

À côté d'elle, Charles laissa échapper un grondement qui attira l'attention de son père. Bran leva les yeux vers eux, et leva un sourcil, balayant sa neutralité. Il tapota la place à côté de lui.

— Et alors ? Tu t'attendais à ce qu'ils soient contents de moi ? demanda-t-il à son fils

Charles se retourna, et Anna se retrouva brusquement face à sa poitrine. Mais il ne la regardait pas, il regardait les personnes présentes dans l'église qui de nouveau détournèrent le regard. Alors que son pouvoir balayait l'assistance comme un souffle brûlant, le silence tomba d'un coup.

— Bande d'imbéciles, dit-il, assez fort pour que tout le monde dans l'église l'entende.

Bran se mit à rire.

— Viens t'asseoir avant de tous les effrayer, espèce d'idiot. Je ne suis pas un politicien et je n'ai pas à m'inquiéter de ce qu'ils pensent de moi, tant qu'ils obéissent.

Au bout d'un moment, Charles obéit, et Anna se retrouva assise entre eux.

Dès que Charles se retourna vers l'autel, les murmures recommencèrent, augmentèrent et reprirent leur niveau sonore antérieur. L'atmosphère, lourde de non-dits, était oppressante. Anna se sentit nettement comme une étrangère.

— Où est Samuel ?

Charles regarda au-dessus de la tête de son père.

—Il arrive tout de suite.

Bran avait prononcé ces paroles sans regarder derrière lui mais, comme Charles se retourna, Anna fit de même.

L'homme qui remontait la nef était presque aussi grand que Charles, mais ses traits étaient recopiés sur ceux de Bran, en plus rudes. Ce qui lui donnait l'air moins fade ou moins jeune que son père. Elle le trouva étrangement fascinant, même s'il n'avait pas la beauté de Charles.

Ses cheveux d'un brun boueux étaient coupés négligemment, mais il arrivait quand même à avoir l'air soigné et bien habillé. Il tenait un étui à violon abîmé dans une main et une veste de cow-boy bleu foncé dans l'autre.

Quand il fut presque au bout de l'allée, il se retourna et d'un seul coup d'œil embrassa toute l'assistance. Quand il vit Anna, son visage s'éclaira d'un sourire singulièrement doux. Un sourire dont elle avait déjà vu l'écho sur le visage de Charles et qui lui permit de déceler, au-delà des différences superficielles, les similitudes sous-jacentes : ossature et mouvements ; plutôt que traits.

Il s'assit à côté de Charles et apporta avec lui l'odeur fraîche de la neige sur le cuir. Son sourire s'élargit, et il commença à parler, mais s'arrêta quand une vague de silence balaya la foule du fond de l'église jusqu'aux premiers rangs.

Le pasteur, vêtu de la robe traditionnelle, remonta lentement l'allée, une bible à l'aspect ancien au creux de son bras gauche. L'église se fit silencieuse avant qu'il arrive à la chaire.

Son âge indéniable apprit à Anna qu'il n'était pas un loup-garou, mais il avait une présence telle que même son « bienvenue et merci d'être venus pour rendre hommage à notre ami » sembla solennel. Il posa la bible sur le lutrin avec des égards évidents pour le cuir terni, puis ouvrit doucement la couverture brocardée et retira un marque-page.

Il commença à lire le chapitre xv de la première épître de Paul aux Corinthiens. Et il prononça le dernier verset sans baisser les yeux.

— « Mort, où est ta victoire ? Mort, où est ton aiguillon ? » (Il marqua une pause et laissa glisser son regard sur l'assemblée, comme Charles l'avait fait, puis dit simplement :) Peu après notre installation, Carter Wallace est venu chez moi à 2 heures du matin pour tenir la main de ma femme pendant que notre golden retriever mettait au monde sa première portée. Il ne m'a pas fait payer parce que, disait-il, s'il se faisait payer pour câliner les jolies femmes, il serait gigolo et non vétérinaire.

Il descendit de la chaire et s'assit sur le fauteuil en forme de trône sur la droite. Il y eut un bruit de banc qu'on tirait et de bois qui craquait, puis une vieille femme se leva. Un homme aux cheveux châtain brillant l'escorta le long de l'allée, la soutenant d'une main passée sous son coude. Alors qu'ils passaient devant elle, Anna put sentir l'odeur du loup sur lui.

Il fallut quelques minutes à la vieille femme pour atteindre le haut de la chaire. Elle était si petite qu'elle devait se tenir sur un tabouret, avec le loup-garou derrière elle, les mains sur sa taille pour la stabiliser.

— Carter est venu dans notre magasin quand il avait huit ans, dit-elle d'une voix essoufflée et fragile. Il m'a donné quinze cents. Quand je lui ai demandé pourquoi, il m'a répondu que, quelques jours auparavant, lui et Hammond Markham étaient venus et Hammond avait volé une barre chocolatée. Il m'a dit que Hammond ne savait pas qu'il m'apportait l'argent. (Elle rit et essuya une larme.) Il m'a assuré que c'était pourtant l'argent de Hammond, qu'il avait volé le matin même dans son cochon-tirelire.

Le loup-garou qui l'avait escortée porta sa main à ses lèvres et l'embrassa. Puis il la prit dans ses bras, malgré ses protestations, et l'emporta jusqu'à leur banc. Mari et femme, malgré leur apparence de petit-fils avec sa grand-mère.

Anna frémit, soudain extrêmement heureuse que Charles soit un loup comme elle et non un humain.

D'autres personnes se levèrent et racontèrent des histoires ou lurent des versets de la Bible. On versa des larmes. Le défunt, Carter Wallace – ou plutôt le docteur Carter Wallace, étant donné qu'il était à l'évidence le vétérinaire de la ville – était très aimé.

Charles étendit les jambes devant lui et baissa la tête. À côté de lui, Samuel jouait d'un air absent avec l'étui à violon, et grattait une tache d'usure sur le cuir.

Elle se demanda à combien de funérailles ils avaient assisté, combien d'amis et de parents ils avaient enterrés. Elle avait autrefois maudit son corps sans âge et capable de se régénérer ; quand il lui avait *compliqué la tâche* pour se suicider. Mais la tension dans les épaules de Charles, les tics nerveux de Samuel, et l'immobilité fermée de Bran lui soufflaient que cette quasi-immortalité était une malédiction pour bien d'autres raisons.

Elle se demanda si Charles avait déjà eu une épouse. Une épouse humaine qui aurait vieilli tandis qu'il restait jeune. Que ressentirait-elle quand les gens qu'elle avait connus enfants vieilliraient et mourraient, alors même qu'elle n'aurait jamais son premier cheveu blanc ?

Elle jeta un coup d'œil à Charles. Il avait deux cents ans, lui avait-il dit, son frère et son père étaient encore plus vieux. Ils avaient assisté à de nombreux enterrements.

Une soudaine nervosité dans l'assemblée interrompit ses pensées. Elle se retourna pour voir une jeune fille remonter l'allée. Rien en elle ne semblait justifier une telle émotion. Même si elle était trop loin pour sentir son odeur au milieu de tous ces gens, quelque chose en elle criait son humanité.

La jeune fille monta les marches, et la tension emplit l'air pendant qu'elle feuilletait la bible et regardait le public à travers ses cils.

Elle posa le doigt sur une page et lut.

— « Car tel est le message que vous avez entendu dès le commencement : que nous nous aimions les uns les autres. Non comme Caïn : étant du Mauvais, il égorgea son frère. Et pourquoi l'égorgea-t-il ? Ses œuvres étaient mauvaises, tandis que celles de son frère étaient justes. »

— Shawna, la petite-fille de Carter, murmura Charles. Ça va devenir moche.

— Elle ne s'est pas foulée, dit Samuel tout aussi doucement, mais avec une légère touche d'humour. Il y a des auteurs à la langue plus acérée que Jean, dans la Bible.

Elle lut encore quelques versets, puis regarda le Marrok en face, qui lui accorda un regard. Anna ne sentait pas du tout la puissance de l'Alpha, mais la jeune fille baissa les yeux moins d'une demi-seconde plus tard.

— Elle a séché les cours, dit Charles d'une voix presque inaudible. (Personne, loup-garou ou non, n'aurait pu l'entendre s'il se trouvait plus loin de lui qu'Anna.) Elle est jeune et imbue d'elle-même, et ça fait longtemps qu'elle désapprouve l'emprise de Père sur Aspen Creek, bien avant que notre cher docteur Wallace prenne la décision fatale de devenir loup-garou. Mais mettre le sujet sur la table à l'enterrement est inexcusable.

Ah ! Soudain, la tension et la colère prenaient un sens. Carter Wallace avait été Changé. Il n'avait pas bien vécu la transformation, et Bran avait été forcé de le tuer.

Carter avait été l'ami de Bran, avait-il dit. Et en un sens, songea-t-elle en voyant son visage fermé, il ne devait pas avoir beaucoup d'amis.

Elle tendit le bras et prit la main, pendant avec désinvolture, du Marrok. C'était impulsif ; elle s'arrêta net dès qu'elle comprit ce qu'elle était en train de faire. Mais il lui avait déjà saisi la main d'un geste ferme qui contredisait son attitude nonchalante. Il la serrait un peu fort mais Anna savait qu'il n'avait pas l'intention de la blesser. Au bout d'un moment, la pression s'adoucit.

Du haut de la chaire, Shawna recommença à parler, sa rancœur visiblement attisée par son incapacité à faire baisser les yeux à Bran.

— Mon grand-père était en train de mourir d'un cancer des os quand le Marrok l'a convaincu de Changer. Grand-père n'a jamais voulu être un loup-garou mais, affaibli et malade, il s'est laissé persuader.

Anna trouva que son discours sentait le par cœur, comme si elle s'était entraînée devant un miroir.

— Il a écouté son *ami*. (Elle n'essaya pas de regarder Bran de nouveau, mais même Anna, qui n'avait pas connu le défunt, savait de qui elle voulait parler.) Alors, au lieu de mourir de maladie, il est mort la nuque brisée, parce que Bran a décidé qu'il ne ferait pas un assez bon loup-garou. Peut-être Grand-père a-t-il pensé que c'était une meilleure mort.

Elle ne dit pas « moi pas », mais les mots flottèrent dans l'église après qu'elle fut descendue de la chaire.

Anna s'était préparée à la détester mais, quand la jeune fille les dépassa en levant le menton d'un air de défi, elle remarqua que ses yeux étaient rouges et gonflés.

Pendant un moment, elle crut que Charles allait bondir sur ses pieds – elle pouvait sentir la rage qui bouillonnait en lui – mais ce fut Samuel qui se leva. Il laissa l'étui à violon derrière lui et monta sur l'estrade.

Comme s'il n'était pas conscient de l'atmosphère, il se lança dans une histoire où le très jeune Carter Wallace avait échappé à la surveillance de sa mère pour aller se promener et avait fini cinq kilomètres plus loin, au milieu de la forêt, avant que son père le retrouve enfin à moins de cinquante centimètres d'un serpent à sonnette. Le père de Carter, un loup-garou, avait tué le serpent, ce qui avait enragé son fils.

— Je n'ai jamais vu Carter aussi en colère avant ou après. (Samuel sourit.) Il était persuadé que ce serpent était son ami, et ce pauvre Henry, le père de Carter, était trop secoué pour discuter.

Le sourire de Samuel s'effaça, et il laissa le silence s'installer avant de reprendre la parole.

— Shawna n'était pas là quand la discussion a eu lieu, aussi excuserai-je le fait qu'elle était mal renseignée, dit-il. Mon père ne pensait *pas* que c'était une bonne idée que Carter affronte le Changement. Il nous a dit à tous, y compris au docteur, que celui-ci avait le cœur trop tendre pour vivre comme un loup.

La chaire craqua d'un air inquiétant sous la prise de Samuel, et il ouvrit délibérément les mains.

— À ma grande honte, j'ai soutenu le parti de son fils Gerry, et à nous deux, son médecin et son fils, nous avons persuadé Carter d'essayer. Mon père, qui savait que le Changement représentait un gros risque pour un homme aussi malade que le docteur, a pris sur lui cette responsabilité… et il a réussi. Mais il avait raison. Carter ne pouvait ni accepter ni contrôler son loup. S'il avait été n'importe qui d'autre, il serait mort en février avec tous ceux qui avaient mal supporté le Changement. Mais Gerry, à qui revenait cette tâche, s'y est refusé. Et, sans son consentement, mon père a estimé qu'il ne pouvait pas s'en charger.

Il prit une profonde inspiration et regarda la petite-fille de Carter.

—Il a presque tué ta mère, Shawna. Je me suis occupé d'elle après, et je suis prêt à témoigner que seule la chance, et non un quelconque instinct de Carter, l'a sauvée. Tu pourras le lui demander toi-même. Comment un homme qui avait voué sa vie au service des autres aurait-il pu survivre au fait d'avoir tué sa propre fille ? Elle a demandé au Marrok, en ma présence, s'il pouvait s'en charger à la place de son frère. À cette époque-là, le loup en Carter était trop hors de contrôle pour qu'il en fasse lui-même la demande. Donc non, mon père n'a pas essayé de persuader Carter de Changer… il a juste été l'un de ceux qui ont retroussé leurs manches et réparé les dégâts qui en ont résulté.

Quand Samuel cessa de parler, il laissa son regard dériver lentement dans l'église tandis que les têtes se baissaient en signe de soumission. Il hocha la tête, puis reprit sa place près de Charles.

Les quelques personnes suivantes évitèrent de regarder le Marrok et ses fils, mais Anna songea que c'était dû à l'embarras plutôt qu'à cette colère sombre qui avait prédominé un quart d'heure auparavant.

Enfin, le pasteur se leva.

—J'ai une lettre que Carter m'a remise il y a plusieurs semaines, dit-il. À ouvrir à sa mort… qu'il pensait, d'une manière ou d'une autre, imminente.

Il ouvrit la lettre, mit ses lunettes, et commença à lire.

—« Mes amis. Ne pleurez pas mon décès, car je ne le ferai pas. Cette dernière année de ma vie m'a montré qu'interférer avec les projets de Dieu est rarement une bonne idée. Je pars rejoindre ma femme bien-aimée avec joie et soulagement. Mais j'ai une dernière requête. Bran, espèce de vieux barde, chante-moi quelque chose à mon enterrement. »

L'église était très calme. Charles ressentait malgré tout de l'affection pour le défunt. Carter soit béni, lui qui était un guérisseur tout autant que Samuel. Il avait su ce qui allait se produire, et aussi comment les gens allaient le prendre ; y compris le Marrok.

Charles se leva et tendit la main à son père, et Bran sembla pour une fois complètement pris par surprise. Il ne la prit pas, mais il lâcha Anna et se mit debout. Anna posa la sienne sur ses genoux et la plia comme si elle lui faisait mal.

— Tu savais que le docteur allait faire ça ? murmura Charles à Samuel en désignant du menton l'étui à violon, tandis qu'ils suivaient Père vers l'autel.

Charles, s'il l'avait su, aurait aussi apporté un instrument dont il aurait pu jouer. En l'état actuel des choses, il allait être relégué au piano, qui avait trois touches enfoncées avec lesquelles il devrait composer.

Samuel secoua la tête.

— J'avais prévu de jouer quelque chose au lieu de parler. (Puis il ouvrit l'étui, en sortit le violon et demanda d'une voix un peu plus forte :) Qu'est-ce que tu vas chanter, Père ?

Charles jeta un coup d'œil à son père, mais ne put déchiffrer son expression. *Trop d'enterrements, trop d'amis partis*, pensa-t-il.

— *Simple Gifts*[1], dit Bran après un moment.

Charles s'assit au piano pendant que Samuel accordait son violon. Au signe de tête de son frère, Charles joua l'introduction. C'était un bon choix, songea-t-il. Elle n'était pas

---

1. Chanson shaker composée par Elder Joseph Brackett en 1848. (*NdT*)

triste, ni ouvertement religieuse, et elle correspondait à Carter Wallace, qui avait été essentiellement un homme simple… et c'était une chanson qu'ils connaissaient tous bien.

> *'Tis the gift to be gentle, 'tis the gift to be fair,*
> *'Tis the gift to wake and breathe the morning air,*
> *To walk every day in the path that we choose,*
> *Is the gift that we pray we will never never lose.* [1]

Comme la voix douce de son père achevait le second couplet, Charles se rendit compte que cette chanson correspondait également à celui-ci. Même si Bran était un homme subtil, ses besoins et ses désirs étaient très simples : garder son peuple en vie et en sécurité. Pour les atteindre, il était prêt à se montrer impitoyable.

Il jeta un coup d'œil derrière lui à Anna, qui était assise toute seule sur le banc. Les yeux fermés, elle articulait en même temps que Bran. Il se demanda à quoi ressemblait son chant, et si sa voix irait avec la sienne. Il n'était pas du tout sûr qu'elle savait chanter, même si, lui avait-elle raconté, elle avait travaillé dans un magasin de musique à vendre des guitares, au moment où elle avait rencontré le loup-garou qui l'avait attaquée et Changée contre sa volonté.

Elle ouvrit les yeux et leurs regards se croisèrent. L'impact fut si fort qu'il fut surpris que ses doigts continuent à jouer sans s'arrêter.

Sienne.

---

1. « C'est le don d'être doux, c'est le don d'être juste,
C'est le don de s'éveiller et de respirer l'air frais,
De suivre chaque jour le chemin que nous choisissons,
C'est le don que nous prions de ne jamais perdre. » (*NdT*)

Si elle avait connu la force de ses sentiments, elle se serait sauvée en courant. Il n'avait pas l'habitude d'être possessif, ni de ressentir cette joie sauvage qu'elle apportait à son cœur. Elle ébranlait son contrôle, aussi reporta-t-il son attention sur la musique. Il comprenait la musique.

Anna dut faire un effort pour ne pas fredonner tout du long. Si l'audience avait été cent pour cent humaine, elle l'aurait fait. Mais ici trop de gens avaient une ouïe aussi fine que la sienne.

Parmi tout ce qu'elle avait détesté dans sa nature de loup-garou, il y avait le fait qu'elle avait dû cesser d'écouter beaucoup de ses musiciens favoris. Ses oreilles captaient la moindre variation de ton, le moindre bourdonnement sur un enregistrement. Mais ces quelques chanteurs qu'elle pouvait encore écouter…

La voix de Bran était claire et juste dans le ton, mais c'était son timbre riche qui lui hérissait les poils de la nuque d'admiration.

Au moment où il chantait la dernière note, l'homme assis sur le banc derrière elle se pencha vers elle jusqu'à ce que sa bouche lui touche presque la nuque.

—Alors, comme ça, Charles a rapporté un jouet ? Je me demande s'il est prêteur.

La voix avait un léger accent.

Elle se glissa le plus loin possible sur le banc et regarda fixement Charles, mais il refermait le couvercle du piano et lui tournait le dos.

—Il te laisse donc comme un agneau parmi les loups, murmura le loup. Une femme si douce et si tendre serait mieux avec un autre homme. Un homme qui apprécierait qu'on le touche.

Il posa les mains sur ses épaules et essaya de la tirer vers lui.

Anna se libéra de sa prise, oubliant l'enterrement et le public. C'était fini, elle ne laisserait plus n'importe qui la toucher. Elle se releva maladroitement et fit volte-face pour confronter le loup-garou, qui s'était adossé au banc et lui souriait. Les gens assis à côté de lui s'écartèrent pour lui laisser le plus de place possible ; ce qui était une meilleure indication sur sa nature que la courbe décontractée de ses lèvres.

Anna dut reconnaître qu'il était charmant. Son visage avait des traits fins et élégants, sa peau, comme celle de Charles, était de la couleur du teck et du soleil. Son nez et ses yeux noirs évoquaient le Moyen-Orient, alors que son accent était totalement espagnol : elle avait l'oreille pour identifier les accents.

Il avait l'air d'avoir son âge, vingt-trois ou vingt-quatre ans mais, pour une raison quelconque, elle était certaine qu'il était en réalité particulièrement âgé. Et il y avait en lui un soupçon de sauvagerie, de folie, qui la rendit méfiante.

— Laisse-la tranquille, Asil, dit Charles, qui posa les mains sur ses épaules, là où celles de l'autre homme s'étaient posées. Elle t'étripera et t'abandonnera aux corbeaux si tu l'ennuies.

Elle appuya le dos contre sa chaleur, plutôt surprise de constater qu'il avait raison ou en tout cas que sa première réaction n'avait pas été la peur, mais la colère.

L'autre loup éclata de rire, et ses épaules se secouèrent avec violence.

— Bien, dit-il. Bien. Il faudrait que quelqu'un s'en occupe. (Puis l'étrange gaieté quitta son visage, et il se massa d'un air fatigué.) Je n'ai plus beaucoup de temps. (Il regarda au-delà d'Anna et Charles.) Je t'ai dit que les rêves étaient de retour. Je rêve d'elle presque chaque nuit. Tu dois le faire bientôt, avant qu'il soit trop tard. Aujourd'hui.

— Très bien, Asil. (Bran, au son de sa voix, semblait épuisé.) Mais pas aujourd'hui. Ni demain. Tu peux tenir encore un peu.

Asil se retourna pour regarder l'assemblée, qui avait assisté à toute la scène en silence, puis parla d'une voix forte et sonnante.

— C'est un don que vous avez là, quelqu'un qui sait ce qu'il faut faire et qui le fera. Si vous avez un foyer où vous abriter, un refuge, c'est grâce à lui. J'ai dû abandonner mon Alpha pour venir ici parce qu'il m'aurait laissé croupir dans ma folie d'amour perdu. (Il tourna la tête et cracha symboliquement par-dessus son épaule gauche.) Un amour faible et traître. Si vous saviez ce que je ressens, ce que Carter Wallace ressentait, vous sauriez quelle bénédiction est pour nous Bran Cornick, qui accepte de tuer ceux qui en ont besoin.

Et c'est alors qu'Anna comprit que ce loup réclamait à Bran la mort.

Impulsivement, elle s'éloigna de Charles, posa un genou sur le banc où elle avait été assise et se pencha par-dessus pour refermer sa main sur le poignet d'Asil, qui reposait sur le dossier.

Sous le choc, il émit un sifflement mais ne lui retira pas sa main. Alors qu'elle le tenait, l'odeur de sauvagerie et de folie s'estompa. Il la regarda fixement, le blanc des yeux brillant et les iris étrécis en deux petites bandes autour de sa pupille noire.

— Omega, murmura-t-il, sa respiration soudain difficile.

Derrière elle, Charles s'avança, mais il ne la toucha pas, alors que la chair froide du loup se réchauffait sous ses doigts. Tout le monde s'arrêta net. Anna savait qu'elle n'avait qu'à ôter la main pour que tout soit fini mais, étrangement, elle y répugnait.

Le choc sur le visage d'Asil s'estompa, et les rides autour de ses yeux et de sa bouche s'adoucirent, laissant place à un chagrin de plus en plus profond qui disparut ensuite, dissimulé à l'endroit où les pensées intimes se cachaient des observateurs trop perspicaces. Il tendit la main et lui effleura le visage, sans tenir compte du grondement de mise en garde de Charles.

— Il y a ici plus de dons que je croyais. (Il sourit sincèrement à Anna.) Il est trop tard pour moi, *mí querida*. Tu gâches tes talents sur ma vieille carcasse. Mais je te remercie pour le répit. (Il regarda Bran.) Aujourd'hui et demain, et peut-être aussi le jour suivant. Voir Charles, l'authentique loup solitaire, pris dans le piège de l'*amor*... cela me distraira encore un peu, je pense.

Il se libéra d'une torsion du poignet, emprisonna la main d'Anna dans la sienne, et l'embrassa sur la paume, en jetant un regard entendu à Charles. Puis il la laissa, et se faufila hors de l'église. Sans se presser, mais sans traîner en chemin non plus.

— Sois prudente avec celui-là, la prévint Charles, mais il n'avait pas l'air mécontent.

Quelqu'un se racla la gorge, et Anna se retourna et croisa le regard du pasteur. Il lui sourit, puis regarda l'église. L'interruption du service n'avait pas l'air de l'ennuyer le moins du monde. Peut-être qu'il avait l'habitude de voir les loups-garous interrompre les choses. Anna sentit le rouge lui monter aux joues, se rencogna sur le banc... et souhaita pouvoir s'y enfoncer encore plus profondément. Elle venait d'interrompre les funérailles d'un homme qu'elle ne connaissait même pas.

— Il est temps de mettre un terme à cette cérémonie, dit le pasteur. Notre deuil a eu lieu ici et, quand nous partirons, nous devrons garder le souvenir d'une vie bien remplie et d'un cœur ouvert à tous. Si vous voulez bien baisser la tête pour une dernière prière.

CHAPITRE 4

Nord-ouest du Montana
Parc naturel des Cabinet Mountains

Walter ne savait pas pourquoi il avait survécu à l'attaque du fauve, pas plus qu'il n'avait compris comment il avait survécu à trois séjours au Vietnam contrairement à tant de ses amis, de ses camarades. Peut-être qu'il avait eu de la chance chaque fois… ou alors le destin avait d'autres plans en réserve pour lui.

Comme une trentaine d'années supplémentaires à errer seul dans les bois.

Si sa survie après l'attaque du fauve avait été invraisemblable, la suite des événements était tout simplement bizarre. La première chose qu'il avait remarquée était la disparition de l'arthrite douloureuse qui affectait ses épaules et ses genoux, et du tiraillement d'une vieille blessure à la hanche. Le froid avait cessé de lui poser un problème.

Il lui avait fallu un peu plus de temps pour s'apercevoir que ses cheveux et sa barbe avaient retrouvé la couleur de leur jeunesse : il ne se baladait pas avec un miroir.

C'était alors qu'il avait commencé à faire attention à des bizarreries. Il était plus rapide et plus fort qu'il l'avait jamais été. Les seules blessures qui n'avaient pas guéri aussi remarquablement vite que son ventre étaient celles de son âme meurtrie.

Il ne comprit vraiment ce qui s'était passé que le matin suivant sa première pleine lune, quand il s'éveilla avec du sang dans la bouche, sous les ongles et sur son corps nu : le souvenir de ce qu'il avait fait, de ce qu'il était devenu était clair comme de l'eau de roche. Ce n'est qu'alors qu'il sut qu'il était devenu l'ennemi, et il pleura la perte du reste de son humanité.

Aspen Creek, Montana

Un bras de Charles autour de ses épaules, Anna suivit les gens sur le parking glacé de l'église. Ils s'arrêtèrent sur le trottoir et regardèrent ce dernier se vider lentement. Parmi les gens qui quittaient l'église, quelques-uns jetèrent un coup d'œil à Anna, mais personne ne s'arrêta.

Quand ils furent presque seuls, Anna sentit sur elle le regard gris et méfiant de Samuel qui l'examinait malgré son sourire amical.

—Alors c'est toi le chiot errant que mon frère a décidé de ramener à la maison ? Tu es plus petite que je pensais.

Impossible de s'offenser car ses propos ne visaient pas à l'insulte. Au moins, il ne la traitait pas de chienne en chaleur.

—Oui, dit-elle, veillant à résister à l'envie de se tortiller sous son regard, ou de babiller sans fin, comme elle le faisait parfois quand elle était nerveuse.

—Samuel, voici Anna. Anna, mon frère, Samuel, dit Charles.

Son frère décida apparemment que cette brève présentation n'était pas assez bonne, aussi se présenta-t-il de nouveau.

—Docteur Samuel Cornick, frère aîné et persécuteur. Très heureux de te rencontrer, Anna…

—Latham, lui dit-elle, en souhaitant trouver quelque chose d'intelligent à dire.

Il lui fit un sourire charmeur qui, remarqua-t-elle, ne réchauffa pas du tout ses yeux.

—Bienvenue dans la famille.

Il lui tapota la tête, essentiellement pour irriter Charles, pensa-t-elle.

—Arrête de draguer ma compagne, dit simplement ce dernier.

—Tiens-toi bien, dit Bran. Samuel, peux-tu ramener Charles à la clinique et regarder ses blessures ? J'ai du boulot pour lui mais, s'il ne se remet pas rapidement, je devrai trouver quelqu'un d'autre. Je ne pense pas qu'il guérisse aussi bien qu'il devrait.

Samuel haussa les épaules.

—Bien sûr. Pas de problème. (Il regarda Anna.) Ça va peut-être prendre du temps, en revanche.

Elle n'était pas stupide. Il voulait parler à Charles seul à seul, ou peut-être était-ce Bran, et Samuel se contentait de donner un coup de main.

Charles saisit l'allusion, lui aussi, parce qu'il lui dit doucement :

—Pourquoi ne rentrerais-tu pas à la maison avec le pick-up. Samuel ou Père me ramènera.

—Bien sûr, lui dit-elle avec un rapide sourire.

Elle n'avait aucune raison de se sentir blessée, se dit-elle sévèrement.

Elle fit demi-tour et marcha rapidement vers le pick-up.

Elle pouvait rester seule quelque temps. Elle avait à réfléchir à certaines choses sans avoir l'esprit embrumé par la présence de Charles.

Charles aurait voulu hurler quand il sentit le soulagement d'Anna à le quitter, sous-entendu par sa rapide retraite vers le pick-up.

Il combattit la colère irrationnelle qu'il ressentait à l'égard de Samuel, qui l'avait renvoyée d'un air charmeur, en réponse aux ordres que Bran lui avait transmis par la pensée. Il savait toujours quand son père parlait à Samuel, quelque chose dans le visage de ce dernier le trahissait.

— Tu as tué le loup qui l'a maltraitée ? demanda Samuel après qu'elle fut montée dans le pick-up et eut quitté le parking.

— Il est mort.

Pour une raison étrange, Charles n'arrivait pas à détourner les yeux du pick-up. Ça ne lui avait pas plu de la renvoyer. Il savait qu'il n'avait pas à s'en faire, que personne ici ne toucherait à ce qui lui appartenait ; et toute la ville savait maintenant qu'elle était sienne à la suite du numéro d'Asil à l'enterrement.

Même les rares personnes qui n'étaient pas à l'enterrement, comme la compagne de son père – qui avait quasiment fait de son absence une déclaration d'insubordination –, seraient au courant avant la fin de l'heure. Malgré tout, ça ne lui plaisait pas de savoir Anna seule. Vraiment pas.

— Charles ?

La voix de son frère était calme.

— C'est pour ça que je t'ai demandé d'éloigner Anna, murmura Bran. Je voulais voir la différence. Il a réagi comme ça hier dès qu'elle a été hors de vue. C'est un Omega, et je pense que son effet sur lui masque les symptômes. Je pense qu'ils ne lui ont pas retiré tout l'argent.

— Quand est-ce qu'il s'est fait tirer dessus ?

—Avant-hier. Trois fois. Une balle lui a éraflé l'épaule, une autre l'a traversé de part en part au niveau du torse, et la troisième a transpercé le mollet. Toutes étaient en argent.

Charles regarda le pick-up avancer doucement jusqu'au virage qui la ramènerait à la maison.

—Il est plus sensible au poison de l'argent que… *Charles*!

Il sentit des mains lui saisir brusquement les épaules, et son père lui toucher le visage. Ce dernier emprisonna son regard bien plus efficacement que son frère y était parvenu avec son corps.

—Je dois y aller, dit-il à son Alpha, le cœur au bord des lèvres.

Il n'arrivait pas à réfléchir, à rester là. Il devait la protéger, si abîmé soit-il.

—Attends! lui dit son père. (L'ordre s'enroula autour de son corps comme un câble d'acier qui le cloua sur place alors qu'il ne voulait qu'une chose : poursuivre le pick-up.) Samuel doit t'examiner. Je vais envoyer Sage s'occuper d'Anna, ça te va?

Le contact de son père, sa voix, et encore quelque chose d'autre aidèrent Charles à reprendre ses esprits. Il était hors de contrôle.

Il ferma les yeux et se rapprocha de son père pour que le contact apaise le fauve et le laisse penser plus clairement.

—J'ai recommencé, pas vrai? demanda-t-il, même s'il n'avait pas vraiment besoin de la confirmation de Bran. (Il inspira profondément et acquiesça.) D'accord pour Sage.

Il n'aimait pas laisser entrer des étrangers chez lui : son père et son frère, oui, mais les autres seulement si c'était nécessaire. Mais il ne voulait pas non plus qu'Anna reste seule. Sage ferait l'affaire.

Elle ne blesserait pas sa chère Anna et pourrait la protéger jusqu'à son retour. Tenir les mâles à distance. Son agitation intérieure se calma un peu plus. Il regarda son père appeler Sage depuis son portable et l'écouta lui demander d'aller voir Anna. Puis il s'autorisa à se laisser traîner jusqu'à la clinique dans la voiture de Samuel. Son père les suivait dans son Hummer.

—Père m'a dit que tu avais dû tuer Gerry, dit-il à son frère.

Gerry était le fils du docteur Wallace. C'était l'auteur des agressions et des meurtres qui avaient émaillé sa quête d'une drogue capable d'affaiblir Bran, et l'instigateur d'un complot alambiqué destiné à forcer le bon docteur à accepter sa double nature. Gerry ne s'était pas senti concerné par les dommages collatéraux.

Samuel acquiesça, le visage grave.

—Il ne m'a pas laissé le choix.

Même distrait par le besoin de protéger sa compagne et par la brûlure des blessures qui ne guérissaient pas bien, Charles entendit ce que son frère ne disait pas. Aussi le dit-il à voix haute.

—Tu te demandes combien de personnes nous serions prêts à tuer pour protéger notre père ? Combien nous pourrions en torturer et en détruire ?

—C'est ça, murmura son frère. Nous avons tué des gens. Des loups et des innocents, pour notre père. En quoi sommes-nous différents, avons-nous le droit de vivre, alors que Gerry devait mourir ?

Si Bran avait envoyé Samuel dans les Tri-Cities pour soigner sa mélancolie, ça n'avait pas bien marché. Charles lutta pour ne pas penser à sa compagne et trouver des paroles réconfortantes pour son frère. Sans le contact de Bran, c'était plus dur de rassembler ses esprits.

— Notre père a maintenu les meutes sous sa coupe en sécurité et sous contrôle. Sans sa domination, nous serions aussi désordonnés et divisés que les loups d'Europe et le tribut en morts humaines serait également beaucoup plus élevé. Que serait-il advenu si les plans de Gerry avaient fonctionné ? demanda Charles.

Sage allait prendre soin d'Anna pour lui. Ce besoin diabolique et cinglant d'être avec elle n'avait pas de raison d'être.

— Gerry pensait que son père finirait par accepter son loup pour mettre le Marrok en échec, murmura Samuel. Qui peut dire qu'il a eu tort ? Peut-être qu'il aurait pu sauver son père. Est-ce que ce qu'il a fait est moins juste que ce que nous faisons quand Père nous envoie en mission pour tuer ?

— Et si Gerry avait raison ? Si tous ses plans avaient porté leurs fruits, si tout ce dont son père avait besoin était d'une raison d'accepter son loup, et si, avec l'aide de la nouvelle drogue de Gerry, il avait tué notre père et pris la place du Marrok… alors quoi ? demanda Charles. Le docteur était un homme bon, mais comment crois-tu qu'il aurait agi en tant que Marrok ?

Samuel réfléchit puis soupira.

— Il n'aurait pas été assez dominant pour tenir son rôle. Nous aurions affronté le chaos pendant que les Alphas se seraient battus pour dominer, et que Gerry aurait essayé de les tuer dans l'ombre, tel un chacal. (Il se gara devant la clinique mais ne fit pas un geste pour sortir de la voiture.) Mais est-ce que tu ne commettrais pas un meurtre pour Père, toi aussi ? Même si ce n'était pas aussi important pour la survie des loups dans ce pays ? Gerry avait-il tellement tort ?

— Il a enfreint les lois, dit Charles.

Il savait que, dans cette histoire, cela allait au-delà du bien et du mal pour son frère. Samuel n'avait jamais eu à accepter les choses telles qu'elles étaient, pas de la même manière que Charles. Il chercha alors dans les faits un exemple qui pourrait l'aider.

— Gerry a tué des innocents. Pas pour la survie de la meute, mais pour que son père ait une mince chance de s'en tirer. (Il sourit un peu comme si une idée, une idée juste, lui venait.) Si toi ou moi tuions un innocent pour protéger Père, et non pour la survie de tous, il nous tuerait de ses propres mains.

La tension quitta les épaules de Samuel.

— Tu te sens mieux à être du côté des anges? demanda Charles tandis que leur père s'arrêtait à côté d'eux.

Samuel sourit d'un air fatigué.

— Je dirai à Père que tu l'as traité d'ange.

Charles sortit et croisa le regard amusé de son père par-dessus le toit de la voiture de Samuel. Il haussa les épaules.

Samuel alluma les lumières de la clinique et les mena à la salle d'examen.

— OK, mon vieux, dit-il. Voyons ces plaies par balles.

Mais son sourire s'effaça quand Charles commença à lutter avec sa veste de costume.

— Attends, dit-il. (Il ouvrit un tiroir et en sortit une paire de ciseaux. Quand il vit le visage de Charles, il sourit.) Hé, c'est juste un costume! Tu as les moyens de le remplacer.

— Les essayages, grogna Charles. Quatre essayages et aller et retour en ville à être tourné et retourné sous toutes les coutures. Non merci. Père, est-ce que tu peux m'aider à retirer tout ça et tenir ton fils et ses ciseaux loin de moi?

— Pose les ciseaux, Samuel, dit Bran. Je suppose que s'il a réussi à l'enfiler nous devrions réussir à l'enlever sans la découper. Pas besoin de grogner, Charles.

Avec de l'aide, il put se glisser hors de la veste, mais l'opération le laissa en sueur, et son père dut lui murmurer des mots apaisants. Ils ne lui demandèrent même pas son aide pour déboutonner et retirer sa chemise.

Samuel examina attentivement la bande rose fluo, et sourit.

—Ça, ce n'était pas ton idée.

—Anna.

—Je crois que j'aime bien ta petite louve. Elle s'effraie peut-être un peu facilement, mais elle a affronté Asil sans efforts. Et quiconque oserait t'emballer de rose…

Samuel devint brusquement sérieux pourtant quand, après avoir découpé cette absurdité rose, il vit les plaies devant et derrière. Il mit la tête près de la blessure et la renifla, avant de l'envelopper d'une bande à la couleur moins spectaculaire.

Charles fut amusé de découvrir qu'il préférait le rose parce qu'*elle* le lui avait mis.

—On t'a presque perdu avec celle-là, petit frère. Mais son odeur est saine et elle semble guérir plutôt bien. Tombe le pantalon, maintenant, je veux voir cette jambe que tu essaies de me cacher.

Charles n'aimait pas retirer ses vêtements, il était trop indien, selon lui. Et il avait une certaine réticence à mettre ses blessures à nu. Il n'aimait pas que les autres connaissent ses faiblesses, même son père et son frère. À contrecœur, il baissa son pantalon.

Samuel fronça les sourcils avant même de découper la bande vert brillant. Quand ce fut fait, il mit le nez dessus et recula brusquement.

—Qui a nettoyé ça?

—La meute de Chicago a un médecin.

Il n'y avait pas beaucoup de médecins loups-garous. À sa connaissance, aucun à part Samuel : le docteur de la meute de Chicago était un des nouveaux loups que Leo cachait au Marrok. Être entouré de tout ce sang et de toute cette chair à vif rendait difficile pour un loup-garou de se concentrer sur les soins ; même s'il n'avait jamais remarqué que cela dérangeait Samuel.

— C'est un charlatan, gronda son frère. Je peux sentir l'odeur de l'argent à quinze centimètres de profondeur.

— On lui a mal enseigné les dons de garou, corrigea Charles. Aucun des nouveaux loups de Leo ne sait se servir de son odorat, y compris Anna. Je doute fort qu'il ait pensé à renifler la plaie.

— Et j'ai l'impression qu'il avait aussi très peur de toi, ajouta son père depuis le coin de la pièce où il s'était retranché. Tu n'es pas à proprement parler un patient agréable.

— Allez, sur la table d'examen, lui dit Samuel. J'ai de la spéléo à faire. Père, il va avoir besoin de ton aide.

Cela faisait beaucoup plus mal que lorsque la balle l'avait transpercé, mais Charles demeura immobile pendant que Samuel rouvrait et sondait la plaie. La sueur dégoulinait de son front, et seul le contact des mains de son père put à grand-peine tenir à distance le violent désir de se transformer et d'attaquer.

Il essaya de ne pas prêter attention à ce que Samuel faisait, mais il était impossible de ne pas entendre tous ses commentaires. Quand Samuel aspergea la blessure de solution saline, chaque muscle de son corps se tendit, et il émit un sifflement.

Mais, après un « désolé, mon vieux, il en reste encore un peu là », Samuel recommença de plus belle à triturer et à découper la plaie. Charles ne voulait pas crier, mais il ne put retenir une plainte de loup quand Samuel remit une dose de solution saline, ni un gémissement de soulagement quand il commença à poser le bandage, ce qui signalait la fin de la torture.

—Je ne vais pas rester, Père, dit Samuel, alors que Charles était encore sur le carreau, et essayait de réapprendre à respirer.

Il cessa de s'inquiéter pour sa jambe et regarda le visage de son frère. Ce dernier n'était absolument pas en état d'être seul de nouveau. Il supposa que son père le savait : Bran était plus doué avec les gens que Charles.

Bran ne répondit pas ; il se contenta de tourner doucement sur le petit tabouret dans le coin de la pièce.

Finalement, Samuel fut poussé à poursuivre : exactement ce à quoi Bran devait s'attendre.

—Je ne peux pas rester. Il y a trop de gens qui attendent trop de moi ici. Je ne veux pas faire partie de la meute.

Bran continua à tourner sur lui-même.

—Que vas-tu faire alors ?

Un bref sourire illumina le visage de Samuel, ce qui fit mal au cœur de Charles quand il saisit l'absence de véritable sentiment derrière. Ce qui était arrivé à son frère pendant les années où il s'était retrouvé seul l'avait changé, et Charles redoutait que ce changement soit irrévocable.

—J'ai pensé que je pourrais aller taquiner Mercy un peu plus longtemps.

Sa voix et son visage avaient une expression décontractée, mais la tension de son corps trahissait l'importance que cela avait pour lui.

Père n'avait peut-être pas été fou de pousser Samuel et Mercy l'un vers l'autre ; même si d'après l'expérience de Charles les histoires d'amour n'étaient ni indolores ni reposantes. Mais Samuel n'avait peut-être pas besoin d'une histoire indolore ou reposante.

—Et pour Adam ? demanda Charles à contrecœur.

Mercy vivait dans les Tri-Cities de l'État de Washington, et l'Alpha de la meute du bassin de la Columbia n'était pas assez dominant pour que Samuel soit intégré à sa meute sans problème… et Adam était alpha depuis trop longtemps pour accepter que quelqu'un prenne sa place.

—Je lui ai déjà parlé, répondit tout de suite Samuel.

—Il est d'accord pour que tu prennes le pouvoir ?

Charles ne pouvait pas l'imaginer. Un autre loup, peut-être, mais pas Adam.

Samuel se détendit contre le comptoir et sourit.

—Je ne prends pas le contrôle de sa meute, mon vieux. Je me contente de m'installer sur son territoire comme n'importe quel loup solitaire. Il a dit que ça ne lui posait pas de problème.

Le visage du Marrok affectait une neutralité étudiée et Charles savait ce qui l'ennuyait. Depuis qu'il était rentré du Texas, certaines nuits au cours de deux dernières années, Samuel avait eu grand besoin de la meute pour rester stable. Et un loup solitaire n'avait aucune meute sur laquelle compter.

Samuel, comme son père – et Asil – était âgé. L'âge était dangereux pour les loups-garous. Cela n'avait jamais semblé beaucoup toucher Samuel… jusqu'à son retour quelques années plus tôt, après avoir vécu seul pendant plus d'une décennie.

—Bien sûr, poursuivit Samuel, il ne sait pas que je vais emménager avec Mercy.

Charles se rappela subitement qu'Adam aussi avait un faible pour leur petit coyote.

—Alors Mercedes a décidé de te pardonner ?

—Mercy ? (Samuel leva les yeux au ciel mais, pour la première fois depuis longtemps, les ombres disparurent de son regard.) *Notre* Mercy, qui ne se met pas en colère si elle peut te rendre la monnaie de ta pièce ? Bien sûr que non.

— Comment diable as-tu fait pour qu'elle accepte que tu emménages chez elle ?

— Elle ne l'a pas encore fait, dit-il, confiant. Mais ça ne saurait tarder.

Quel que soit le plan qu'il avait en tête, ses yeux brillèrent de leur ancienne *joie de vivre**. Son père le remarqua aussi. Charles vit qu'il venait de prendre une décision.

— Très bien, dit brusquement Bran. Très bien. Vas-y. Je pense que c'est peut-être le mieux.

Ce qui n'allait pas chez Samuel ne s'était pas amélioré à Aspen Creek. Peut-être que Mercedes aurait plus de chance. Si elle ne tuait pas Samuel ou son père, dans le cas contraire, pour l'avoir mise dans la ligne de tir.

Charles, fatigué d'être allongé sur le ventre en sous-vêtements, s'assit et lutta contre le bourdonnement de ses oreilles, qui menaçait de le renvoyer au tapis.

— Comment ça va ? demanda Samuel, de nouveau dans la peau du docteur.

Charles ferma les yeux et dressa un inventaire.

— Je n'ai plus envie d'arracher la porte et de m'enfuir, mais c'est peut-être juste parce que tu as déjà fait le pire.

Samuel grimaça un sourire.

— Nan. Je pourrais te torturer beaucoup plus longtemps si je le voulais.

Charles le regarda.

— Je vais *beaucoup* mieux, merci.

Il avait mal, mais c'était la première fois depuis qu'on lui avait tiré dessus qu'il se sentait de nouveau lui-même. Il se

---

* En français dans le texte. (*NdT*)

demanda pourquoi l'empoisonnement à l'argent l'avait rendu si protecteur à l'égard d'Anna. Il n'avait jamais ressenti ça.

—Parfait. (Samuel regarda son père.) Ni demain, ni après-demain. Si c'était quelqu'un d'autre, je te dirais d'attendre dix jours au moins, mais il n'est pas stupide et il est résistant. Maintenant que l'argent a été retiré, il guérira presque aussi vite que d'habitude. Après mercredi, des étrangers ne seront plus en mesure de voir que quelque chose ne va pas, et il ne risquera donc pas d'être attaqué parce qu'un idiot aura cru pouvoir le supplanter. Mais, si tu l'envoies en mission tout seul contre une meute, tu auras besoin d'envoyer quelques gros bras avec lui pendant encore quelques semaines.

Charles regarda son père et attendit son verdict. Parcourir les Cabinet Mountains en plein hiver n'était pas son sport préféré ; ces montagnes n'aimaient pas beaucoup les voyageurs. Mais, blessé ou pas, il était meilleur que n'importe qui d'autre que son père appellerait, surtout s'il s'agissait d'une attaque dirigée contre le territoire de son père et non d'un simple loup solitaire.

Finalement, Bran acquiesça.

—J'ai plus besoin de toi que d'agir vite. Ça attendra une semaine.

—Que vas-tu faire pour Asil ? demanda Charles. Malgré tous les efforts du révérend Mitchell, de Samuel et du docteur Wallace lui-même, la meute est plutôt dangereuse à l'heure actuelle. Si tu dois le tuer, ça aura des conséquences sur elle.

Bran sourit légèrement.

—Je sais. Asil est venu me voir il y a un mois pour se plaindre de ses rêves et m'a redemandé de mettre un terme à ses souffrances. En temps normal, je ne m'en inquiéterais pas, mais il est le Maure.

—De qui rêve-t-il ? demanda Samuel.

—De sa compagne défunte, répondit Bran. Elle a été torturée à mort. Il n'en parle jamais, même si je sais qu'il se sent coupable parce qu'il était en voyage quand c'est arrivé. Il m'a dit qu'il avait cessé de rêver quand il avait rejoint notre meute, mais ça a recommencé le mois dernier. Il se réveille désorienté et… pas toujours là où il s'est endormi.

Un loup de la puissance du Maure se baladant çà et là sans surveillance représentait un gros risque, songea Charles.

—Tu penses que sa mort peut attendre? demanda Samuel.

Bran sourit; un vrai sourire.

—Je pense que ça peut attendre. Nous avons un Omega pour l'aider. (Son père regarda Charles, et le sourire se mua en grimace.) Elle ne va pas te quitter pour lui, Charles, quoi qu'Asil puisse dire pour t'embêter.

Le salon de Charles, malgré sa décoration coûteuse, était chaud et accueillant, se dit Anna. Mais ce n'était pas *sa* maison. Elle erra avec nervosité à travers les pièces avant de s'installer finalement dans la chambre, et s'assit par terre dans un coin. Elle croisa les bras autour de ses jambes relevées. Elle refusait de pleurer. Son attitude était stupide : elle ne savait même pas vraiment pourquoi elle était bouleversée.

Elle était tracassée d'avoir été renvoyée… et en même temps elle avait senti une vague de soulagement quand elle s'était retrouvée seule dans le pick-up.

Les loups-garous et la violence, les loups-garous et la mort : l'un n'allait pas sans l'autre, comme les bananes et le beurre de cacahouète. Elle était mieux cachée ici qu'à Chicago, certes, mais c'étaient tous des monstres.

Ce n'était pas leur faute, aux loups d'ici; ils essayaient juste de vivre de leur mieux avec cette malédiction qui les transformait en fauves voraces. Même Charles. Même le

Marrok. Même elle. Les loups-garous avaient des lois à respecter : parfois un homme devait tuer son meilleur ami pour le bien de tous. Les compagnons humains vieillissaient alors que les loups-garous restaient jeunes. Les loups comme Asil essayaient d'obliger les autres à les attaquer parce qu'ils voulaient mourir… ou tuer.

Elle prit une inspiration tremblante. Si quelqu'un avait tué Leo et sa compagne des années plus tôt, beaucoup de gens seraient toujours en vie… et elle serait sortie de l'université du Northwestern avec un diplôme en musicologie au lieu de… de quoi ?

Elle avait besoin de trouver un travail, quelque chose qui lui donnerait un but et une vie en dehors de son existence de loup-garou. Travailler chez *Scorci's* lui avait sauvé la vie de bien des manières, et pas seulement en lui fournissant un salaire. Difficile de se complaire dans l'autoapitoiement quand on travaille comme une forcenée huit à dix heures par jour. Mais elle doutait pouvoir trouver un job de serveuse ici.

La sonnette retentit.

Elle sauta sur ses pieds et s'essuya brusquement les joues, mais son visage était sec. La sonnette retentit de nouveau, alors elle se dépêcha d'aller ouvrir la porte. Quelle ironie, se dit-elle. Elle avait été tellement heureuse d'avoir quelques minutes à elle, et à présent, tout ce qu'elle voulait, c'était une distraction.

Elle aperçut une Lexus gris métallisé avant que son attention soit attirée par la femme qui se tenait sous le porche. Son expression était avenante et amicale. Elle avait des cheveux blond cendré parfaitement tressés et presque aussi longs que ceux de Charles.

Un loup-garou, d'après son odorat.

La femme sourit et lui tendit la main.

— Je suis Leah, dit-elle. L'épouse du Marrok.

Anna lui prit la main et la relâcha rapidement.

— Entrons et discutons un peu, dit la femme d'un air agréable.

Anna savait que Charles n'aimait pas sa belle-mère ; pas plus que les avions, les voitures ou les téléphones portables d'ailleurs. En dehors de ça, elle n'avait aucune raison de se sentir mal à l'aise. En plus, elle n'avait aucun moyen de la renvoyer sans l'offenser.

— Entrez, dit-elle poliment en reculant.

La femme du Marrok la dépassa brusquement et marcha jusqu'au salon. Une fois entrée, elle ralentit pour accorder toute son attention à la pièce, comme si elle ne l'avait jamais vue auparavant. Anna avait le sentiment désagréable qu'elle commettait une erreur en la laissant entrer. Peut-être que Charles ne l'avait jamais laissé entrer chez lui : elle ne pouvait pas trouver d'autre excuse à la fascination de Leah pour le mobilier de Charles.

À moins que l'examen tout entier soit juste une mise en scène pour bien faire comprendre à Anna qu'elle était loin d'être aussi intéressante que la pièce. Comme Leah continuait son exploration, Anna en conclut que la deuxième explication était la bonne : la pièce n'était pas assez grande pour exiger autant de temps.

— Tu n'es pas comme je l'imaginais, murmura finalement Leah.

Elle s'était arrêtée devant une guitare faite à la main accrochée au mur, suffisamment loin de la cheminée pour que le bois ne soit pas abîmé par la chaleur. Ç'aurait pu être un ornement, mais le manche portait des traces d'usure.

Anna ne dit rien, pas plus qu'elle ne bougea de sa place près de la porte.

Leah se retourna pour la regarder, et son visage n'avait désormais plus rien de gentil ou d'amical.

—Il a dû tomber bien bas pour te choisir, pas vrai ? Il a dû faire tout le chemin jusqu'à Chicago pour se trouver une poupée, une femme qui ne représenterait pas le moindre défi pour lui. Dis-moi, tu donnes la patte quand il te l'ordonne ?

La méchanceté de l'attaque lui donnait un ton bien plus personnel que le simple désir de remettre un loup inférieur à sa place. Leah, alors même qu'elle était la compagne du Marrok, avait l'air jalouse. Voulait-elle Charles également ?

La porte s'ouvrit à la volée, et une seconde femme entra dans la maison, dans un nuage d'air froid et de parfum français. Elle était grande et mince, comme un mannequin, et elle respirait le luxe. Ses cheveux bruns étaient parsemés de mèches blondes, mises en valeur par les paillettes dorées saupoudrées sur ses pommettes et, de façon plus marquée, sur les paupières de ses magnifiques yeux bleus.

Anna la reconnut pour l'avoir vue à l'enterrement : elle n'était pas seulement belle, elle était spectaculaire, et cette association la rendait inoubliable. Elle ferma la porte derrière elle, ôta sa veste de ski, et la jeta négligemment sur la chaise la plus proche. Elle portait toujours la jupe et le pull sombres qu'elle arborait plus tôt.

—Oh, allez, Leah ! « Tu donnes la patte » ? Tu peux faire tellement mieux, mon ange. (Sa voix était dense et ronronnait avec ce charme propre au Sud. Elle dit à Anna :) Je suis désolée de faire irruption comme ça, mais il m'a semblé que tu pouvais avoir besoin d'aide face à notre reine des garces.

—Va-t'en, Sage. Tu n'as rien à voir avec ça, ordonna Leah fermement, même si elle n'avait pas l'air de s'offenser du surnom.

—Ma chérie, dit doucement la femme, j'adorerais faire ça, mais je reçois mes ordres du chef : un cran au-dessus de toi. (Les yeux bleu éclatant glissèrent sur Anna.) Tu dois être l'Anna de Charles. Je suis Sage Carhardt. Je suis désolée pour l'accueil sommaire, mais tout ce qui rend notre Charles heureux est à coup sûr dur à digérer pour Leah, car notre Alpha aime ses fils.

—Ferme-la, dit cette dernière avec hargne.

Le pouvoir traversa la pièce et heurta Sage, qui recula de deux pas.

Amusant, Anna aurait juré que Sage était la plus dominante des deux... puis elle s'aperçut que cette énergie sentait le Marrok. Une femme tient sa place de son compagnon, songea-t-elle. Elle le savait, mais n'avait pas compris que ce pouvoir était réel.

—Toi (Leah avait tourné son attention vers Anna), va t'asseoir sur le canapé. Je vais m'occuper de ton cas dans une minute.

Une femme prudente se serait exécutée, pensa Anna à regret. La femme qu'elle était une semaine auparavant se serait assise avec soumission, et aurait attendu tout ce qui allait suivre. Mais l'Anna qui était la compagne de Charles, qui était un Omega et donc non soumise à la hiérarchie de la meute, releva le menton.

—Non merci. Je pense que vous feriez mieux de partir et de revenir quand mon... (Même après trois ans de lycan-thropie, appeler Charles son compagnon sonnait faux, et il n'était pas son mari.) ... quand Charles sera là.

Du fait de son hésitation, la phrase avait perdu presque toute sa force.

Sage sourit, le visage illuminé de plaisir.

—Oui, Leah, pourquoi ne reviens-tu pas quand Charles sera là ? J'aimerais bien voir ça.

Mais Leah ne faisait pas attention à elle. La surprise lui fit baisser les sourcils tandis qu'elle fixait Anna.

— Assieds-toi, dit-elle d'une voix basse et riche d'un pouvoir qui, une fois encore, glissa sur Anna sans la toucher.

Anna fronça les sourcils à son tour.

— Non. Merci. (Elle pensa à quelque chose et, avant qu'elle ait pu s'en empêcher, dit :) j'ai vu Sage à l'enterrement, mais le Marrok était seul. Pourquoi n'étiez-vous pas à son côté ?

— Il n'avait rien à faire là-bas, dit Leah avec passion. Il a *tué* Carter. Et maintenant, il prétend *porter son deuil* ? Je n'ai pas pu l'empêcher d'y aller. Il ne m'écoute jamais, de toute façon, pas vrai ? Ses fils sont ses conseillers, je ne suis là que pour remplacer son amour perdu, la beauté incomparable qui s'est sacrifiée, cette *salope* indienne. Je ne peux pas l'en empêcher, mais je ne vais pas le soutenir non plus. (Avant qu'elle ait fini, une larme roula sur sa joue. Elle l'essuya, puis regarda alternativement cette larme et Anna, avec une expression d'horreur.) Oh, *mon Dieu* ! Oh mon Dieu ! Tu es l'une d'entre eux. J'aurais dû le savoir, j'aurais dû savoir que Charles rapporterait une chose dans ton genre sur *mon* territoire.

Elle partit dans un souffle d'air froid et de pouvoir vibrant, et laissa Anna qui tentait de dissimuler son abasourdissement.

— J'aurais été prête à payer pour voir ça. (Le sourire continuait à s'étendre sur le visage de Sage.) Oh, ma chérie, murmura-t-elle, je suis si heureuse que Charles t'ait ramenée avec lui ! D'abord Asil, ensuite Leah. La vie va être tellement plus intéressante par ici.

Anna essuya ses mains moites sur son jean. Il y avait quelque chose d'étrange dans la réponse de Leah, comme si elle avait été forcée de parler.

Anna déglutit et essaya d'avoir l'air calme et accueillante.

—Voulez-vous quelque chose à boire ?

—Avec plaisir, dit Sage. Mais je connais Charles, il n'aura rien de bon à boire. Je prendrai bien un thé, et je te raconterai ma vie. Puis tu pourras me parler de toi.

Charles dut laisser son père le soutenir jusqu'au Hummer.

—Eh bien, dit son père avec un faible grondement qui lui apprit à quel point il avait été inquiet à son sujet. Ça t'apprendra à esquiver plus vite la prochaine fois.

—Désolé, s'excusa Charles platement tandis qu'il s'asseyait sur le siège passager.

—Bien, dit Bran en fermant doucement la porte. Ne te laisse pas avoir de nouveau.

Charles boucla sa ceinture. Il survivrait probablement à un accident, mais la ceinture l'aidait à rester dans son siège, étant donné la façon dont son père conduisait.

La fièvre brûlante qui l'avait empêché d'avoir les idées claires avait disparu, mais il ne se sentait pas encore bien. Malgré la soupe passée au micro-ondes que Samuel lui avait fait manger, il se sentait faible comme un chaton. Frère Loup était inquiet, il voulait trouver un coin sombre et sûr pour guérir.

—Tu vas vraiment laisser Samuel devenir un loup solitaire ? demanda-t-il une fois en route.

Le Marrok était possessif et territorial : ça ne lui ressemblait pas d'autoriser l'errance d'un des membres de sa meute. La dernière fois que Samuel était parti, il n'avait pas demandé la permission et avait tout simplement disparu. Il avait fallu deux ans à Charles pour retrouver sa trace.

— Je suis tellement soulagé de découvrir quelque chose, *n'importe quoi*, que Samuel veut faire, que je serais prêt à faire du chantage à quelqu'un.

— Tu ne l'as pas déjà fait ?

Il appréciait Adam, l'Alpha des Tri-Cities, mais il était surpris que le Marrok n'ait pas eu à forcer son accord ; peu d'Alphas accueilleraient volontiers un loup solitaire aussi dominant que Samuel sur leur territoire.

— Pas encore, dit son père d'un air pensif. Même si je vais peut-être devoir donner un petit coup de main à Samuel avec Mercedes. Elle n'était pas ravie que je le renvoie avec elle.

— Samuel peut venir à bout de Mercedes.

— Je l'espère. (Bran tapa le volant du bout des doigts.) J'aime bien Anna. Elle a l'air délicate et timide, comme une fleur qui se fanerait dans ce monde sans pitié, mais elle réussit des tours de force comme remettre Asil à sa place.

Charles enfonça ses épaules dans le siège alors que la voiture cognait dans un bloc de glace sur le chemin de la maison.

— Tu devrais la voir avec un rouleau à pâtisserie à la main.

Il n'essaya pas de dissimuler l'accent satisfait dans sa voix. Il se sentait mieux que jamais. Ses oreilles avaient cessé de bourdonner, et il se contrôlait de nouveau. Un peu de nourriture et de sommeil, et il serait presque revenu à la normale.

— Tu veux entrer ? demanda-t-il plus par politesse que par réel désir.

— Non. (Son père secoua la tête.) Renvoie aussi Sage chez elle. Elle voudra parler, mais Anna et toi avez besoin d'un peu de temps. Anna était assez bouleversée à la fin de l'office.

Charles lui jeta un regard acéré.

—Je croyais que ce n'était qu'une réaction à l'enterrement. Trop de gens qu'elle ne connaissait pas.

—Non, il y avait autre chose.

Charles se repassa la fin de l'office funèbre, mais il ne réussit pas à voir ce que son père avait vu.

—Je n'ai rien remarqué.

—Bien sûr que si. (Son père lui fit un sourire narquois.) Pourquoi crois-tu que tu étais aussi affolé quand elle est partie ?

—À cause de ce qui s'est passé avec Asil ?

Si Asil l'avait bouleversée, Charles se chargerait peut-être de son cas, et son père n'aurait pas à se tracasser.

Bran secoua la tête et se mit à rire.

—Je te répète que je suis capable d'envoyer des pensées dans la tête des gens, mais que je ne peux pas en faire sortir. Je ne sais pas ce qui lui posait un problème. Demande-le-lui.

Par miracle, ils arrivèrent devant sa porte sans incident.

Charles se glissa hors du Hummer, et crut un instant que ses genoux allaient le lâcher et le laisser glisser jusqu'à terre.

Son père le regarda attentivement, mais ne lui proposa pas son aide.

—Merci.

Il détestait montrer sa faiblesse, détestait encore plus quand on le cajolait. Tout du moins, il avait détesté ça jusqu'à Anna.

—Rentre avant de t'écrouler, ce sera un remerciement suffisant, se contenta de répondre son père.

Le fait de bouger ou le froid y contribuèrent peut-être, mais ses genoux cessèrent de trembler, et il marchait presque normalement en arrivant à la porte d'entrée.

Son père klaxonna deux fois et démarra dès que sa main eut touché la poignée de la porte. Charles entra dans la maison et trouva Sage et Anna assises l'une en face de l'autre dans la salle à manger, devant une tasse de thé. Mais son nez lui apprit qu'Anna avait eu une autre visiteuse.

Il s'était senti idiot de demander à son père d'envoyer Sage ici. Mais l'odeur de Leah lui prouva qu'il avait eu raison. Elle n'avait pas mis longtemps à lancer le premier assaut.

Sage s'interrompit en pleine phrase, et jeta un bref coup d'œil à Charles.

— Charlie, dit-elle, tu as mauvaise mine.

Elle se leva d'un coup et l'embrassa sur la joue, avant d'aller dans la cuisine pour rincer sa tasse.

— Merci, répondit-il sèchement.

Elle sourit.

— Je vais y aller et vous laisser en amoureux. Anna, ne le laisse pas te garder pour lui tout seul : appelle-moi et nous irons entre filles à Missoula faire du shopping ou autre chose.

Elle passa d'un air dégagé, et tapota doucement l'épaule de Charles avant de sortir.

Anna sirota son thé et le regarda de ses yeux sombres et insondables. Elle avait tiré ses cheveux en arrière avec un élastique ce matin-là, et les boucles couleur de whisky lui manquaient.

— Elle t'a appelé «Charlie», dit-elle.

Charles leva un sourcil.

Elle sourit tout à coup, et cela illumina son visage.

— Ça ne te va pas.

— Sage est la seule à se le permettre, reconnut-il. Heureusement.

Elle se leva.

— Tu veux du thé ? Ou quelque chose à manger ?

Il avait eu faim sur le trajet du retour, mais brusquement il ne voulait plus que dormir. Il ne se sentait même pas disposé à traverser le couloir.

— Non, je pense que je vais juste me mettre au lit.

Elle emporta sa tasse dans la cuisine et mit les deux dans le lave-vaisselle. Malgré ce qu'il avait dit, il la suivit.

— Qu'est-ce que ton frère a dit ? demanda-t-elle.

— Il restait de l'argent dans mon mollet. Il l'a nettoyé.

Elle lui jeta un regard dur.

— Pas cool.

Il ne put s'empêcher de sourire de cet euphémisme.

— Non.

Elle se glissa sous son bras.

— Viens, tu chancelles. Allons te mettre au lit avant que tu tombes.

Son aide ne le dérangeait pas du tout. Elle aurait même pu l'appeler Charlie, il n'aurait pas objecté tant que son flanc touchait le sien.

Elle l'aida à retirer ses vêtements ; il n'avait pas remis sa veste de costume, donc ce n'était pas trop douloureux. Pendant qu'il se mettait au lit, elle ferma les rideaux et éteignit la lumière. Quand elle commença à remonter les couvertures sur lui, il lui prit la main.

— Tu restes avec moi ? demanda-t-il.

Il était trop fatigué pour parler, mais il ne voulait pas non plus qu'elle reste seule à ressasser ce qui pouvait bien la tracasser, d'après son père.

Elle se figea, et l'odeur de sa brusque terreur lui permit de vérifier qu'il avait retrouvé son contrôle depuis que son frère l'avait débarrassé du reste de l'argent. Il n'avait plus rien à tuer hormis des fantômes, alors il contrôla son accès de rage protectrice et attendit de voir ce qu'elle allait faire.

Il aurait pu lui lâcher la main, et il était sur le point de le faire, mais seulement si elle la retirait.

Il n'était pas certain de savoir pourquoi elle avait été si terrifiée de dormir avec lui la nuit précédente, jusqu'à ce qu'elle baisse les yeux vers leurs deux mains. Quelqu'un lui avait violemment saisi le poignet, songea-t-il, et plus d'une fois. Alors que la rage commençait à monter en lui, elle tourna la main et la referma sur la sienne.

— Très bien, dit-elle d'une voix un peu rauque.

Au bout d'une demi-seconde, elle retira sa main de la sienne et s'assit sur le lit pour retirer ses baskets. Toujours en jean et tee-shirt, elle s'allongea à côté de lui, le corps raide et plein de réticence.

Il lui tourna dos, espérant que cela lui montrerait bien qu'il n'avait pas l'intention d'insister. Il s'étonna de découvrir que ce n'était pas que par égard pour elle qu'il lui avait demandé de rester. Il se sentait mieux quand elle était en sécurité à son côté. Il s'endormit en écoutant sa respiration.

Il sentait bon. Quand son corps fut détendu par le sommeil, elle sentit sa propre tension la quitter. Elle n'avait pas été blessée, mais elle était aussi fatiguée. Fatiguée d'être exposée aux regards, fatiguée de chercher à comprendre ce qu'elle devait faire, fatiguée de se demander si elle n'allait pas de Charybde en Charybde.

Elle avait tellement de questions. Elle ne lui avait pas demandé d'explications au sujet de l'étrange réaction de sa belle-mère à son égard, ou au sujet d'Asil, parce qu'il avait semblé prêt à s'endormir dès qu'il aurait cessé de bouger ; c'était d'ailleurs exactement ce qui s'était passé.

Elle regarda son poignet, mais aucun nouveau bleu n'y était apparu ; il ne lui avait absolument pas fait mal. Elle ignorait pourquoi sentir sa main se poser sur son poignet l'avait fait paniquer : sa louve l'avait tenue à l'écart de la plupart des mauvais traitements qu'elle avait subis. Mais son corps gardait le souvenir d'une poigne de fer et de quelqu'un qui lui criait après tout en lui faisant du mal… alors qu'elle était prise au piège et ne pouvait s'enfuir.

Le cœur battant, elle sentit le changement rôder tandis que sa louve se préparait à la protéger de nouveau. Elle inspira l'odeur de Charles et la laissa la submerger pour apaiser la louve ; Charles ne la blesserait jamais, elle et sa louve en étaient persuadées.

Au bout d'un moment, Anna rassembla son courage et se glissa sous les couvertures. Comme il ne se réveillait pas, elle se glissa plus près de lui, s'arrêtant régulièrement parce que son corps essayait de lui rappeler à quel point Charles était plus fort qu'elle et le mal qu'il pouvait lui faire.

Les loups, avait-elle appris en saisissant des conversations, avaient un besoin maladif de contact physique. Les hommes de la meute de Chicago se touchaient plus qu'il était ordinaire dans un groupe d'hommes hétérosexuels. Mais se trouver près d'un loup n'avait jamais procuré ni calme ni réconfort à Anna.

Elle aurait pu appeler sa louve à l'aide, comme elle l'avait fait la nuit précédente. Ce qui lui aurait permis de se glisser contre lui et de respirer son odeur chaque fois qu'elle aurait inspiré. Mais Charles était endormi, et elle songea que c'était le bon moment d'essayer de régler certains de ses problèmes. La louve pouvait régler la question à court terme, mais Anna voulait être en mesure de toucher Charles sans son aide.

Le lit compliquait tout : elle se sentait vulnérable, et il lui était plus difficile de se forcer à se rapprocher. Asil avait dit que Charles non plus n'aimait pas qu'on le touche. Elle se demanda pourquoi. Ça n'avait pas l'air de lui poser un problème quand elle le touchait, bien au contraire.

Elle tendit la main jusqu'à sentir les draps qu'il avait réchauffés de son corps. Elle posa les doigts sur lui et tout son corps se figea de panique. Elle était heureuse qu'il soit endormi, il ne la verrait pas retirer sa main et se rouler en boule, protégeant son estomac vulnérable de ses genoux. Elle essaya de ne pas trembler, parce qu'elle ne voulait pas qu'il la voie comme ça… comme une lâche.

Elle s'étonna que l'espoir soit bien plus difficile à supporter que le désespoir.

CHAPITRE 5

Anna fouillait méthodiquement les placards ; Charles allait se réveiller affamé. Heureusement, l'homme était paré pour soutenir un siège. Elle avait pensé cuisiner italien – elle était devenue assez douée en cuisine italienne – mais elle ignorait si Charles aimait ça. Un ragoût lui apparut comme un choix plus sûr.

Le grand congélateur du sous-sol était rempli de viande emballée dans des sacs méticuleusement étiquetés. Elle remonta un paquet qui annonçait contenir de la viande de cerf pour ragoût et la fit décongeler sur le comptoir. Elle n'avait jamais mangé de cerf, mais elle estima que de la viande pour ragoût était de la viande pour ragoût.

Dans le frigo, elle trouva des carottes, des oignons et du céleri. À présent, elle n'avait besoin que de pommes de terre. Il n'y en avait ni dans le réfrigérateur ni sur le comptoir ; pas plus que sur le réfrigérateur ou sous l'évier.

Quelqu'un d'aussi bien pourvu que Charles avait forcément des pommes de terre *quelque part*… à moins de les détester. Elle était pliée en deux, la tête dans un placard bas, et chantonnait « mais où sont donc passées mes petites pommes de terre », quand la sonnerie d'un téléphone portable la fit sursauter et se cogner contre le rebord du comptoir.

Le téléphone était dans la chambre, aussi attendit-elle que Charles décroche en se frottant la tête, mais la sonnerie persista.

Haussant les épaules intérieurement, elle essaya de localiser les pommes de terre à l'odeur ; Charles lui avait dit qu'elle n'utilisait pas assez son nez. Mais, s'il y en avait par ici, leur odeur était camouflée par celle des épices et des fruits que Charles gardait dans sa cuisine.

Le téléphone mural se mit à sonner. C'était un vieux téléphone à cadran, fabriqué un demi-siècle avant l'invention de la présentation du numéro. Elle le fixa avec une frustration grandissante. Ce n'était pas sa maison. Au bout de dix sonneries, elle finit par décrocher.

— Allô ?

— *Anna ? Passe-moi Charles, s'il te plaît.*

Impossible de confondre sa voix, c'était Bran.

Elle jeta un coup d'œil à la porte fermée et fronça les sourcils. Si tout ce bruit n'avait pas réussi à le réveiller, c'est qu'il avait besoin de dormir.

— Il dort. Je peux prendre un message ?

— *Je suis désolé, ça n'est pas possible. Réveille-le, s'il te plaît, et dis-lui que j'ai besoin de lui parler.*

Le « s'il te plaît » n'était là que par pure courtoisie, songea-t-elle. C'était un ordre.

Elle posa le combiné et alla réveiller Charles. Avant qu'elle atteigne la porte, celle-ci s'ouvrit. Il avait enfilé un jean et un sweat-shirt.

— C'est Père ? demanda-t-il.

Quand elle acquiesça, il la dépassa à grandes enjambées et saisit le téléphone.

— Qu'est-ce que tu voulais ?

— *Nous avons un problème.* (Anna entendit Bran dire :) *J'ai besoin de toi… et pourquoi tu n'amènerais pas Anna, aussi. Le plus vite possible.*

Bran avait besoin de Charles. Charles était son exécuteur, son assassin. Il mettait régulièrement sa vie en jeu pour son père, et elle allait devoir s'y habituer.

Anna enfilait sa veste avant même que Charles ait raccroché le téléphone. Il retourna dans la chambre et en revint avec des chaussettes et des bottes à la main.

— Tu peux m'aider à mettre mes bottes ? demanda-t-il. J'ai toujours du mal à me pencher.

Elle conduisait comme si elle n'avait jamais conduit sur une route verglacée auparavant. Ce qui était peut-être le cas. Mais elle avait mieux conduit dans la matinée, et les routes n'avaient pas empiré.

À l'évidence, ce qui la tracassait était toujours là. Il pouvait sentir son anxiété, mais il ne savait pas quoi faire pour y remédier.

Si ses côtes avaient été en meilleur état, il aurait pris le volant à sa place, mais il se contenta de lui donner les indications. Quand elle fit une queue de poisson à une camionnette en accédant à l'allée de son père, et qu'il resserra sa prise sur la porte, elle se mit à rouler au pas. Un 4 x 4 vert-de-gris avec des plaques gouvernementales était stationné juste à côté de la porte : le service des forêts. La raison pour laquelle son père avait appelé avait certainement à voir avec leur loup solitaire dans les Cabinet Mountains, songea-t-elle. Peut-être qu'on avait trouvé un autre corps.

Anna se positionna derrière le 4 x 4 et s'arrêta.

— Tu sens ça ? lui demanda-t-il alors qu'elle faisait le tour du pick-up pour le rejoindre.

Elle leva la tête et réfléchit à ce qu'elle sentait.

— C'est du sang ?

— Du sang frais, dit-il. Est-ce que ça te pose un problème ?

— Non. Ça devrait ?

— Si tu étais comme n'importe quelle autre louve, Omega, tu aurais faim à présent.

Elle le regarda en fronçant les sourcils et il répondit à son regard.

— Oui, moi aussi. Mais je suis assez âgé pour que ça ne me dérange plus beaucoup.

Il ne prit pas la peine de frapper à la porte ; son père les avait entendus arriver. Il suivit l'odeur du sang jusqu'à la chambre d'amis.

Samuel était passé. Il reconnut le soin apporté au bandage, même si l'homme d'âge moyen étendu sur le lit ne lui disait rien. Il était aussi humain que Heather Morrell, qui était assise dans un fauteuil à côté du lit et lui tenait la main.

Heather leva les yeux. Il vit l'éclair de peur sur son visage, mais ne fit rien pour l'atténuer. Effrayer les gens contribuait à faire de lui un exécuteur efficace pour son père. De plus, il ne pouvait rien lui dire de rassurant avant d'avoir parlé avec son père et appris ce qui se passait.

— Où est le Marrok ? demanda-t-il.

— Il vous attend dans son bureau, répondit-elle.

Il allait faire demi-tour mais elle prononça doucement son nom.

Il s'arrêta.

— Jack est un homme bien, murmura-t-elle.

Il regarda par-dessus son épaule et découvrit qu'elle le regardait avec intensité. Il aurait pu lui demander ce qu'elle voulait dire par là, mais il devait d'abord parler à son père.

Anna ne dit rien, mais il pouvait dire d'après sa tension qui grimpait qu'elle avait saisi certains sous-entendus. À moins qu'il ait raté une étape, la survie de Jack, l'ami de Heather, était sujette à caution.

Il fit un signe de tête et se rendit dans le bureau, Anna sur ses talons.

Le feu était allumé : mauvais signe, il le savait. Père n'utilisait cette cheminée que quand il était inquiet. Il était assis jambes croisées sur le sol juste devant, les yeux rivés sur les flammes.

Charles s'arrêta juste après la porte, mais Anna se glissa à côté de lui et approcha les mains des flammes. Aucun d'eux ne parla pendant un moment.

À la fin, Bran soupira et se releva. Il marcha doucement autour de Charles.

— Comment te sens-tu ? demanda-t-il quand il lui fit face.

Ses jambes le brûlaient et il était encore trop faible pour partir en mission. Il ne mentirait pas à son père, mais il n'avait pas non plus besoin d'énumérer ses douleurs.

— Mieux. De quoi as-tu besoin ?

Bran croisa les bras sur sa poitrine.

— J'ai déjà tué quelqu'un contre ma volonté cette semaine, et je ne veux pas recommencer.

— Faut-il tuer ce Jack ?

Est-ce que son père voulait qu'il s'en occupe ? Il jeta un regard un peu anxieux à Anna tandis qu'elle se rapprochait du feu et rentrait les épaules sans les regarder. Lui non plus ne voulait tuer personne cette semaine.

Bran haussa les épaules.

— Non. S'il y a besoin, je m'en occuperai. J'espère pouvoir l'éviter. C'est un des collègues de Heather. Ils travaillaient dehors dans les Cabinet Mountains avec l'unité de Recherche et Secours, à la recherche d'un autre chasseur disparu, quand ils ont été attaqués par un loup-garou. Pas de doute sur ce que c'était. Heather l'a clairement vu. Elle lui a tiré dessus et l'a repoussé : elle se promène avec des balles en argent depuis

111

qu'elle a identifié ce qui a tué le précédent chasseur. Elle m'a dit que son ami Jack avait fait le lien entre leur agresseur et le chasseur tué juste avant de perdre connaissance en venant ici.

— Elle l'a amené ici parce qu'il a été Changé ?

— Elle a pensé que c'était possible, mais Samuel dit que non. Pas assez de dégâts, pas de guérison assez rapide. (Il eut un de ces gestes qu'il faisait si bien ; celui-ci disait : « Je ne suis qu'un amateur, je laisse faire les experts. ») Apparemment, il a plus un problème de perte de sang que de blessure. Et notre Heather regrette de l'avoir amené depuis que Samuel s'est prononcé.

— Qu'est-ce que tu envisages ?

Il était parfaitement conscient de la présence d'Anna, qui écoutait chaque mot. Une partie de lui voulait lui cacher tout cela, la protéger de l'aspect le plus moche de sa vie. Mais il refusait d'engager avec sa compagne une relation fondée sur des demi-vérités et des cachotteries. En plus, elle savait bien à quel point les choses pouvaient être moches.

Bran s'appuya contre le dossier de sa chaise et soupira.

— Si un garde forestier arrive et déclare qu'il a été attaqué par un loup-garou – un homme d'expérience et respecté, comme ce Jack –, les gens vont l'écouter. Et, avant de se taire, Heather m'a dit qu'il était un homme direct. S'il pense qu'il existe un danger pour les autres, il criera la nouvelle sur tous les toits le plus fort possible, peu importe à quel point ça semble fou.

Charles croisa le regard de son père. Une autre fois, ils auraient peut-être pu laisser passer. S'ils tuaient le loup qui posait un problème et qu'il n'y avait plus de morts, tout feu allumé par le garde forestier finirait par s'éteindre faute de carburant. Mais son père pensait qu'il allait devoir rendre leur existence publique très bientôt… dans les mois à venir. Ils ne pouvaient pas se permettre une mauvaise presse.

—Comment a-t-elle réussi à le sortir de là? demanda Charles pour gagner un peu de temps et trouver peut-être un moyen de résoudre le dilemme.

Il connaissait les Cabinet Mountains. À cette époque de l'année, la majeure partie de la chaîne montagneuse n'était accessible qu'en raquettes ou à quatre pattes. Heather n'était pas un loup-garou, elle n'aurait pas pu porter un homme plus lourd qu'elle.

—Elle a appelé son oncle. C'est Tag qui l'a ramené.

Ah! C'était donc la raison pour laquelle Bran semblait plus pensif que renfermé, ce qui était son attitude habituelle quand il avait une affaire déplaisante à gérer.

Charles fit un petit sourire soulagé à son père.

—La petite futée.

Heather avait quarante-trois ans, mais il l'avait vue naître et elle était toujours une enfant à ses yeux; et, surtout, aux yeux de son redoutable oncle, Colin Taggart, aussi.

—Donc, si tu fais ce que tu devrais faire, et que tu élimines cet innocent d'apparence respectable et responsable, tu auras une rébellion sur les bras?

Tag était plutôt protecteur à l'égard de ceux qu'il considérait comme les siens et, s'il avait secouru ce garde, cela suffisait pour le faire entrer dans cette catégorie. Si Bran décidait d'éliminer le garde forestier de Heather, il devrait le faire dans le dos de Tag. Bon sang!

Bran poussa un soupir désabusé.

—Ça ne me poserait pas tant de problèmes si ça ne voulait pas dire que je dois t'envoyer, à moitié guéri, sur les traces d'un loup solitaire. Je suis presque sûr que si nous éliminons la menace – et que nous lui montrons que son agresseur était un criminel tout autant qu'un monstre – Jack se taira quand nous reviendrons. Mais tu vas devoir le faire rapidement.

Ce loup doit mourir avant que Jack sorte de son lit et exige qu'on le laisse partir.

— Vous ne pourriez envoyer personne d'autre ? demanda Anna à voix basse.

Bran secoua la tête.

— Cette affaire a besoin d'être traitée rapidement, discrètement… et de manière définitive. Charles est le seul en qui j'aie confiance pour pouvoir le dissimuler aux autorités humaines si la situation dérape. (Il sourit un peu.) Je suis aussi sûr qu'il n'ira pas manger d'humains avec le tueur.

Charles jeta un regard sévère à son père : il aurait pu tourner la chose en des termes… moins crus.

— Le loup n'est probablement pas aussi dominant que moi, donc il ne peut ni m'abuser ni me recruter, expliqua-t-il à Anna. Et si les choses « dérapent », je pratique un peu la magie et je peux dissimuler les preuves. Je ne suis pas aussi doué qu'un vrai sorcier, mais ils n'enverront vraisemblablement pas d'enquêteurs de haut vol dans une zone sauvage.

— Ajoute à ça qu'aucun loup à Aspen Creek ne pourrait supporter de chasser une telle proie sans perdre la tête. (Bran tourna son regard vers Anna, qui avait toujours les yeux rivés sur le feu.) Tuer un être doué de raison crée une dépendance plus forte que chasser le lapin à la pleine lune. Entre autres choses, Aspen Creek est un sanctuaire pour les loups qui ont des problèmes… ou qui en développent. Le genre de loup capable de supporter de chasser un autre loup-garou est assez sain d'esprit pour parcourir le vaste monde. En règle générale, je ne les garde pas avec moi.

— Alors tous les loups de votre meute sont psychotiques ? demanda-t-elle.

Charles était incapable de dire si elle plaisantait ou non. Peut-être qu'elle n'était pas loin de la vérité, pensa-t-il après avoir réfléchi quelque peu à la question.

Bran rejeta la tête en arrière et hurla de rire.

—Pas du tout, ma chère. Mais ils ne sont pas en état de gérer une chose pareille. Si je pensais mettre la vie de Charles en danger, je trouverais quelqu'un d'autre. Il ne sera pas à l'aise, et ce ne sera pas simple, mais il n'y a pas un loup dans toute la région qui connaisse les Cabinet Mountains aussi bien que mon fils. Et, blessé ou pas, il peut faire face à n'importe quel loup.

—Vous l'envoyez seul ?

Charles ne pouvait pas déchiffrer le ton de sa voix mais, à l'évidence, son père saisit quelque chose qui l'intrigua.

—Pas nécessairement.

Il arborait cette expression qu'il avait quand il trouvait une solution satisfaisante à un problème qui le troublait. Charles fut juste un peu trop lent à comprendre ce qu'il voulait dire pour l'en empêcher.

—Tu pourrais y aller avec lui.

—Non, dit Charles d'un ton définitif, mais il avait la douloureuse impression qu'il était trop tard.

Bran ne fit pas du tout attention à lui.

—Ce ne sera pas amusant. Ce sont des montagnes escarpées, et tu es une fille de la ville.

—Je suis une louve-garou, dit-elle, le menton levé. Je devrais être capable de me débrouiller dans une région un peu difficile, vous ne croyez pas ?

—Elle n'a pas de manteau chaud, ni de gants ni de bottes, grommela Charles en désespoir de cause. (Il savait que son père avait déjà pris sa décision, même s'il n'en comprenait pas la raison.) À cette période de l'année, on utilise des raquettes… et elle n'a pas la moindre expérience. Elle va me ralentir.

Son père avait un tel *regard* quand il le voulait.

—Plus que le trou dans ta jambe ?

Il croisa les bras et se balança sur ses talons. Il avait dû lire le refus obstiné de Charles sur son visage, car il soupira et se mit à parler en gallois.

—Tu as besoin de temps pour faire fonctionner votre couple. Elle ne fait confiance à aucun d'entre nous. Il y a trop de personnes ici qui pourraient lui voler dans les plumes. (Son père était un gentleman, il ne dirait jamais rien à propos de sa compagne, mais ils savaient tous deux qu'il parlait de Leah.) Ta chère Anna a besoin de te connaître, et tu ne te dévoiles à personne facilement. Emmène-la et passe quelques jours seul avec elle. Ça lui fera du bien.

—Pour me voir tuer l'intrus ? attaqua Charles dans la langue que son père avait utilisée. (Elle savait ce qu'il était, mais il ne voulait pas lui mettre le nez dedans. Il avait l'habitude d'effrayer les autres, mais il ne voulait pas l'effrayer elle aussi.) Je suis certain que ça la rassurera beaucoup.

—Peut-être.

Il n'y avait pas moyen de fléchir son père quand il pensait avoir pris la bonne décision, et quiconque essayait de se mettre en travers de son chemin était écarté aussi aisément qu'une quille.

Charles détestait avoir le rôle de la quille. Muet, il regarda son père fixement.

Le vieux barde sourit un peu.

—D'accord, dit Charles en anglais. D'accord.

Elle leva le menton.

—J'essaierai de ne pas te ralentir.

Il eut l'impression qu'elle venait de le frapper à l'estomac ; il l'avait fait se sentir rejetée, ce qui n'avait pas du tout été son intention. Il n'avait aucun don pour les mots, mais il essaya quand même d'arranger les choses.

—Ce n'est pas ce qui m'inquiète, lui dit-il. Père a raison. Avec ma jambe, je ne vais pas battre des records de vitesse. Mais, ces montagnes en plein hiver, ça ne va pas être drôle.

Il ne voulait pas qu'elle le voie tuer encore. Parfois, tout allait bien, ils se battaient contre lui, comme Leo. Mais parfois ils pleuraient et suppliaient. Et il devait quand même les tuer.

—Très bien, dit Anna.

Sa voix tendue lui apprit qu'il n'avait pas réparé les dégâts, mais il ne pouvait pas mentir et dire qu'il voulait qu'elle vienne. C'était faux. Et, même s'il savait que sa capacité à détecter les mensonges était presque nulle, il refusait de mentir à sa compagne.

—Je comprends. (Anna continua à regarder le sol fixement.) Ce ne sera pas drôle.

—Je vais appeler et leur demander d'ouvrir le magasin, dit Bran. (Impossible de savoir ce qu'il pensait, hormis qu'il avait choisi de ne pas aider Charles.) Équipe-la du mieux que tu peux.

Charles abandonna la partie et tourna son attention vers ce qu'il savait faire.

—Dis-leur que nous serons là dans une heure, dit-il. D'abord, j'ai besoin de parler à Heather et Tag. Nous partirons au matin.

—Prenez mon Hummer, dit Bran en retirant une clé de son porte-clés. Il vous emmènera plus loin que ton pick-up.

Est-ce que tu n'en fais pas un peu trop, là ? pensa Charles, amer et frustré. Bran ne pouvait pas lire les pensées, mais son petit sourire apprit à Charles qu'il lisait très bien les expressions de son fils.

Charles ne fut pas surpris de voir Heather les attendre. Elle se tenait juste sur le seuil de la chambre d'amis, appuyée contre le mur, les yeux rivés sur ses pieds.

—Je l'ai tué en l'amenant ici, pas vrai ? dit-elle lorsqu'ils approchèrent, sans lever les yeux.

—Est-ce que Tag est rentré chez lui ? demanda Charles.

Heather le regarda et examina son visage.

—Il a dit qu'il avait vu plus de sang qu'il pouvait le supporter, et est allé au sous-sol regarder un film.

—Votre Jack ira bien, dit Anna que la neutralité de Charles impatientait. Charles et moi allons nous occuper du loup-garou qui l'a attaqué… et, avec un peu de chance, ce sera suffisant pour que votre ami n'ébruite pas l'affaire devant la presse.

Heather regarda Anna fixement pendant un moment.

—Dieu soit loué, enfin quelqu'un ici qui ne se comporte pas comme si les informations valaient de l'or. Tu dois être l'Omega de Chicago que Charles a ramené.

Anna sourit, mais il pouvait voir qu'elle se forçait.

—Les loups ont tendance à faire des cachotteries, n'est-ce pas ? Si ça peut vous aider, je pense que faire intervenir l'autre loup – Tag, c'est ça ? – est ce qui a fait pencher la balance.

Heather regarda Charles du coin de l'œil, et il comprit que c'était ce qu'elle espérait en appelant son oncle à l'aide. Mais il sentit la vérité dans sa voix quand elle déclara :

—C'est le seul que j'aie pensé à appeler. Je savais qu'il viendrait juste parce que je le lui demandais.

Tag était comme ça.

—Est-ce qu'il est possible de réveiller ton cher Jack ? demanda Charles.

—Il a eu des hauts et des bas, dit-elle. Là il dort, il n'est pas inconscient.

L'humain était un peu plus âgé que Heather. Son visage était tiré et pâle. Dès que Heather le réveilla, l'odeur de sa douleur emplit la pièce.

Intéressant, songea Frère Loup en voyant la proie blessée. *Un repas facile.*

Charles n'avait jamais compris si Frère Loup était sérieux ou faisait de l'humour, étant donné qu'ils savaient tous les deux qu'il ne les autoriserait jamais à se nourrir d'un humain. Mais il avait la désagréable sensation que c'était un peu des deux. Il repoussa Frère Loup et attendit que l'homme se concentre sur lui par-dessus l'épaule de Heather.

— Je suis Charles, dit-il. Un loup-garou. Heather, je ne vais pas le manger.

Heather s'écarta, même s'il pouvait voir qu'elle souhaitait rester là pour protéger son ami.

— Pourquoi vous nous avez attaqués ? murmura Jack, en faisant un effort pour prononcer les mots.

— Ce n'est pas moi, dit Charles. Demandez à Heather. Elle vous expliquera. Nous avons entendu parler d'un loup solitaire il y a quelques jours. J'étais blessé, et mon père voulait attendre que je sois guéri avant de m'envoyer sur ses traces. Nous pensions qu'avec la saison de chasse qui se finissait il n'y avait pas beaucoup de danger d'attendre quelques semaines.

— « Blessé » ?

Charles serra les dents pour contrôler le loup – qui désapprouvait férocement – tandis qu'il remontait son tee-shirt et se retournait. La brûlure entre ses épaules était bien visible, et il avait senti l'odeur de son propre sang quand Anna avait fait la queue de poisson, c'est pourquoi il était presque certain que le bandage était taché de sang là où il couvrait la plaie de son dos.

Ni Jack ni Heather n'étaient une menace, mais Frère Loup s'en fichait : montrer ses faiblesses aux autres était une erreur. Mais il était important que Jack comprenne pourquoi ils avaient attendu. S'ils voulaient qu'il se tienne tranquille, Jack devait être persuadé qu'ils étaient capables de contrôler les leurs en temps normal.

— Brûlure de balle, dit Jack.

— Plus deux autres qui ont fait mouche, convint Charles en remettant son tee-shirt en place.

— Jack était policier, expliqua Heather.

Elle continuait à détourner la tête et ne le regardait pas, ce que Charles apprécia.

— J'ai eu quelques problèmes à Chicago il y a quelques jours, dit Charles.

— Vous aurez besoin de temps pour vous remettre, murmura Jack.

Charles secoua la tête.

— Pas si nous avons un loup-garou en liberté qui attaque les gens. (Il regarda Heather.) L'attaque n'a pas été provoquée ?

Elle haussa les épaules.

— Je n'en suis pas certaine. Il est juste sorti de sa cachette et nous a attaqués. Il y a plein de raisons pour lesquelles un loup solitaire aurait pu faire ça… peut-être qu'il a installé son territoire là-bas, ou qu'il garde quelque chose ou quelqu'un. Mais je n'ai pas pu le suivre, il a détalé.

— Donc il aurait pu être en chasse, conclut Charles. Nous ne pouvons pas nous permettre d'attendre qu'il trouve quelqu'un d'autre à tuer.

Anna suivit Charles au sous-sol à la recherche de Tag, l'oncle de Heather. L'escalier qui y menait s'achevait sur un couloir étroit bordé de portes blindées, équipées d'épaisses barres de fer prêtes à être glissées dans les ferrures de chaque côté.

Sur l'une des portes, la barre de fer était mise. Celui qui s'y trouvait faisait du bruit jusqu'à ce qu'ils mettent le pied dans le corridor. Il plongea ensuite dans un silence absolu, et elle sentit qu'il les écoutait passer à côté de lui.

Elle aurait peut-être questionné Charles à son sujet, mais son expression ne l'y invitait pas. Elle ne pouvait pas déterminer s'il était en colère après elle ou simplement en train de réfléchir. Dans les deux cas, elle ne voulait pas le déranger. Elle l'avait déjà suffisamment ennuyé. Elle aurait dû lui dire qu'elle resterait à la maison.

Mais cela aurait signifié qu'il serait parti, seul et blessé, affronter un loup solitaire inconnu. Son père avait l'air de penser qu'il pouvait prendre soin de lui-même, mais il n'était pas là hier, quand Charles avait eu trop mal pour se déplacer sans aide.

Si Charles décidait finalement qu'il ne voulait pas d'elle, que ferait-elle ?

Il y avait une porte plus accueillante au bout du couloir : sans serrure ni barre. Mais elle entendit une explosion alors qu'ils approchaient.

—Ouais, lança sauvagement une voix.

Charles ouvrit la porte sans frapper.

Anna aperçut brièvement un énorme écran de télévision relié à de nombreux boîtiers noirs et lisses et à des haut-parleurs par tout un réseau de câbles aux couleurs de l'arc-en-ciel. Mais son regard fut attiré par un homme grand, étendu sur le dossier du canapé comme un gigantesque chat domestique. « Gigantesque » était le mot.

Charles était grand, mais elle aurait parié que Colin Taggart était plus grand que lui et bien plus massif. Malgré le froid, ses grands pieds étaient chaussés de Birkenstock, sanglées par-dessus une paire de chaussettes en laine grise usées et trouées, mais propres. Son baggy kaki était surmonté d'un tee-shirt délavé qui lui tombait sur les cuisses. Ses cheveux étaient d'un spectaculaire roux flamboyant, et rêches comme du crin de cheval ; ils bouclaient et s'emmêlaient en une coiffure qui aurait pu passer pour une tentative délibérée de se faire des dreadlocks, ou pour du manque de soin. Il avait dégagé son visage de cette imposante masse avec un solide bandeau élastique taché d'encre.

Il ne s'est pas rendu à l'enterrement, songea-t-elle. Elle s'en serait rappelée. Il était probablement parti chercher sa nièce.

Sa peau était d'une pâleur d'origine celte, et constellée de taches de rousseur sur les pommettes. Avec son teint et ses traits taillés au couteau, il aurait tout aussi bien pu avoir le mot « Irlandais » tatoué sur le front. Il dégageait une étrange odeur d'encens qui se superposait à une fragrance plus rare qu'elle n'arrivait pas à identifier. Il avait l'air d'avoir dix ou quinze ans de moins que sa nièce, et la seule chose qu'ils avaient en commun était le gris limpide de leurs yeux.

Après un rapide coup d'œil à Charles quand ils entrèrent, Tag reporta son attention sur la télévision, regarda la dernière explosion, puis pointa la télécommande en direction de la télé et mit le film sur pause.

—Bon, dit-il d'une voix qui la surprit par sa hauteur, tu ne sens pas la mort.

Ce n'était pas une voix de soprano, mais un homme aussi grand aurait dû tonner comme une grosse caisse. Or il avait plus le ton d'une clarinette. Une clarinette américaine : il avait l'accent typique d'un présentateur télé.

—Si l'ami de Heather peut fermer son bec, il sera en sûreté, dit Charles. Nous partons chasser de bonne heure, demain. J'apprécierais que tu me donnes un coup de main.

L'attitude détendue du loup-garou était une ruse, comprit Anna, tandis qu'il s'asseyait et se laissait glisser dans le canapé, avant d'utiliser son élan pour se mettre sur ses pieds. Le tout avec la vitesse contrôlée et la grâce d'un danseur étoile.

Debout, il occupait plus que sa place dans la petite pièce. Anna recula involontairement d'un pas, ce qu'aucun d'eux ne sembla remarquer.

Il sourit, mais il gardait son regard méfiant rivé sur Charles.

— Très bien dans ce cas, tant que tu ne tues pas mon jeune ami, je serai heureux de t'obliger.

— J'ai besoin que Heather et toi déterminiez exactement où ils se trouvaient quand ils ont été attaqués, de préférence sur une carte. Vois aussi si elle peut localiser l'endroit où se trouvait l'autre victime du loup-garou, et également l'attaque de l'étudiant. (Charles regarda Anna derrière lui, et l'évalua d'un air impersonnel, avant de reporter son attention sur l'autre homme.) Après ça, passe chez Jenny et vois si elle aurait des vêtements sales, dans lesquels elle aurait transpiré.

Les yeux du loup s'étrécirent.

— Tu vas faire le coup de l'odeur ? Harrison, l'ami de Jenny, fait à peu près ta taille. Tu veux que je récupère des affaires à lui pour toi ?

— Ce serait bien. Retrouve-nous chez moi dans deux heures avec la carte et les vêtements.

— Bran ne va pas vraiment exécuter le mec de Heather.

C'était une affirmation, mais il y avait une trace d'incertitude dans la voix de Tag.

Charles haussa les épaules.

— Pas pour le moment, en tout cas. À moins qu'il décide de faire quelque chose de stupide.

Cela ne semblait pas très réconfortant aux oreilles d'Anna, mais Tag sembla le prendre comme tel.

—Très bien, alors, dit-il en hochant la tête. À dans deux heures.

Charles gara le Hummer devant la maison, probablement parce qu'il ne serait pas rentré dans le garage. Il était raide et il boitait avant d'arriver mais, quand Anna essaya de prendre les paquets qu'ils avaient récupérés au magasin, il se contenta de la regarder. Elle leva les deux mains en signe de capitulation et le laissa tout emporter lui-même jusqu'à la maison.

Il ne lui avait rien dit d'intime depuis qu'ils avaient quitté le bureau de son père.

—Peut-être que tu devrais partir avec quelqu'un d'autre, dit-elle enfin, fermant la porte pour éloigner le froid hivernal. Un autre loup pourrait t'être plus utile.

Charles se retourna et la regarda dans les yeux. Il ôta lentement ses gants, ses yeux, noirs dans la pénombre de la maison, rivés sur elle. Elle croisa son regard pendant une ou deux secondes, avant de baisser les yeux.

—Je n'aime pas emmener des renforts pour une exécution, lui dit-il au bout d'un moment. Ils ont tendance à tout faire foirer.

Il enleva son manteau et le jeta délibérément en travers du canapé.

—C'est un loup-garou qui tue les humains. Ça pourrait être une usine à gaz, quelqu'un qui cherche à stopper les projets de mon père de révéler avec précaution notre présence aux humains. J'ai envisagé cette hypothèse, mais je ne pense pas que ce soit le cas. Il faudrait être désespéré pour aller dans les Cabinet Mountains à cette époque de l'année, alors que Missoula ou Kalispell sont bien plus pratiques et qu'on y est certain d'attirer l'attention. Errer dans une zone sauvage en plein hiver est trop difficile, je pense, pour lancer une attaque planifiée ou pour un tueur endurci. Je pense que nous avons affaire à un solitaire. Quelqu'un qui n'y connaît pas grand-chose et essaie de rester hors de vue. Dangereux, comme il l'a prouvé avec tant de compétence, mais rien dont je ne puisse venir à bout.

—Je ferai ce que tu me diras, dit-elle au plancher. (Elle se sentait stupide d'insister pour venir et abattue qu'il ne veuille pas d'elle.) J'essaierai de ne pas te gêner.

—Je n'aurais pas envisagé de t'emmener sans l'insistance de mon père, dit-il doucement. Et j'aurais eu tort.

Ses mots la prirent totalement au dépourvu. Elle soupçonnait à moitié s'être trompée à son sujet, et leva les yeux pour voir son sourire penaud.

—Je pense, dit-il, que même un loup-garou mérite une chance, tu ne crois pas ? Un loup solitaire qui se cache dans les Cabinet Mountains doit être plutôt désespéré, et il y a de bonnes chances qu'il soit une victime au même titre que le chasseur mort ou Jack, l'ami de Heather. Mais même si j'étais sûr qu'il n'était que sous l'influence de la lune, qu'il avait perdu le contrôle mais que ce n'était pas sa faute, je devrais probablement le tuer si j'y allais seul. Mais regarde ce que tu as fait avec Asil ce matin. Si tu viens avec moi, nous serons peut-être capables d'offrir une chance à ce loup.

Elle hésita un instant, mais il semblait sérieux.

—Tu n'es pas en colère ? Tu n'aurais pas préféré que je me taise ?

Il parcourut la distance entre eux et l'embrassa. Quand il recula, elle avait le cœur battant et pas à cause de la peur. Elle pouvait voir son pouls battre sur sa gorge, et sentir son odeur de neige fraîche rapportée de l'extérieur.

—Non, murmura-t-il. Je ne veux pas que tu te taises. (Il fit courir un doigt le long de sa mâchoire.) Tag sera là dans une minute. Laisse-moi préparer à manger avant qu'il arrive.

Même s'il avait toujours visiblement mal et qu'il clamait ne pas être bon cuisinier, il prépara le ragoût qu'elle avait commencé quand Bran avait appelé. Il l'envoya chercher les pommes de terre qu'il gardait cachées au sous-sol, dans un sac en toile de jute de vingt-cinq kilos, mais, à part cela, il sembla parfaitement satisfait de faire le travail lui-même.

Elle le regarda cuisiner, et l'euphorie provoquée par son baiser s'estompa. C'était un homme qui avait l'habitude d'être seul, de ne se reposer que sur lui-même. Il n'avait pas besoin d'elle, mais elle était complètement dépendante de lui.

Alors qu'ils attendaient que le ragoût soit cuit, il alluma la petite télévision de la salle à manger, la seule qu'elle ait vue dans la maison, et une femme souriante parée d'un rouge à lèvres brillant leur annonça qu'il allait faire plus froid le lendemain. Il s'assit et elle prit un siège de l'autre côté de sa table en chêne.

— Nous sommes proches de Missoula et Kalispell, lui dit Charles alors qu'ils regardaient la météo.

Elle n'était pas certaine de savoir pourquoi elle ne laissait pas simplement la télévision faire la conversation.

— Ton père m'a dit que je devais te demander pour contacter ma famille, dit Anna.

Pendant ce temps, la présentatrice exposait un reportage sur les courses de Noël dans la région le week-end passé : les ventes de détail en chute par rapport à l'an dernier, les ventes sur Internet en hausse.

— Tu as un souci avec eux ?

— Je ne sais pas. J'ai cessé de leur parler peu après mon Changement.

—Tu n'as pas parlé à ta famille depuis trois ans? (Il la regarda en fronçant les sourcils. Puis il comprit et cela put se lire sur son visage.) Il ne t'y a pas autorisée.

Elle le regarda un moment.

—Leo disait que tout humain qui serait même soupçonné de connaître notre existence serait tué. Et tout contact prolongé avec ma famille aurait donné le prétexte adéquat pour les éliminer. Sur sa suggestion, je me suis offensée d'une parole de ma belle-sœur, et je ne leur ai pas parlé depuis.

—C'est idiot, lança Charles, avant de secouer la tête dans sa direction. Pas toi. Leo. Pourquoi… Je suppose qu'il pensait que ta famille s'opposerait au traitement qu'on t'infligeait et aurait fait un esclandre… et j'espère qu'il avait raison. Si tu veux les appeler maintenant, vas-y. Ou bien tu pourras leur rendre visite à notre retour. Il y a des choses qu'il faut expliquer en personne.

Sa gorge se serra, et elle essaya de refouler une stupide crise de larmes.

—Je suis désolée, réussit-elle à dire.

Il se pencha vers elle mais, avant qu'il puisse dire quoi que ce soit, ils entendirent tous les deux le son reconnaissable d'une voiture qui arrivait.

Sans frapper, Tag entra en coup de vent, comme un blizzard tiède, un sac en papier dans une main et une carte dans l'autre.

—Et voilà. (Il s'arrêta et renifla d'un air appréciateur.) Dis-moi qu'il y en a assez pour trois. Je faisais tes commissions et je n'ai rien avalé.

—Sers-toi, dit sèchement Charles, étant donné que Tag s'était débarrassé de son fardeau et était déjà dans la cuisine.

Anna l'entendit s'y affairer un moment, puis il fit irruption dans la salle à manger avec trois bols de ragoût dans ses grandes mains. Il en posa un devant Anna, un devant Charles et un à côté de Charles. Encore un aller et retour et il rapportait trois verres de lait et des cuillers. Il tenait les plats avec un professionnalisme qui poussa Anna à penser qu'il avait travaillé un certain temps comme serveur quelque part.

Il gardait un œil sur Charles en s'asseyant, et Anna prit conscience d'une chose qu'elle n'avait fait que soupçonner pendant longtemps. Malgré son attitude nonchalante, Tag avait peur de Charles, tout comme Sage, malgré tous ses « Charlie ».

C'était la raison pour laquelle Leah, la compagne de Bran, était venue quand Charles était occupé ailleurs, songea Anna, la raison pour laquelle elle ne connaissait pas la maison. Anna avait reconnu la peur de Heather, mais Heather était humaine. Les autres étaient tous des loups-garous, et leur réaction se sentait dans les mouvements subtils de leur corps, comme la vigilance de Tag.

Tag engloutit quelques cuillerées bruyantes, qui lui auraient valu une tape sur la main de la part de la mère d'Anna, avant de parler.

—Elle a besoin d'être nourrie. Leo n'a jamais su prendre soin des cadeaux que lui offrait le destin.

—On ne lui a pas offert Anna, dit Charles. Il l'a traquée.

Le visage de Tag se figea.

—Il a Changé un Omega *de force* ?

Il est choqué, songea Anna, *et incrédule*.

—Non, dit Charles. Il l'a traquée et, quand il l'a trouvée, il a envoyé un chien enragé à ses trousses.

—Il faudrait un fils de pute complètement fou pour attaquer un Omega. Tu l'as tué ?

La désinvolture de la voix de Tag était un peu trop étudiée pour être réelle.

—Oui.

— Leo aussi ?

— Oui.

— Bien.

Tag la regarda sans croiser son regard, puis recommença à manger.

— Je n'étais pas un Omega à l'époque, dit Anna. J'étais juste humaine.

Charles lui fit un petit sourire et commença à manger son ragoût.

— Tu es née omega, comme mon père est dominant et dangereux depuis ses premiers pas, humain ou non. Devenir loup-garou fait juste ressortir ta nature, et l'âge l'affine.

— Elle ne sait pas ça ? demanda Tag.

— Leo a fait de son mieux pour la laisser dans l'ignorance et la garder sous sa coupe, lui dit Charles.

Tag leva un sourcil broussailleux en direction d'Anna.

— Je n'ai jamais aimé Leo, il était bien trop sournois. C'est difficile pour un dominant de faire du mal à un loup soumis s'il est sain d'esprit : notre instinct nous pousse à les protéger. Les Omegas vont au-delà de ça. Quand tu étais humaine, tu devais être encore plus fragile que tu l'es aujourd'hui ; ce qui ne fait qu'accentuer cet instinct. Seul un chien enragé – un loup prompt au meurtre – attaquerait un Omega humain.

Les deux hommes avaient recommencé à manger avant qu'Anna décide de contester son affirmation.

— Aucun des loups de la meute de Leo n'a semblé avoir de problème à me faire du mal.

Le regard de Tag rencontra celui de Charles, et elle se rappela qu'il y avait un loup sous cette façade de joyeux fanfaron.

— Ils auraient dû, dit durement Charles. Si Leo ne les avait pas forcés, ils t'auraient laissée tranquille.

— Aucun d'eux ne s'est opposé à lui ? demanda Tag.

— Il avait déjà éliminé les plus forts, dit Charles. Les autres étaient sous sa coupe. Ils sautaient quand il le leur demandait.

— Tu es certain de l'avoir tué ? demanda Tag.

— Oui.

Les yeux de Tag glissèrent de nouveau sur elle.

— Bien.

Dès qu'ils eurent fini de manger, Tag prit la carte qu'il avait apportée et l'étala sur la table.

Anna ramassa les assiettes sales et les lava après le dîner, pendant que Charles et Tag marmonnaient au-dessus de la carte.

— Toutes les attaques ont eu lieu à quelques kilomètres autour de Baree Lake, disait Tag quand elle revint jeter un œil par-dessus l'épaule de Charles. J'ai entendu dire qu'il y avait une vieille cabane dans ces bois, mais je ne l'ai jamais vue.

— Je sais où elle est. C'est une bonne idée. (Charles désigna la carte du doigt.) C'est par là, pas très loin des lieux d'agression. Je ne suis pas allé vers Baree Lake en hiver depuis dix ou quinze ans. Est-ce que c'est toujours le meilleur itinéraire ?

— C'est celui que j'ai pris aujourd'hui. Tu emprunteras certainement ce petit chemin, ici.

Il pointa du doigt, mais Anna ne vit aucune route.

— C'est vrai, dit Charles. Ensuite, nous grimperons derrière Silver Butte Pass.

— La première attaque a eu lieu par là. (Il pointa un endroit légèrement à gauche de Baree Lake.) Juste sur la piste que tu as suivie cet été, à environ trois kilomètres du lac. Le chasseur a été retrouvé mort ici, à environ huit cents mètres du lac. Il est probablement arrivé de Silver Butte Pass, comme tu vas le faire. Nous avons eu beaucoup de neige, fin octobre ; avant la fin de la saison de chasse, la vieille route du service des forêts était déjà impraticable. Heather et Jack ont été attaqués ici, à environ six kilomètres de leur pick-up. J'ai réussi à me rapprocher de quatre cents mètres en voiture, tu pourras faire un peu mieux avec le Hummer.

— Ça pourrait être bien pire ; nous pourrions essayer d'aller à Vimy Ridge, dit Charles.

Tag rit brièvement.

— Et c'est là que tu te cacherais. Je ne voudrais pas être le loup qui te traquerait là-bas en plein été, encore moins au beau milieu de l'hiver. Heureusement, Baree Lake est ce qui ressemble le plus à un après-midi de randonnée dans les Cabinet Mountains. (Il regarda Anna.) Ce n'est pas que ce soit facile, désolé. Le seul moyen d'arriver à Vimy Ridge par ce temps, c'est en hélico. La couche neigeuse peut faire plus de quatre mètres par endroits dans les hauteurs, tu verras ça là-haut sur les crêtes qui entourent Baree. Tu pars avec ce vieux *lobo*, et tu l'écoutes, ou bien – louve-garou ou pas – nous allons sans doute devoir chercher ton cadavre.

— Pas besoin de l'effrayer, dit Charles.

Tag s'appuya au dossier de sa chaise et sourit.

— Elle n'a pas peur. Pas vrai, ma colombe ?

Dans cette dernière phrase, elle entendit une trace d'accent irlandais, ou peut-être anglais. Elle avait beau avoir une bonne oreille, il lui fallait un peu plus que trois mots.

Tag regarda Charles.

— Heather a dû grimper sur les hauteurs pour m'appeler. On n'a toujours pas de réseau dans la plupart des Cabinet Mountains. Je me suis garé ici (il tapota la carte) et j'ai un peu tourné en rond avant de trouver du réseau. Je suggère que tu te gares là, et que tu laisses les portables dans la voiture.

Charles lui jeta un regard acéré.

— Au cas où ce ne serait pas un loup solitaire ?

— Toi et Bran n'êtes pas les seuls capables d'additionner deux et deux, dit Tag. Si c'est un traquenard, tu ne voudras pas que les méchants te pistent avec cette belle petite balise qui équipe les portables de nos jours.

— Je n'en avais pas l'intention, reconnut Charles. (Il se pencha de nouveau sur la carte.) Si on se fie uniquement aux attaques, Baree Lake semble être le centre de son territoire mais…

— Une fois qu'il neige, on ne trouve pas grand monde à l'est ni à l'ouest du lac, dit Tag résolument. Baree Lake pourrait être la limite de son territoire, tout autant que son centre.

Charles fronça les sourcils.

— Je ne pense pas que nous le trouverons à l'est. S'il était dans cette grande vallée de l'autre côté de la crête au-dessus de Baree Lake, la bande de terre naturelle constituerait son territoire au travers de la vallée, et peut-être jusqu'à Buck Lake ou même Wanless, mais pas de l'autre côté de la crête. L'ascension de ce versant vers Baree est presque impossible à cette époque de l'année, même à quatre pattes.

— À l'ouest, alors.

Charles fit courir son doigt de Baree jusqu'à deux ou trois lacs plus petits.

— Je pense que nous irons à Baree et nous dirigerons vers l'ouest, jusqu'aux Bear Lakes à travers les Iron Plains, avant de revenir jusqu'au Hummer en traversant cette montagne. Si nous ne l'avons pas rencontré d'ici là, il sera temps d'appeler toute la meute à l'aide.

— Tu devras faire attention, il y a beaucoup d'avalanches dans la région des Bear Lakes, dit Tag, mais Anna put entendre l'approbation dans sa voix.

Ils passèrent un certain temps à établir un itinéraire qui allait nécessiter quatre jours d'escalade. Quand ils eurent fini, Tag porta la main à son front, comme pour soulever un chapeau invisible.

— Ravi de vous avoir rencontrée, m'dame, dit-il à Anna.

Puis, sans lui laisser le temps de répondre, il partit aussi précipitamment qu'il était venu.

Chapitre 6

— I l t'apprécie, dit Charles en repliant la carte.
— Comment peux-tu le savoir ? demanda-t-elle.

— Les gens qu'il n'aime pas, il ne leur parle pas. (Il allait dire autre chose, mais il leva la tête et regarda la porte fixement en fronçant les sourcils.) Je me demande ce qu'il veut.

Une fois qu'il eut attiré son attention, elle entendit aussi la voiture arriver.

— Qui ? demanda-t-elle.

Mais il ne répondit pas et se contenta de sortir silencieusement du salon ; elle finit par le suivre, hésitante.

Charles ouvrit la porte d'un coup, et découvrit le loup de l'enterrement. Asil. Il avait une main levée pour frapper à la porte. Dans l'autre, il portait un bouquet de fleurs, essentiellement des roses jaunes, mais il y en avait aussi quelques-unes qui ressemblaient à des marguerites violettes.

Asil s'adapta souplement à la nouvelle donne, et gratifia Anna d'un sourire tout en évitant le regard de Charles. Cela aurait pu être la réponse appropriée face à un loup visiblement irrité et plus dominant ; sauf que ses yeux étaient hardiment rivés à ceux d'Anna.

— Je viens m'excuser, dit-il, auprès de la dame.

Anna prit conscience qu'il faisait presque une tête de moins que Charles, à peine quelques centimètres de plus qu'elle.

Debout près de Charles, elle pouvait voir qu'ils se ressemblaient, la peau sombre et des cheveux et des yeux encore plus sombres ; noirs à la lumière artificielle. Mais la nuance de leur couleur de peau était différente, et les traits d'Asil étaient plus anguleux, plus moyen-orientaux qu'amérindiens.

— Pour *ma* dame, dit Charles doucement, un grognement dans la voix.

Asil fit un sourire éclatant, et le loup apparut un instant sur son visage avant de s'évanouir.

— Pour *ta* dame, bien sûr. Bien sûr. (Il tendit les fleurs à Charles, puis dit d'une voix soyeuse :) Elle ne porte pas ton odeur, Charles. C'est la source de mon erreur.

Il leva les yeux vers Charles d'un air entendu, sourit encore, puis tourna les talons et retourna sans se presser à sa voiture, dont le moteur tournait toujours.

Anna s'entoura de ses bras pour se protéger de la rage qui s'était emparée de Charles, même si elle ne comprenait pas pourquoi les derniers mots d'Asil l'avaient autant mis en colère.

Charles ferma la porte et lui tendit les fleurs en silence. Mais la férocité qui émanait de la tension de ses épaules et de son langage corporel poussa Anna à se cacher les mains dans le dos et à reculer d'un pas. Elle ne voulait rien avoir à faire avec les fleurs d'Asil si Charles le prenait aussi mal.

Alors il la regarda, au lieu de l'ignorer, et les muscles de son visage se contractèrent encore plus.

— Je ne suis ni Leo ni Justin, Anna. Elles sont à toi. Elles sont belles, et elles sentent bon, plus que la plupart des fleurs. Asil a une serre, et il coupe rarement ses plantes quand elles sont fleuries. Il t'est reconnaissant de ton aide ce matin, sinon il n'aurait pas fait ça. Pouvoir me titiller au passage quand il te les a données l'a juste rendu un peu plus heureux. Tu peux en profiter.

Ses mots n'allaient pas avec l'odeur de fureur qu'il dégageait ; même s'il pensait qu'elle n'utilisait pas son nez de manière très efficace, elle *avait* appris à le croire plutôt que ses oreilles.

Elle ne réussit pas à le regarder dans les yeux, mais elle prit les fleurs et alla dans la cuisine, où elle s'arrêta. Elle ne savait pas du tout où trouver un vase. Elle entendit du bruit derrière elle, et il posa sur le comptoir un des pots en terre cuite du salon.

— Celui-ci devrait être à la bonne taille, dit-il.

Alors qu'elle restait les bras ballants, il remplit lui-même le vase. Lentement – pour ne pas l'effrayer, songea-t-elle – il lui prit le bouquet, coupa les queues des fleurs et les arrangea avec plus de rapidité que de recherche artistique.

Il lui fallut un long moment pour dépasser la peur, et la honte que lui inspirait sa lâcheté. Et elle ne voulait pas aggraver la situation en disant ou en faisant une gaffe.

— Je suis désolée, dit-elle. (Son estomac était tellement contracté qu'elle avait du mal à respirer.) Je ne sais pas pourquoi je suis aussi stupide.

Il cessa de s'intéresser à la dernière fleur, une des marguerites violettes. Lentement, pour lui laisser le temps de battre en retraite, il posa un doigt sous son menton et le leva.

— Tu me connais depuis moins d'une semaine, dit-il. Peu importe ce que nous ressentons. Tu n'as pas eu assez de temps pour apprendre à me faire confiance. Tout va bien, Anna. Je suis patient. Et je ne te ferai pas de mal si je peux m'en empêcher.

Elle le regarda, s'attendant à croiser des yeux noirs, mais ils étaient devenus dorés. Malgré tout, sa main était toujours douce sur son visage, alors même que le loup était proche.

— C'est moi qui suis désolé, dit-il.

Elle pensa qu'il s'excusait autant pour la présence du loup que pour son bref étalage de mauvaise humeur.

—Pour moi aussi, c'est tout nouveau. (Il lui fit un sourire fugace. Cette expression étrangement enfantine parvenait à lui donner l'air penaud malgré une certaine acuité dans son regard.) Je n'ai pas l'habitude d'être jaloux ou de perdre aussi facilement le contrôle. Ce n'est pas seulement à cause des plaies par balles, même si ça ne m'aide pas.

Ils restèrent là un moment encore, sa main sous le menton de la jeune femme. Anna craignait de bouger, de peur de provoquer la rage qui maintenait ses yeux jaune loup, ou de faire quelque chose qui le blesserait, comme elle l'avait fait en reculant. Elle ne savait pas ce qu'il attendait d'elle.

Il parla le premier.

—Mon père m'a dit que quelque chose te posait un problème quand tu as quitté l'église ce matin. C'était Asil ? ou autre chose ?

Elle fit un pas de côté. Il la laissa aller, mais sa main glissa de son visage à son épaule, et elle ne pouvait pas se résoudre à faire un pas de plus et à perdre ce contact. Il allait penser qu'elle était une idiote névrosée si elle ne se reprenait pas mieux que ça.

—Tout va bien. Je vais bien.

Il soupira.

—Six mots et deux mensonges. Anna, je vais t'apprendre à détecter les mensonges à l'odeur, et alors tu n'essaieras plus de me mentir. (Il retira sa main, et elle aurait pu en pleurer… même si une part d'elle-même ne voulait rien avoir à faire avec lui.) Tu peux juste me dire que tu ne veux pas en parler.

Dégoûtée d'elle-même, Anna se passa la main sur le visage, gonfla les joues et souffla comme un cheval épuisé. Elle finit par lever la tête et croisa de nouveau son regard.

—Je ne sais plus où j'en suis, lui dit-elle. La plupart du temps, je ne sais pas comment je me sens ni pourquoi… et je n'ai pas encore envie de parler du reste.

Ou jamais. À personne. Elle était lâche et stupide et s'était embarquée dans une situation dans laquelle elle se retrouvait sans défense. Quand ils reviendraient du séjour en montagne, elle chercherait un travail. Avec de l'argent sur son compte et quelque chose de constructif à faire, elle trouverait ses repères.

Il inclina la tête.

—Je peux comprendre ça. On t'a déracinée de tout ce que tu connaissais, jetée au milieu d'étrangers, et privée de toutes les règles que tu avais apprises. Il va te falloir du temps pour t'y habituer. Si tu as des questions à n'importe quel sujet, n'hésite pas. Si tu ne veux pas me parler, tu peux voir avec mon père ou… Sage? Tu as apprécié Sage?

—J'ai apprécié Sage.

Avait-elle des questions? Son irritation contre elle-même se retourna contre lui, même si elle savait qu'il n'avait pas l'intention de la traiter comme une gamine. Il n'essayait pas de la traiter avec condescendance, il essayait juste de l'aider. Ce n'était pas sa faute si son ton apaisant l'avait énervée; en particulier quand elle pouvait sentir qu'il était toujours en colère contre quelque chose. Appréciait-elle Sage? Comme si elle avait besoin qu'il lui trouve des amis.

Elle en avait assez d'être effrayée et instable. Il voulait qu'elle pose des questions. On lui avait appris à ne pas en poser : les loups-garous gardaient leurs secrets comme de l'or dans un coffre-fort. Très bien.

—Qu'est-ce qu'Asil t'a dit pour que ça te fasse passer de l'irritation à la rage?

—Il a menacé de t'enlever à moi, lui dit-il.

Elle repensa à la conversation, mais ne retrouva pas le moment.

—Quand ça?

—Il faut plus que notre attirance réciproque pour que nous formions un couple. Quand il m'a dit que tu ne portais pas mon odeur, il voulait dire qu'il savait que nous n'avions pas consommé notre union… et qu'il te considérait à son goût. (Elle fronça les sourcils.) Nous n'avons pas fait l'amour, lui dit-il. Et il y a aussi une cérémonie solennelle à la pleine lune, qui doit sceller nos liens : un mariage. Sans ça, Asil peut toujours te draguer sans craindre de représailles.

Encore une chose qu'elle n'avait jamais entendue. Si elle avait eu dix ans de moins, elle aurait tapé du pied.

—Est-ce qu'il y a un manuel? demanda-t-elle vivement. Un truc où je pourrais trouver toutes ces histoires.

—Tu pourrais en écrire un, suggéra-t-il.

Si elle n'avait pas été en train de regarder sa bouche, elle n'aurait pas repéré l'éclair d'humour dans sa phrase. Il la trouvait drôle.

—Peut-être, oui, dit-elle d'un air sinistre avant de tourner les talons.

Sauf qu'elle n'avait nulle part où aller. Sa chambre?

Elle s'enferma dans la salle de bains et fit couler la douche pour couvrir les sons qu'elle pourrait faire, une seconde barrière, car la porte qu'elle avait verrouillée derrière elle ne suffisait pas.

Elle se dévisagea dans le miroir qui commençait à s'embuer. Le reflet flou ne faisait que renforcer son impression de regarder une étrangère : quelqu'un qu'elle méprisait pour sa lâcheté et son instabilité, qui n'était bonne à rien hormis être serveuse. Mais il y avait du nouveau ; elle se détestait depuis qu'on l'avait changée en… monstre.

Un monstre bien pathétique.

Elle avait les yeux battus, les joues pâles. Elle se rappela sa retraite paniquée devant la brève démonstration de mauvaise humeur de Charles, comment elle s'était excusée de s'être immiscée dans son expédition, sans effet. Elle se méprisa encore plus. Elle n'avait pas l'habitude d'être comme *ça*.

Ce n'était pas la faute de Charles.

Alors pourquoi était-elle aussi *en colère* contre lui ?

Elle retira brutalement ses vêtements et entra dans la douche fumante, un peu soulagée par la douleur de l'eau trop chaude qui rompait le nœud d'émotions dans lequel elle se complaisait.

Et, dans cet instant de clarté, elle comprit pourquoi elle était si contrariée depuis la fin de l'enterrement, et plus particulièrement à l'égard de Charles.

Elle ne s'était pas rendu compte à quel point elle voulait redevenir humaine. Elle savait que c'était impossible, que rien ne pouvait défaire la magie qu'on lui avait imposée. Mais cela ne voulait pas dire qu'elle ne le voulait pas.

Pendant trois ans, elle avait vécu avec des monstres, avait été des leurs. Puis Charles était arrivé. Il était si différent d'eux ; il lui avait donné de l'espoir.

Mais ce n'était pas juste. Ce n'était pas sa faute à lui si une part d'elle-même avait cru qu'elle quittait non seulement la meute, mais aussi les monstres.

Il ne lui avait jamais menti. Il lui avait dit qu'il était l'exécuteur de son père, et elle n'en avait pas douté. Elle l'avait vu se battre, l'avait vu tuer. Même ainsi, elle avait réussi à se convaincre que le Montana serait différent. Qu'elle pourrait être normale, *humaine*, tous les jours sauf à la pleine lune ; et que même ça ce serait différent ici puisqu'il y avait de la place pour courir sans blesser personne.

Elle aurait dû se méfier. Elle *s'était* méfiée.

Ce n'était pas la faute de Charles s'il était lui aussi un monstre.

C'était facile de faire passer la destruction de la chambre d'isolement de la meute de Chicago pour un effet de l'empoisonnement à l'argent. Mais ce soir, face à Asil, il lui avait montré qu'il n'était pas différent des autres loups-garous mâles : colérique, possessif, et dangereux.

Elle s'était autorisée à croire que c'était juste la meute de Chicago. Que le désordre créé par Leo et sa compagne était à l'origine de cette chose horrible qu'était la meute.

Elle espérait trouver un chevalier à l'armure étincelante. La voix de la raison au milieu de la folie, et Charles la lui avait apportée. Savait-il ce qu'elle cherchait ? Avait-il agi ainsi délibérément ?

Tandis que l'eau emmêlait ses cheveux, coulait dans ses yeux et sur ses joues comme des larmes, sa dernière question s'éclaircit d'elle-même : bien entendu, Charles n'avait pas délibérément choisi d'être son chevalier, c'était juste sa nature.

Il était un loup-garou assez dominant pour faire plier l'Alpha d'une meute, sans même avoir accès aux ressources dont les Alphas disposent. Il était l'homme de main de son père, un assassin redouté même par les membres de sa propre meute. Il aurait pu être comme Justin : vorace et cruel.

Au lieu de quoi, il connaissait la folie de leur nature, et réussissait non seulement à la surmonter, mais à en tirer le meilleur parti. Elle revit brusquement ses belles mains qui disposaient calmement des *fleurs*, alors que son loup était sous l'emprise d'une extrême colère.

Charles était un monstre. L'assassin de son père. Elle ne s'autoriserait pas à croire encore un mensonge. Si Bran le lui avait ordonné, il aurait tué Jack. Il l'aurait tué tout en sachant que cet homme n'était qu'une victime, qu'il était probablement un homme bien. Même s'il ne l'aurait pas tué de gaieté de cœur. Elle avait vu le soulagement le submerger quand Bran avait trouvé l'alternative à ce meurtre.

Son compagnon était un tueur, mais cela ne lui plaisait pas. Quand elle regardait les choses en face, elle était impressionnée par sa capacité à être attentif et à la fois tenir le rôle qu'on lui avait imposé et accomplir ce qu'on exigeait de lui.

L'eau refroidissait.

Elle se lava les cheveux, et apprécia la manière dont le savon se rinçait facilement ; l'eau de Chicago était beaucoup plus douce. Puis elle les démêla avec un produit qui sentait les herbes fraîches et la menthe, et reconnut le parfum de ceux de Charles. À ce moment-là, l'eau avait commencé à être trop froide.

Elle prit un long moment pour se coiffer sans regarder le miroir, et se concentra pour ne penser à rien. Elle était douée pour ça, elle avait perfectionné sa technique au cours des trois dernières années. Elle ne voulait pas être une pleurnicheuse ou une gourde effrayée par son ombre quand elle lui ferait de nouveau face. Elle avait donc besoin de contrôler sa peur.

Elle connaissait un moyen. C'était de la triche, mais elle s'en donna l'autorisation, seulement pour ce soir, parce qu'elle s'était ridiculisée en se cachant dans la salle de bains.

Elle observa son reflet dans le miroir et regarda ses yeux virer du marron clair au bleu argenté puis redevenir marron. C'était tout. La force et l'intrépidité de sa louve l'enveloppèrent et lui prodiguèrent une acceptation calme. Quoiqu'il arrive, elle survivrait. Elle l'avait déjà fait auparavant.

Si Charles était un monstre, c'était par nécessité plutôt que par choix.

Elle enfila sa chemise jaune et son jean, puis ouvrit lentement la porte de la salle de bains.

Charles était adossé contre le mur face à la porte, ses yeux toujours dorés. En dehors de cela, il était l'incarnation même du calme… mais elle savait qu'il fallait croire ses yeux.

Elle avait vérifié les siens d'un coup d'œil au miroir avant d'ouvrir la porte.

— J'ai décidé qu'il fallait que tu saches pour Asil, lui dit-il, comme s'il n'y avait pas eu d'interruption dans leur conversation.

— Très bien.

Elle resta sur le seuil, et la pièce embuée lui chauffait le dos.

Il parlait lentement et distinctement, comme s'il devait s'arracher les mots de la bouche.

— Asil n'est pas vraiment son nom, même si c'est comme ça que la plupart des gens l'appellent. On l'appelle aussi le Maure.

Elle se raidit. Elle avait beau n'avoir aucune connaissance de sa propre espèce, elle avait déjà entendu parler du Maure. C'était un loup à éviter.

Il vit sa réaction, et ses yeux s'étrécirent.

— S'il y a un loup au monde qui soit plus âgé que mon père, c'est peut-être bien Asil.

Il semblait attendre un commentaire de sa part, alors elle finit par demander :

— Tu ne sais pas quel âge a Asil ?

— Si. Asil est né juste avant que Charles Martel, le grand-père de Charlemagne, batte les Maures à la bataille de Poitiers.

Elle devait avoir l'air ébahie.

— Huitième siècle après Jésus-Christ.

— Ce qui lui ferait…

— Environ mille trois cents ans.

Elle s'appuya aussi contre le mur. Elle avait vu le poids des ans sur lui, mais elle n'aurait jamais deviné son âge.

— Alors l'âge dont tu n'es pas certain, c'est celui de ton père ?

Mille trois cents ans, c'était long.

Il haussa les épaules, à l'évidence la réponse lui importait peu.

— Père est âgé.

Il détourna son regard ambré d'elle.

— Asil est venu ici il y a un moment, quatorze ou quinze ans, pour demander à mon père de le tuer. Mais il s'est contenté de la promesse qu'il mourrait le jour où mon père déciderait qu'il était vraiment fou.

Charles lui fit un petit sourire.

— Ça ne posait pas le moindre problème à Asil que mon père devienne son Alpha. Mais le fait que je sois plus dominant en est un ; voilà pourquoi je pense que Père est plus âgé qu'Asil. Ma jeunesse toute relative est une épine dans sa patte.

Anna comprit le problème.

— Il n'a pas parlé de son Alpha en Europe ? Je ne me souviens pas qu'on parle de lui comme d'un Alpha dans les histoires.

Il y avait beaucoup d'histoires au sujet du Maure. C'était presque un héros populaire – ou un méchant – pour les loups.

— Ce n'est pas facile d'être alpha, dit Charles. Ça représente beaucoup de responsabilités et de travail. Certains vieux loups deviennent doués pour cacher leur nature aux autres ; c'est une des raisons pour lesquelles les Alphas n'aiment pas accueillir de vieux loups dans leur meute. Asil est totalement dominant. (Il sourit de nouveau, mais cette fois il semblait plutôt retrousser les babines.) Il était là depuis deux mois quand je me suis interposé entre lui et un de nos résidents humain. Il n'était pas ravi de découvrir que j'étais réellement plus dominant que lui.

— Il pouvait se soumettre à ton père parce qu'il est plus vieux, à ses anciens Alphas… parce qu'il ne se soumettait pas réellement. Mais devoir t'obéir alors que tu es beaucoup plus jeune que lui et que tu n'es même pas alpha…

Charles acquiesça.

— Alors il me taquine, et je l'ignore. Et il me taquine encore plus.

—C'est ce qu'il a fait ce soir? (Anna pouvait le comprendre.) Il m'a utilisée pour t'asticoter.

Charles inclina la tête, un mouvement de loup plus que d'humain.

—Pas entièrement. Le Maure avait une compagne, mais il l'a perdue il y a environ deux siècles. Elle est morte avant même ma naissance, donc je ne l'ai jamais rencontrée, mais on suppose qu'elle était omega, comme toi. (Il haussa les épaules.) Il ne l'a jamais dit devant moi, pas plus que mon père. Il y a beaucoup d'histoires sur le Maure, et avant de voir sa réaction lorsqu'il t'a rencontrée aux funérailles de Carter, je pensais que c'était pure invention, au même titre que beaucoup d'autres légendes en relation avec son nom.

La chaleur de sa douche avait disparu, et la fraîcheur de l'eau qui restait lui donnait froid; ou peut-être était-ce de se rappeler la manière dont le vieux loup l'avait dévisagée dans l'église.

—Pourquoi est-ce que sa réaction t'a conduit à voir cette histoire sous un autre angle?

Au signe de tête de Charles, elle comprit qu'elle avait posé la bonne question.

—Parce que, quand il a remarqué ce que tu étais, il a cessé de t'ennuyer pour m'atteindre et il s'est intéressé à toi. (Il inspira profondément.) C'est pour ça qu'il t'a apporté des fleurs. C'est pour ça que, quand il a menacé d'essayer de te courtiser et de t'arracher à moi, j'ai eu autant de mal à me contrôler, parce que je savais qu'il en avait vraiment l'intention.

Elle décida de réfléchir à ça plus tard, et garda son attention sur la conversation pour ne pas le pousser à bout par inadvertance.

—Pourquoi me dis-tu ça sur Asil? C'est un avertissement?

Il détourna le regard, son visage de nouveau recouvert d'un masque de neutralité.

—Non. (Il hésita, puis dit d'une voix plus douce :) Je ne crois pas. Tu l'as ressenti comme un avertissement ?

—Non, dit-elle finalement, frustrée par les informations prudentes qu'il distillait pour éviter de dire quelque chose qu'elle pouvait presque sentir… ce quelque chose qui maintenait son loup si près de lui.

Avant qu'elle puisse demander ce qui le troublait, il lui dit, le visage détourné, aussi vite qu'il put :

—Il voulait que *tu* saches que si, d'ici la première pleine lune, tu décides que tu ne veux pas de moi, tu peux le choisir à ma place. (Même s'il tournait la tête, elle pouvait voir le coin de son sourire amer.) Et il savait qu'il pouvait me forcer à te le dire.

—Pourquoi me l'as-tu dit ?

Sa voix était douce.

Il se tourna vers elle.

—Tu as le droit de savoir que, même si nous sommes compatibles, tu peux m'éconduire.

—Et toi, est-ce que tu peux m'éconduire ?

—Je ne sais pas. Je n'ai jamais entendu parler d'un lien qui commence à l'envers, comme le nôtre : Frère Loup t'a choisie, a choisi sa louve, et je n'ai eu qu'à le suivre. Mais peu importe, je n'en ai pas envie de toute façon.

Sa louve l'aidait à comprendre certaines choses mais, elle avait aussi choisi cet homme et ne cachait pas ce qu'elle pensait de la possibilité d'en choisir un autre. Elle fut forcée de la repousser un peu pour se concentrer sur ce que Charles essayait de lui dire.

—Et *pourquoi* je ferais ça ?

Est-ce qu'il voulait qu'elle l'éconduise ?

Elle avait la gorge sèche. Sa part humaine et sa part louve avaient un besoin maladif de lui, comme un junkie, tout comme elle avait besoin de tout ce qu'il semblait lui promettre : la sécurité, l'amour, l'espoir… un foyer. Elle frotta ses mains sur ses cuisses avec nervosité, comme pour évacuer la tension.

— J'espère que tu ne le feras pas, murmura-t-il. Mais tu dois savoir quelles sont tes options.

Il avait les poings serrés sur les cuisses.

Son odeur avait viré à l'âcre mais elle ne savait pas ce que cela signifiait. Que Leo soit maudit pour l'avoir laissée paralysée par l'ignorance. Elle aurait donné sa main droite pour savoir ce que Charles ressentait, savoir quand il lui disait la vérité et quand il essayait juste de ne pas la blesser.

Il attendait sa réponse, mais elle ne savait pas quoi dire.

— Mes options.

Elle tenta la neutralité. Qu'attendait-il d'elle ?

À l'évidence, pas de la neutralité. Ses poings s'ouvrirent et se refermèrent à deux reprises. Les narines grandes ouvertes, il la regarda avec des yeux jaunes et brûlants.

— Des options, gronda-t-il, d'une voix qui baissait au point qu'elle la sentait vibrer dans sa propre poitrine. Asil va ébruiter l'affaire, et tu crouleras sous les assauts des loups qui seront ravis de mettre leur vie à tes pieds pour avoir la chance d'être ton compagnon.

Son corps tout entier tremblait, et il s'enfonça davantage dans le mur, comme s'il avait peur de l'attaquer.

Elle le décevait. Il perdait le contrôle et elle ne l'aidait pas, ne savait pas comment l'aider.

Elle prit une nouvelle inspiration profonde, et essaya de la laisser balayer toutes ses incertitudes. Il n'était pas homme à abandonner sa compagne. Il était homme à essayer de faire ce qui était honorable et à lui donner le choix, peu importe ce qu'il lui en coûtait. C'était la chose à faire, et elle laissa sa louve revenir et lui donner la confiance dont elle avait besoin.

Pour elle, il tremblait comme un alcoolique en manque de gin, parce qu'il estimait qu'elle devait connaître ses options, peu importe à quel point sa moitié loup souffrirait de perdre sa compagne. Il était vraiment son chevalier.

Sa louve n'aimait pas le voir triste, voulait le lier à elle, *à elles*, l'enchaîner et l'aimer jusqu'à ce qu'il ne pense plus jamais à les abandonner.

— Eh bien, dit-elle aussi vite qu'elle put sous le poids de cette révélation. (Un poids qui la faisait se sentir au chaud et en sécurité, tandis que les larmes lui brûlaient les yeux. Sa voix lui semblait surtout rauque.) Heureusement que nous pouvons faire quelque chose pour combler cette lacune tout de suite.

Il la dévisagea, comme s'il lui fallait un moment pour comprendre ce qu'elle venait de dire. Ses pupilles se contractèrent et ses narines s'élargirent.

Puis il s'élança du mur et se jeta sur elle, et son grand corps la poussait avec une intensité effrayante contre le cadre de la porte. Sa bouche mordillait frénétiquement son cou. Il toucha un nerf qui envoya des éclairs le long de sa colonne vertébrale, et ses genoux cédèrent.

Alors que sa peau se mettait à dégager une odeur riche et musquée, il la souleva dans ses bras d'un mouvement heurté et désordonné qui lui cogna douloureusement l'épaule dans la porte. Elle resta tranquille tandis qu'il l'emportait dans le couloir ; elle avait déjà vu un loup en rut auparavant, et savait qu'il valait mieux se soumettre docilement.

Sauf qu'elle ne pouvait s'empêcher de lui toucher le visage, pour voir si la coloration vermeille sur ses pommettes était aussi chaude que le reste de son corps. Puis elle laissa ses doigts s'attarder au coin de sa bouche, où une petite torsion trahissait si souvent l'amusement qu'il parvenait à tenir caché autrement.

Il tourna un peu la tête et referma les dents sur son pouce, suffisamment pour qu'elle le sente, mais pas assez pour lui faire mal. Peut-être, songea-t-elle, alors qu'il relâchait son pouce pour mordiller légèrement son oreille, envoyant des ondes de chaleur depuis son lobe à travers son corps qui la brûlaient en des endroits inattendus, peut-être qu'elle était en rut, elle aussi. En tout cas, elle ne s'était jamais sentie comme ça auparavant.

Même s'il n'y avait personne d'autre dans la maison, il ferma la porte du pied, et les enferma dans la chaleur sombre de sa chambre.

Leur chambre.

Il tomba avec elle plus qu'il la déposa sur le lit, et en même temps émit des sons pressants qui semblaient plus loup qu'humains. Ou c'était peut-être elle qui faisait ce bruit.

Il déchira son jean pour le retirer, et elle lui rendit la pareille. Sentir le tissu épais céder sous ses mains la contentait. La peau soyeuse sous ses doigts était encore plus agréable. Il avait les mains calleuses, et même s'il faisait visiblement de son mieux pour être doux, il la saisissait parfois durement quand il luttait pour la déplacer où il voulait sans s'écarter d'elle.

Grâce à l'ascendant de sa louve, il ne l'effrayait pas le moins du monde. La louve savait qu'il ne lui ferait pas de mal.

Elle comprit sa passion parce qu'elle se sentait dans le même état : comme s'il n'y avait rien de plus important que le contact de leurs peaux, comme si elle allait mourir s'il l'abandonnait. La peur et son habituel dégoût du sexe – même sa louve n'était pas assez bestiale pour faire plus que supporter passivement ce que les autres lui avaient fait endurer – étaient partis si loin qu'ils n'étaient même plus un souvenir.

—Oui, lui dit-il. Bientôt.

— Maintenant, ordonna-t-elle brutalement, alors même qu'elle n'était pas vraiment sûre de ce qu'elle voulait qu'il fasse.

Il rit, faisant vibrer sa cage thoracique.

— Patience.

Il lui arracha sa chemise, puis son soutien-gorge. Il ne restait plus que sa peau nue contre la chemise en flanelle. Elle tira frénétiquement dessus, faisant sauter les boutons et l'étranglant à moitié avant de réussir à la retirer. Son ardeur sembla enflammer Charles, et il attira ses hanches pour la mettre en position.

Elle siffla quand il la pénétra avec précaution, et beaucoup trop lentement. Elle lui mordit l'épaule pour lui faire payer sa retenue. Il grommela quelque chose qui ressemblait peut-être à des mots ; ou peut-être pas. Mais ce n'est que lorsqu'il vit avec satisfaction qu'elle était prête qu'il relâcha imperceptiblement le contrôle qu'il exerçait sur lui-même depuis le départ d'Asil.

La première fois fut rapide et violente, mais pas trop rapide pour elle. Ils avaient à peine fini qu'il recommença. Cette fois-ci il établit le rythme et la retint alors qu'elle voulait le forcer à accélérer.

Elle n'avait jamais rien ressenti de tel, ni de semblable à la plénitude qui l'accompagna dans le sommeil. Elle pourrait s'y habituer.

Elle fut réveillée en pleine nuit par le bruit inhabituel de la chaudière qui s'allumait. À un moment dans son sommeil, elle s'était éloignée de lui. Il était allongé de l'autre côté du lit, le visage détendu. Il ronflait légèrement, presque un ronronnement, ce qui la fit sourire.

Elle tendit la main vers lui. Puis s'arrêta. Et si elle le réveillait, et qu'il se mettait en colère parce qu'elle aurait dérangé son sommeil.

Elle savait, *savait* qu'il s'en ficherait. Mais sa moitié louve, qui l'avait aidée à traverser tout ce qu'on lui avait fait subir, qui lui avait permis de profiter de ce contact, dormait également. Anna se roula en boule de son côté du lit, et finit par lui tourner le dos. Son agitation avait dû le déranger, car soudain il vint se coller contre elle, et l'étreignit. La vive inquiétude qu'elle ressentit à la suite de son mouvement brusque réveilla sa louve.

Il passa un bras autour de sa taille.

—Rendors-toi.

Avec la louve pour la protéger, elle pouvait laisser la chaleur de son corps détendre ses os et ses muscles raidis par sa présence. Elle agrippa son poignet d'une main et le posa sur son ventre, avant de laisser le sommeil s'emparer d'elle de nouveau. Il était sien.

Il faisait encore nuit quand il la réveilla.

—Bonjour, dit-il.

Sa voix était comme un grondement à son oreille.

C'était si agréable qu'elle fit semblant d'être toujours endormie.

Il l'entoura de ses bras et fit deux roulades rapides. Elle émit un gloussement alors qu'ils dégringolaient du lit. Elle atterrit sur lui, et ses hanches, pressées contre son ventre, vibrèrent de son rire silencieux.

—Tu aimes ça, hein ? marmonna-t-elle, et avant qu'elle se rappelle sa blessure, posa les doigts sur le muscle juste en dessous de ses côtes.

—Arrête, grommela-t-il, et il saisit sa main pour qu'elle ne puisse plus le chatouiller. (Il avait l'air amusé, donc elle n'avait pas dû lui faire mal.) Nous avons un travail à accomplir, femme, et tu nous retardes.

— Ah! dit-elle.

Elle roula un peu les hanches, ce qui leur permit à tous deux de constater qu'il aurait probablement accepté de retarder leurs préparatifs. Elle se tortilla avec plus de détermination, et se libéra de sa prise.

— Bonjour, lui dit-elle. C'est l'heure de partir.

Et elle sortit nonchalamment de la pièce et longea le couloir jusqu'à la salle de bains.

Il la regarda partir avec admiration, bien conscient de l'étincelle de bonheur qui brûlait dans son âme. Elle n'avait pas du tout l'air abattue ce matin et la manière dont ses hanches ondulaient lui apprit qu'elle se sentait plutôt bien.

Elle se sentait ainsi grâce à lui. Depuis quand n'avait-il pas procuré du bonheur à quelqu'un d'autre ?

Il se rallongea sur le sol pour en profiter, jusqu'à ce que sa conscience le secoue. Ils avaient un travail à faire. Plus vite ils partiraient en forêt, plus vite ils seraient de retour et libres de s'amuser.

Dans ce dessein, il testa ses blessures. Elles lui faisaient toujours mal, et le ralentiraient un peu mais, comme Samuel le lui avait promis, il se sentait beaucoup mieux. Et pas uniquement à cause d'Anna.

Il était habillé et rassemblait ses affaires d'hiver dans le placard – il allait devoir leur trouver une autre place pour qu'Anna dispose de sa propre moitié de placard – quand elle revint. Elle était enveloppée d'un drap de bain, et avait de toute évidence perdu sa hardiesse dans la salle de bains.

Il décida de lui donner un peu d'air.

— Je vais préparer le petit déjeuner pendant que tu t'habilles.

Elle avait les yeux rivés sur le sol quand elle passa à côté de lui. S'il n'avait pas eu l'ouïe fine, il n'aurait pas entendu son « OK » nerveux.

Mais rien n'aurait pu lui cacher l'odeur fétide de sa peur. Il se figea et la regarda qui gardait les épaules baissées en signe de soumission tandis qu'elle s'agenouillait par terre à côté de sa boîte à vêtements.

Il tenta d'ouvrir le lien entre eux… mais il n'était pas plus fort que la veille ou le jour de leur rencontre.

Il n'avait jamais été accouplé auparavant, mais il savait comment les choses étaient censées fonctionner. L'amour et le sexe devaient d'abord unir les parties humaines, puis le loup choisissait, ou pas. Étant donné que leurs loups avaient déjà choisi de toute évidence, et qu'il avait choisi, il avait été persuadé que faire l'amour scellerait leur lien.

Il la regarda. Les saillies de sa colonne vertébrale et les angles aigus de ses omoplates montraient clairement qu'elle avait besoin de prendre du poids ; c'était un signe visible des souffrances qu'elle avait endurées dans la meute de Leo. Mais les pires cicatrices étaient invisibles : les loups-garous guérissaient rapidement de l'extérieur.

Il ouvrit la bouche pour dire quelque chose, mais s'arrêta. Il lui fallait réfléchir à certaines choses avant de savoir quoi demander. Ou à qui les demander.

Il lui servit le petit déjeuner, à peine plus avancé sur les réponses qu'il cherchait. Mais même déstabilisé, il fut amusé de constater la satisfaction que lui procurait le fait de la voir manger, bien qu'elle ne le regarde pas.

— Nous allons partir un peu plus tard que j'espérais, dit-il abruptement pendant qu'il rinçait les poêles et les rangeait dans le lave-vaisselle. Il y a quelques petites choses que j'aimerais demander à Heather de faire et je dois voir quelqu'un d'autre.

Elle était toujours dans la salle à manger, mais son silence parlait pour elle. Elle était encore trop intimidée par sa présence ou par la nuit précédente pour poser des questions. Ce dont il lui fut reconnaissant. Il n'avait pas l'intention de lui mentir… mais il ne voulait pas non plus lui dire à qui il allait parler.

— Je peux finir la vaisselle, dans ce cas, offrit-elle.

— Très bien.

Il s'essuya les mains et s'arrêta pour l'embrasser sur le sommet du crâne : un baiser rapide et sans flamme pour ne pas ajouter à sa tension, mais suffisant cependant pour satisfaire Frère Loup, qui voulait qu'elle sache à qui il appartenait. Il était sien, qu'elle le veuille ou non.

Heather était toujours chez son père, et dormait dans la chambre à côté de son partenaire. Les yeux bouffis, fatiguée, elle passa quelques coups de fil, fit quelques suggestions et prit toutes les dispositions qu'il demandait.

Il lui restait une personne à voir. Heureusement, il découvrit que la plupart des gens étaient faciles à localiser à cinq heures et demie du matin.

CHAPITRE 7

A sil rêvait d'une maison familiale : petite et bien
ordonnée, c'était une maison conçue pour un climat
chaud, avec des orangers bien entretenus à la porte. Il fit
une pause à côté du banc qu'on avait placé pour recevoir
l'ombre du plus grand oranger quand le soleil était à son
zénith. Il passa un doigt sur l'assemblage maladroit des deux
morceaux du dossier, et souhaita en vain avoir le temps de
le réparer.

Même s'il savait ce qui allait arriver, il ne parvenait pas à
rester près du banc, pas alors que Sarai était dans la maison.
Il n'avait aucune photo d'elle, et aucun des portraits qu'il
avait essayé de peindre ne lui avait jamais rendu justice.
Il ne pouvait vraiment la voir que dans ses rêves.

Il fit un pas et se retrouva dans la pièce principale.
Mi-boutique, mi-cuisine, la pièce n'aurait dû être qu'utilitaire,
mais Sarai y avait suspendu des paniers remplis d'herbes et
avait peint des fleurs sur les carreaux du sol, lui donnant un
aspect accueillant. Sur le plan de travail près du fond de la
pièce, sa compagne réduisait un bâton de cannelle en poudre
fine, de ses mains rapides et compétentes.

Il inspira pour savourer son odeur, aromatisée par l'épice
qu'elle travaillait, comme c'était souvent le cas. Sa préférée
était Sarai à la vanille, mais Sarai à la cannelle sentait presque
aussi bon.

Pour lui, elle était magnifique, même s'il savait que les autres n'auraient peut-être pas été du même avis. Ses mains étaient calleuses et fortes, avec des ongles coupés à ras. Les courtes manches de sa robe laissaient voir les muscles qu'elle avait acquis par son travail et par ses courses sous forme de louve dans les espaces sauvages des collines environnantes. Son nez, dont elle désespérait, était long et fort, avec une charmante petite bosse au bout.

Il tendit la main, mais ne réussit pas à la toucher.

— Sarai?

Quand elle ne se retourna pas vers lui, il sut qu'il faisait le mauvais rêve. Il se débattit pour s'en libérer, avec autant de force que ses cousins, les loups sauvages, quand ils avaient la patte prise au piège, mais il ne pouvait pas se ronger la patte, ni forcer le piège qui le retenait à s'ouvrir. Il devait donc regarder, impuissant, la scène se répéter.

Des sabots résonnèrent sur les pavés qu'il avait posés devant la porte pour empêcher la boue d'entrer. Sarai claqua légèrement la langue contre son palais, un tic exprimant sa contrariété : elle avait toujours détesté qu'on la dérange quand elle préparait ses remèdes.

Néanmoins, elle mit de côté le mortier et le pilon, et brossa son tablier de la main. Irritée ou non, il savait qu'elle ne dédaignerait jamais une affaire. On ne devait pas perdre une occasion de gagner de l'argent, pas en ces temps difficiles. Et, pour Sarai, un visiteur ne saurait être dangereux.

Un soldat humain n'était pas une menace pour une louve-garou, et la prise de pouvoir de Napoléon avait interrompu d'autres guerres plus dangereuses. Les quelques familles de sorciers restantes en Europe avaient cessé de s'entre-tuer, forcées de se protéger des ravages de combats plus triviaux. Elle n'avait pas de raison de s'inquiéter, et elle ne pouvait pas entendre les tentatives désespérées d'Asil pour la prévenir.

La porte s'ouvrit et, pendant un instant, Asil vit ce que Sarai avait vu.

La femme sur le seuil avait l'ossature mince et l'air fragile. Ses cheveux sombres, d'ordinaire indisciplinés et bouclés, avaient été domestiqués et roulés en chignon, mais ce style sévère ne faisait que la rajeunir encore plus. Elle avait seize ans. Comme Sarai, elle avait les cheveux et les yeux foncés, mais, à la différence de sa mère adoptive, ses traits étaient raffinés et aristocratiques.

—Mariposa, mon enfant, s'exclama Sarai. Que fais-tu à voyager si loin toute seule ? Il y a des soldats partout ! Si tu voulais venir me voir, tu aurais dû me le dire, j'aurais envoyé Hussan te protéger.

Cela faisait deux cents ans que personne ne l'avait appelé par ce nom, et l'entendre lui fit mal.

La bouche de Mariposa se contracta légèrement.

—Je ne voulais pas t'ennuyer. Je suis bien assez en sécurité.

Même dans ses rêves, sa voix sonnait étrangement, différente de son ton habituel : froide. Sa Mariposa, son petit papillon, avait été émotionnellement instable, passant de la colère à la bouderie puis à la joie rayonnante, sans prendre le temps de respirer.

Sarai fronça les sourcils.

—Personne n'est assez en sécurité. Pas de nos jours. (Mais, même en la grondant, elle serra la jeune fille qu'elle avait élevée comme la sienne dans ses bras.) Tu as grandi, mon enfant, laisse-moi te regarder. (Elle recula de deux pas et secoua la tête.) Tu n'as pas bonne mine. Tout va bien ? Linnea a promis qu'elle prendrait soin de toi… mais nous vivons en des temps troublés.

—Je vais bien, Sarai, lui dit Mariposa, mais la voix de la jeune fille, plate et tranquille, sonnait faux : elle mentait.

Sarai fronça les sourcils et posa les mains sur ses hanches.

— Tu sais que tu ne peux pas me mentir. Est-ce que quelqu'un t'a fait du mal ?

— Non, répondit Mariposa d'une voix basse.

Asil pouvait sentir le pouvoir s'amonceler autour d'elle, différent de ce qu'il avait été quand ils l'avaient envoyée pour la première fois auprès de son peuple pour faire son apprentissage. Sa magie avait été sauvage et chaude, mais ce pouvoir était aussi sombre et froid que sa voix.

Elle sourit, et pendant une minute il put voir l'enfant qu'elle avait été autrefois, au lieu de la sorcière qu'elle était devenue.

— J'ai beaucoup appris de Linnea. Elle m'a enseigné à ne plus jamais laisser personne me faire du mal. Mais j'ai besoin de ton aide.

La sonnette réveilla Asil avant qu'il ait dû de nouveau assister à la mort de Sarai. Il était étendu en sueur dans le lit vide, baignant dans une odeur de terreur et de désespoir. La sienne.

Charles s'installa sur la balancelle du porche du vieux loup, et essaya de perdre la notion du temps à la manière indienne. C'était une astuce qu'il n'avait jamais réussi à maîtriser : son grand-père s'était toujours plaint que l'esprit de son père était trop fort en lui.

Il savait qu'Asil avait entendu la sonnette, il pouvait entendre le jet de la douche. Il ne s'était pas attendu qu'Asil lui fasse l'obligeance d'une apparition rapide, en particulier quand sa visite avait lieu à une heure aussi indue. Lui et Anna partiraient tard, mais après tout leur proie n'était pas un poisson qu'il valait mieux attraper à la lumière de l'aube. Et cette conversation était plus importante pour lui qu'attraper un loup solitaire, même si ce loup tuait des gens.

Il avait failli aller voir son père plutôt qu'Asil après avoir parlé à Heather chez Bran. Seule l'odeur de sa belle-mère l'avait empêché de frapper à la porte de la chambre de Bran. Ce matin, Charles n'était pas d'humeur à jouer le numéro que Leah l'aurait obligé à faire. Quand elle l'aurait poussé à devenir grossier (et elle y serait arrivée), son père serait intervenu ; personne, pas même un de ses fils, n'était autorisé à manquer de respect à la compagne du Marrok. Et ensuite il n'y aurait plus eu de discussion possible.

C'est pourquoi il était allé trouver la seule autre personne qui pourrait comprendre ce qui était arrivé, pourquoi le lien entre lui et Anna n'était pas scellé : Asil, dont la compagne avait été un Omega. Asil, qui l'avait en aversion presque autant que Leah, même si c'était pour des raisons différentes.

Frère Loup songea que la conversation qui allait avoir lieu pourrait être amusante. Amusante ou violente… et le loup se délecterait des deux.

Charles soupira et regarda la buée de sa respiration disparaître dans l'air froid. Il avait peut-être gâché ses efforts. Une partie de lui-même voulait lui accorder encore un peu de temps. Que la partie la plus lente du processus d'accouplement, quand le loup acceptait le loup, se soit presque achevée dès leur première rencontre ne voulait pas dire que l'autre partie irait aussi vite.

Mais quelque chose lui disait qu'il y avait eu plus de torts que le temps pouvait en résoudre. Et un homme qui avait un loup-garou pour père et une femme-médecine pour mère savait quand il devait écouter son instinct.

Derrière lui, la porte s'ouvrit brusquement.

Charles continua à faire aller doucement la balancelle d'avant en arrière. Les rencontres avec Asil commençaient généralement avec un quelconque jeu de pouvoir.

Au bout de quelques minutes, Asil dépassa la balancelle et marcha jusqu'à la balustrade du porche. Il sauta dessus, un pied nu à plat sur le bord, la jambe fléchie. L'autre se balançait imprudemment dans le vide. Il portait un jean et rien d'autre, et ses cheveux mouillés commençaient à geler là où ils ne touchaient pas sa peau, et allaient de pair avec les marques argentées qui ornaient son dos ; Asil était un des seuls loups-garous que Charles ait rencontrés à porter des cicatrices. Les marques étaient situées à l'arrière de ses côtes, où un autre loup-garou l'avait lacéré ; presque exactement à l'endroit où se trouvaient ses propres blessures, s'aperçut Charles. Mais les cicatrices d'Asil avaient été infligées par des griffes, pas par des balles.

Il frimait beaucoup, cet Asil. Charles n'était jamais sûr de savoir si c'était délibéré ou juste une vieille habitude.

Asil contemplait les bois au-delà de sa maison, toujours pris dans l'obscurité du petit matin avant l'aube, au lieu de regarder Charles. Malgré sa douche récente, Charles pouvait sentir l'odeur de la peur et de l'angoisse. Et il se rappela ce qu'avait dit Asil à l'enterrement : il recommençait à rêver.

— Parfois mon père peut faire taire tes rêves, murmura Charles.

Asil laissa échapper un rire dur, inclina la tête et se pinça l'arête du nez.

— Pas ceux-là. Plus maintenant. Bon, que fais-tu ici à m'attendre d'aussi bon matin ?

Il fit un geste grandiloquent qui embrassait l'hiver, le froid, et l'heure du jour d'un pompeux mouvement du bras.

— J'aimerais que tu me parles des Omegas, dit Charles.

Asil écarquilla les yeux. Sa surprise était tellement exagérée qu'elle en devenait comique.

— Déjà des problèmes, mon chiot ?

Charles se contenta d'acquiescer.

— Anna ne sait presque rien de la condition de loup-garou. Ça pourrait l'aider si au moins l'un d'entre nous savait quelque chose sur son aspect omega.

Asil l'observa un long moment, et son amusement de façade disparut.

—Ce sera peut-être une longue explication, dit-il enfin. Pourquoi n'entres-tu pas prendre une tasse de thé ?

Charles s'assit à une petite table et regarda Asil s'occuper à préparer le thé comme une geisha japonaise, pour qui chaque mouvement était important et exact. Quel que soit son rêve, il l'avait vraiment sorti de son rôle habituel de loup-garou dérangé. Ce n'est qu'en le voyant se comporter ainsi que Charles comprit à quel point les poses théâtrales d'Asil étaient une façade. Voici ce qui arrivait quand Asil était vraiment perturbé : des mouvements exagérément précis, et du remue-ménage pour des absurdités et des choses qui n'en valaient pas la peine.

Cela ne le rendait pas moins fou ou dangereux, mais il vit enfin la raison pour laquelle son père n'avait pas encore mis un terme à la souffrance d'Asil.

—Le thé n'a jamais très bon goût ici, dit le Maure en déposant une délicate tasse en porcelaine lisérée d'or devant Charles. L'altitude ne permet pas de chauffer assez l'eau. C'est au niveau de la mer qu'on infuse le meilleur thé.

Charles souleva sa tasse et prit une gorgée, en attendant qu'Asil se calme.

—Bon, dit l'autre loup-garou en s'asseyant face à Charles. Qu'est-ce que tu as besoin de savoir sur les Omegas ?

—Je ne sais pas trop.

Charles passa un doigt sur le bord de la tasse. Maintenant qu'il était là, il répugnait à exposer son problème avec Anna à un homme qui voulait être son rival.

—Pourquoi ne commencerais-tu pas par m'expliquer en quoi exactement ils diffèrent des loups soumis ?

Asil leva les sourcils.

—Eh bien, si tu crois encore que ta compagne est soumise, tu vas avoir une belle surprise.

Charles ne put s'empêcher de sourire.

—Oui, je l'avais tout de suite compris.

—Nous qui sommes dominants avons tendance à penser à cet aspect de la vie de loup-garou comme à un rang : qui est obéi, qui obéit. Dominant et soumis. Mais c'est aussi qui doit protéger et qui doit-on protéger. Un loup soumis n'est pas incapable de se protéger : il peut se battre, il peut tuer aussi facilement que les autres. Mais un soumis ne ressent pas le besoin de se battre, pas comme le ressentent les dominants. Ils sont le trésor d'une meute. Ils fournissent un but et un équilibre. Pourquoi un dominant existe-t-il ? Pour protéger ceux en dessous de lui, mais protéger un soumis est bien plus gratifiant, parce qu'un soumis n'attend pas que tu sois blessé ou que tu lui tournes le dos pour vérifier que tu le domines réellement. Les loups soumis sont dignes de confiance. Et ils unissent la meute autour d'un but : les garder en sécurité et prendre soin d'eux. (Il prit une gorgée de thé et renifla.) Parler de tout ça en anglais me donne l'impression de parler de relations sexuelles : c'est ridicule.

—Si l'espagnol te convient mieux, vas-y, offrit Charles.

Asil haussa les épaules.

—Ça ne fait rien. Tu sais tout ça. Nous avons nos loups soumis ici. Tu connais la raison de leur existence.

—Quand j'ai rencontré Anna, pour la première fois de ma vie, le loup s'est assoupi.

Toute désinvolture disparue, Asil leva les yeux de son thé pour regarder Charles.

—Oui, murmura-t-il. C'est ainsi. Ils permettent à ton loup de se reposer, d'être serein.

—Je ne me sens pas toujours comme ça en sa présence.

Asil rit et cracha son thé dans la tasse, à laquelle il jeta un regard contrit, avant de la repousser.

—J'espère bien que non, pas si tu es son compagnon. Pourquoi voudrais-tu être en présence de quelqu'un qui t'émasculerait ainsi en permanence ? Qui te transformerait de dominant en soumis par sa simple présence ? Non. Elle n'a pas besoin de t'apaiser tout le temps.

Il s'essuya la bouche avec une serviette en tissu, qu'il rangea et posa près de la tasse.

—Depuis combien de temps est-elle louve-garou ?

—Trois ans.

—Eh bien, je suppose que c'est instinctif pour le moment. Ce qui signifie que, si tu n'en ressens pas les effets tout le temps, soit elle se sent très en sécurité avec toi… soit tu la perturbes au point qu'elle n'a pas de sérénité à partager. (Il eut un sourire carnassier.) De quoi s'agit-il, à ton avis ? Combien de personnes *n'ont pas* peur de toi d'une manière ou d'une autre ?

—C'est ce qui t'ennuie ? demanda Charles, honnêtement curieux. Tu n'as pas peur de moi.

Asil se figea.

—Bien sûr que si.

—Tu n'as pas assez de bon sens pour avoir peur de moi. (Charles secoua la tête et revint à ses questions.) Les Omegas servent à peu près le même intérêt que les soumis dans une meute, mais de manière plus prononcée, c'est ça ?

Asil rit, un rire sincère cette fois-là.

—Alors, maintenant, je dois me défendre en disant « bien sûr que j'ai assez de bon sens pour avoir peur » ?

Fatigué de jouer, Charles se contenta de soupirer.

—Il y a une différence entre les soumis et les Omegas. Je peux le sentir, mais je ne sais pas ce que ça veut dire.

Au lieu de suivre les ordres de tout le monde, elle n'en suit aucun. Ça, je l'ai compris.

— Un Omega a tous les instincts protecteurs d'un Alpha mais aucune de ses tendances à la violence, dit Asil, visiblement grognon d'avoir été ramené au sujet. Ton Anna va t'en faire voir de toutes les couleurs pour s'assurer que tout le monde dans sa meute est heureux et à l'abri de tout danger.

C'était cela. Il pouvait presque mettre les pièces en place. La louve d'Anna n'était pas violente… juste forte et protectrice. Comment l'adaptation d'Anna à son état de louve-garou – et aux maltraitances systématiques – avait-elle affecté sa moitié louve ?

Pensant tout haut, Charles dit :

— La douleur rend un dominant plus violent, alors qu'elle a l'effet inverse sur un loup soumis. Qu'arrive-t-il à un Omega que l'on torture ?

S'il avait pensé à Asil plutôt qu'à Anna, il n'aurait jamais tourné les choses en ces termes.

Le visage du Maure pâlit, et son odeur se mit à fluctuer sauvagement. Il bondit sur ses pieds, renversa sa chaise, et envoya rouler la table jusqu'à ce qu'elle heurte le mur du fond et se fracasse sur le côté.

Charles se leva lentement et posa sa tasse à thé sur le comptoir le plus proche.

— Toutes mes excuses, Asil. Je ne voulais pas te rappeler des choses qu'il vaut mieux oublier.

Asil resta debout encore un moment, sur le point d'attaquer, puis tous les muscles bandés se détendirent, et il eut l'air fatigué jusqu'aux tréfonds de son âme. Il quitta la pièce sans un mot.

Charles rinça sa tasse et la retourna dans l'évier. Il n'était pas aussi négligent d'habitude. La compagne d'Asil était morte torturée par une sorcière qui avait utilisé sa douleur et sa mort pour gagner en puissance. Malgré tous les côtés irritants d'Asil – en particulier sa dernière et de loin sa plus efficace méthode de supplice : Anna – Charles n'aurait jamais utilisé délibérément la mort de sa compagne pour le torturer. Mais des excuses supplémentaires n'y feraient rien.

Il murmura une douce supplique pour bénir la maison, comme le frère de sa mère le lui avait appris, et partit.

Anna était contente que Charles conduise cette fois-ci. Les routes verglacées ne lui posaient apparemment aucun problème, même s'ils dérapaient suffisamment pour qu'elle enfonce les ongles dans la poignée, fort pratique, installée au-dessus de la fenêtre de sa portière.

Il ne lui avait pas dit grand-chose ce matin après avoir rencontré la garde forestière. Ses yeux étaient distants, comme si l'homme taquin et doux auprès duquel elle s'était réveillée avait disparu.

C'était sa faute.

Elle ne s'était pas attendue à se sentir aussi mal après avoir renvoyé la louve dormir pendant sa douche. Elles avaient toutes deux besoin d'une pause après avoir maintenu un équilibre délicat, et elle s'attendait simplement que la louve emporte avec elle ce besoin qui lui vrillait les entrailles. Anna n'avait jamais ressenti une telle chose pour un homme, et c'était à la fois embarrassant et effrayant.

Elle s'était douchée longuement, mais la sensation n'avait pas disparu. Elle aurait pu aller bien si elle ne s'était pas montrée aussi joueuse ce matin… mais elle en doutait. Un sentiment aussi fort la laissait tellement vulnérable, et elle avait peur de ne pas pouvoir le dissimuler.

Quand elle avait dû quitter la douche, elle avait fait tant d'efforts pour lui cacher ce qu'elle ressentait qu'elle n'avait pas remarqué à quel point sa timidité étrange… et sa peur… l'avaient affecté.

Elle jeta un coup d'œil à son visage fermé. Elle ne savait pas du tout comment réparer ça. Son mouvement rapprocha son visage de ses vêtements d'emprunt. Elle leva le bras et renifla la manche du tee-shirt qu'elle portait et fronça le nez.

Elle ne l'avait pas vu détacher le regard de la route, mais il dit :

— Tu ne sens pas mauvais.

— C'est tellement étrange de sentir l'humain, lui dit-elle. On ne pense pas vraiment à son odeur avant qu'elle change.

Avant de partir, il avait pris les vêtements que Tag avait apportés, lui avait fait enfiler le tee-shirt sale et avait fait de même avec un sweat-shirt également sale. Puis il avait passé les mains sur elle d'une manière pas si impersonnelle, en psalmodiant dans une langue qu'elle n'avait jamais entendue, à la fois nasale et musicale. Quand il eut fini, ils sentaient tous deux comme les humains dont ils avaient emprunté les vêtements.

Il faisait un peu de magie, lui avait-il dit, un don hérité de sa mère. Elle se demanda ce qu'il pouvait faire d'autre, mais cela lui semblait impoli de poser la question. Elle n'avait jamais été en présence de quelqu'un qui pouvait vraiment pratiquer la magie, et cela la rendit encore un peu plus admirative. La meute de Chicago connaissait des histoires sur les gens qui pratiquaient la magie, mais elle n'y avait jamais fait très attention ; elle avait déjà suffisamment de choses à gérer rien qu'en étant une louve-garou.

Elle déplia les doigts sur ses cuisses pour les étirer.

— Cesse de t'inquiéter, lui dit Charles.

Il parlait d'une voix plutôt douce, mais dépourvue de l'inflexion qui signifiait qu'il lui parlait à elle, et non à quelqu'un qu'il aurait juste rencontré dans la rue. Elle ne s'était rendu compte que ce matin qu'il lui parlait différemment… parce qu'il avait cessé.

Les montagnes couvertes de neige, plus hautes que la Sears Tower, se dressaient de chaque côté de la route, aussi froides et massives que l'homme assis à côté d'elle. Elle se demanda si elle affrontait l'expression qu'il arborait pour travailler. Peut-être s'était-il fermé à tout pour se préparer à tuer quelqu'un qu'il ne connaissait pas, afin de protéger sa meute… peut-être que ce n'était pas sa faute à elle.

Elle était mal à l'aise et avait peur… et elle essayait de le cacher. Asil lui avait dit que tout le monde avait peur de lui. Il aurait aimé savoir quoi dire pour réparer les dégâts. Réparer quelque chose, n'importe quoi.

Après son départ de chez Asil, il avait tourné et retourné le problème dans sa tête ; les problèmes, en réalité, même s'il commençait à croire qu'ils n'étaient que deux aspects d'une même question. Le premier était la peur qu'il lui inspirait ce matin… ou peut-être que lui inspirait ce qu'ils avaient fait avec tant de plaisir la nuit précédente. Il avait assez d'expérience pour être certain qu'*elle* avait aimé ça. Ça n'avait pas eu l'air de la contrarier avant sa douche. Comme aucun monstre ne rôdait dans la maison (à part lui), il était presque sûr que quelque chose avait changé chez Anna.

Un des signes dangereux qu'on guettait chez un jeune loup-garou était un changement soudain de personnalité ou d'humeur qui semblait n'avoir aucune raison apparente, et indiquait que la bête prenait le contrôle de l'humain. Si Anna n'avait pas été une louve-garou depuis trois ans, et qui plus est un Omega, il aurait pensé que sa moitié louve prenait le contrôle.

Peut-être que l'inverse était vrai. Asil avait dit que les Omegas avaient tous les instincts protecteurs des Alphas. Sa louve avait-elle pris l'ascendant la nuit dernière ?

Son père expliquait aux nouveaux que le loup était une part d'eux-mêmes, juste un ensemble de désirs qu'ils devaient contrôler. Cela semblait aider la plupart d'entre eux au cours de la phase de transition. Les effrayer en leur disant que des monstres vivaient dans leurs têtes ne les aiderait certainement pas à acquérir la maîtrise nécessaire pour parcourir le vaste monde.

C'était une fable utile qui, autant que Charles pouvait en dire, se révélait parfois vraie. Son père, par exemple, semblait passer sans heurt du loup à l'humain puis retourner au loup. Mais la plupart des loups qui duraient finissaient par se référer à leur loup comme à une entité séparée.

Mais, d'aussi loin qu'il se rappelait, Charles n'avait jamais douté que deux esprits faisaient battre son cœur. Frère Loup et lui vivaient en harmonie la plupart du temps, et utilisaient les compétences spécialisées de chacun pour atteindre leurs buts. Par exemple, Frère Loup chassait ; mais, si la proie était un humain ou un loup-garou, c'était toujours Charles qui s'occupait de la mise à mort.

Il avait constaté au fil des ans que les loups-garous dont l'humain et le loup étaient presque entièrement séparés – comme chez le docteur Wallace – ne survivaient en général pas longtemps. Soit ils attaquaient quelqu'un de plus vieux et de plus fort, soit Charles devait les tuer parce qu'ils ne contrôlaient pas leur moitié loup.

Un loup-garou qui survivait apprenait à intégrer l'humain et le loup, et à laisser le contrôle à l'humain dans la plupart des cas ; sauf quand la lune appelait, quand il était en colère… ou blessé. Torturez un dominant, et le loup prend le pas. Torturez un soumis, et il ne reste plus que l'humain.

Avec tous les instincts protecteurs d'un Alpha mais sans son caractère agressif… et trois ans de maltraitance, peut-être que la louve d'Anna avait découvert un moyen de la protéger. Cela expliquerait pourquoi Leo n'avait jamais réussi à la briser.

Peut-être que, quand il lui avait fait peur la nuit dernière, sa louve était entrée en jeu. Et peut-être était-ce la raison pour laquelle leurs âmes humaines n'avaient pas été liées de la même manière que leurs loups.

Sauf que ce ne pouvait pas être le cas, parce qu'il aurait remarqué si la louve avait eu l'ascendant. Même s'il avait pu ne pas remarquer que ses yeux étaient passés du marron au bleu pâle, il n'aurait jamais laissé passer son changement d'odeur.

Charles était presque certain que ses problèmes actuels venaient de ce que Leo ou quelqu'un d'autre avaient pu infliger à Anna.

Se mettre en colère ne lui servirait à rien, de cela il pouvait en être certain. Il éloigna donc ses pensées des différentes façons de torturer Leo qui était, après tout, déjà mort, et essaya de trouver une solution.

Charles était plus doué pour effrayer les gens que pour les rassurer. Il ne savait pas comment aborder ce qui s'était passé le matin même, la nuit dernière et la raison pour laquelle leur lien n'avait pas été scellé, sans empirer les choses.

Si la situation ne s'améliorait pas, il irait demander conseil à son père… ou, que le ciel leur vienne en aide, à Asil, encore une fois. S'il expliquait tout en des termes simples, Asil se moquerait peut-être de lui, mais il était trop galant pour abandonner Anna dans la tourmente.

Ce qui lui laissait une tâche supplémentaire. Elle devait savoir que les autres mâles se sentiraient toujours libres de s'offrir à elle, parce que ce serait dangereux pour elle et pour quiconque se trouverait auprès de lui si quelqu'un essayait.

Et parce qu'elle avait le droit de savoir qu'elle pouvait accepter un de ces autres mâles… tout du moins, ça semblait être l'opinion d'Asil. Charles pensait qu'une fois leurs loups unis, ce lien était permanent ; mais il ne connaissait personne à qui c'était arrivé *avant* que les moitiés humaines soient liées. Peut-être qu'Anna pourrait trouver quelqu'un qui ne lui ferait pas aussi peur que lui semblait le faire.

Pour Anna, le Hummer était une oasis artificielle. Les sièges chauffants en cuir et l'habitacle à la chaleur contrôlée semblaient déplacés dans l'étendue infinie de la forêt immobile et glacée.

Les troncs sombres, presque noirs, des arbres à feuillage persistant contrastaient fortement avec la neige. À l'occasion, les routes que l'on distinguait plus par les arbres qui les bordaient que par les traces de roues, bifurquaient de l'autoroute qu'ils suivaient. Comme leur chemin se rétrécissait en une cicatrice blanche entre des collines escarpées qui les enserraient des deux côtés, elle se demanda si le terme « autoroute » était approprié.

— Notre lien d'accouplement n'est pas devenu permanent la nuit dernière, dit-il de but en blanc.

Elle le regarda fixement en sentant les palpitations familières de la panique. Qu'est-ce que cela voulait dire ? Avait-elle mal fait les choses ?

— Tu disais que tout ce dont nous avions besoin c'était…

Elle découvrit qu'elle ne pouvait pas prononcer les quelques mots suivants. Dans la froide lumière du jour, ils sonnaient trop crûment.

— Apparemment, j'avais tort, lui dit-il. J'ai supposé que, puisque nous avions accompli la partie la plus difficile de l'accouplement jusque-là, tout ce dont nous avions besoin était de consommer.

Elle ne savait pas quoi répondre.

— C'est probablement mieux, dit-il brusquement.

— Pourquoi ?

Elle ne s'était pas crue capable de prononcer un mot, mais elle sembla, à ses oreilles, avoir l'air simplement curieux ; rien du sentiment de panique qui l'avait saisie à ses mots ne transparaissait dans sa voix.

Mais elle était très loin de la neutralité désintéressée qu'il mit dans sa voix.

— La principale raison pour laquelle je ne voulais pas t'emmener avec moi aujourd'hui était que je ne voulais pas que tu me voies tuer de nouveau aussi vite. Mais je suis l'assassin de mon père depuis cent cinquante ans ; je ne pense pas que ça changera. Ce n'est que justice que tu me voies clairement, quand je suis en chasse, avant de choisir.

Le volant craqua sous la force de sa prise, mais sa voix était toujours calme, presque détachée.

— Dans la meute de mon père, un certain nombre de loups vénéreraient le sol sur lequel tu marches. Des loups qui ne sont pas des tueurs. (Il prit une brève inspiration et essaya de lui faire un sourire rassurant, mais qui fut dépourvu d'effet puisqu'il ne fit que découvrir ses fortes dents blanches.) Ils ne sont pas *tous* psychotiques.

De nouveau, il essayait de renoncer à elle.

Elle regarda les mains de Charles dont les jointures avaient blanchi, et brusquement elle put de nouveau respirer. Lui dire qu'elle pouvait aller voir ailleurs le dérangeait, et rompait ce calme effrayant qu'il affichait depuis le petit déjeuner. Elle repensa à sa rage possessive la nuit passée et sentit la confiance calmer son cœur ; il voulait toujours d'elle, peu importe à quel point elle avait été stupide dans la matinée. Elle pouvait y remédier. Elle ne pouvait pas craindre à l'infini de le désirer à ce point, n'est-ce pas ? Une semaine ou deux, et elle allait surmonter ça. Et, d'ici un an ou deux, la force de ses sentiments pour lui ne lui ferait plus aussi peur.

Se sentant mieux, Anna se réinstalla dans le large siège du Hummer, de manière à pouvoir le voir. Que disait-il avant de lui offrir de la laisser tomber ?

Qu'il était un tueur.

— Je connais les tueurs, lui dit-elle. La meute de Leo avait Justin. Tu te souviens de lui, pas vrai ? C'était un tueur. (Elle essaya de trouver un moyen d'éclaircir sa distinction.) Tu es la justice.

Ce n'était pas ça. Ça semblait stupide.

— « Ce que nous appelons une rose sous un autre nom…[1] », dit-il en détournant la tête d'elle.

Elle inspira profondément pour voir si son nez pouvait l'aider à déchiffrer ses sentiments, mais elle ne put sentir que les deux étrangers qui leur avaient fait don de leurs vêtements. Peut-être qu'elle ne savait tout simplement pas utiliser son nez… ou peut-être qu'il s'autocontrôlait mieux que celui de la plupart des gens.

Charles était un homme attentif. Il faisait attention à ce qu'il disait, et aux gens qui l'entouraient. Une nuit dans son lit, et elle le savait. Il *faisait attention*. Il faisait attention à elle, à son père, et même à Jack, l'ami de Heather. Son estomac se calma tandis qu'elle mettait en place ses allusions et ses actions en une image cohérente. Comme il avait dû être difficile, pensa-t-elle, pour un homme si prévenant, d'apprendre à tuer, même si cela était nécessaire.

— Non, dit-elle fermement.

---

1. Shakespeare, *Roméo et Juliette*, acte II, scène II. (*NdT*)

Devant eux, et loin sur la droite, une série de pics spectaculaires s'enfonçait dans les cieux. Leurs sommets couverts de neige, vierges d'arbres ou de végétation, étincelaient si brillamment dans le soleil qu'ils l'éblouissaient même au travers des vitres teintées et appelaient sa louve. C'était un endroit où un loup-garou pouvait *courir*.

—Un tueur est juste un meurtrier, lui dit-elle. Toi, tu te plies aux règles, tu rends justice et… tu essaies de ne pas te haïr d'être doué pour ce travail.

Son jugement, après la débâcle de la nuit dernière, prit totalement Charles par surprise. Il la regarda, mais elle avait fermé les yeux et s'était pelotonnée pour faire un somme… son Anna, qu'il avait terrifiée même pas cinq minutes auparavant. Dormir n'était pas la réaction habituelle quand il expliquait qu'il tuait des gens.

La route qu'ils suivaient portait plus de traces qu'à cette époque de l'année normalement ; probablement à cause des secours. Il espéra qu'Anna et lui n'allaient pas les rencontrer.

Les appels qu'il avait demandé à Heather de passer le matin même devraient au moins avoir pour conséquence la disparition des volontaires inexpérimentés et des amateurs qui se promenaient dans les bois. Il avait voulu limiter au maximum les dégâts que le loup solitaire pouvait causer.

Heather avait, à sa demande, souligné que l'homme qu'ils recherchaient avait disparu depuis trop longtemps. Ils ne cherchaient sans doute plus qu'un corps, il n'y avait donc pas de raison de risquer des vies supplémentaires. Elle leur avait parlé de Jack — même si elle avait accusé un couguar — et fait remarquer qu'un front orageux approchait.

Les quelques sauveteurs restants concentraient leurs efforts à environ une trentaine de kilomètres à l'ouest de là où Jack avait croisé leur loup solitaire : près de l'endroit où le disparu avait abandonné son pick-up, bien éloigné des lieux où le loup-garou avait fait ses apparitions. Charles et Anna ne devraient pas rencontrer le moindre sauveteur.

La route s'était mise à grimper. Les roues du Hummer crissaient et gémissaient continuellement tandis qu'ils traversaient la neige qui s'épaississait. Sur la gauche, il apercevait à l'occasion le ruisseau gelé, même s'il était la plupart du temps caché par l'épais remblai qui enserrait le fond de la vallée. À droite, les câbles électriques à haute tension couraient entre de puissants pylônes métalliques au bas d'un andain désertique qui se découpait nettement dans la forêt. Ces câbles et le besoin épisodique de les entretenir étaient la seule raison d'être de la route de service désolée qu'ils suivaient.

La chaleur s'écoulait du dégivrage du Hummer. La tiédeur à l'intérieur du véhicule rendait le paysage d'hiver qu'ils traversaient presque surréaliste, presque hors de portée. Et, même s'il détestait d'ordinaire cet effet particulier, il avait passé trop de temps dans la neige et le froid sur un cheval ou à pied pour rejeter les avantages qu'offrait le fait d'aller aussi loin qu'ils le pourraient en voiture.

La montée devint plus escarpée, et il ralentit l'allure, tandis que le Hummer rebondissait et roulait sur les pierres et les trous dissimulés par la neige. Les roues commencèrent à patiner, et il ralentit encore et passa en position quatre roues motrices. Le bruit qui en résulta réveilla Anna en sursaut.

Parfois, la largeur du Hummer présentait un inconvénient. Il fut forcé de faire monter les roues de gauche sur le remblai pour garder celles de droite sur la route, autant que faire se pouvait. L'inclinaison du véhicule qui en résulta poussa Anna à jeter un coup d'œil par la fenêtre, et à fermer les yeux, tremblant dans son siège.

— Si nous tombons, ça ne nous tuera probablement pas, dit-il.

— C'est vrai, dit-elle d'un ton sec qui le réjouit parce qu'il était dépourvu de peur… du moins, peur de lui. (Il aurait aimé pouvoir déterminer à quel point sa réaction venait de la louve et à quel point d'Anna.) Je ne devrais pas m'inquiéter pour quelques os cassés ou brisés parce que je n'en mourrai probablement pas.

— J'aurais peut-être dû prendre le vieux Land Rover de Tag, lui dit-il. Il est presque aussi efficace en terrain difficile, et beaucoup plus étroit. Mais il cahote, il a un chauffage douteux, et n'atteint même pas les cent kilomètres à l'heure.

— Je pensais que nous allions dans une zone sauvage, dit-elle, les yeux toujours fermement serrés. L'accès des véhicules motorisés n'est pas restreint ?

— Si, mais nous sommes sur une route, donc c'est bon.

— C'est une route ?

Il rit de son ton indigné, et elle lui fit un geste grossier.

Ils arrivèrent en haut de la montée, et il parvint à avancer lentement entre les arbres pendant encore trois ou quatre kilomètres, avant que le terrain devienne trop difficile pour continuer. Quelqu'un était venu ici en motoneige – probablement les sauveteurs – mais la plupart des traces de voitures avaient disparu depuis plus de deux kilomètres. Les dernières s'arrêtaient à trois mètres de là où ils se trouvaient ; celles de Tag, supposa-t-il.

— Combien de temps partons-nous ? demanda Anna, qui ajustait son sac à dos alors qu'ils quittaient le 4 x 4.

— Ça va dépendre de notre gibier, lui dit-il. J'ai pris des provisions pour quatre jours ; nous allons faire une boucle qui nous ramènera ici. S'il ne nous trouve pas d'ici là, nous arrêterons de nous faire passer pour des humains et irons le traquer. (Il haussa les épaules.) Cette chaîne de montagnes couvre cinq mille kilomètres carrés, nous pourrions mettre du temps à le trouver s'il essaie de se cacher. Mais, s'il garde son territoire et pense que nous sommes des intrus humains, il nous pourchassera et nous épargnera beaucoup de temps et d'efforts.

Anna avait fait quelques randonnées avec sa famille dans le Wisconsin quand elle était adolescente, mais rien d'aussi isolé. L'air froid lui collait les narines si elle inspirait trop fort, et le bout de ses oreilles était gelé avant que Charles lui enfonce plus profondément son bonnet sur le crâne.

Elle adorait ça.

— Nous devons ralentir, lui dit Charles. Pour avoir l'air aussi humain que notre odeur.

Mais le rythme qu'il établit lui parut assez soutenu.

Marcher avec des raquettes n'était pas aussi difficile qu'elle avait pensé. Quand il les avait sanglées convenablement, il lui avait expliqué que les queues de castor ou les pattes d'ours d'autrefois présentaient autant d'avantages que d'inconvénients. Les nouvelles raquettes étaient une des rares inventions modernes qu'il avait l'air d'approuver entièrement.

Elle dut batailler un peu pour garder le rythme. S'il trouvait ça lent, elle se demanda si en temps normal il courait dans les bois, même sous forme humaine. Aucune de ses blessures ne semblait le gêner beaucoup, et il n'y avait pas eu de sang frais sur ses bandages le matin même.

Elle se força à ne pas penser à la raison pour laquelle elle avait aussi bien vu les bandages dans la matinée. Même ainsi, elle ne pouvait s'empêcher de le regarder, et de sourire, au moins un peu en elle-même. Dehors, dans la neige, et recouverte de couches de vêtements et de manteaux, elle se sentait à l'abri des terreurs de l'intimité et pouvait mieux en apprécier les bons côtés.

Et Charles avait beaucoup de bons côtés. Sous son manteau, elle savait exactement quelle était la largeur de ses épaules, où et comment sa peau fonçait juste un peu sous ses oreilles. Elle savait que son odeur faisait battre son cœur plus vite, et que son poids l'ancrait plus qu'il l'emprisonnait sous lui.

En faisant le trajet derrière lui, à l'abri de ce regard pénétrant qui en voyait toujours trop pour qu'elle se sente à l'aise, elle pouvait le regarder tout son saoul.

Il était gracieux, même avec des raquettes aux pieds. Il s'arrêtait de temps à autre et observait les arbres, à la recherche, lui avait-il dit, d'un mouvement suspect. Dans les bois, le loup affleurait. Elle pouvait le voir dans la manière dont il se servait de son nez, s'arrêtant parfois les yeux fermés pour prendre une inspiration et la retenir. Et dans la manière dont il communiquait avec elle plus par gestes que par mots.

— Nous verrons plus de gibier ici que quand nous serons en altitude, lui dit-il après avoir pointé du doigt un daim qui les regardait d'un air méfiant depuis un buisson épais. La plupart des gros animaux restent en bas, où il ne fait pas aussi froid et où il y a plus de nourriture et moins de neige.

Et ce fut tout ce qu'il dit avant un long moment, même quand il s'arrêtait pour lui donner un morceau de ceci ou cela qu'il s'attendait à la voir manger, et lui tendait en silence de la viande séchée ou un petit paquet de pommes lyophilisées. Quand elle refusa une deuxième poignée de pommes, il les fourra dans sa poche.

Même si d'habitude le silence la mettait mal à l'aise, elle n'avait pas envie de s'immiscer dans les bruits de la forêt avec des mots. Quelque chose en ce lieu invitait au respect… et il aurait été difficile de parler et haleter en même temps, de toute façon.

Au bout d'un moment, elle commença à trouver l'atmosphère légèrement inquiétante, ce qui était plutôt drôle étant donné qu'elle était une louve-garou. Elle ne s'attendait pas que les arbres soient aussi sombres, et l'ombre de la montagne donnait l'impression que le jour était plus avancé qu'il l'était en réalité.

Parfois, elle avait une sensation de déjà-vu. Il lui fallut un moment pour mettre le doigt dessus, mais elle prit conscience alors qu'elle ressentait la même chose lorsqu'elle déambulait dans le Loop, à Chicago. Même si les montagnes étaient plus hautes que les gratte-ciel, elle ressentait cette même sensation bizarre de claustrophobie en voyant les montagnes dévorer le ciel.

Le gros sac à dos jaune fluo de Charles, choisi pour sa visibilité maximale comme le rose qu'elle portait, était en quelque sorte rassurant. Pas seulement pour la touche de civilisation qu'il apportait, mais parce que l'homme qui le portait était aussi à l'aise ici qu'elle l'était dans son appartement. Son fusil d'un noir mat n'était pas aussi amical. Elle savait se servir d'un pistolet – son père avait l'habitude de l'emmener au stand de tir – mais ce fusil était aussi éloigné du .38 de son père qu'un loup l'était d'un caniche.

La première fois qu'ils grimpèrent une portion escarpée, il lui fallut du temps pour trouver la meilleure manière de la négocier avec ses raquettes. Leur allure ralentissait et ses cuisses commençaient à la brûler sous l'effort. Charles resta à côté d'elle pendant toute l'escalade. Ils grimpaient de cette manière depuis plus d'une heure, mais ça en valait la peine.

Quand ils arrivèrent au sommet d'une crête et se retrouvèrent brièvement au-dessus des arbres, Anna s'arrêta net, et contempla le terrain en contrebas. La vallée qu'ils escaladaient, ornée de blanc et de vert mordant, s'éloignait d'eux. C'était spectaculaire… et solitaire.

—C'est à ça que le paysage ressemblait partout autrefois ? demanda-t-elle d'une voix étouffée.

Charles, qui était devant elle parce qu'il ne s'était arrêté qu'après, jeta un regard à l'étendue sauvage.

—Pas partout, dit-il. Les maquis ont toujours eu l'air de maquis. Au printemps, je t'emmènerai dans les Mission Mountains, et nous ferons un peu d'escalade pure. Si tu aimes ce que nous faisons là, tu adoreras ça.

Il l'observait lui aussi, songea-t-elle, s'il avait remarqué à quel point elle s'amusait.

—Les Mission Mountains sont encore plus spectaculaires que celles-ci ; mais c'est un véritable enfer à traverser. Des montées et des descentes, et pas grand-chose entre. Mais ici non plus ce ne sera pas facile. Avant qu'on commence à créer des réserves dans les étendues sauvages, la seule zone intacte restante était plutôt accidentée.

Il mit la main dans sa poche et en sortit une barre de céréales.

—Mange ça.

Et il la regarda jusqu'à ce qu'elle retire un gant pour déchirer l'emballage et grignoter la barre enrobée de fruits secs avant d'en attaquer une lui-même.

—Tu es un peu mère poule, lui dit-elle, sans trop savoir si ça la contrariait.

Il grogna.

—Si tu étais humaine, tu sentirais ce froid. La température est juste en dessous de zéro pour le moment, mais ne sous-estime pas le climat. Tu brûles beaucoup d'énergie pour conserver ta chaleur, sans parler du fait que tu es trop maigre. Donc tu n'as pas le choix : je dois te gaver de nourriture aussi vite que possible et pendant toute la durée de ce trajet. Tu ferais mieux de t'y habituer.

CHAPITRE 8

— Nous sommes partis plus tard que je pensais, dit Charles à Anna. Mais nous avons plutôt bien avancé. Baree Lake n'est plus qu'à un kilomètre environ, mais nous allons camper ici, avant qu'il fasse nuit. Le vent a soufflé la majeure partie de la neige des arbres, et les branches nous protégeront d'une éventuelle nouvelle chute cette nuit.

Anna regarda autour d'elle d'un air dubitatif.

Son expression le fit rire.

— Crois-moi. Tu seras à l'aise cette nuit. C'est se lever le matin qui réclame du courage.

Elle sembla lui faire confiance, ce qui lui fit plaisir.

— Quand irons-nous près de l'endroit où Heather et Jack ont été attaqués ?

— Nous n'irons pas, dit-il. Je ne veux pas de notre odeur par là-bas. Je veux que nous ayons l'air de proies, pas de quelconques enquêteurs officiels.

— Tu crois que pour lui ça fait une différence ?

Charles retira son sac à dos, le posa sur un rocher qui sortait de la neige comme une baleine émergeant de l'océan.

— Si c'est vraiment un solitaire qui défend son territoire, non. S'il est là pour causer du tort à mon père, il n'attaquera pas des gens susceptibles de raconter ses exploits au monde entier.

Elle suivit son exemple et posa son sac à dos loin de la neige. Il tira un paquet de raisins secs de la poche sur sa manche, le dernier qu'il avait sous la main ; il allait devoir se réapprovisionner pour le lendemain. Elle le prit avec un soupir exaspéré, mais l'ouvrit quand même et commença à mâcher.

Tandis qu'Anna était occupée à manger, il prit un instant pour examiner le site qu'il avait choisi pour camper. Il y en avait un meilleur près du lac ; il comptait l'atteindre en début d'après-midi pour donner à Anna une occasion de se reposer. Elle n'accuserait pas le coup dès le premier jour de randonnée : il avait l'habitude d'emmener d'autres bleus en montagne. Ce serait au troisième ou au quatrième jour qu'elle n'en pourrait plus.

Mais la première règle quand on jouait dans les bois, c'était d'être flexible. Ils auraient pu atteindre son premier choix avant la nuit, mais il pensait qu'il était plus important de lui accorder le temps de se reposer après la première montée.

Il avait déjà dormi ici avant, et le rocher n'avait pas changé depuis son enfance. La dernière fois... Il y repensa une minute mais fut incapable de mettre le doigt dessus. Les broussailles sur le flanc du rocher n'étaient pas là, et il pouvait voir la souche du vieux sapin qui l'avait abrité la dernière fois qu'il était venu de l'Est. Il tapa du bout du pied contre la souche pourrie et regarda le bois s'effriter. Peut-être cinquante ou soixante-dix ans.

Charles étendit une bâche sur le sol mais ne s'embêta pas à monter la tente de son sac à dos. Tant que le temps se maintenait, il n'avait pas l'intention de les rendre vulnérables à une attaque. Il utilisait rarement une tente s'il n'y était pas obligé ; et jamais s'il traquait quelque chose qui pouvait se retourner contre lui. La tente bloquait sa vision, étouffait les sons, et l'encombrait. Il l'avait apportée pour Anna, mais uniquement si nécessaire.

Le vieux sapin était trop humide pour faire un bon combustible, mais il y avait d'autres arbres abattus. Une demi-heure de recherche lui procura une généreuse brassée de bois sec délicatement prélevé sur deux vieux rois de la forêt.

À son retour, Anna était perchée sur le gros rocher à côté de son sac à dos, ses raquettes appuyées contre la base du rocher. Il ôta les siennes et commença à allumer un petit feu, conscient du regard qu'elle posait sur lui.

— Je croyais que les Indiens allumaient les feux par friction, dit-elle quand il sortit une bouteille d'alcool à brûler et un briquet.

— Je peux le faire, dit-il. Mais j'aimerais bien manger avant demain. L'alcool à brûler et le Bic sont beaucoup plus rapides.

Ils étaient de nouveau à l'aise, songea-t-il. Tout avait commencé quand elle s'était endormie dans la voiture, et, tout au long de l'ascension, elle s'était détendue en sa présence. Au point, dans les derniers kilomètres, de l'attraper par le manteau à plusieurs reprises pour lui montrer ceci ou cela : les traces d'un glouton, un corbeau qui les observait depuis un perchoir sûr à la cime d'un pin tordu, et un lapin dans sa fourrure blanche d'hiver.

— Qu'est-ce que tu voudrais manger ? lui demanda-t-il après avoir arrangé le feu à sa convenance et mit un pot de neige à bouillir.

— Plus de viande séchée, dit-elle. Ma mâchoire est fatiguée de mâcher.

— Pourquoi pas du poulet à l'aigre-douce ? proposa-t-il.

Il versa l'huile d'olive et lui tendit un grand sachet en aluminium. Elle regarda à l'intérieur d'un air méfiant.

— Ça ne ressemble pas à du poulet à l'aigre-douce, dit-elle.

— Tu dois faire plus attention à ton odorat, lui dit-il d'un air de reproche en prenant une bouchée de son propre ragoût. (Ce n'était pas aussi bon que le dîner de la veille, mais pas si mauvais pour quelque chose qu'on réhydratait

183

avant de le manger.) Et au moins le poulet à l'aigre-douce ne ressemble pas à de la nourriture pour chien.

Elle se pencha et regarda dans son sachet.

— Beuh ! Pourquoi ont-ils fait ça ?

— On ne peut lyophiliser que de petits morceaux, dit-il en retirant son sachet avant qu'elle y trempe les cheveux. Mange.

— Donc, dit-elle de retour sur son perchoir, combien de temps va durer notre déguisement olfactif ?

Il fut satisfait de remarquer qu'après la première bouchée elle s'était jetée sur la nourriture comme une affamée.

— Ce ne sera pas un problème, répondit-il en prenant une bonne bouchée de son propre repas, tant que nous continuons à raconter ce que nous faisons de manière que n'importe quel loup puisse nous entendre.

Elle s'arrêta de manger et ouvrit la bouche pour s'excuser, avant de s'arrêter au milieu d'un mot pour froncer les sourcils. Il se demanda s'il devait sourire pour lui faire comprendre qu'il la taquinait ; mais elle avait compris, puisqu'elle brandissait sa fourchette dans sa direction.

— S'il y avait le moindre loup-garou à portée d'oreille, tu le saurais. Réponds à ma question.

Il parlait rarement de sa magie à quiconque, y compris à son père, parce que Frère Loup lui avait dit que moins de gens étaient au courant, meilleure serait l'arme. Mais Frère Loup n'avait pas d'objection à expliquer à Anna tout ce qu'elle voulait savoir.

Il avala un peu plus de bœuf et reconnut :

— Je ne sais pas. Aussi longtemps que nous en aurons besoin… à moins que nous indisposions les esprits et qu'ils décident d'aider nos ennemis à la place.

Elle s'arrêta encore de manger, cette fois pour le dévisager.

— Tu ne te moques pas cette fois-ci ?

Il haussa les épaules.

—Non. Je ne suis pas un sorcier qui impose sa volonté au monde. Tout ce que je peux faire, c'est le leur demander, et, si cela leur convient, les esprits l'autorisent.

Elle avait repris une grosse bouchée et dut l'avaler en vitesse pour demander :

—Es-tu chrétien ? Ou…

Il acquiesça.

—Aussi chrétien que l'ânesse de Balaam [1]. Par ailleurs, en tant que louve-garou, tu sais qu'il existe d'autres choses en ce monde : des démons, des vampires, des goules et ce genre de choses. Quand tu sais qu'ils existent, tu dois admettre la présence de Dieu. Comment expliquer autrement que le mal ne soit pas encore parvenu à dominer le monde et à mettre la race humaine en esclavage ? Dieu s'assure qu'il demeure caché et sournois.

Il finit sa nourriture et mit de côté ses couverts.

—L'ânesse de Balaam ? (Elle murmurait pour elle-même, puis reprit son souffle.) L'ânesse de Balaam a vu un ange. Tu veux dire que tu as vu un ange ?

Il sourit.

—Juste une fois et je ne l'intéressais pas… mais ça n'empêche que ça m'a marqué. (En réalité, il lui avait donné de l'espoir au plus noir de la nuit.) Mais ce n'est pas simplement parce que Dieu existe que ça ne veut pas dire qu'il n'y a pas d'esprits dans ces bois.

—Tu honores les esprits ?

—Pourquoi est-ce que je ferais ça ? (Il n'était ni fou ni stupide ; et il fallait être l'un ou l'autre pour partir à la recherche

---

1. Balaam est un prophète de l'Ancien Testament qui, monté sur une ânesse, avait pour mission de maudire les Hébreux. En chemin, il rencontra un ange qui toucha son ânesse, laquelle, désormais douée de parole, lui reprocha sa dureté. Balaam changea donc de camp et alla bénir les Hébreux. (*NdT*)

des esprits.) Tout ce que ça m'apporterait, c'est du travail supplémentaire, et mon père m'en donne déjà plus qu'assez.

Elle fronça les sourcils, alors il décida de s'expliquer.

—Quelquefois, ils m'aident pour ce que je demande, mais le plus souvent ils ont besoin qu'on fasse quelque chose pour eux. Et il n'y a plus autant de gens qu'autrefois capables de les entendre, ce qui signifie plus de travail pour ceux d'entre nous qui le peuvent. Mon père m'occupe comme trois. Si j'allais chercher les esprits pour une conversation quotidienne, je n'aurais plus le temps de lacer mes chaussures. Samuel passe beaucoup de temps à essayer de comprendre comment caser les esprits dans le christianisme, moi, je ne m'en soucie pas tant que ça.

Il pensa qu'il allait devoir lui rappeler de finir sa nourriture, mais elle regarda un moment son sachet, puis reprit une bouchée.

—Que fais-tu s'ils te demandent de faire quelque chose de mal ?

Il secoua la tête.

—La plupart des esprits sont amicaux ou inamicaux, plutôt que bons ou mauvais. (Puis, comme l'étrange désir de la taquiner était toujours très fort, il ajouta :) Sauf les esprits qui sucent le cerveau et qui vivent par ici, attendant que des randonneurs idiots viennent établir leur camp sous leurs arbres. Mais ne t'inquiète pas, je les tiendrai éloignés de toi.

—Crétin, dit-elle à son poulet à l'aigre-douce, mais sans avoir l'air ennuyée.

Quelque part dans la nuit, un loup hurla. Il était loin, c'était un loup gris, songea-t-il. Vingt ans auparavant, il n'y avait plus un seul loup pour hurler, mais depuis une décennie ils progressaient régulièrement du Canada vers le Montana. Ce son le fit sourire. Son père s'inquiétait qu'il n'y ait plus assez de place pour les prédateurs sur cette planète apprivoisée, mais il supposait que, si les hommes avaient décidé d'autoriser le loup à revenir dans son habitat naturel, ils pouvaient s'adapter aux loups-garous si on leur en donnait le temps.

Walter trouva le cadavre, habillé en orange fluo, appuyé contre un tronc. D'après son aspect, il était tombé des rochers au-dessus, où une piste de gibier serpentait le long d'une petite crête. Il s'était cassé une jambe, mais avait réussi à se traîner sur quelques mètres. Il était probablement mort de froid quelques jours auparavant.

Ce devait être la raison pour laquelle les équipes de recherches arpentaient les bois. On avait dû le pourchasser, parce qu'aucun homme avec un peu de bon sens ne serait parti chasser aussi loin de la route sans chien. C'était si éloigné des zones où les gens cherchaient, que les chances qu'on trouve le corps étaient faibles, voire nulles. Et, au printemps, il ne resterait presque plus rien à trouver.

Il songea à enterrer le corps, mais il aurait dû creuser entre deux et trois mètres de neige, puis encore un mètre cinquante de terre gelée. En outre, il n'avait pas de pelle. Les pieds du cadavre faisaient la même taille que ceux de Walter, alors il prit les bottes, de même que les gants et la parka ; il laissa derrière lui le gilet orange. Abandonner l'arme du chasseur fut une décision plus difficile à prendre, mais les munitions n'étaient pas simples à trouver, et il n'avait aucune envie de se faire remarquer à cause d'une arme à feu.

Il inclina la tête et commença une prière. Il n'était pas très doué pour ça, étant donné que la seule dont il pouvait se souvenir était la prière qu'il récitait avant d'aller au lit quand il était enfant. Mais il se concentra, parce que cela l'aidait à ne pas tenir compte de la bête en lui, qui voyait le chasseur comme une source de nourriture. La bête avait faim, et se fichait de savoir d'où venait la viande.

Il finissait juste sa prière quand le démon hurla. Il sentit un grondement de réponse naître dans son ventre, un défi à son ennemi. Mais il retint le son. Il savait traquer le mal… Pendant un moment il se retrouva à la guerre avec Jimmy, à glisser d'ombre en ombre pour s'approcher de la tente de leur commandant. Les sanglots de la fille du village dissimulaient leur approche.

Pendant un moment, il vit le visage de Jimmy aussi clairement que s'il s'était trouvé à côté de lui. Puis il fut de retour dans le présent, debout au-dessus d'un mort, un cadavre congelé dont il avait tranché le cou avec son couteau, comme il l'avait fait au commandant tant d'années auparavant.

Cette petite fille n'avait jamais dit à personne ce qui s'était passé, alors que Jimmy et lui avaient patienté dans les aiguilles de pin plusieurs semaines. Ils auraient pu la tuer, elle aussi, mais cela les aurait rendus aussi mauvais que le commandant. Officiellement, il avait été tué par un sniper. Lui et Jimmy avaient un peu ricané à cette explication. Les snipers n'utilisent pas de couteau.

Il se pencha et ramassa le corps. Il ne pouvait pas risquer qu'on le découvre avec une blessure à l'arme blanche. Il l'emporterait encore un peu plus à l'écart des pistes de gibier habituelles.

Il porta le corps pendant environ un kilomètre, et le posa doucement sous un fourré de mahonias. Il se lécha les lèvres et sentit le goût du sang. Étonné, il baissa les yeux sur le corps et remarqua que la blessure au cou avait été nettoyée, et que la peau tout autour luisait légèrement de salive.

Il attrapa une poignée de neige et se récura la bouche, déchiré entre la faim et le dégoût même s'il savait qu'il n'avait pas pu en avaler beaucoup, parce que le cadavre était entièrement congelé.

Il s'éloigna aussi vite que possible sans courir.

— Anna ?

Charles finissait de zipper ensemble les sacs de couchage.

Elle ne lui répondit pas. Elle avait étendu son manteau et ses bottes, puis était remontée sur le rocher. Elle s'y tenait pieds nus, ses chaussettes en laine à la main.

S'ils s'étaient trouvés ailleurs, il aurait supposé qu'elle jouissait de la vue, mais ils étaient coincés dans les arbres, d'où elle ne pouvait voir que plus d'arbres. Elle ne guettait pas vraiment, mais s'efforçait plutôt de ne pas les regarder, les sacs de couchage et lui. Dès qu'ils avaient fini de manger, elle avait recommencé à se replier sur elle-même.

La température avait baissé de dix degrés quand le soleil avait disparu, et il faisait sacrément trop froid pour qu'elle se promène pieds nus et sans manteau. Elle avait beau être une louve-garou, les engelures faisaient affreusement mal.

Mais il n'arriverait pas à la faire entrer dans le sac de couchage sans user de la force, ou de persuasion. Il ôta ses propres bottes et fourra les chaussettes dans son sac à dos. Puis il sortit deux paires de chaussettes propres et les mit au fond du sac de couchage, pour qu'elles soient chaudes le lendemain matin.

Il avait emporté une couverture supplémentaire, qu'il déplia d'un geste et drapa sur ses épaules. Puis il s'éloigna et sauta à côté d'elle sur le rocher. Il n'y avait pas beaucoup de place, mais il réussit à les maintenir épaule contre épaule.

— Mes cousins faisaient la cour à leurs femmes avec des couvertures, lui dit-il sans la regarder.

Elle ne répondit rien, et se contenta de déplier et replier ses orteils les uns contre les autres pour les réchauffer.

— On appelle ça une couverture d'approche, dit-il. Un homme allait voir la fille qu'il courtisait et dépliait lentement le bras… (En tenant un coin de la couverture, il passa son bras autour de son épaule.) Et il drapait la couverture sur elle. Si elle ne s'esquivait pas, il se rapprochait encore plus.

Il tira, et elle fit un pas de côté jusqu'à se retrouver coincée sous son bras, et la couverture entortillée autour d'eux.

— Une couverture d'approche ?

Il y avait de l'amusement dans sa voix, mais son corps était toujours raide.

La louve, songea-t-il, mais pas entièrement. S'il ne l'avait pas cherchée, il n'aurait peut-être pas senti l'odeur distinctive de la louve entremêlée au parfum d'Anna.

— Mon frère Samuel est encore plus doué pour ça que moi, lui dit-il en bougeant encore un peu plus, jusqu'à ce qu'elle se retrouve devant lui, ses pieds froids sur les siens.

Elle inspira et expira une longue bouffée d'air gelé, et son corps s'adoucit contre lui.

— Parle-moi de l'accouplement, dit-elle.

Il resserra les bras autour d'elle.

— Je suis plutôt novice en la matière, moi aussi.

— Tu n'as jamais été accouplé auparavant ?

— Non. (Il inspira son odeur et la laissa plonger en lui et réchauffer sa poitrine.) Je t'en ai dit une partie. On fait la cour en grande partie comme chez les humains. Puis on se marie et, finalement, en général, le loup accepte la louve comme compagne.

— Et si ça n'arrive jamais ?

— Alors ça n'arrive pas. (Il n'était pas aussi optimiste qu'il s'en donnait l'air.) J'avais complètement abandonné l'idée de trouver une compagne quand je t'ai rencontrée. (Il ne put s'empêcher de sourire en repensant à la joie teintée d'incrédulité qu'il avait ressentie lors de cette première rencontre.)

Frère Loup t'a choisie pour compagne au moment où il a posé les yeux sur toi, et je ne peux qu'approuver son bon sens.

—Que se serait-il passé si tu m'avais détestée ?

Il poussa un soupir contre ses cheveux.

—Alors nous ne serions pas là. Je n'aurais pas voulu finir comme mon père et Leah.

—Il la déteste ?

Il haussa les épaules.

—Non. Pas vraiment. Je ne sais pas. (Comment en étaient-ils arrivés à ce sujet ?) Il n'a jamais dit quelque chose dans un sens ou dans l'autre, mais ça ne se passe pas vraiment bien entre eux. Il m'a dit une fois, il y a longtemps, que son loup avait décidé qu'il avait besoin d'une compagne pour remplacer ma mère.

—Alors, qu'est-ce qui a mal tourné ? demanda-t-elle, tandis que son corps mollissait contre le sien.

Il secoua la tête.

—Je n'ai aucune envie de poser cette question au Marrok, et je te suggère d'en faire autant.

Elle réfléchit à autre chose.

—Tu as dit quelque chose au sujet d'une cérémonie à la pleine lune.

—C'est vrai, dit-il. Il y a une cérémonie qui se tient sous la lune pour sanctifier notre lien : comme une cérémonie de mariage, je suppose, même si celle-ci est intime. Tu seras alors également complètement intégrée à la meute de mon père.

Il la sentit se raidir ; la cérémonie de la meute, qui incluait le partage de la chair et du sang de l'Alpha – littéralement – pouvait être assez effrayante si on n'était pas prêt. Et pourquoi Leo aurait-il fait ça bien, alors qu'il avait mal fait tant d'autres choses ? Il décida qu'ils pouvaient discuter de ce sujet quand il n'essaierait pas de la faire se détendre et venir se glisser dans les sacs de couchage avec lui.

—Si tu veux, nous pouvons faire un mariage séparé à l'église, si ça te tente. Invite ta famille.

Elle se tortilla pour voir son visage.

—Comment peux-tu savoir que nous ne sommes pas liés?

—C'est presque comme la magie de la meute, répondit-il. Certains loups le sentent à peine. La magie de la meute est ce qui permet à l'Alpha de tirer l'énergie de ses loups pour gagner une pointe de vitesse ou guérir plus vite. Ça lui permet de contrôler les loups qui sont sous son pouvoir ou de les trouver s'il en a besoin.

Anna se figea.

—Ou de nourrir leur rage? Je crois qu'Isabella faisait ça; elle aimait que les membres de la meute se battent entre eux.

—Oui, reconnut Charles. Même si je n'ai jamais vu mon père le faire. Mais tu vois ce que je veux dire?

—Oui. L'accouplement fonctionne comme ça?

—À une plus petite échelle. Cela varie selon les couples. Quelquefois, c'est juste la capacité à savoir où se trouve ton compagnon. Mon père dit que c'est tout ce que lui et Leah partagent. Parfois c'est plus que ça. Un loup en Oklahoma s'est accouplé à une femme aveugle. Elle peut voir à présent, tant qu'elle est dans la même pièce que lui. Il est plus commun de pouvoir partager sa force… ou toutes les autres choses qu'un Alpha peut tenir de sa meute.

Il se tut et attendit la question suivante.

—Mes orteils sont froids, suggéra-t-il après un moment.

—Désolée, dit-elle, et il passa le pouce sur sa joue.

D'ordinaire, il évitait les contacts physiques. Le contact permettait aux autres d'être trop proches de lui: une proximité qu'il ne pouvait se permettre s'il devait survivre à son travail de tueur favori de son père. Cela rendait Frère Loup encore plus affamé de contacts. Avec Anna, il abandonnait ses règles habituelles. Il y avait des raisons: elle était sa compagne et, même pour son père, il ne lui ferait pas de mal. Elle était un Omega et il était invraisemblable qu'elle se rebelle. Mais la vraie raison, il se l'avoua, était qu'il ne pouvait pas résister à la sensation de sa peau contre la sienne.

— Rome ne s'est pas faite en un jour, lui dit-il. Viens dormir. (Alors, quand elle se raidit de nouveau, il dit :) Il fait trop froid pour faire quoi que ce soit de plus intéressant.

Elle se figea.

— Ça, c'était pas un mensonge, pas vrai ?

Il enfouit son nez froid contre sa nuque, la faisant pousser un petit rire surpris.

— Tu t'améliores. Et si je te disais que tu es trop fatiguée ?

Il se dégagea de la couverture et la drapa sur les épaules de la jeune femme. Puis il la prit dans ses bras et sauta du rocher, fléchissant les genoux pour rendre l'atterrissage plus doux. Il avait oublié ses blessures ; comme il la portait jusqu'aux sacs de couchage, son mollet blessé lui fit extrêmement mal. Il ne tint pas compte de la douleur brûlante. Sa poitrine n'était pas non plus à la fête mais, quand Anna fut installée dans les sacs de couchage avec lui, il lui aurait fallu beaucoup plus que deux blessures par balles pour le rendre malheureux.

Elle s'endormit bien avant lui.

Ils s'arrêtèrent à Baree Lake, mais seules les traces de motoneige sur l'eau gelée indiquaient que quelqu'un était passé par là. C'était une contrée sauvage, mais c'était aussi le Montana. Les motoneiges ne le dérangeaient pas autant que les fondus de motocross, parce que les motoneiges n'abîmaient pas le terrain. Il avait rencontré deux amateurs de motocross quelques années auparavant, et les avait suivis jusqu'à Wanless Lake, à une trentaine de kilomètres de la route la plus proche, où ils avaient finalement garé leurs motos pour aller se baigner. Il se demandait combien de temps il leur avait fallu pour redémarrer leurs engins sans les bougies.

Il n'y avait pas de chemin facile pour aller de Baree aux Bear Lakes en hiver. Lui et Tag avaient élaboré ce qui paraissait être un trajet passable mais, s'il s'avérait trop accidenté, il trouverait un autre chemin. Tout ce qu'il voulait, c'était que le loup solitaire les voie et les pourchasse.

Il réfléchissait pourtant à ces traces de motoneige. La majeure partie des Cabinet Mountains était trop cahoteuse pour les motoneiges. Si on voulait faire l'aller et retour jusqu'à Baree Lake, cependant – par exemple pour y trouver quelques victimes et bénéficier d'une couverture médiatique pour un meurtre commis par un loup-garou –, elles étaient praticables.

Une meute organisée de renégats, déterminée à forcer Bran à ne pas révéler l'existence des loups-garous au reste du monde, requerrait un traitement différent de celui d'un loup solitaire. Il garderait les motoneiges à l'esprit et se tiendrait prêt à affronter des adversaires multiples si nécessaire.

Anna était une compagne de voyage reposante. Elle s'amusait clairement, même si elle était un peu raidie ce matin-là. Elle ne se plaignit pas alors que leur chemin devenait plus difficile, ce qui exigeait beaucoup plus de muscles. Elle était silencieuse la plupart du temps, ce qui le laissait guetter d'autres monstres dans les bois. Comme il avait parfois tendance à être silencieux, il était heureux qu'elle ne bavarde pas. Elle s'était levée enjouée et détendue, et l'était restée jusqu'à ce qu'ils arrivent dans une petite vallée encaissée.

Il pouvait mesurer sa nervosité grandissante à la distance qui diminuait entre eux.

Quand elle parla enfin, elle fut assez près pour marcher accidentellement sur sa raquette avec la sienne.

— Désolée.

Trébucher fit mal à sa jambe blessée, mais il ne le lui aurait jamais avoué.

— Pas de problème. Tu vas bien ?

Il la vit envisager un mensonge poli avant d'abandonner.

— C'est plutôt flippant par ici, dit-elle enfin.

Charles était d'accord avec elle : il y avait un certain nombre d'endroits dans les Cabinet Mountains qui faisaient cet effet. Il n'en était pas sûr, mais la sensation de malaise était pire que d'habitude… et certainement plus importante que dans la partie des montagnes qu'ils avaient traversée la veille.

Son observation lui fit regarder attentivement autour d'eux, au cas où elle aurait remarqué quelque chose qu'il n'aurait pas vu. Mais il n'y avait rien à voir, rien de plus menaçant que la paroi escarpée qui se dressait devant eux et projetait son ombre sur la vallée et l'épais couvert d'arbres vert-noir de tous les côtés. Il n'écarta cependant pas l'hypothèse que d'autres forces étaient à l'œuvre.

Les esprits de ces montagnes n'avaient jamais été accueillants, pas comme dans les Bitterroots ou les Pintlers. Ils n'aimaient pas les intrus.

Il était possible que les esprits soient juste plus actifs dans cette vallée ou alors quelque chose avait dû s'y passer. Plus il y réfléchissait, plus il était certain qu'il y avait là plus que de simples esprits frappeurs. Il ne pouvait dire si c'était vieux d'une semaine ou d'un siècle, mais quelque chose de sinistre s'attardait sous la neige.

— Tu es une louve-garou, lui dit-il. Les choses flippantes ne devraient pas t'inquiéter.

Elle renifla.

—Je n'ai jamais eu peur des monstres avant d'en devenir un moi-même. À présent, j'ai peur de mon ombre.

Il entendit la dérision avec laquelle elle se traitait, et renifla à son tour.

—Bêtises. Je…

Il saisit une odeur sauvage et s'interrompit, tournant le nez dans le vent pour la sentir de nouveau.

Anna se figea et le regarda. Il attendit que l'odeur forcisse un peu ; leur poursuivant ne s'inquiétait pas qu'ils le remarquent.

—Qu'est-ce que tu sens ? demanda-t-il doucement.

Elle inspira profondément et ferma les yeux.

—Les arbres, celui à qui tu as volé ces vêtements et… (Elle se raidit quand elle saisit ce qu'il avait senti.) … un félin. Une panthère ?

—Presque, lui dit-il. Un lynx, je pense. De mauvaise humeur, mais il n'est pas dangereux pour nous.

—Génial, dit-elle. Qu'est-ce que… (Cette fois, c'est elle qui fit une pause.) Qu'est-ce que c'est que ça ?

—Un lapin mort, dit-il, ravi. Tu commences à écouter ton nez. (Il prit une autre inspiration et réfléchit.) C'est peut-être une souris, mais c'est probablement un lapin. C'est pour ça que le lynx est toujours dans les parages ; nous avons interrompu son dîner.

Il était un peu surpris de rencontrer un lynx dans le coin ; d'habitude, les félins restaient à l'écart des endroits avec une telle atmosphère. De plus gros prédateurs l'avaient-ils chassé de son territoire ?

Anna avait le teint un peu vert.

—Je déteste vraiment cette partie de moi qui a faim dès qu'elle sent l'odeur de la viande crue.

L'odeur du sang de Jack ne l'avait pas perturbée. Mais Charles ne lui avait rien donné à manger depuis une heure, et elle avait faim. Son corps brûlait des calories pour garder sa chaleur. Mais, qu'elle soit affamée ou pas, il n'avait pas le temps de lui servir un vrai repas ; il fallait qu'il sorte de ce vallon. Il lui tendit donc un sachet de crackers au beurre de cacahouète et reprit sa marche. Le beurre de cacahouète lui donnerait soif cependant et il n'était pas certain qu'elle buvait assez.

Ils marchèrent jusqu'à laisser la vallée derrière eux, et le sentiment sinistre les quitta aussi, ce qui confirmait son hypothèse : ce n'étaient pas des esprits.

— C'est l'heure de manger, dit-il en lui tendant une barre de céréales et un bâton de viande séchée.

Elle les prit, balaya la majeure partie de la neige d'un arbre abattu, puis sauta dessus.

— J'allais bien jusqu'à notre arrivée dans cette vallée. Maintenant, je suis épuisée et gelée, et il n'est que 13 heures. Comment font les humains ?

Il s'assit à côté d'elle en mangeant sa propre viande séchée ; elle avait bien meilleur goût que le pemmican [1], même si elle était loin d'être aussi fortifiante, sans toute la graisse de celui-ci.

— La plupart ne font rien, pas à cette époque de l'année. Je nous ai poussés un peu durement pour sortir de cette vallée, c'est ce que tu ressens. (Il fronça les sourcils.) Tu n'as pas transpiré, hein ? Tes chaussettes sont sèches ? J'ai des paires de rechange. Les chaussettes humides sont synonymes d'engelures, tu pourrais perdre un orteil.

Elle remua ses raquettes, qui pendaient à une trentaine de centimètres du sol.

---

1. Le pemmican est une sorte de pain imputrescible composé de graisse animale, de viande séchée réduite en poudre, ainsi que de petits fruits. (*NdT*)

— Je pensais qu'être loup-garou signifiait être indes-
tructible, défier la mort.

Quelque chose dans son expression lui apprit qu'elle
pensait aux coups qu'on lui avait infligés en essayant de la
changer en ce qu'elle n'était pas.

— Ça repousserait peut-être, dit Charles, tout en
apaisant Frère Loup qui n'aimait pas qu'Anna soit malheureuse. Mais ce ne serait pas drôle.

— Génial. (Puis, comme si elle y pensait après coup, elle
ajouta :) Mes chaussettes sont sèches.

— Tiens-moi au courant si ça change.

Les raquettes lui faisaient traîner les pieds. Elle feignit de
jeter un regard noir et plein de ressentiment à Charles ; ce qui
était sans danger, puisqu'elle regardait son dos. Ses blessures
par balles ne lui posaient à l'évidence pas de problème.
Il boitait à peine quand ils escaladèrent le flanc d'une autre
montagne. Il avait ralenti, mais ça ne l'aidait pas autant qu'elle
l'avait espéré. S'il ne lui avait pas promis qu'ils camperaient
bientôt, au sommet de cette dernière ascension, elle se serait
probablement effondrée sur place.

— Ce n'est plus loin, dit-il sans la regarder.

À n'en pas douter, ses halètements lui avaient tout dit
de son état de fatigue.

— C'est en partie l'altitude, lui dit-il. Tu as l'habitude
de trouver plus d'oxygène dans l'air et tu dois respirer plus
fort pour compenser la différence.

Il lui trouvait des excuses et cela la hérissa. Elle allait
faire cette ascension, même si ça devait la tuer. Elle enfonça
la pointe de sa raquette dans la neige pour se préparer au
prochain pas, quand un cri sauvage retentit dans les arbres,
et lui fit dresser les cheveux sur la nuque, tandis que l'écho
résonnait dans les montagnes.

— Qu'est-ce que c'est ? demanda-t-elle.

Charles lui fit un sourire sinistre par-dessus son épaule.

— Un loup-garou.

— Tu peux dire d'où ça venait ?

— À l'est d'ici, dit-il. Vu comment le vent porte le son par ici, il est à quelques kilomètres.

Elle frissonna un peu, même si elle ne devait pas avoir peur. Après tout, elle aussi était une louve-garou, pas vrai ? Et elle avait vu Charles se servir de son ancien Alpha comme d'une serpillière alors même qu'on lui avait tiré plusieurs fois dessus.

— Il ne te fera aucun mal, dit Charles.

Elle ne dit rien, mais il regardait son visage, et son regard s'adoucit.

— Si tu n'apprécies vraiment pas que j'utilise mon odorat pour savoir ce que tu ressens, tu peux essayer d'utiliser du parfum. La combine marche.

Elle renifla et ne sentit que l'odeur des gens qui avaient prêté leurs vêtements à Charles.

— Tu n'utilises pas de parfum.

Il sourit, les dents encore plus blanches au milieu de son visage sombre.

— Trop chochotte pour moi. J'ai dû apprendre à contrôler mes émotions à la place. (Puis les genoux d'Anna cédèrent sous elle lorsqu'il ajouta d'un air un peu piteux :) Jusqu'à ce que je te rencontre.

Il recommença l'ascension du flanc de la montagne, et la laissa derrière lui les jambes flageolantes. Qui était-elle pour pouvoir toucher cet homme ? Pourquoi elle ? Était-ce juste parce qu'elle était un Omega ? En un sens, elle ne le pensait pas. Pas avec cet aveu narquois suspendu dans les airs.

Il était à elle.

Juste pour en être sûre, elle compta sur ses doigts gantés. La semaine dernière à cette heure-ci, elle était de service chez *Scorci's*, n'avait jamais entendu parler de Charles ni fait un kilomètre en raquettes. N'aurait jamais rêvé d'apprécier embrasser un homme de nouveau. À présent, elle marchait dans la neige par des températures négatives, avec un sourire stupide aux lèvres, à la poursuite d'un loup-garou. Ou, tout du moins, elle suivait Charles, qui pourchassait un loup-garou.

Étrange. Et plutôt sympa. Et il y avait des bénéfices collatéraux à suivre Charles… la vue, par exemple.

— Est-ce que tu ricanes ? demanda Charles de sa voix de M. Spock.

Il se retourna pour la regarder, puis exécuta un de ces tours compliqués que les raquettes exigeaient pour changer de direction. Il retira un gant et lui toucha le nez, juste là où elle savait que des taches de rousseur s'accumulaient. Il fit doucement descendre ses doigts pour retrouver la fossette de sa joue gauche.

— J'aime te voir heureuse, dit-il avec intensité.

Sa déclaration arrêta net son rire, mais pas le sentiment confus et chaud au creux de son estomac.

— Ah oui ? dit-elle malicieusement. Alors dis-moi que c'était vraiment la dernière ascension, que ce large plateau sur lequel nous nous trouvons est celui où nous allons camper, et que je ne devrai plus marcher aujourd'hui.

Elle se tenait là, l'air d'un chat devant un bol de crème, et il n'avait pas la moindre idée du pourquoi de sa satisfaction. Il n'avait pas l'habitude. Il était doué pour déchiffrer les gens, bon sang ! Il avait beaucoup de pratique, et Frère Loup était presque empathique parfois. Et il ne savait toujours pas pourquoi elle était là à le regarder, un rire secret dansant dans ses yeux.

Il se pencha jusqu'à ce que son front touche son bonnet de laine et ferma les yeux, pour inspirer son odeur et la laisser se répandre dans son cœur. Celle-ci le libéra des brides qu'il lui avait imposées et se rua sur lui comme la fumée d'un calumet.

Plus d'odeur humaine, mais, absorbé par elle, il ne l'avait pas remarqué.

Il aurait pourtant dû l'entendre. Le sentir. Quelque chose.

À un moment, il se tenait près d'Anna, l'instant suivant, il était à plat ventre dans la neige, et quelque chose – un loup-garou, lui apprit trop tard son odorat – était sur son dos, et Anna était sous lui.

Des dents se plantèrent dans le tissu coriace de sa veste et accrochèrent son sac à dos. Il ignora le loup-garou pour le bien d'Anna et se releva – avec l'autre loup-garou – pour la laisser se dégager, en sachant que c'était probablement une décision fatale.

Anna s'extirpa aussi vite que l'aurait fait l'agile assistante d'un magicien. Mais elle n'écouta pas son ordre de s'enfuir.

Le loup ne sembla pas la remarquer. Il était si occupé à arracher le sac à dos de Charles qu'il ne faisait attention à rien d'autre. Un solitaire, pensa Charles ; hors de contrôle au point de ne pas relâcher sa première prise pour un mouvement plus mortel. Non qu'il s'en plaignît.

La forme humaine de Charles était un peu plus fragile que le loup, mais elle était presque aussi forte. Sans Anna sous lui, il lui fallut à peine un instant pour arracher les attaches de ses raquettes et libérer ses pieds.

Des paquets enveloppés de papier argenté tombaient de chaque côté de lui, comme des confettis lancés à un mariage : les repas lyophilisés. À n'en pas douter, Samuel aurait trouvé quelque chose à dire à ce propos : « *Voyons voir qui finira en repas surgelé.* »

Grognant sous l'effort, Charles redressa les jambes avec toute la vitesse et la puissance qu'il put réunir et le mouvement, combiné au poids du loup-garou, déchira le tissu de son manteau et de son sac. Se cramponnant au tissu et à rien d'autre, le loup fut jeté à terre ; un coup de pied, et il était trois mètres plus loin. Entre Charles et Anna mais plus près d'Anna.

Alors que Charles se libérait frénétiquement des restes de son sac à dos – déchiquetant impitoyablement tout ce qui essayait de tenir en place –, il prit conscience à quel point l'attaque était bizarre. Même un solitaire hors de contrôle n'aurait pas été uniquement attiré par le sac à dos. Il aurait enfoncé un croc ou une griffe quelque part, mais Charles était indemne.

Le loup avait roulé sur ses pattes, mais ne faisait aucun autre mouvement pour attaquer. Il était effrayé. L'odeur de sa peur envahissait l'air tandis qu'il croisait le regard de Charles d'un air de défi.

Mais il resta où il était, entre Charles et Anna. Comme s'il la protégeait.

Charles plissa les yeux et essaya de le reconnaître ; il en avait rencontré tellement. Gris sur gris, ce n'était pas un pelage rare, même s'il était encore plus efflanqué que la louve d'Anna, efflanqué comme un cadavre. Il ne portait pas d'odeur familière, ni celle d'une meute. Il sentait comme s'il s'était tapi dans les sapins, les cèdres et le granit, comme s'il n'avait jamais croisé de shampooing, de savon ni aucun de ces ustensiles de la vie moderne.

—Qui es-tu ? demanda Charles.

—Qui es-tu ? répéta Anna, et le loup la regarda.

Enfer et damnation! Charles fit de même. Quand elle l'utilisait, elle avait le pouvoir d'attirer le loup de son choix avec autant d'efficacité que Bran qui, lui, le faisait par la simple force de sa personnalité. Anna donnait envie de se pelotonner à ses pieds et de se laisser aller dans le sentiment de sérénité qui émanait d'elle.

Charles vit le moment où le loup comprit qu'il n'y avait pas le moindre humain à protéger ici. Il sentit la colère et la haine de l'autre loup tandis qu'elles s'embrasaient, avant de disparaître comme elles étaient venues face à Anna. Laissant la place… à l'ébahissement.

Le loup s'enfuit.

—Tu vas bien? demanda Charles en se débarrassant de ses vêtements le plus vite possible.

Il aurait pu utiliser la magie pour se déshabiller, comme il faisait d'habitude, mais il ne voulait pas prendre le risque de l'utiliser ici alors qu'il en aurait peut-être besoin pour quelque chose de plus important plus tard. Ce satané bandage autour de son sternum était résistant, et il eut mal quand il l'arracha avec ses ongles parce qu'il le ralentissait. Un morceau d'attache de raquette s'était emmêlé avec un lacet, alors il cassa le lacet.

—Je vais bien.

—Reste ici, ordonna-t-il alors qu'il laissait Frère Loup le recouvrir et le priver de parole.

Il frissonna quand sa forme lui fit entendre l'appel de la chasse; et chaque minute de changement laissait l'autre s'enfuir plus loin.

—Je t'attends ici, lui dit-elle. (Alors que sa forme de loup se solidifiait, d'autres mots flottèrent jusqu'à lui :) Ne lui fais pas de mal.

Il fit un signe de tête avant de disparaître dans les bois. Il n'aurait pas besoin de tuer qui que ce soit dans cette expédition. Avec l'aide d'Anna, il allait apaiser ce solitaire.

Dès qu'il fut parti, Anna se retrouva à trembler comme si quelqu'un venait de lui ôter son manteau et l'avait laissée nue face à la glace et à la neige. Elle jeta un coup d'œil alentour, nerveusement, et se demanda pourquoi les ombres des arbres avaient soudain l'air plus épaisses. Les sapins, qui à peine un instant auparavant n'étaient que des arbres, semblaient à présent la menacer silencieusement.

—Je suis un monstre, bon sang! s'exclama-t-elle.

Comme pour lui répondre, le vent s'arrêta et le silence s'installa; un silence lourd, enveloppant, qui semblait presque vivant, même si rien ne bougeait ni ne faisait de bruit. Même les petits oiseaux, les mésanges et les sittelles, se turent.

Elle regarda les arbres d'un air furieux, et cela l'aida un peu. Mais le sentiment d'être observée continua à grandir. Son nez lui disait qu'il n'y avait rien, mais il ne lui avait pas non plus parlé du loup qui les avait fait tomber, Charles et elle. Maintenant que le loup avait filé, son système d'alarme était totalement opérationnel.

Comme c'était pratique.

Alors qu'elle pensait au loup, elle se rappela l'étrange sentiment qu'elle avait eu quelques instants auparavant, comme si elle pouvait voir à travers la peau de cet étrange loup-garou et dans son âme, sentir son tourment, son besoin. Elle avait tendu la main et lui avait demandé qui il était, et une part d'elle-même avait été sûre qu'il viendrait vers elle et répondrait.

Quand, au lieu de cela, il s'était enfui, il lui avait arraché cet étrange sentiment de lucidité. Elle ne pouvait mettre le doigt sur les sensations qu'avait éveillées le loup; elle se sentait comme un aveugle qui verrait les couleurs pour la première fois. Mais elle aurait juré qu'il avait attaqué pour la protéger, et qu'il avait fait de son mieux pour ne pas blesser Charles.

Quelque chose l'observait. Elle renifla, inspirant les odeurs de l'air, mais ne sentit que les fragrances habituelles de la forêt.

Elle fit le tour de la clairière, mais ne détecta rien avec ses yeux, ses oreilles ou son nez. Elle recommença, avec les mêmes résultats. Chercher une troisième fois n'allait pas résoudre le problème. Elle devait se calmer, ou elle partirait à la poursuite de Charles totalement paniquée. Oui, ça l'impressionnerait énormément.

Non qu'elle ait jamais fait quoi que ce soit pour l'impressionner.

Elle croisa les bras sur son ventre, qui avait commencé à lui faire mal à cause d'une émotion qu'elle ne pouvait nommer, ne nommerait pas. Cela aurait pu être de la rage.

Pendant trois ans elle avait encaissé parce que, si mauvais que ce soit, elle ne pouvait se passer de la meute. C'était un besoin viscéral que sa louve devait assouvir. Alors elle les avait laissé lui voler sa fierté, laissé Leo contrôler son corps et la faire passer de mains en mains comme une pute qu'il aurait possédée.

Pendant un moment, elle put sentir le souffle de Justin sur son visage, sentir son corps plaquer le sien par terre, la douleur dans ses poignets, et la pression sur son nez quand il le lui avait cassé d'une gifle habilement contrôlée.

Du sang coula sur sa lèvre et son manteau neuf, puis goutta dans la neige. Étonnée, elle posa la main sur son nez, mais il n'y avait rien, même si un moment auparavant elle l'avait senti gonfler comme il l'avait fait la nuit où Justin l'avait frappée.

Mais le sang était toujours là.

Elle se pencha, prit une poignée de neige, et la pressa contre son nez jusqu'à ce qu'il la brûle péniblement. Elle posa la main sur son nez, et elle la trouva propre cette fois-ci, donc il ne saignait plus. La question était : pourquoi s'était-il mis à saigner ? Et pourquoi avait-elle subitement commencé à penser à Justin ?

Peut-être que le saignement de nez était causé par l'altitude, pensa-t-elle. Charles saurait. Elle prit de la neige propre et s'essuya le visage avec, puis avec un morceau de sac à dos qui était près d'elle. Elle toucha son nez, et ses doigts étaient propres. Quelle qu'en soit l'origine, c'était fini. Elle frotta les taches de sang sur sa veste et ne réussit qu'à les étaler.

Avec un soupir, elle chercha un endroit où mettre le morceau de tissu ensanglanté. Elle avait retiré son sac quand elle avait fait sa reconnaissance des lieux un peu plus tôt. Il était posé dans sa gloire indemne au milieu des repas couverts d'aluminium, répandus en motifs fantaisistes avec les morceaux du sac à dos de Charles.

C'était typique des hommes, songea-t-elle en essayant de prendre l'air exaspéré, de laisser les femmes ranger le bazar.

Elle ramassa les vêtements de Charles et les secoua pour enlever la neige. Elle les fourra dans son sac puis commença à empiler les sachets-repas sur le dessus. Avec un peu d'organisation, elle pourrait mettre presque toute la nourriture intacte dans son sac, mais il n'y aurait aucun moyen d'y ajouter quoi que ce soit d'autre. Elle jeta un regard frustré aux restes du sac à dos, du sac de couchage et des raquettes de Charles.

Cela ne l'aurait pas trop ennuyée, mis à part qu'ils étaient dans une réserve naturelle et étaient censés ne rien laisser derrière eux. Elle regarda de plus près le sac de Charles, mais il avait été déchiqueté. Le fusil avait été endommagé, lui aussi. Elle ne s'y connaissait pas beaucoup en fusils, mais elle supputait qu'ils avaient besoin d'un canon droit pour fonctionner correctement.

Elle toucha quand même le jackpot, quand un des morceaux de tissu en provenance du sac s'avéra être la toile sur laquelle ils avaient dormi la nuit dernière.

Elle sentit quelque chose tandis qu'elle s'agenouillait pour étaler le tissu rigide. Elle essaya de ne pas réagir à l'odeur, de ramasser les débris abandonnés et de les jeter au centre du tissu. Tout, hormis l'arme. Même si elle était tordue, sa présence était toujours solide et rassurante.

Celui qui était là restait très tranquille et la regardait ; un humain, pas un loup-garou.

Noué, le tissu faisait un petit baluchon qu'ils pourraient transporter. Comme Anna déplaçait le sac de fortune vers son sac à dos, elle entendit son guetteur sortir des arbres derrière elle.

— On dirait que vous avez eu une belle pagaille, dit une voix amicale. Vous avez rencontré un ours ?

Elle avait l'air assez cordiale. Anna se retourna pour regarder la femme qui était sortie du couvert des arbres après l'avoir observée trop longtemps pour être digne de confiance.

Comme Anna, elle portait des raquettes, mais elle tenait un bâton de ski dans chaque main. Sous son bonnet gris, des yeux d'un brun profond la scrutaient, mais le reste de son visage était recouvert par une écharpe en laine et des boucles brun foncé lui retombaient sur les épaules.

Anna inspira profondément, mais tout ce que son nez lui apprit, c'est que la femme était humaine. Est-ce que l'ouïe d'un humain pouvait être assez mauvaise pour croire que tout le raffut du combat était l'œuvre d'un ours plutôt que de deux loups-garous ? Elle n'en savait fichtrement rien.

— Un ours. Oui. (Anna lui fit un sourire qui, espérait-elle, dissimulerait le laps de temps qu'il lui avait fallu pour

207

répondre.) Désolée. Je suis encore un peu secouée. Je suis une citadine, et je n'ai pas l'habitude de voir Mère Nature dans toute sa gloire. Oui, un ours. Nous l'avons effrayé, avant de découvrir qu'il avait emporté un de nos… (De quoi pouvaient-ils avoir si désespérément besoin pour qu'un humain parte sur les traces d'un ours?) … petits sacs. Celui avec le briquet.

L'autre femme rejeta la tête en arrière et rit.

— Est-ce que ça ne se passe pas toujours comme ça? Je suis Mary Alvarado. Que faites-vous ici en plein hiver, si vous n'avez pas l'habitude de la nature sauvage?

— Je m'appelle Anna… Cornick. (Cela lui semblait juste d'utiliser le nom de Charles. Anna fit un autre sourire ironique à Mary Alvarado.) Nous ne sommes pas mariés depuis longtemps. Je n'ai pas l'habitude de mon nouveau nom de famille. Vous devez être à la recherche du chasseur, vous aussi. On nous a dit que personne d'autre ne serait aussi loin. Je suis peut-être une pied-tendre, mais mon mari connaît bien la région.

— L'équipe de secours, c'est moi, dit Mary.

— Vous n'êtes pas tous censés travailler par deux? demanda Anna.

Elle n'en était pas sûre, mais cela lui paraissait sensé. Heather et Jack chassaient ensemble.

Mary haussa les épaules.

— J'ai une partenaire, par là-bas. Nous nous sommes disputées, et elle est partie vexée. Mais elle va bientôt s'en remettre et me laissera la rattraper. (Elle sourit d'un air de conspirateur.) Elle a plutôt le sang chaud.

La femme fit un pas de plus en direction d'Anna, mais s'arrêta brusquement et regarda autour d'elle. Anna aussi le sentit, comme un grand vent maléfique qui traversait les arbres.

Quelque chose grogna.

CHAPITRE 9

Dans sa serre, Asil coupait les fleurs mortes de ses rosiers. Ils n'étaient pas aussi magnifiques que ceux qu'il avait eus en Espagne, mais c'était un grand progrès comparé aux fleurs du commerce avec lesquelles il avait commencé. Ses roses espagnoles étaient le résultat de siècles de soins attentifs. Cela ne l'avait pas dérangé de les abandonner à l'époque, mais à présent il regrettait ardemment leur perte.

Pas autant qu'il regrettait la perte de Sarai.

Il espérait que quelqu'un s'était chargé d'elles mais, étant donné l'état dans lequel il avait laissé sa propriété, il était presque certain que ses fleurs étaient mortes avant que quiconque comprenne que faire de ce domaine. Néanmoins, avant d'être forcé à partir, il avait échangé des boutures et des pieds avec d'autres passionnés de roses pendant des décennies, donc son travail n'aurait pas été totalement vain. Quelque part dans le monde, il y avait sans doute des descendants de ses rosiers. Peut-être que si Bran le laissait vivre encore quelques années, il partirait à leur recherche.

Quelqu'un frappa brusquement à la porte, puis ouvrit sans attendre de réponse. Il ne prit même pas la peine de lever les yeux. Sage envahissait régulièrement sa serre quasiment depuis qu'il l'avait construite. Il aurait depuis longtemps taillé en pièces tout autre qui serait venu interrompre sa solitude. Mais rembarrer Sage était presque aussi gratifiant que frapper un chiot : cela n'avait aucun effet, hormis de lui donner l'impression de la maltraiter.

— Bonjour, bonjour ? appela-t-elle, même si son nez lui avait certainement dit où il se trouvait exactement.

C'était son salut habituel, il pensait que c'était pour s'assurer qu'il n'était pas dans un de ces jours où son besoin de solitude lui donnait des envies de meurtre. Il en avait vécu quelques-uns après son arrivée à Aspen Creek. Quand elle était venue les premières fois, il s'était demandé si le Marrok ne l'envoyait pas pour être sûr qu'il était encore assez sain d'esprit pour le garder en vie. Si c'était le cas, ce n'était que prudence, et cela faisait longtemps qu'il avait cessé de s'inquiéter pour l'un ou l'autre.

— Je suis là, lui dit-il, sans prendre la peine d'élever la voix.

Elle l'aurait entendu même s'il avait chuchoté, et il en avait assez de faire semblant d'être humain.

Il ne leva pas les yeux de son travail quand elle le rejoignit. Ses critères de beauté s'étaient élargis avec les années, mais même si ça n'avait pas été le cas, il aurait quand même trouvé Sage très séduisante.

Sarai l'avait souvent tapé à grands coups sur la tête pour avoir regardé d'autres femmes, même si elle savait qu'il ne s'éloignerait jamais. À présent qu'elle avait disparu, il leur jetait rarement un coup d'œil. Flirter ne lui donnait pas l'impression d'être déloyal envers sa compagne défunte, mais il avait découvert que ces tapes lui manquaient beaucoup trop. Bien sûr, quand on lui avait donné la possibilité d'irriter Charles, toujours si pondéré, il s'était vite arrangé avec ses souvenirs.

— Hé, 'Sil. Tu souris, quelqu'un est mort ? (Elle ne s'attendait visiblement pas à une réponse et poursuivit :) Tu as quelque chose à me faire faire ?

— Je coupe les fleurs mortes, lui dit-il, même si elle pouvait le constater d'elle-même.

Parfois, tout cela l'agaçait tellement : les conversations futiles qui singeaient celles qu'il avait eues des milliers et des milliers de fois. Tout comme il en avait assez des gens qui devaient affronter les mêmes problèmes sans cesse.

Il se demanda comment Bran pouvait garder son expression d'intérêt amusé face aux problèmes insignifiants des gens. *Quand même*, pensa Asil avec une trace de moquerie acide contre lui-même, *je ne dois pas être si fatigué de la vie, vu que j'ai saisi l'occasion quand Bran me l'a offerte, pas vrai ?*

Sage passa outre son manque de conversation avec une bonne humeur implacable. C'était une des choses qu'il appréciait chez elle, il n'avait pas à s'excuser constamment de ses changements d'humeur lunatiques.

Elle ôta son manteau et s'installa juste à sa droite pour attaquer la rangée d'arbustes suivante, et il sut qu'elle était d'humeur pour une bonne conversation. Autrement, elle aurait attaqué par l'autre côté des arbustes, où elle ne risquait pas d'être sur son chemin.

— Alors, qu'est-ce que tu penses de la compagne de Charlie ? demanda-t-elle.

Il grogna. C'était cruel de sa part d'avoir taquiné le fiston de Bran, mais il avait été incapable de résister ; ce n'était pas souvent que Charles était déstabilisé. Et Anna lui rappelait tellement sa propre Sarai, pas par son aspect – Sarai avait été presque aussi mate que lui – mais elles dégageaient toutes les deux la même sérénité intérieure.

— Eh bien, moi, je l'aime bien, dit Sage. Elle a plus de tripes qu'on pourrait croire, vu comment son ancien Alpha l'a maltraitée.

Cela lui causa un choc.

— Il a maltraité un Omega ?

Elle hocha la tête.

—Pendant des années. Je suppose que Leo était un sacré morceau : il a tué la moitié de sa meute ou a laissé sa compagne folle le faire. Il a même ordonné à un de ses loups de Changer Anna de force. Ce que je ne comprends pas, c'est pourquoi Charles n'a pas massacré la meute tout entière ; aucun d'entre eux n'a fait quoi que ce soit pour la protéger. C'est si dur que ça de prendre le téléphone et d'appeler Bran ?

—Si Leo leur avait ordonné de ne pas le faire, ils ne pouvaient pas appeler, dit Asil d'un air absent. (Il avait connu Leo, l'Alpha de Chicago, et l'avait apprécié, aussi.) Pas à moins d'être presque aussi dominant que lui, ce qui est peu probable.

Leo avait été un Alpha puissant et, il l'aurait juré, un homme honorable. Peut-être que Sage se trompait. Asil tailla quelques roses bordées de brun, puis demanda :

—Sais-tu pourquoi Leo a fait ça ?

Elle leva les yeux de son propre travail.

—Je suppose que sa compagne était gagnée par la folie de l'âge. Elle a tué toutes les femelles de la meute par jalousie, avant de Changer un groupe de jolis garçons, juste pour s'amuser. Apparemment, Leo espérait que la présence d'un Omega comme Anna dans la meute aiderait sa compagne à rester stable. Ça a marché, plus ou moins. Mais il a fait brutaliser Anna, pour la garder sous sa coupe.

Asil s'interrompit, tandis qu'un froid brutal descendait le long de sa colonne. Quand on parlait d'une femme sans compagnon dans la meute, « brutalisée » était un mot terrible, bien pire que « maltraitée ». La définition qu'avait cette époque moderne du terme « maltraitance » était différente de celle avec laquelle il avait grandi. « Brutalisé », en revanche, n'avait pas changé du tout.

—Brutalisée comment ? demanda-t-il d'une voix rauque.

Il se rappela soudain la rage inhabituelle dans laquelle il avait laissé Charles quand il avait apporté les fleurs à Anna. La vision fugitive qu'il avait eue d'Anna par-dessus l'épaule de Charles lui revint en mémoire. Avait-elle eu peur ?

Maudit soit son penchant à créer des problèmes. Qu'avait-il fait ?

Sage enfonça les doigts dans la terre ; assurément, elle revivait sa propre agression brutale, qui l'avait conduite à chercher refuge ici à Aspen Creek quelques années avant que lui-même arrive. Il devait s'excuser pour avoir évoqué ça aussi. *Maladroit, maladroit, Asil*.

— Que *penses*-tu qu'ils lui aient fait ? dit-elle finalement, la voix chargée de mauvais souvenirs.

— *Allah*, dit-il doucement.

Il n'avait jamais réussi à énerver autant Charles auparavant. Et il avait laissé cette pauvre enfant en affronter les conséquences, en pensant que n'importe quel Omega pouvait apaiser son compagnon. Il ne s'était pas rendu compte qu'elle avait déjà été blessée. En vérité, il aurait dû forcer Bran à le tuer il y a longtemps.

— Qu'est-ce qui ne va pas ?

— Je dois aller parler à Charles, dit-il en posant son couteau, et en se relevant.

Il devenait âgé et trop confiant, trop prêt à croire qu'il était omniscient. Il avait pensé que le garçon attendait que ses blessures guérissent avant de consommer leur affection… au lieu de quoi, il devait certainement essayer de donner du temps à la jeune femme.

Que Charles soit venu ce matin pour poser des questions sur les Omegas pouvait signifier que quelque chose s'était mal passé… et, à cette pensée, il comprit que Charles ne posait pas de questions sur Sarai quand il avait demandé ce qui arrivait si un Omega était torturé. Il posait des questions au sujet d'Anna.

—Parler avec Charles va être difficile, dit sèchement Sage. Il est parti avec Anna à la recherche d'un loup solitaire dans les Cabinet Mountains. Il n'y a pas de réseau par là-bas.

—Les Cabinet Mountains? (Il la regarda en fronçant les sourcils, et se souvint du boitement que Charles dissimulait à l'église la veille. Il allait mieux ce matin, mais Asil pouvait toujours voir qu'il était raide.) Il était blessé.

—Hmmm. (Elle hocha la tête.) J'ai entendu dire qu'il s'est fait tirer dessus à Chicago, des balles en argent. Mais il y a un loup solitaire qui erre et attaque les gens. Il a tué une personne et en a blessé une autre en moins d'une semaine… le partenaire de Heather Morrell est le blessé. Si nous ne voulons pas que ça se sache, il faut attraper le solitaire dès que possible, pour qu'il ne blesse personne d'autre. Et qui d'autre Bran peut-il envoyer sur sa piste? Samuel ne convient pas, même s'il n'était pas parti pour Washington ce matin. D'après la rumeur, Bran s'inquiète que ce puisse être un complot des loups européens, pour voir s'ils arrivent à créer assez de problèmes pour forcer Bran à repenser son idée de rendre notre existence publique. Donc il a besoin d'un dominant.

Asil avait depuis longtemps cessé de s'étonner de la capacité de Sage à être au courant de tout ce qui se passait dans la meute du Marrok.

—Il aurait pu m'envoyer, dit Asil, sans faire vraiment attention à ses paroles.

C'était une bonne nouvelle qu'Anna soit partie avec Charles, pas vrai? À coup sûr, cela démontrait qu'il ne lui avait infligé aucune blessure permanente avec ses taquineries.

Sage le regarda.

—T'envoyer? Le pouvait-il vraiment? Je t'ai vu à l'église hier matin.

214

—Il aurait pu m'envoyer, répéta Asil.

Sage, il le savait, commençait à suspecter qu'il feignait la folie. Bran le pensait sans doute aussi, étant donné qu'il ne l'avait pas tué tout simplement, même si Asil le lui avait réclamé à de nombreuses reprises ; quinze années de « pas encore ». C'était tellement dommage que Sage et Bran se trompent tous les deux. Sa folie était bien plus subtile, et elle finirait par tous les faire tuer.

Asil était un danger pour tout le monde autour de lui, et, s'il n'avait pas été un tel lâche, il aurait forcé Bran à se charger du problème dès son arrivée, ou n'importe quel jour qui avait suivi.

Il aurait pu au moins se charger du loup solitaire ; il devait bien ça à Bran.

—Je ne pense pas que Charles était trop blessé, dit-elle d'un ton conciliant.

Ainsi, Charles avait réussi à cacher ses blessures à Sage, mais lui se méfiait. Il en fallait beaucoup pour que *ce* vieux chien se déplace si difficilement à l'enterrement, où tant de gens pouvaient le voir.

Asil inspira profondément. Charles était résistant, et il connaissait les Cabinet Mountains mieux que personne. Même blessé, un loup solitaire ne l'égalerait pas. Tout allait bien. Il devrait juste s'en assurer et s'excuser auprès d'eux deux la prochaine fois qu'il les verrait, et il espéra qu'il n'avait pas causé de dégât irréparable avec ses piques. Il avait juste été tellement jaloux. La paix qu'Anna lui avait apportée l'avait fait se rappeler...

Ah, Sarai, tu serais tellement déçue !

—Tu vas bien ?

Il s'agenouilla de nouveau et ramassa son sécateur.

—Je vais bien.

Mais pourquoi les Européens n'auraient-ils envoyé qu'un seul loup ? Peut-être n'était-ce pas le cas. Peut-être que Charles aurait besoin de renforts.

Il soupira. Il devait à ce garçon des excuses qui ne pouvaient attendre. S'il savait d'où ils étaient partis, il pourrait pister Charles et s'assurer qu'il n'avait causé aucun réel dommage au lien qui les unissait lui et sa compagne.

— Je dois parler à Bran, dit-il.

Il jeta de nouveau son sécateur et sortit en toute hâte, refermant la porte de la serre derrière lui.

Quand il passa le sas, le froid lui tomba dessus comme le manteau de la reine des neiges. Le contraste entre ce froid et l'air artificiellement moite et chaud de sa serre était si fort qu'il eut le souffle court avant que ses poumons s'adaptent. Sage le suivit en enfilant son manteau, mais il ne l'attendit pas.

— Je ne sais pas si ce sont les Européens, dit calmement Bran après qu'Asil eut exprimé son opinion sur la sagesse d'envoyer Charles blessé traquer un ennemi inconnu, dans des termes fort peu diplomatiques. Il est plus vraisemblable que ce soit simplement un loup solitaire. Les Cabinet Mountains sont isolées, et peuvent attirer quelqu'un qui essaierait de fuir ce qu'il est devenu. Même si c'était les Européens, il n'y avait qu'un seul loup. S'il y en avait eu deux, Heather n'aurait pas été capable d'échapper à celui qui les a attaqués.

Il fit une pause, mais Asil se contenta de croiser les bras sur sa poitrine et lui fit savoir par son langage corporel qu'il pensait toujours que Bran avait été stupide.

Bran sourit et posa les pieds sur son bureau.

— Je n'ai pas envoyé Charles seul. Même s'il y a deux ou trois loups-garous, Charles et Anna devraient s'en tirer à eux deux. Plus que deux ou trois, je les aurais sentis s'ils étaient venus si près d'Aspen Creek.

C'était logique. Alors, pourquoi l'angoisse envahissait-elle son âme ? Pourquoi est-ce que tous ses instincts lui disaient qu'envoyer Charles à la poursuite du solitaire était stupide ? Et quand avait-il cessé de s'inquiéter pour Charles et commencé à s'inquiéter de ce qu'ils traquaient ? Du loup-garou qu'ils traquaient.

—À quoi ressemblait le loup ?

Il se balançait d'un pied sur l'autre, mais ne prit pas la peine de se contrôler. Il était trop occupé à réfléchir.

— À un berger allemand, dit Bran. Fauve avec les extrémités et l'échine noires, avec une touche de blanc sur les pattes avant. Le doctorant qui lui a échappé et Heather l'ont décrit de la même manière.

La porte du bureau s'ouvrit, et Sage entra en trombe.

—Est-ce que… Je vois qu'il est arrivé jusqu'ici. Qu'est-ce qui ne va pas ?

— Rien, dit doucement Bran. Asil, rentre chez toi. Repose-toi aujourd'hui. Je te tiendrai au courant dès que je saurai quelque chose.

Asil dépassa Sage en trébuchant, sans plus s'inquiéter pour Charles. Cette robe pouvait être commune chez les alsaciens – les bergers allemands – mais elle n'était pas très courante chez les loups-garous.

Sarai ressemblait à cela, fauve et marron foncé, avec une tache sombre en forme de selle sur la fourrure de son dos. Sa patte avant gauche était blanche.

Trop bouleversé pour maîtriser sa force, il cassa la poignée de sa portière et dut se glisser par le côté passager. Il ne se souvenait pas avoir conduit jusque chez lui, juste du besoin d'aller se cacher qui était encore plus puissant que la nécessité d'obéir à son Alpha.

Il ne prit pas la peine de garer sa voiture ; pour ce soir, elle pourrait affronter les éléments, comme il devrait le faire.

Il alla dans sa chambre et ouvrit le placard. Il prit sur le cintre la chemise préférée de Sarai, effilochée par l'âge et les manipulations. Même pour lui, elle n'avait plus l'odeur de Sarai depuis longtemps, mais elle avait touché sa chair et c'était tout ce qui lui restait. Il la posa sur son oreiller et glissa sur le lit, frottant la chemise contre sa joue.

C'était enfin arrivé, pensa-t-il. Il était devenu fou.

Il n'était pas possible qu'il s'agisse de sa Sarai. D'abord, elle ne tuerait personne sans une bonne raison. Ensuite, elle était morte. Il l'avait découverte lui-même, des jours après sa mort. Il avait emporté son pauvre corps et l'avait nettoyé. L'avait brûlé avec du sel et de l'eau bénite. Sachant ce qui l'avait tuée, il ne voulait pas qu'il soit possible de la faire se relever d'entre les morts, même si ni la famille de Mariposa ni la sorcière à laquelle ils l'avaient envoyée pour l'éduquer n'appartenaient à cette catégorie de sorciers qui jouaient avec la mort.

Non, ce n'était pas Sarai.

Il avait mal à l'estomac, mal à la gorge, et ses yeux étaient brûlants de larmes, et de la vieille rage qui lui glaçait le sang. Il aurait dû tuer la sorcière, mais à la place il avait été forcé de fuir. Fuir, alors que l'assassin de sa femme vivait, parce qu'il avait trop peur de ce que Mariposa était devenue. Peur de la sorcière qui le traquait comme elle avait traqué sa Sarai.

Ce n'est que quand il n'avait plus supporté de fuir, quand il était devenu évident que le temps ne la tuerait pas comme il l'aurait dû, qu'il était venu ici ; pour mourir et rejoindre enfin sa bien-aimée. Mais il avait laissé le Marrok… et plus tard ses roses, le persuader d'attendre.

Et elle ne l'avait pas trouvé ici. Peut-être qu'elle avait fini par arrêter de chercher, devenant plus puissante chaque année jusqu'à ne plus avoir besoin de lui. Peut-être que le pouvoir du Marrok le protégeait, comme il protégeait le reste de la meute.

Haletant, étendu sur le lit, il fut gagné par la conviction que l'heure était venue pour lui de mourir. Il plia amoureusement la chemise où elle se trouvait, et retourna à grandes enjambées vers la porte d'entrée. Il persuaderait Bran cette fois-ci.

Mais il ne put ouvrir la porte, il ne put forcer sa main à toucher la poignée. Il rugit de colère, mais cela n'y changea rien. Il ne pouvait pas désobéir à Bran. Il était si perturbé qu'il n'avait pas remarqué que Bran lui avait donné un véritable ordre : jusqu'à demain, il devrait attendre ici, dans cette maison où il avait vécu seul toutes ces années, à l'abri de la meurtrière de sa compagne.

Demain, alors. Il se calma à cette pensée. Mais d'abord, il devait réparer ce qu'il avait endommagé. Demain il aiderait Charles pour le solitaire, lui donnerait tout ce qui lui semblerait utile pour vivre avec un Omega pour compagne, et alors ce serait terminé. Alors que le soulagement le traversait, il trouva en lui-même de quoi sourire. Si Bran ne le tuait pas, après ce qui s'était passé hier, Charles serait heureux de l'obliger.

Il était calme quand il remonta sur son lit, le poids des années étant allégé par la proximité de sa fin. Il toucha la chemise d'une main et fit comme si Sarai était là à côté de lui.

Graduellement, la douleur se calma, amortie par la certitude qu'elle aurait bientôt disparu pour toujours et serait remplacée par la paix et l'obscurité. Mais, pour le moment, il n'y avait que le vide. Il aurait peut-être dormi, mais la curiosité, ce péché qui le harcelait, le fit réfléchir au loup qui tuait les autres si près du territoire personnel du Marrok.

Asil inspira un grand coup et s'assit.

Si près du territoire du Marrok. Il tuait, et ressemblait tellement à son cher amour. Si près du territoire du Marrok, ou si près d'Asil ?

Et puis il y avait ces rêves... ces rêves étaient toujours plus forts quand la sorcière se rapprochait trop.

Sarai chassait les humains ? Il se frotta les yeux. Sarai chassait à peine les soirs de pleine lune. En plus, elle était morte.

Malgré l'horreur d'imaginer la sorcière si près, il découvrit de l'espoir dans son cœur. Mais il savait que Sarai était morte, comme il savait que Mariposa avait réussi à lui dérober le lien qui l'unissait à sa compagne.

Cela aurait dû lui être impossible, comme ce l'était à n'importe quel autre sorcier. Les loups cachaient leurs magies aux autres. À coup sûr, si une des familles avait découvert comment s'approprier les liens des loups-garous, ils l'auraient fait plus d'une fois, et il en aurait entendu parler depuis. C'était probablement un accident, un effet secondaire d'autre chose... mais toutes les années où il avait fui, il n'avait jamais compris ce que c'était, à moins que Mariposa ait gagné l'immortalité par la mort de Sarai.

Même s'il le maintenait fermé le plus fort possible, il sentait toujours le tiraillement du lien parfois. Comme si Mariposa essayait de l'utiliser comme elle l'avait fait le premier jour, avant qu'il comprenne ce qui n'allait pas.

Il avait pensé que c'était Sarai. Il savait qu'il y avait un problème, mais la distance entre eux l'avait empêché de comprendre exactement quoi. Puis il s'était réveillé en pleine nuit, des larmes coulant de ses yeux, alors qu'il ne se rappelait pas avoir rêvé. Il avait essayé d'atteindre Sarai... et avait touché une folie étrangère.

Il avait couru tout le reste du trajet jusqu'à chez lui, deux jours entiers, le lien fermé pour ne plus être en contact avec cette... laideur. Et quand il avait découvert Sarai morte et la maison qui empestait la magie et Mariposa, il avait su ce qui s'était passé.

Deux mois plus tard, la sorcière avait commencé à le traquer ; il n'avait jamais compris ce qu'elle voulait exactement. Lui, qui n'avait fui devant rien, fuyait devant une enfant qui n'avait même pas encore atteint sa deuxième décennie. Parce que, si elle s'était emparée de Sarai, il ne pouvait pas garantir qu'elle ne s'emparerait pas de lui aussi. Il était trop âgé, trop puissant, pour devenir un outil entre les mains d'une sorcière, mort ou vivant.

Et sa Sarai était morte. Il étouffa toute trace d'espoir qui s'attardait dans son cœur. Sarai était morte, mais peut-être que Mariposa avait découvert un moyen d'utiliser sa forme de louve, peut-être une illusion.

Cela paraissait probable. Trois attaques, et deux fois les victimes s'en étaient sorties. Les humains ne réchappent pas souvent aux attaques de loups-garous.

La magie noire ne lui était pas complètement étrangère. Sa compagne avait été une herboriste : c'était elle qui la première lui avait appris à faire pousser des plantes en intérieur. Elle vendait ses herbes aux sorciers avant que les vendettas entre les familles de ces derniers rendent la chose trop dangereuse. Les illusions faisaient partie des bases de la sorcellerie. Créer une illusion qui pouvait blesser ou tuer quelqu'un… il n'en avait jamais entendu parler. Mais son soupçon que Mariposa soit derrière les attaques se transforma en conviction ; cela lui donnait des raisons supplémentaires de trouver Charles et de lui apprendre ce qu'il affrontait peut-être.

Par ailleurs, il lui était impossible de laisser une autre personne mener ses batailles, et s'il s'agissait d'un crime de Mariposa, alors elle en avait après lui.

Il ferma les yeux, mais les rouvrit presque immédiatement.

Il faisait une montagne d'une taupinière. Bran avait parlé du loup-garou en disant « lui ». C'était juste un solitaire. Il laissait ses propres peurs déformer les faits.

Mais ce n'était pas un loup-garou qui avait vu le loup solitaire, argumenta une petite voix. *Est-ce que deux humains auraient remarqué que le loup était une femelle ?* Les louves-garous n'étaient pas si répandues ; Bran pouvait partir du principe qu'il s'agissait d'un mâle.

Il n'avait pas vu la sorcière depuis bientôt un demi-siècle, n'avait pas senti son odeur depuis qu'il était arrivé sur ce continent. Il avait couvert ses traces et demandé à Bran de tenir sa présence ici cachée.

Et si elle était ici à sa recherche, pourquoi n'était-elle pas simplement venue pour le prendre ?

Ce n'était pas elle… Il attendit que le soulagement le submerge. Ce n'était *probablement* pas elle.

Sarai était perdue pour lui. Elle était morte depuis deux siècles ; il l'avait enterrée lui-même. Il n'avait jamais entendu parler d'une illusion qui pouvait blesser les gens.

Peut-être que l'illusion avait été le corps qu'il avait brûlé…

Repose-toi, lui avait dit Bran, et il sentit son corps devenir léthargique malgré l'agitation frénétique de son esprit. Il régla son réveil si rarement utilisé sur 00 h 01. Bran lui avait peut-être ordonné de rester chez lui jusqu'au matin, mais Asil pouvait interpréter « matin » à sa guise. Et, au matin, il pourrait sortir et trouver ses réponses.

Anna bougea avant même d'avoir eu le temps de penser. Mary retira sa main et se retrouva avec une poignée des cheveux d'Anna quand elle se libéra pour se placer entre l'humaine et ce qu'il pouvait bien y avoir dans les arbres. Pour elle, cela ressemblait à un loup-garou, mais le vent n'était pas coopératif et ne lui apportait pas son odeur. Est-ce que le loup que Charles poursuivait avait rebroussé chemin ?

Mais le monstre qui émergea de l'ombre du sous-bois était plus gros que celui que Charles poursuivait. Il ressemblait presque à un berger allemand, sauf qu'il devait faire cinquante kilos de plus, avait de plus grandes dents, et se déplaçait plus comme un chat que comme un chien.

Il y avait deux loups-garous.

Et s'il y en avait plus ? Et si Charles était parti à la poursuite d'un loup et s'était retrouvé encerclé ?

Le loup-garou ne prêta pas attention à l'autre femme, pour se concentrer complètement sur Anna. Quand il bondit sur elle, Anna se mit à courir, elle aussi. Les raquettes ne l'aidaient pas, mais elle n'avait pas besoin d'aller loin… et elle était une louve-garou, elle aussi.

En trois enjambées elle arracha du sol le fusil cassé de Charles en le saisissant par le canon. Campée sur ses deux pieds, elle le balança sur le monstre qui l'attaquait, avec l'expérience de quatre étés passés à faire du softball et la force d'une louve-garou.

Il était clair que l'autre loup ne s'y attendait pas. Il n'avait pas du tout pris la peine d'éviter son coup. Plus personne ne tirerait avec ce fusil, mais Anna frappa le loup en plein sur l'épaule, avec un craquement qui lui apprit qu'elle avait cassé l'os. Il roula, emporté par l'élan, mais laissa échapper un gémissement de douleur en se remettant sur ses pattes.

Quelque chose grésilla derrière Anna, et le loup gémit de nouveau alors qu'une tache de sang s'épanouissait sur sa hanche. Un petit rocher tomba sur le sol. Le loup regarda par-dessus l'épaule d'Anna puis, avec un dernier grognement, disparut entre les arbres. Anna n'essaya pas de le suivre, mais garda les yeux rivés sur la forêt où le loup à l'aspect de berger allemand avait disparu.

—Tu vas bien, ma chérie?

La voix pleine de sollicitude de Charles lui fit tourner la tête de pur soulagement. Elle avait espéré que c'était lui qui avait jeté le rocher, mais cela aurait aussi pu être la partenaire disparue de Mary. Elle laissa les restes du fusil tomber par terre et courut vers lui.

—Hé, dit-il, en l'entourant de ses bras. Ce n'était qu'un chien… un chien sacrément gros. Mais tu es en sécurité, maintenant.

Même s'il jouait clairement à l'humain, ses bras étaient farouchement protecteurs tandis qu'il l'attirait contre son manteau dont le rouge foncé lui allait mieux que le manteau aux couleurs vives que le loup avait déchiqueté.

C'était une bonne chose, songea-t-elle, qu'il puisse s'habiller quand il changeait. Autrement, ils auraient eu un problème pour expliquer pourquoi il était parti à la poursuite d'un ours en tenue d'Adam.

—Ça, c'était du jeté de pierre, lui murmura-t-elle, en étouffant un petit rire inapproprié.

Elle l'avait fait, pensa-t-elle. Elle s'était défendue contre un monstre et elle avait gagné. En sécurité dans les bras de Charles, l'hilarité éclipsa rapidement tout ce qu'elle avait pu ressentir d'autre. Elle ne l'avait pas seulement empêché de la blesser, mais elle avait aussi défendu quelqu'un d'autre.

—Vieille technique, lui dit-il. Mes oncles me l'ont apprise quand j'étais adolescent. Je peux faire mieux avec une fronde. N'importe quelle arme qui frappe à distance vaut mieux qu'essayer de chasser un fauve affamé avec un fusil cassé. Qui est ton amie?

Elle renifla et s'éloigna de sa tiédeur. La femme était accroupie, les yeux écarquillés, le dos contre un arbre.

—Mary, voici mon mari, Charles. Charles, voici Mary…

—Alvarado, dit la femme d'une voix tremblante. *Madre de Dios*, qu'est-ce que c'était que ça?

À l'évidence, Anna croyait que la femme n'était rien d'autre qu'une consœur randonneuse. Le sang d'Anna tachait sa veste mais cela ressemblait à un simple saignement de nez, probablement causé par l'altitude. Charles frôla le visage d'Anna de sa main et laissa ce que Samuel appelait son expression «de bon vieil Indien» prendre le pas.

Samuel disait toujours qu'il était effrayant de voir cette expression joviale tout en sachant ce qui se cachait derrière… mais la plupart des gens n'étaient pas aussi perspicaces que lui.

—Enchanté de vous rencontrer.

Charles laissa son sourire illuminer ses yeux quand il regarda la femme.

Elle était emmitouflée pour affronter le froid, ce qui l'empêchait de bien la voir, mais ce n'était pas un problème. Sa mémoire des odeurs était meilleure que sa mémoire des visages, et son nez lui apprit qu'il ne l'avait jamais vue auparavant.

Il garda à l'esprit qu'il y avait deux loups-garous dans les environs, mais il se chargerait d'abord du monstre qu'il avait sur les bras.

Il lâcha sa compagne et avança de deux grandes enjambées, deux enjambées qui le placèrent fort à propos entre Anna et la femme.

—Je suis désolé, j'étais à la poursuite de ce…

Il aurait maudit sa distraction: il ne voulait pas reconnaître qu'il poursuivait un loup-garou pour le moment. Non pas pour que la femme ignore la nature de ce que lui et Anna avaient débusqué, mais parce que, si elle ignorait encore que lui et Anna étaient aussi des loups-garous, il ne voulait pas qu'elle s'en rende compte. Et si elle s'en rendait compte, il ne voulait pas qu'elle sache qu'il avait identifié sa nature surnaturelle… sa nature magique. Il lui avait donné le moins d'informations possible. Il s'arrêta donc au milieu d'un mot, mais, avant que sa pause soit trop longue, Anna finit la phrase pour lui.

—Cet ours *stupide*. (Anna lui jeta un regard de reproche comme si elle croyait qu'il s'était arrêté parce qu'il était sur le point de jurer. Il ne s'attendait pas qu'elle soit aussi réactive.) Tu as trouvé le sac avec notre briquet ?

C'était donc ce qu'il était censé faire ? Il secoua la tête.

—Tu sais ce qu'on dit, qu'on ne peut pas courir plus vite qu'un ours ? C'est vrai. En particulier parce qu'il a déchiqueté mes raquettes et que j'ai dû patauger dans la neige.

Le loup avait été la proie la plus intelligente qu'il ait jamais pourchassée. Il ne l'avait ni vu ni entendu avant qu'il attaque, et il avait disparu aussi parfaitement que s'il n'avait jamais été là. Il pouvait peut-être se persuader qu'il ne l'avait pas entendu approcher parce qu'Anna l'avait distrait ; alors même qu'une telle chose ne lui était jamais arrivée. Mais il y avait définitivement un mystère dans la manière dont ce loup avait disparu.

Dès qu'il s'était rendu compte qu'il avait perdu sa trace, Charles n'avait pas perdu de temps à essayer de la retrouver. Il avait rebroussé chemin, pour ne pas risquer que le loup revienne et attaque Anna. Il avait donc laissé tomber pour le moment et était revenu… juste à temps, apparemment.

Mary Alvarado se redressa, puis trébucha en avant, comme si elle avait perdu l'équilibre. Le mouvement la fit arriver juste devant lui, et elle posa une main sur la poitrine de Charles. Il sentit la trame du sort contourner ses protections.

L'odeur de la fureur d'Anna enflamma la forêt : était-elle *jalouse* ? C'était une situation bien trop dangereuse pour qu'il se laisse distraire… mais est-ce qu'Anna ignorait qu'il n'était intéressé par personne d'autre ?

— Il ne devrait pas y avoir d'ours par ici aussi tard dans l'année, dit la femme, qui paraissait secouée.

Il n'arrivait pas à déterminer si elle savait ce qu'il était ou pas.

— Les ours ne dorment pas d'une traite pendant l'hiver, m'dame, dit Charles, en baissant les yeux vers elle comme s'il lui était égal d'avoir sa main sur sa poitrine, ce qui était le cas. (Cela lui aurait posé un problème même si elle ne lui avait pas fait fourmiller la peau. Pas une fae, trancha-t-il. Ni un esprit ni une goule : il avait déjà rencontré ces deux espèces-là une ou deux fois. Quelque chose d'humain. Pas un mage, cependant, même si son loup réagissait comme si c'était le cas ; quelque chose de mauvais, alors.) Ils n'hibernent pas tout le temps. Ils se réveillent de temps à autre. Ce n'est pas habituel, mais on peut parfois en voir même en plein hiver. Nous avons eu la malchance d'en rencontrer un. Mais ce chien qui vous a attaqué toutes les deux était vraiment étrange.

De la magie noire, voilà ce qu'il sentait sur elle. Une sorcière alors, une sorcière noire. Bon sang ! Il aurait préféré affronter une douzaine de goules plutôt qu'une sorcière noire.

— Ce ne sont pas des chiens sauvages ? demanda Anna bien fort. Je pensais qu'ils formaient parfois des meutes, comme les loups.

— C'est un coin plutôt reculé pour ça, lui dit Charles, sans détourner les yeux de la sorcière. Parfois on croise un chien errant, mais la plupart des animaux domestiques ne peuvent pas survivre à un hiver dans le Montana sans aide.

Quelque chose remua derrière la femme, et il laissa son regard se troubler pour permettre à son esprit de voir plus clairement. L'ombre d'un loup lui montra les dents, puis disparut ; comme s'il avait besoin d'un avertissement en plus de son nez pour comprendre que cette femme était dangereuse.

Il était peut-être temps de révéler certaines choses… avant qu'Anna soit blessée et pas seulement jalouse.

Il laissa glisser son masque et sourit gentiment à Mary. Elle n'était pas assez aux aguets pour voir Frère Loup pointer le nez… ou alors elle aimait bien se mettre un peu en danger, parce qu'elle s'appuya sur sa main quand elle leva les yeux vers lui.

— Mais savoir qu'un animal domestique ne survivrait pas à cet hiver importe peu, n'est-ce pas, Mary Alvarado ? Parce que vous savez très bien que c'était un loup-garou.

Une expression ébahie passa sur le visage de la femme. S'il n'avait pas su ce qu'elle était, il l'aurait peut-être prise pour de la surprise.

— Un quoi ? Les loups-garous, ça n'existe pas.

Sa petite comédie ne tint pas la route quand elle tenta de le regarder dans les yeux ; ce qu'elle avait évité jusque-là. Mais une femme qui avait l'habitude de battre des cils devant les hommes oubliait parfois que c'était inutile face à un loup-garou. Elle ne recula pas, mais elle voulait le faire ; il le vit sur son visage.

— Non ? Les sorcières, ça n'existe pas non plus.

La voix de Charles était encore plus douce.

Elle laissa tomber sa main.

— Qui êtes-vous ?

— Non. (Il secoua la tête.) Je crois que c'est vous qui allez commencer par répondre aux questions. Qui êtes-vous ?

— Je cherche le chasseur porté disparu, dit-elle.

C'était la vérité pour autant qu'on pouvait en juger. Il fronça les sourcils un instant. Il cherchait un moyen de tirer une demi-vérité de ses paroles.

— Pour le mettre en sécurité ? murmura-t-il.

Ou pour l'utiliser pour sa magie ?

Elle lui fit un sourire triste.

— Je doute qu'il en ait encore besoin. Il était perdu dans les bois avec un loup-garou. Selon vous, quelle est la probabilité qu'il soit toujours en vie ?

— Alors, vous saviez pour le loup-garou ?

Elle leva le menton.

— Le loup-garou est la raison de ma présence ici. (La vérité.) Qui êtes-vous ? Et que savez-vous des sorciers et des loups-garous ?

Il était possible qu'elle soit exactement celle pour qui elle se faisait passer. Il savait qu'il existait des sorciers qui travaillaient régulièrement avec diverses agences de maintien de l'ordre. Il savait aussi que le simple fait qu'elle soit une sorcière noire ne voulait pas dire qu'elle n'était pas réellement à la recherche du disparu. Les sorcières louaient souvent leurs services… et parfois, même si c'était seulement par hasard, une sorcière noire pouvait se trouver du bon côté.

Elle avait été précautionneuse dans ses réponses, cependant, et il ne mettait pas en doute ce que lui avaient dit les esprits. Elle n'était pas son alliée. L'esprit-loup était son guide habituel ; même s'il avait toujours pensé qu'il aurait été plus ironique d'avoir un cerf ou un lapin. Qu'il ait montré les crocs ne voulait peut-être pas dire qu'elle était une ennemie, mais cela indiquait qu'elle n'était pas amicale.

— Vous pouvez nous laisser nous charger du loup-garou, à présent, lui dit-il. Ce n'est pas votre problème.

— Si, dit-elle calmement.

La vérité. La vérité pleine et entière, cette fois-ci. Qu'il était intéressant de découvrir qu'une sorcière puisse croire qu'un loup-garou la concernait.

— Vous n'avez pas envie de vous dresser sur mon chemin, lui dit-elle doucement, alors que son souffle lui caressait le visage.

— Non, dit-il en reculant d'un pas et en secouant la tête – mais il ne se rappelait pas la raison de son objection.

— À présent, c'est à mon tour de poser les questions.

S'il en avait été capable, il aurait maudit sa propre arrogance, qui l'avait retenu d'attraper Anna et de s'enfuir dès qu'il avait compris ce qu'était cette femme. Tout ce qu'il pouvait faire, c'était attendre les questions de la sorcière.

Il l'avait traitée de sorcière et elle n'avait pas nié. À n'en pas douter, cela avait un sens, mais Anna ne savait pas lequel. Est-ce que la sorcière les avait suivis ? Ou les loups-garous ?

Quelle que soit sa nature, si elle ne retirait pas très rapidement ses mains de Charles, Anna le ferait pour elle, avec une méthode qui impliquait de la douleur, et peut-être du sang.

Cette envie violente la prit par surprise, et elle hésita juste assez longtemps pour que Charles s'éloigne en chancelant de la sorcière. Il venait de se passer quelque chose, l'équilibre était modifié. L'air portait une légère odeur d'ozone, comme si, malgré l'époque de l'année, la foudre était prête à frapper.

Les poils se dressèrent utilement sur la nuque d'Anna ; comme si elle avait *besoin* d'une preuve supplémentaire que quelque chose n'allait pas. Dommage que les poils de sa nuque ne lui apprennent pas de quoi il s'agissait et ce qu'elle pouvait y faire.

— Je cherche un homme, dit Mary, et sa voix avait toujours le ton incongru d'une pom-pom girl. Son nom est Hussan, même s'il répond aussi à ceux d'Asil ou du Maure.

— Je le connais, répondit Charles d'une voix qui avait l'air pâteuse et réticente.

— Ah ! sourit-elle. Tu es un loup-garou. Tu es un de ceux du Marrok ? Est-ce qu'Asil est à Aspen Creek, lui aussi ? Est-ce qu'il est un des loups du Marrok ?

Anna fronça les sourcils vers Charles, mais il semblait n'avoir rien à redire aux questions de la sorcière... ou à l'étendue de ses connaissances.

Il acquiesça juste d'un air raide, et dit « oui » comme si on lui avait arraché le mot de la bouche.

Quelque chose n'allait pas. Anna fit un pas de côté, et les restes du fusil cliquetèrent contre le bord en aluminium de sa raquette.

La sorcière murmura un mot et le lança sur Anna d'un rapide claquement de doigts, ce qui l'immobilisa.

Charles gronda.

— Du calme, je ne l'ai pas blessée, lui dit la sorcière. Je n'ai aucune envie d'affronter tout de suite le Marrok en blessant un de ses loups. C'est une louve-garou elle aussi, je suppose. Cela expliquerait pourquoi elle a pu blesser aussi sérieusement mon gardien. Dis-moi. Quel serait à ton avis le meilleur moyen de faire venir Asil ici ?

— Asil ne sort pas d'Aspen Creek, lui dit-il, la voix enrouée de rage.

Anna s'empara de la rage de Charles ; c'était mieux que son alternative : la panique. Sa louve remua comme elle le faisait rarement sauf quand elle l'appelait : être retenue contre son gré était une chose qu'elle aimait encore moins qu'Anna.

Anna n'y connaissait rien en magie, pas même la magie qu'elle savait faire partie de la meute. Leo lui avait dit qu'elle n'avait pas besoin de savoir, et elle n'avait pas été assez courageuse pour redemander. Elle ignorait ce que Charles pouvait faire ou non, mais elle était pratiquement certaine qu'il ne serait pas planté là à répondre aux questions de la sorcière s'il avait pu y remédier. Elle avait peur que sa propre ignorance et sa stupidité les perdent tous les deux.

Quand sa louve lui demanda de lui céder la place, Anna l'y autorisa. Si elle ne pouvait rien y faire quand sa moitié humaine tenait les rênes, peut-être que la louve pourrait faire mieux.

Bien qu'elle ne commençât pas à se transformer, sa perception du monde changea, les ombres s'estompèrent. Elle pouvait voir plus loin et plus clairement, mais la beauté et l'intensité des couleurs étaient devenues monotones. Ce n'était pas aussi silencieux qu'elle avait pensé. Il y avait des oiseaux dans les arbres : elle pouvait entendre les petits bruits que faisaient leurs pattes sur l'écorce des branches.

Mais, ce qui était plus intéressant, c'était qu'elle voyait un réseau de lumière enserrer Charles dans des fils jaune et vert fade. Incapable de baisser la tête, elle ne pouvait pas voir le filet qui la retenait. Mais la sensibilité de sa peau lui permettait de sentir les fines lignes, comme une toile de fil dentaire.

Si elle avait été la seule en danger, Anna était presque sûre qu'elle serait restée à cette place jusqu'au dégel. Sa moitié louve s'était soumise humblement à tous les coups, aux relations sexuelles forcées : elle ne lui avait donné que la force d'endurer, et un rempart derrière lequel se réfugier quand la vie devenait insupportable. Mais son compagnon était en danger. Un rugissement de colère était réprimé par son diaphragme, ce qui rendait sa respiration difficile... mais la prudence lui disait qu'elle devait attendre la bonne occasion.

— Si tu mourais, qui le Marrok enverrait-il ? demanda la sorcière.

La menace voilée déclencha un rugissement dans les oreilles d'Anna, et étouffa la réponse de Charles, tandis que la rage brûlait douloureusement le sort qui la retenait immobile.

— Il viendrait lui-même.

La sorcière pinça les lèvres comme si elle essayait de déterminer si c'était ce qu'elle souhaitait ou pas.

Anna ne pouvait pas bouger les pieds mais, avec la louve aux commandes, elle pouvait bouger la main malgré la douleur causée par le sort de la sorcière. Elle saisit l'extrémité en forme de câble du filet qui la retenait comme si elle était le méchant dans un Spider-Man. Elle l'enroula encore et encore autour de sa paume, puis le saisit de son autre main.

Elle ne pouvait pas regarder longtemps les multiples filaments qu'elle tenait ensemble, sinon ils l'éblouissaient et lui donnaient mal à la tête, mais elle n'en avait pas besoin ; le câble magique de la sorcière lui sciait les mains, et elle savait où il était.

Elle posa sa main libre sur le câble juste devant l'endroit où il s'élargissait en un filet qui la retenait, et tira de ses deux mains. Elle s'attendait qu'il se brise ou résiste, comme s'il était vraiment fait de matière. À la place, il s'étirait comme de la guimauve, s'amincissait graduellement quand elle changeait de prise pour tirer encore et encore.

Si la sorcière l'avait regardée, elle aurait peut-être vu ce que faisait Anna. Mais la sorcière ne faisait attention qu'à Charles à présent.

Dominant, songea Anna avec gratitude, c'était plus qu'un rang dans la meute. La présence de Charles était telle que quand il entrait dans une pièce tout le monde le regardait. Si l'on ajoutait à cela l'aspect fragile d'Anna et son manque criant de dominance, la sorcière devrait fournir un effort pour se concentrer sur Anna tant que Charles serait là. Un effort que Mary Alvarado ne faisait pas.

Anna perdit le fil de la session de questions-réponses données à contrecœur. Tout son être était concentré sur sa tâche. Même la guimauve se réduit à rien et finit par se briser.

Anna se figea quand le câble fut dissous, mais la sorcière ne sembla pas remarquer que sa prise sur Anna avait disparu.

Que faire maintenant?

Elle se concentra sur le filet qui retenait Charles.

Elle allait devoir être rapide.

Les loups-garous sont très rapides.

Elle se glissa rapidement entre eux, et saisit les câbles de magie à deux mains. Le sort que la sorcière utilisait sur Charles était beaucoup plus fort, et toucher les filaments faisait mal. La douleur irradia de sa peau jusque dans ses os, et s'installa dans sa mâchoire, aiguë et lancinante. Elle pouvait sentir l'odeur de la chair brûlée, mais ce n'était pas le moment d'estimer les dégâts. Elle tira d'un geste violent, et le sort se disloqua.

Et Anna continua. Elle saisit le fusil cassé dans la neige et le lança de toutes ses forces. Il frappa la sorcière en pleine figure avec un craquement audible.

Elle se prépara à attaquer, mais Charles lui saisit le bras et la poussa devant lui.

—Cours, grogna-t-il. Sors de sa ligne de mire.

CHAPITRE 10

Anna découvrit tout de suite qu'il était pénible de courir en raquettes. Elles se prenaient dans les cailloux, dans les broussailles, elles la firent tomber à genoux deux fois, et seule la main de Charles sur son épaule l'empêcha de dégringoler tout le flanc de la montagne. Sauter par-dessus des arbres abattus était… une difficulté intéressante. Néanmoins, Charles, sans raquettes, s'enfonçait dans la neige jusqu'aux genoux, et plus profondément à chaque pas : elle était donc reconnaissante d'avoir les siennes.

Ce qui ne voulait pas dire qu'ils allaient lentement pour autant. Anna fut stupéfiée de voir comment la peur pouvait agir sur sa vitesse. Après avoir commencé par une descente terrifiante de la pente raide à toute allure, ils passèrent des heures à grimper, et elle perdit le sens du temps et de l'orientation. Elle gardait les yeux rivés sur le manteau rouge de Charles et restait avec lui. Quand Charles ralentit enfin, ils étaient seuls dans la forêt.

Mais ils ne s'arrêtèrent pas pour autant. Il continua à la faire courir rapidement pendant une heure, voire plus, mais il choisit leur chemin plus attentivement, et resta là où la neige était la moins profonde et où son absence de raquettes ne l'entravait pas.

Il n'avait pas dit un mot depuis son ordre de fuir, mais elle pensa que c'était peut-être parce qu'il ne le pouvait pas ; et ce n'était pas un quelconque tour de sorcellerie.

Ses yeux étaient jaune brillant, et ses dents étaient découvertes. Il devait avoir une bonne raison de rester sous sa forme humaine, mais cela lui coûtait. Sa propre louve s'était rendormie une fois disparue la panique initiale de leur fuite, mais le loup de Charles était vraiment sur le point de prendre le contrôle.

Elle avait un grand nombre de questions à poser. Certaines concernaient leurs problèmes immédiats comme : est-ce que la sorcière pouvait égaler leur vitesse même si un humain ne le pouvait pas ? Est-ce que Mary pouvait utiliser sa magie pour les trouver ? Les autres relevaient plutôt de la curiosité. Comment avait-il compris qu'elle était une sorcière ? Pourquoi ne pouvait-elle voir la magie qu'une fois sa louve aux commandes ? Y avait-il un moyen plus simple de rompre un sort ? Même au bout d'une heure, ses mains la brûlaient et lui faisaient mal.

—Je crois…, dit finalement Charles tandis que ses enjambées rapides et fluides ralentissaient pour se changer en une boiterie hésitante. (Anna, les jambes fatiguées, était soulagée qu'il ait l'air épuisé, lui aussi.) … qu'Asil va devoir répondre à quelques questions.

—Tu penses qu'il la connaît ? Pourquoi est-elle à sa poursuite ? demanda Anna.

Elle avait passé beaucoup de temps à croire que les loups-garous (en dehors d'elle-même) étaient au sommet de la chaîne alimentaire, mais la défaite de Charles face à la sorcière avait ébranlé sa vision des choses. Elle voulait croire que *tout le monde* se serait enfui devant une sorcière.

—Je ne sais pas si Asil la connaît. Je ne l'ai jamais vue à Aspen Creek, et elle devait avoir dix ans quand il est venu s'enterrer ici. Mais, si elle le cherche, il sait probablement pourquoi.

Tout cela fut dit en trois phrases jetées rapidement tandis qu'il essayait de calmer sa respiration.

Elle se rapprocha de lui et espéra qu'une partie de la paix qu'elle était censée pouvoir procurer l'aiderait. Sa respiration ralentit bien avant que celle d'Anna perde le rythme enragé de leur course, mais elle était de retour à la normale avant qu'il dise autre chose.

—Elle n'aurait pas dû pouvoir faire *ça*. Elle m'a fait ramper à ses pieds comme un chiot.

Sa voix s'était assombrie en un grondement.

—Elle n'aurait pas dû pouvoir te contrôler par sa magie ? demanda Anna. Je croyais que les sorciers pouvaient faire ce genre de choses.

—À un humain, peut-être. La seule personne qui devrait avoir ce genre de contrôle sur un loup est son Alpha. (Il gronda férocement, ferma les poings, puis dit d'une voix rauque qui n'était pas la sienne :) Et même mon *père* ne peut obtenir de moi une réaction pareille. Il peut m'arrêter dans ma course, mais il ne peut pas *m'obliger* à faire quelque chose que je refuse. (Il inspira lentement.) Peut-être que ce n'est pas elle, c'est peut-être moi. Je n'ai pas du tout entendu le premier loup-garou. J'y ai réfléchi, et je ne crois pas qu'il était à l'abri du vent par rapport à nous. J'aurais dû l'entendre, ou le sentir… et il n'aurait pas dû pouvoir me semer aussi facilement.

Le premier réflexe d'Anna était de le rassurer d'une manière ou d'une autre, mais elle se retint. Il en savait plus qu'elle sur la magie et la traque. À la place, elle essaya de trouver des raisons à son comportement. Elle hasarda, non sans hésitation :

—Tu t'es fait tirer dessus il y a à peine quelques jours.

Il secoua la tête.

—Ce n'est pas ça. J'ai déjà été blessé. Cela ne m'a jamais empêché de faire ce que je devais faire… et en général, si je suis blessé, cela me rend plus attentif, pas moins.

—Est-ce que les loups-garous que nous poursuivons ont un lien quelconque avec la sorcière? demanda Anna. Je veux dire, elle t'a contrôlé, peut-être qu'elle peut les contrôler, eux aussi. Peut-être qu'elle a fait quelque chose pour que tu ne les sentes pas.

Il haussa les épaules, mais elle voyait bien qu'il était contrarié. Et il avait mal. En le regardant de plus près, il était évident qu'il n'y avait pas que sa jambe qui lui posait un problème. Cette course effrénée avait aussi dû aggraver la blessure à sa poitrine.

—Tu as besoin d'un nouveau bandage? demanda-t-elle.

—Peut-être, dit-il. Je te demanderais bien de vérifier, mais nous n'avons rien avec nous pour remédier à la situation. Il y a un kit de premiers soins dans la voiture de Père, et c'est là que nous allons à présent.

Elle était à environ deux pas derrière lui, donc il ne vit pas sa surprise, ce qui était une bonne chose, songea-t-elle.

—Tu ne vas pas la poursuivre?

—Elle m'a déjà eu une fois, dit-il. Et je ne sais pas comment. Ma propre magie aurait dû me permettre de conjurer son sort d'emprisonnement. C'est un sort plutôt basique, apparemment… J'ai déjà rencontré trois sorciers différents qui l'ont essayé. Sans savoir comment elle a fait, ce n'est pas la peine d'essayer de la combattre et de risquer de perdre sans avoir prévenu Père. Les loups, les deux loups, ne sont pas aussi inquiétants qu'elle. Père doit savoir ce qui se passe… et peut-être qu'Asil pourra nous éclairer un peu et nous dire qui elle est et ce qu'elle veut.

Quelque chose tracassait Anna, mais il lui fallut avancer d'une dizaine de mètres avant de comprendre ce que c'était.

—Pourquoi ici? Je veux dire, je sais qu'elle cherchait Asil et on dirait qu'elle a eu des informations indiquant qu'il était à Aspen Creek. Tu as senti son excitation quand tu lui as dit qu'il était là? Elle n'en était pas sûre. Alors, qu'est-ce qu'elle faisait ici et pas à Aspen Creek?

—Elle amorçait un piège, dit-il gravement. Mon père avait raison, mais il s'était trompé sur le qui et le pourquoi. Tout ce qu'elle avait à faire, c'était tuer quelques personnes et maquiller les meurtres en attaques de loup-garou pour que le Marrok envoie quelqu'un à sa poursuite. Elle pouvait alors le capturer et le questionner. Plus sûr que d'aller tout droit à Aspen Creek et d'affronter mon père directement.

—Tu crois que les deux loups sont à elle?

Elle le lui avait déjà demandé… mais cela la tracassait. Elle avait établi une sorte de connexion avec le premier loup, celui que Charles avait poursuivi. Elle ne voulait pas que celui-ci soit de mèche avec la sorcière.

Comme quand elle le lui avait demandé la première fois, Charles haussa les épaules, grimaça quand le mouvement lui fit mal, puis grogna à demi:

—Je n'en sais pas plus que toi.

Il se traîna sur quelques pas.

—Ça paraît plausible. Le loup qui t'a attaquée l'était presque certainement. Vu que tu es un Omega, un loup normal se serait jeté sur elle en premier.

Il s'arrêta brusquement. Resta immobile.

—Nous avons fui la clairière dans la même direction que le loup qui t'a attaquée.

Elle dut y réfléchir, mais il avait raison.

—Il y avait un chemin dans les buissons à cet endroit.

—Tu as vu des traces? du sang? Tu lui as ouvert l'épaule avec le fusil, elle saignait pas mal.

— Je… (Est-ce qu'elle s'en serait aperçue ? Elle réfléchit soigneusement à leur fuite, et à Charles qui la poussait devant lui.) Il y avait du sang sur la neige, là où je l'ai frappée, et ça continuait sur le chemin qu'elle a pris en s'enfuyant vers les arbres. Mais nous avons traversé de la poudreuse intacte dès que nous sommes sortis de la clairière. Elle a dû partir par un autre chemin.

Charles se retourna pour lui faire face. Les coins de sa bouche étaient crispés de douleur, et d'après le ton grisâtre de sa peau, elle était presque sûre qu'il était en bien plus mauvais état qu'il voulait l'admettre.

— Elle ? dit-il doucement.

— Elle. J'en ai eu une vue de près et très intime. Crois-moi.

— Elle, répéta-t-il. Cela rend les choses intéressantes. Elle avait un pelage inhabituel.

— Non. (Anna fronça les sourcils.) Elle ressemblait à un berger allemand.

— Ce n'est pas inhabituel pour un berger allemand, reconnut-il. Mais je n'ai jamais vu de loup-garou de cette couleur. Par contre j'en ai entendu parler.

— Qui ?

— La compagne d'Asil.

— La compagne d'Asil est censée être morte, pas vrai ? Donc tu penses qu'en fait elle est en vie et qu'elle est de mèche avec une sorcière. C'est pour ça qu'elles sont à la recherche d'Asil ?

— Asil a dit à mon père qu'elle était morte, et qu'il avait brûlé son corps et enterré ses cendres lui-même. (Presque comme si cette pensée venait de lui apparaître, il ajouta :) Personne ne ment à mon père. Pas même Asil. Mais cela rend l'absence de traces assez intéressante.

— Qu'est-ce que tu veux dire ? Ce n'était pas un fantôme. La crosse du fusil a touché *quelque chose*. Si la compagne d'Asil est morte, alors la ressemblance doit être une coïncidence.

Il secoua la tête.

—Je ne sais pas ce qu'elle était. Mais je ne crois pas aux coïncidences.

Il recommença à marcher.

—Je pensais que la plupart des sorciers étaient humains, dit-elle après avoir tourné et retourné l'idée dans sa tête pendant un moment.

—Oui.

—Alors elles ne sont pas immortelles. Tu m'as dit que la compagne d'Asil était morte il y a quelques siècles. Et cette sorcière est à peine plus âgée que moi. Est-ce que tu crois que c'est la louve leur chef?

—Je ne sais pas, dit-il en retenant une branche pour qu'elle ne lui revienne pas au visage. C'est une bonne question.

Il redevint silencieux tout en la guidant en haut d'une autre élévation du terrain. Les montagnes avaient l'air tellement faciles à escalader vues de loin : une longue ascension, une simple descente de l'autre côté. En réalité, c'était une série d'escalades et de descentes qui semblaient couvrir une grande distance mais qui ne menaient nulle part.

Ils avaient dû fuir plus longtemps qu'elle avait cru, parce qu'il commençait à faire sombre. Elle frissonna.

—Charles?

—Hmm?

—Je crois que mes chaussettes sont mouillées. Je ne sens plus mes orteils. (Il ne dit rien, et elle eut peur qu'il croie qu'elle se plaignait.) Ça va aller. Je peux continuer à avancer. Nous avons encore beaucoup de temps avant d'arriver à la voiture?

—Pas ce soir, dit-il. Pas si tu as les orteils engourdis. Laisse-moi nous trouver un abri : il va y avoir une tempête cette nuit.

Anna frissonna un peu plus fort à cette idée. À la fin d'un frisson un peu plus long, ses dents commencèrent à claquer.

Charles passa sa main sous le bras d'Anna.

—La tempête est une bonne chose. J'ai entendu l'os casser quand tu as frappé cette louve. Si ce n'est pas un fantôme quelconque, il lui faudra du temps pour se remettre. Beaucoup de neige et de bonnes rafales de vent l'empêcheront de retrouver notre piste.

Il aperçut quelque chose dans la montée, et il sembla à Anna qu'ils avaient grimpé pendant une éternité pour atteindre une petite bande de terre jonchée d'arbres arrachés.

—Une rafale descendante au printemps dernier, peut-être, lui dit-il. Cela arrive, parfois.

Elle était trop fatiguée pour faire autre chose qu'un signe de tête, pendant qu'il marchait entre les arbres pour trouver un endroit qui lui plaise : un arbre immense étayé par un autre, tous deux appuyés contre un remblai, qui faisaient une caverne avec un sol accueillant couvert de neige.

—On n'a pas de nourriture, dit Charles d'un air grave. Et tu as besoin de nourriture pour combattre le froid.

—Je peux aller chasser, offrit Anna.

Charles ne le pouvait pas. Il boitait sérieusement depuis un bon moment. Elle était tellement fatiguée qu'elle aurait pu s'endormir debout, et elle avait froid. Mais elle était quand même en meilleur état que lui.

Charles secoua la tête.

—Que je sois damné si je t'envoie seule dans cette région alors qu'une tempête est sur le point de se déclencher, sans oublier une sorcière et deux loups-garous qui rôdent.

Il leva la tête et goûta l'air.

— En parlant du loup, dit-il doucement.

Anna renifla l'air elle aussi, mais ne sentit rien. Juste les arbres, l'hiver, et le loup. Elle essaya encore.

— Tu ferais mieux de sortir, gronda Charles en regardant l'obscurité en contrebas du remblai. Je sais que tu es là.

Anna se retourna, mais ne vit rien d'anormal. Puis elle entendit le bruit de bottes sur la neige et regarda de nouveau. Un homme surgit des bois environ dix mètres plus bas dans la pente. S'il n'avait pas bougé, elle ne l'aurait probablement pas vu.

La première chose qu'elle remarqua, ce furent ses cheveux. Il ne portait pas de bonnet, et ses cheveux avaient une étrange couleur entre roux et noir ; ils pendaient dans son dos, enchevêtrés et sales, et se mêlaient à une barbe qui l'aurait fait passer pour un membre des ZZ Top.

Il était vêtu d'un étrange mélange de peaux d'animaux, de loques, de bottes et de gants neufs. Il tenait dans une main le paquet qu'elle avait fait des affaires du sac de Charles, et son propre sac à dos rose pendu à une épaule.

Il les jeta tous les deux vers Charles, et les sacs atterrirent à mi-chemin entre eux.

— Vos affaires, dit-il d'une voix à la fois rauque et bredouillante, avec une bonne dose d'accent du Tennessee ou du Kentucky. Je l'ai vue lancer la bête sur vous, ce qui fait de vous ses ennemis. Et, comme on dit que « les ennemis de mes ennemis sont mes amis », j'ai pensé que je pouvais vous rapporter ça. Ensuite, on pourra peut-être parler.

Ce n'était pas l'odeur de l'homme qui avait indiqué à Charles qu'ils étaient filés, mais une foule de plus petites choses : un oiseau qui s'envolait, un vague bruit, et le sentiment qu'ils étaient observés.

Une fois l'étranger sorti des arbres, Charles put le sentir comme il aurait dû en être capable depuis un moment, étant donné que le vent était en leur faveur. Un loup-garou.

Même s'il apportait une offre de paix et disait vouloir parler, son langage corporel indiquait à Charles qu'il était prêt à prendre la fuite.

Attentif à ne pas le regarder directement ni à faire un mouvement qui aurait pu l'effrayer, Charles laissa Anna où elle était et descendit pour ramasser le sac rose et leur tapis de sol rempli, supposa-t-il, de ce qu'il y avait dans son propre sac. Sans rien dire, il tourna le dos à l'étranger et recommença à grimper.

Ce n'était pas plus idiot qu'autre chose, parce que Charles gardait les yeux sur Anna et qu'il verrait sur son visage si l'inconnu décidait de l'attaquer. Puis il enleva délibérément la neige d'un rondin et s'assit dessus. L'homme, constata-t-il, l'avait suivi jusqu'à l'endroit où les sacs avaient d'abord atterri, mais il n'alla pas plus loin.

—Je pense que ce serait une bonne idée de parler, dit Charles. Voulez-vous manger avec nous ?

Il croisa le regard de l'homme et lui fit sentir le poids de l'invitation qui était presque un ordre.

L'homme se balança d'un pied sur l'autre, comme s'il était sur le point de fuir.

—Vous sentez comme ce loup démoniaque, grinça-t-il. (Puis il jeta un coup d'œil timide à Anna.) Cette chose tue encore et encore là-haut. Des cerfs, des élans, des gens, et même un grizzli.

On aurait dit que c'était l'ours qui lui posait le plus de souci.

—Je sais, dit Charles. J'ai été envoyé ici pour m'occuper du loup.

L'homme baissa les yeux comme s'il ne pouvait plus soutenir le regard de Charles.

—Cette chose est… cette chose est… Elle m'a eu, moi aussi. M'a infecté avec son mal.

Il fit un pas en arrière, méfiant comme un vieux cerf.

—Depuis combien de temps êtes-vous un loup-garou ? demanda Anna. Ça fait trois ans, pour moi.

L'homme pencha la tête au son de la voix d'Anna, comme s'il écoutait de la musique. Et, pendant un moment, son agitation diminua.

—Deux mois, hasarda Charles, quand il lui parut évident que l'autre homme était trop absorbé par ce que venait de dire Anna pour parler. (Il comprenait ce sentiment. La paix soudaine quand Frère Loup se calmait était aussi surprenante qu'addictive. S'il ne l'avait jamais ressentie, il doutait fort qu'il arriverait à parler.) Vous vous êtes interposé entre le loup-garou et l'étudiant cet automne. Comme vous vous êtes interposé entre Anna et moi quand vous avez cru que je risquais de la blesser.

Ça collait, pensa Charles, même si cela compliquait la nature exacte de l'autre louve-garou. Seuls les loups-garous pouvaient infecter les humains. Mais il était certain que les traces du fauve s'étaient arrêtées dès qu'il avait été hors de vue.

Le son de la voix de Charles suffit à faire sursauter l'homme et à lui faire détourner le regard d'Anna. Il savait lequel des deux était dangereux.

—J'allais le laisser mourir. L'étudiant, je veux dire, répondit l'homme, ce qui confirma la théorie de Charles sur son identité. Une tempête arrivait, et l'aurait probablement tué s'il s'était trouvé en pleine nature quand elle s'est déclarée. Les montagnes d'ici exigent du respect, ou elles vous dévorent. (Il fit une pause.) Une tempête approche.

— Alors, pourquoi est-ce que vous n'avez pas laissé la louve-garou le tuer ? demanda Anna.

— Eh bien, m'dame, dit l'homme, les yeux rivés sur ses pieds au lieu de regarder Anna, mourir dans une tempête, ou à la suite d'une attaque d'ours, ce sont des choses qui arrivent.

Il s'interrompit, il avait visiblement du mal à exprimer la nuance avec des mots.

— Mais la louve-garou n'est pas d'ici, dit Charles, qui venait de comprendre pourquoi ce loup-ci était aussi difficile à sentir et pourquoi il n'avait pas été alerté de son attaque.

D'après les vêtements qu'il portait, on aurait dit qu'il vivait là depuis très longtemps.

— C'est le mal. Et il m'a transformé en monstre, moi aussi, tout comme lui, murmura l'homme.

Si Charles avait été une fraction de seconde plus rapide, il aurait pu retenir Anna. Mais il était fatigué, et il s'était concentré sur l'autre loup. Avant qu'il s'en rende compte, Anna était en train de glisser et de dévaler le flanc de la montagne. Elle se dépêchait et, à environ quatre pas de leur nouvelle connaissance, ses raquettes se mirent à fonctionner comme des skis.

Charles se força à l'immobilité tandis que l'autre homme retenait sa compagne par un coude et la sauvait d'une glissade jusqu'en bas de la montagne. Il était presque sûr que cet homme n'était pas une menace pour elle. Charles parvint à convaincre Frère Loup de ne pas bouger et de laisser à Anna l'occasion d'utiliser sa magie et d'apprivoiser le loup solitaire ; c'était pour ça que son père l'avait envoyée, après tout.

— Non, *vous* n'êtes pas mauvais, dit Anna.

L'homme se figea, une main toujours sur sa manche. Puis les mots s'écoulèrent de sa bouche comme s'il ne pouvait pas les arrêter.

— Je connais le mal. J'ai combattu avec lui et contre lui jusqu'à ce qu'il pleuve du sang. Je vois toujours leurs visages et j'entends leurs cris comme si ça se passait maintenant, et pas il y a presque quarante ans. (Mais la crispation dans sa voix se détendit tandis qu'il parlait. Il relâcha sa prise sur Anna et demanda :) Qui es-tu ? (Il tomba à genoux à côté d'elle, comme si ses jambes ne pouvaient plus le porter.) Qui es-tu ?

Il avait bougé trop vite, cependant, et Frère Loup en avait assez. Aussi rapide que la pensée, sans le moindre égard pour ses blessures, Charles se retrouva à côté d'Anna, et parvint à ne pas poser la main sur le loup solitaire uniquement parce que, dès qu'il se retrouva près d'elle, l'effet oméga d'Anna se répandit en lui aussi.

— C'est une dompteuse de loups, dit Charles à l'homme. (Même Anna ne pouvait faire disparaître complètement la colère possessive de sa voix.) Elle apporte la paix.

— Anna Cornick, dit Anna. (Il aimait la manière dont elle le prononçait, et dont cette affirmation sentait la vérité divine. Elle savait qu'elle était sienne ; et aussi simplement que cela, Frère Loup se calma, satisfait. C'est pourquoi il ne lui saisit pas la main quand elle toucha l'étranger et dit :) Voici mon compagnon, Charles. Et vous, qui êtes-vous ?

— Walter. Walter Rice. (Sans se préoccuper de Charles comme s'il ne représentait pas la moindre menace, Walter ferma les yeux et oscilla légèrement dans la neige.) Je ne me suis pas senti ainsi depuis… depuis avant la guerre, je pense. Je pourrais *dormir*. Je crois que je pourrais dormir pour toujours sans rêver.

Charles lui tendit la main.

— Pourquoi est-ce que tu ne viens pas manger avec nous pour commencer ?

Walter hésita et regarda encore longuement Anna, avant de prendre la main gantée de Charles et de se remettre sur ses pieds.

L'homme qui s'était présenté sous le nom de Walter mangeait comme s'il était à moitié mort de faim ; ce qui était peut-être le cas. De temps à autre, cependant, il s'arrêtait de manger pour regarder Anna avec admiration.

Assis entre eux, Charles réprima un sourire ; ce qu'il faisait plus souvent que dans ses souvenirs depuis qu'il avait trouvé sa chère Anna. La voir se tortiller sous le regard de vénération de Walter était assez drôle. Il espérait qu'il ne la regardait pas lui-même ainsi... tout du moins, pas en public.

—Ce n'est pas comme si je le faisais exprès, marmonna-t-elle, le nez dans son ragoût aux carottes. Je n'ai pas *demandé* à être un Omega. C'est comme d'avoir les cheveux bruns.

Elle se trompait, mais il trouvait qu'elle était suffisamment embarrassée pour le moment sans qu'il argumente avec elle au sujet d'une rumeur qu'il n'aurait peut-être pas dû entendre. Ou tout du moins, elle se trompait en grande partie. Comme la dominance, être un Omega dépendait essentiellement de votre personnalité. Et, comme son père aimait à la dire, l'identité relevait en partie de l'héritage et en partie de l'éducation, mais surtout des choix que l'on faisait dans la vie.

Anna apportait la paix et la sérénité où qu'elle aille ; au moins quand elle n'était pas effrayée, blessée ou bouleversée. Une partie de son pouvoir dépendait de sa condition de loup-garou, qui amplifiait les effets de sa magie. Mais surtout, ce qui lui permettait de donner le meilleur d'elle-même dans des situations où elle était impliquée volontairement ou non, c'était la compassion dont elle avait fait preuve avec Asil quand il avait tenté de lui faire peur, et la manière dont elle avait été incapable d'abandonner le pauvre Walter dehors dans le froid. C'étaient là des décisions conscientes.

Un homme se faisait lui-même alpha, ce n'était pas juste un accident de naissance. Il en était de même pour les Omegas.

— Une fois, dit Walter calmement en s'arrêtant de manger, juste après une très mauvaise semaine, j'ai passé un après-midi perché dans un arbre dans la jungle, à observer un village. Je n'arrive plus à me souvenir à présent si nous étions censés les protéger ou les espionner. Cette fille est sortie pour suspendre sa lessive juste sous mon arbre. Elle avait dix-huit ou dix-neuf ans, je suppose, et elle était trop maigre.

Ses yeux passèrent d'Anna à Charles, avant de revenir sur sa nourriture.

Oui, pensa Charles, *je sais qu'elle est toujours maigre, mais j'ai eu moins d'une semaine pour la nourrir.*

— En tout cas, poursuivit le vétéran, la regarder, c'était comme regarder un tour de magie. Les vêtements sortaient du panier, roulés en boule, et elle les faisait claquer une fois et, comme ça, ils tombaient droit et le restaient une fois suspendus. Ses poignets étaient fins, mais si puissants, et ses doigts étaient rapides. Ces chemises n'auraient pas osé désobéir. Quand elle est partie, j'ai failli aller cogner à sa porte pour la remercier. Elle m'avait rappelé qu'il y avait un monde de corvées journalières, où les vêtements étaient lavés et où tout était en ordre. (Il jeta de nouveau un coup d'œil à Anna.) Elle aurait probablement été terrifiée par un soldat américain crotté qui se serait présenté à sa porte… et si jamais ça n'avait pas été le cas, elle n'aurait certainement pas compris pourquoi je la remerciais, même si elle avait compris ce que je disais. Elle faisait juste ce qu'elle faisait tous les jours. (Il fit une pause.) Mais je l'aurais quand même remerciée. Ça m'a permis de me sortir d'un tas de situations difficiles, depuis.

Ils restèrent tous silencieux après cela. Charles ne savait pas si Anna avait compris l'histoire, mais lui, oui. Anna était comme cette femme. Elle lui rappelait les hivers passés devant le feu pendant que son père jouait du violon. Des moments où il savait que tout le monde était repu et heureux, quand le monde était sûr et ordonné. Ce n'était pas souvent le cas, mais c'était important de se rappeler que ça pouvait l'être.

—Donc, dit Charles, tandis que Walter mangeait le dernier tiers de son dîner lyophilisé, tu habites ces montagnes depuis longtemps.

La fourchette de Walter s'immobilisa un moment, et il regarda Charles d'un air suspicieux. Puis il renifla et secoua la tête.

—C'est pas comme si c'était important, hein ? C'est vieux. (Il prit une autre bouchée, l'avala, et dit :) Quand je suis revenu de la guerre, tout allait bien. Je pétais les plombs facilement, c'est sûr, mais pas assez pour causer du souci. Jusqu'à ce que ça empire. (Il commença à dire quelque chose, mais mangea une autre bouchée à la place.) Cette partie-là compte encore moins, maintenant, je suppose. Enfin, j'ai commencé à revivre la guerre, comme si elle avait toujours lieu. Je pouvais l'entendre, la goûter, la sentir… mais en fin de compte, ça n'était qu'une pétarade de voiture… ou le voisin qui coupait du bois. Des trucs comme ça. J'ai déménagé avant de faire encore plus de mal à ma famille. Et puis un jour, un soldat ennemi est arrivé par-derrière. C'était l'uniforme, vous savez ? Je l'ai blessé, peut-être tué…

La dernière phrase que l'homme avait étouffée était un mensonge.

Walter regarda ses pieds, renifla, tourna la tête pour croiser le regard de Charles. Et quand il recommença à parler, sa voix était froide et contrôlée, la voix d'un homme qui avait fait beaucoup de mal, tout comme Charles.

—Je l'ai tué. À sa mort, j'ai pris conscience qu'il n'était pas un Viêt-cong, mais que c'était le facteur. C'est là que j'ai compris que personne n'était en sécurité près de moi. J'ai pensé à me rendre, mais au poste de police… eh ben, ils ont des uniformes aussi, pas vrai ? La gare routière était juste à côté du poste, et j'ai fini dans un bus pour le Montana. J'étais venu camper ici avec ma famille une ou deux fois, alors je savais qu'ici je pouvais être loin des gens. Il n'y avait personne à blesser ici.

—Vous êtes resté dans les montagnes toutes ces années ?

Anna posa le menton sur sa main, et Charles remarqua qu'elle avait deux ongles cassés jusqu'au sang, et chercha des yeux ses gants jusqu'à ce qu'il les voie à côté d'elle.

Walter acquiesça.

—Dieu sait je savais chasser. J'avais pas de fusil… mais merde, la moitié du temps, le fusil ne marchait pas non plus dans la jungle !

Il tira de nulle part un couteau presque aussi long que son avant-bras et le contempla. Charles essaya de comprendre d'où il sortait. Il n'y avait vraiment pas tant de gens capables de bouger aussi rapidement, loup-garou ou pas.

Walter regarda Anna de côté, puis de nouveau le couteau, mais Charles savait qu'il avait vu la compassion sur le visage d'Anna, parce qu'il essayait de minimiser le mérite de sa survie.

—C'était pas si mal, vraiment, m'dame. Les hivers peuvent être rudes, mais il y a une vieille cabane où je dors parfois si les conditions sont trop mauvaises.

Walter n'était pas le seul à s'être enfui dans les montagnes, songea Charles. Une vingtaine d'années auparavant, des communautés entières d'hommes brisés par la vie s'étaient cachées quelque part dans ces zones sauvages. Charles n'était

jamais venu ici sans se sentir attiré par ces vieux endroits.
Ils n'étaient pas faits pour l'homme, même un homme avec
un Frère Loup. Autrefois, les trappeurs et les chasseurs avaient
d'ailleurs évité cette zone pour des lieux plus accueillants.

Un homme qui avait vécu ici plus de trente ans, cependant,
n'était peut-être plus un intrus. Il avait pu être accepté et faire
lui-même partie de la montagne.

Charles regarda le ciel d'encre nocturne et pensa qu'un
homme qui était resté ici aussi longtemps avait pu être adopté
par les esprits du lieu. Des esprits qui pouvaient dérober
quelqu'un même aux sens aiguisés de Charles.

Walter nettoya la fourchette dans la neige et la tendit
à Charles.

—Merci. Je n'ai pas mangé comme ça depuis… longtemps.

Puis, comme si ses mots venaient de s'enfuir, il ferma les
yeux et s'appuya sur l'arbre le plus proche.

—Que sais-tu de la louve-garou qui nous a attaqués ?
demanda Charles.

Walter haussa les épaules sans ouvrir les yeux.

—Elles sont arrivées après l'automne en voiture et ont
pris possession de ma cabane. Après qu'elle m'a Changé…
j'ai un peu chassé de mon côté. J'aurais aimé l'avoir vu avant
qu'elle menace ce garçon. Si j'avais été un peu plus rapide
ce jour-là, je l'aurais peut-être tuée… si j'avais été un peu
plus lent, elle m'aurait tué. Une bonne chose que l'argent
soit néfaste aux loups-garous.

Walter poussa un lourd soupir, ouvrit les yeux et tira de
nouveau la longue lame de son fourreau d'avant-bras. Cette
fois-ci, Charles le vit faire ; même si, en y réfléchissant bien,
il ne l'avait pas vu l'y remettre.

—Maintenant, ma vieille lame me brûle les mains
chaque fois que je la nettoie. (Il regarda ses mains, ou peut-
être le couteau.) J'ai compris que j'étais mort. Ça faisait un

mal de chien avec cette vieille lame : elle a des gravures en argent, vous voyez ? Mais le monstre m'a ouvert le ventre avant de s'enfuir.

— Si une attaque de loup-garou vous tue presque, vous en devenez un, dit Anna d'une voix basse.

Est-ce qu'elle le regrettait toujours ? Charles brûlait du désir de tous les tuer de nouveau, Leo et sa compagne, la meute de Chicago tout entière… mais, en même temps, il était reconnaissant au point d'en être pathétique d'avoir une louve pour compagne ; car elle ne s'affaiblirait jamais et ne mourrait pas, contrairement à toutes les épouses de Samuel.

Frère Loup remua puis se calma, exactement comme Walter.

— La louve qui t'a attaqué n'est pas revenue te voir, après ton Changement ? demanda Charles.

D'habitude, quand un loup Changeait quelqu'un, il était attiré par le nouveau loup-garou pendant un moment. Samuel lui avait une fois exposé sa théorie : essentiellement un impératif génétique pour vérifier qu'aucun loup-garou sans éducation et incontrôlé n'attire trop l'attention.

Walter secoua la tête.

— Comme j'ai dit, je les ai chassées moi-même, après la première pleine lune, elle et cette femme. Qu'est-ce qu'elle est, d'ailleurs ? Elle est foutrement pas humaine – désolé, m'dame – pas avec ce que je l'ai vue faire. Elle a essayé de m'appeler à elle la première fois que j'ai Changé. Je ne savais pas ce qu'elle était, je savais juste qu'elle sentait mauvais, comme la bête. J'ai pensé un moment qu'elle et la bête étaient la même créature, mais après je les ai vues ensemble.

Il avait commencé à neiger doucement une heure plus tôt mais, à présent, de bons gros flocons tombaient avec plus d'intensité, s'accrochant aux cils et aux cheveux. Une partie supplémentaire de sa tension quitta Charles : la neige les cacherait.

253

— Tu as déjà vu la louve sous sa forme humaine ?

Charles ne savait pas à quoi ressemblait la compagne d'Asil sous sa forme humaine, mais une description pouvait être utile.

Walter répondit négativement.

— Non. Peut-être qu'elle n'en a pas.

— Peut-être pas.

Charles ne savait pas pourquoi il était si certain que l'autre louve-garou n'était pas ce qu'elle semblait être. Ils s'enfuyaient, donc il était possible qu'il ait raté ses traces. Mais il avait tendance à croire son instinct quand celui-ci chuchotait si fortement à son oreille.

Il tourna son attention vers Walter. Deux mois, et il avait réussi à se contrôler cet après-midi pour arrêter son attaque dès qu'il s'était rendu compte qu'Anna était une louve-garou et pas une victime. C'était bien plus que pouvaient faire les nouveaux loups.

— Ton contrôle est très bon pour quelqu'un qui vient juste d'être Changé, surtout quelqu'un qui n'a pas reçu d'aide, fit remarquer Charles.

Walter le gratifia d'un regard grave, puis haussa les épaules.

— Je contrôle une bête à l'intérieur de moi depuis la guerre. À part que maintenant j'ai des crocs et des griffes qui poussent, ça n'est pas très différent. Je dois faire attention, comme quand je vous ai suivis. Quand je suis le loup, j'aime le goût du sang. Si j'avais coupé la peau au lieu de déchiqueter ton sac… Eh bien, mon contrôle n'est pas si bon que ça.

Il regarda de nouveau Anna, comme s'il s'inquiétait de ce qu'elle allait en penser.

Anna jeta un regard anxieux à Charles. Était-elle inquiète pour Walter ?

L'idée qu'elle puisse essayer de protéger un autre mâle de lui fit naître un grondement dans sa poitrine, qui n'atteignit pas sa bouche. Il attendit que Frère Loup se calme, puis dit :

—Pour quelqu'un qui n'est loup-garou que depuis deux mois, sans personne pour l'aider, c'est extraordinairement bien.

Il regarda directement Walter, et le loup baissa les yeux. Il était dominant, jugea Charles, mais pas assez pour penser défier Charles : c'était le cas de la plupart des loups.

—Tu pensais qu'Anna était en danger, c'est ça ? dit-il doucement.

L'homme amaigri haussa les épaules, ce qui fit bruisser sa cape de fourrures grossièrement cousues ensemble.

—Je savais pas qu'elle était une louve-garou, elle aussi. Pas avant d'être entre vous deux.

—Mais tu savais que j'en étais un.

L'homme opina du chef.

—Oui. C'est cette odeur, elle m'appelle. (Il haussa les épaules.) J'ai vécu seul toutes ces années, mais c'est plus difficile maintenant.

—Les loups ont besoin d'une meute, lui dit Charles.

Cela ne l'avait jamais dérangé d'avoir besoin des autres loups, mais certains ne s'y adaptaient jamais.

—Si tu veux, dit-il à Walter, tu pourras rentrer avec nous.

L'homme s'immobilisa, les yeux toujours sur ses pieds, mais tout le reste de son corps se concentrait sur Charles.

—Je ne suis pas bien quand je suis près des gens, près du bruit, dit-il. J'ai toujours... Ici, c'est pas grave si j'oublie parfois que c'est la forêt et pas la jungle.

—Oh, vous correspondez parfaitement au profil ! dit sèchement Anna.

Walter sursauta et son regard se tourna vers elle. Elle lui sourit chaleureusement, et Charles vit les oreilles de l'homme rougir.

—La meute du père de Charles abrite beaucoup de gens qui ont du mal à s'intégrer, dit-elle.

— La meute de mon père est sûre, dit Charles. Il s'y efforce. Mais Anna a raison, il a en charge un certain nombre de loups qui ne pourraient pas vivre ailleurs. Si tu veux aller vers une autre meute plus tard, il te trouvera un endroit pour t'accueillir. Si tu ne peux pas le supporter, tu peux revenir ici comme un loup solitaire… quand nous aurons réglé le cas de la sorcière et de sa louve-garou de compagnie.

Walter leva les yeux puis les détourna.

— La sorcière ?

— Bienvenue dans notre monde, soupira Anna. Des sorcières, des loups-garous, et des monstres dans le placard.

— Qu'est-ce que vous allez faire d'elle ?

— La sorcière nous a dit qu'elle cherchait Asil : un loup très âgé qui appartient à la meute de mon père. Donc nous avons pensé sortir de ces montagnes et avoir une longue discussion avec Asil, lui dit Charles.

— Et pendant ce temps ?

Walter frotta ses doigts sur son avant-bras, là où son couteau reposait dans son fourreau sous ses vêtements.

— Tu dois venir et rencontrer mon père, lui dit Charles. Si tu ne le fais pas, il m'enverra pour te ramener, bon gré mal gré.

— Tu crois que tu me forceras à venir avec vous dans la meute de ton père ?

La voix de l'homme était basse et chargée de menace.

— Oh, ça c'était bien joué ! dit Anna d'une voix mordante, visiblement en colère contre lui, alors que Charles ignorait ce qu'il avait fait de mal.

Son père ne tolérerait pas un loup solitaire aussi près de sa meute, et il n'accepterait pas de déclarer Walter loup solitaire à moins de le rencontrer lui-même.

Mais Anna avait déjà tourné son attention vers Walter.

— Qu'est-ce que vous voulez faire ? Rester ici tout seul ? ou redescendre avec nous pour obtenir un peu d'aide et revenir ensuite pour affronter cette louve et sa sorcière ?

Charles leva un sourcil en direction d'Anna, et elle leva les siens en retour.

— Cette louve l'a blessé. Nous sommes venus régler les affaires de la meute… mais, pour Walter, c'est une affaire personnelle. (Elle regarda l'homme.) N'est-ce pas ?

— Le mal doit être détruit, dit-il. Ou il s'empare de tout ce qu'il touche.

Elle acquiesça, comme si ce qu'il venait de dire avait tout son sens.

— Exactement.

Charles avait décidé qu'ils dormiraient sous leurs formes de loups cette nuit-là. Anna ne s'y opposa pas, même si son estomac se crispait à cette idée.

Elle avait commencé à s'habituer à dormir avec Charles, mais un autre loup la rendait nerveuse, peu importe qu'il la traite avec autant de déférence. Mais, dès que le soleil disparut, la température chuta de dix degrés supplémentaires. Avec un seul sac de couchage, Charles avait raison, ils n'avaient pas le choix.

Elle se changea à une centaine de mètres des mâles, grelottante et pieds nus dans la neige – où elle était allée après avoir essayé pour commencer le sol nu sous un grand sapin –, ceux qui appelaient ça des épines savaient de quoi ils parlaient.

Le froid aggravait la douleur du changement et des étoiles dansaient sous ses paupières. Elle essaya de haleter doucement, et des larmes coulèrent le long de ses joues, tandis que ses articulations et ses os se réordonnaient et se recouvraient de chair, et que sa peau se fendait pour devenir fourrure.

Cela prit beaucoup, beaucoup de temps.

Après cela, elle resta étendue, essoufflée et malheureuse, sur la neige couverte de cristaux de glace, trop fatiguée pour bouger. Même le froid, découvrit-elle, avait une odeur.

Par étapes, tandis que sa souffrance s'estompait, elle comprit que pour la première fois depuis la nuit dernière, quand Charles s'était enroulé autour d'elle et l'avait entourée de sa chaleur, elle avait bien chaud. Quand la douleur atroce du début se changea en douleurs plus légères, elle se tendit en étendant les griffes et s'étira comme un gros chat. Son dos craqua tout le long de sa colonne vertébrale.

Elle ne voulait pas rentrer ni se rouler en boule avec un mâle étranger à moins de un mètre. La louve n'avait pas peur du mâle. Elle savait qu'il était peu probable qu'il se comporte comme les *autres*. Mais elle n'appréciait pas non plus beaucoup l'idée de toucher quelqu'un d'autre que Charles.

Près d'elle mais hors de vue, un loup, Charles, fit un petit bruit, pas tout à fait un aboiement ni un gémissement. Titubant comme un poulain nouveau-né, elle se mit sur ses pattes. Elle fit une pause pour secouer la neige de son pelage et s'accorda un moment pour s'habituer à ses quatre pattes, avant de revenir, ses vêtements dans la gueule. Charles trotta devant elle, saisit ses bottes dans lesquelles elle avait fourré ses gants et l'escorta jusqu'à leur couche pour la nuit.

Walter les attendait juste à l'entrée du refuge qu'ils avaient choisi. Dès qu'elle put le voir, elle sut qu'elle n'était pas la seule sans enthousiasme à la perspective de dormir tout contre des étrangers. Walter avait l'air pitoyable, recroquevillé et la queue basse.

Charles ordonna à Walter d'un petit coup d'oreille de s'allonger dans le refuge qu'il leur avait trouvé. Walter s'y terra, et ce fut le tour d'Anna. Charles la poussa derrière Walter, posa ses bottes là où elles ne se rempliraient pas de neige, puis s'allongea devant eux, où il pourrait les protéger. Il n'y avait pas beaucoup de place, même si Walter s'était rencogné le plus près possible des arbres du fond.

Comme Anna s'installait contre lui, Walter eut un tremblement de nervosité. *Le pauvre*, songea-t-elle. Avoir été seul si longtemps, puis être forcé de s'adapter instantanément au comportement de la meute. Sa souffrance avait un étrange effet sur son propre malaise. Inquiète pour lui, elle s'étira et enfonça la truffe dans le collier de Charles. Elle se força à se détendre, en espérant que cela aiderait Walter à faire de même.

Ça, c'était la meute, songea-t-elle, tandis que la chaleur lui venait des deux autres loups. Faire confiance à Charles pour monter la garde grâce à ses sens mieux entraînés. Savoir que les deux loups lui avaient déjà prouvé qu'ils étaient prêts à s'interposer entre elle et le danger, et qu'elle pouvait dormir en sécurité. C'était mieux, bien mieux que sa première meute.

Il fallut du temps avant que Walter cesse de faire semblant d'être une statue de pierre et se détende contre elle un peu plus confortablement. Mais elle ne s'autorisa pas à glisser dans le sommeil avant qu'il ait posé son museau sur sa hanche avec un soupir.

CHAPITRE 11

La douleur tint Charles éveillé pendant que sa compagne et le solitaire dormaient. Sa jambe et sa poitrine lui faisaient clairement savoir qu'il les avait sollicitées trop durement. S'il ne faisait pas attention, il n'allait pas s'en sortir. Mais c'était la pensée de la sorcière qui le maintenait en alerte tandis que la tempête de neige hurlait autour d'eux.

Il n'avait jamais ressenti une chose pareille, un besoin d'obéissance qui s'enroulait intolérablement autour de lui comme une corde jusqu'à ce qu'il ne puisse rien faire d'autre que répondre aux questions de la sorcière. Même son père ne pouvait le contrôler ainsi tant il était dominant ; mais on lui avait parlé de cette sensation. Cependant, les descriptions étaient bien loin de la réalité. S'il n'avait pas déjà été convaincu que son père avait raison d'évaluer attentivement les dominants qu'il dirigeait avant de les autoriser à devenir des Alphas, cet épisode l'aurait fait. Qu'il était terrifiant pour une personne d'être soumis à ce genre de pouvoir, même si on lui faisait confiance. Son respect pour le courage des soumis dans la meute de son père avait grimpé de plusieurs crans.

Si Anna n'avait pas distrait la sorcière et brisé le sort… Il inspira difficilement, et Anna fit un petit bruit de gorge pour le réconforter, alors même qu'elle dormait.

La panique avait disparu depuis longtemps – ou presque – et il avait eu le temps de réfléchir à la manière dont ce sort fonctionnait. Mais il n'avait toujours pas la moindre idée de comment la sorcière avait pu utiliser son… les liens de la meute *de son père* de cette manière.

Il devait en informer ce dernier, lui dire qu'une *sorcière* pouvait entrer de force dans la magie de la meute. Pour ce qu'il en savait, rien de ce genre n'était jamais arrivé. Seules la douleur et la conscience qu'il allait devoir faire attention aux limites de son corps le retenaient et l'empêchaient de courir jusqu'à la voiture. Il devait prévenir son père.

Si Anna n'avait pas été là… Et comment avait-elle su quoi faire ?

Hors de la celle de la meute, la plupart des loups n'avaient que peu de magie, et il aurait juré qu'Anna ne faisait pas exception. Il connaissait très bien son odeur, et elle ne sentait pas la magie. Si leur lien avait été scellé, elle aurait pu puiser dans sa magie à lui…

Il leva la tête et sourit de toutes ses dents. *Anna* n'était pas encore accouplée, mais sa louve, si. Il l'avait sentie appeler son loup quand la sorcière lui avait jeté son sort, mais n'avait pas pensé que cela pourrait les aider d'une quelconque manière. La louve avait utilisé sa magie pour briser le sort. Et Anna n'avait pas encore été acceptée dans la meute de son père, donc l'infiltration de la sorcière dans les liens de la meute ne lui avait pas donné autant de prise sur Anna que sur lui.

Un bruit léger au cœur des hurlements du vent interrompit le cours de ses pensées ; quelque chose marchait sous les arbres. Même si c'était à distance de leur abri improvisé, il écouta et attendit que le vent capricieux tourne et lui en apporte l'odeur. Si c'était la sorcière, il réunirait ses poussins et fuirait, et au diable jambe et poitrine douloureuses.

Mais ce fut une autre personne qui sortit du couvert des arbres et s'arrêta pour qu'il puisse bien le voir. Asil.

Lentement, Charles rampa pour sortir de sous l'arbre. Anna soupira et se réinstalla : l'épuisement la rendait difficile à réveiller. Il resta très tranquille jusqu'à ce qu'il l'entende respirer de nouveau.

Il se dirigea vers l'intrus.

Depuis qu'Asil avait rejoint le Marrok, Charles ne l'avait jamais vu hors d'Aspen Creek ; il n'aimait pas que la première fois se passe ici et maintenant. Ça voulait dire que quoique Asil sache, ça n'allait pas lui simplifier la vie. Il n'aimait pas non plus le fait qu'il ne parvenait pas à dissimuler son boitement.

Charles faisait rarement l'effort de crâner, mais il le fit cette fois-là. Il appela la magie sur lui et la laissa traverser son corps, le changer pendant qu'il marchait. C'était douloureux, mais il savait que cela ne se verrait pas sur son visage et que cela n'empirerait pas son boitement. S'il avait été en meilleure forme et si les esprits l'avaient voulu, il aurait peut-être même pu conjurer une nouvelle paire de raquettes au lieu de devoir peiner. Au moins, la neige du terrain, régulièrement balayée par le vent, ne faisait qu'une trentaine de centimètres d'épaisseur au plus, dont la moitié était tombée cette nuit.

Asil sourit un peu, comme s'il voyait clair dans le jeu de pouvoir de Charles, mais il baissa les yeux. Même si Charles savait qu'il ne devait pas faire confiance à cette soumission apparente sous-entendue par le langage corporel, il s'en contenterait pour le moment.

Il parla à voix basse.

— Comment nous as-tu trouvés ?

C'était une question importante. Ils étaient très éloignés de l'endroit où ils auraient campé si Anna et lui avaient suivi l'itinéraire qu'il avait mis au point avec Tag. Avait-il commis une erreur qui permettrait à la sorcière de les retrouver, elle aussi ? Les bizarreries de ces dernières vingt-quatre heures avaient sérieusement ébranlé sa confiance en lui ; et cela, ajouté à son corps à demi estropié, le rendait plus grincheux que d'habitude.

Asil garda les épaules détendues sous l'épais manteau qu'il portait.

— En vieillissant, on gagne des capacités, pas vrai ? Ton père peut parler à ses loups dans leur tête, peu importe à quelle distance ils se trouvent. Moi, je peux toujours pister mes compagnons de meute. Si vous n'aviez pas détalé comme des lapins épouvantés, je vous aurais retrouvés il y a des heures.

— Pourquoi es-tu là ? dit Charles entre ses dents.

Il n'était pas irrité par l'expression « lapins épouvantés ». Non, il n'était pas irrité.

Se mettre en colère à proximité d'Asil n'était jamais une bonne idée. Le Maure égocentrique et arrogant pouvait vous renvoyer votre colère à la figure avec une bonne dose d'humiliation en prime. Charles ne s'était jamais laissé piéger, malgré toutes les taquineries d'Asil, mais il en avait vu beaucoup succomber. On ne survivait pas aussi longtemps qu'Asil sans être un prédateur rusé.

— Je suis venu m'excuser, dit Asil en levant les yeux pour que Charles puisse y lire sa sincérité. Sage m'a raconté ce qu'avait enduré Anna. Si j'avais su à quoi tu avais affaire, je n'aurais pas créé de problèmes entre ta compagne et toi.

— Tu n'as pas créé de problèmes entre nous, dit Charles.

Impossible, néanmoins, de douter qu'Asil croyait ce qu'il disait.

— Bien. Et toute l'assistance que je peux t'offrir pour vous aider toi et ta compagne t'est acquise. (Il regarda vers le tronc où étaient cachés Anna et Walter.) Dans mon élan de remords, il m'est venu à l'esprit que tu aurais peut-être besoin d'assistance avec ton loup solitaire. Mais on dirait que tout est sous contrôle.

Charles leva les sourcils. «Sous contrôle» n'était pas exactement la manière dont il aurait décrit la journée écoulée.

—Les apparences sont trompeuses, dans ce cas. Sais-tu pourquoi une sorcière serait à ta recherche?

Le visage d'Asil devint blanc, son corps parfaitement immobile.

—Une sorcière?

—Elle a posé spécifiquement des questions sur toi. (Il passa la main sur son front parce qu'il se serait damné si Asil avait pu le voir passer la main sur sa poitrine douloureuse.) Ou bien comment a-t-elle pu forcer les liens de la meute de mon père pour me contrôler plus étroitement que mon père a jamais réussi?

—Une sorcière, dit Asil. Ici?

Charles acquiesça sèchement.

—Si tu ne sais rien d'elle, qu'en est-il de la louve-garou qui semble avoir un lien avec elle? Une femelle dont le pelage est le même que celui de ta compagne…

Il s'interrompit parce qu'Asil, le visage toujours blanc, tomba à genoux; pas comme s'il s'agenouillait devant Charles, mais plutôt comme si ses articulations avaient cédé sous son poids. Cela rappela à Charles la manière dont Walter avait fait de même plus tôt, mais cette fois-ci ce n'était ni l'étonnement ni la grâce inattendue de la présence d'Anna qui l'avait causé.

L'odeur des violentes émotions d'Asil le balaya. Il était impossible de distinguer quelque chose de spécifique dans ce tourbillon, à part la douleur et l'horreur qui étaient toutes deux au premier plan.

—C'est elle alors, murmura Asil. J'avais espéré qu'elle serait morte et disparue pour toujours. Même quand j'ai entendu à quoi ressemblait le loup solitaire, j'ai espéré qu'il s'agissait de quelqu'un d'autre.

Voilà pourquoi Charles ne croyait pas aux coïncidences.

— Tu connais la sorcière ?

Le Maure regarda ses mains gantées de noir, puis les enfonça dans la neige. Il ferma les yeux et se mit à frissonner. Quand il les rouvrit, ils étincelaient d'or.

— C'est elle. Elle l'a volée, et elle ne peut plus se cacher de moi si je la cherche, pas plus que je ne peux me cacher d'elle ici.

Charles inspira profondément en s'efforçant de rester patient.

— Qu'a-t-elle volé… et qui est-elle ?

— Tu sais bien, dit Asil. C'est elle qui a tué ma Sarai. (Il leva ses mains couvertes de neige et se les essuya sur le front. Puis il en vint à la partie insupportable.) Elle a volé notre lien de couple quand elle l'a tuée.

Charles savait — comme tous ceux qui avaient entendu les histoires sur le Maure — que le lien de couple d'Asil et de sa femme leur avait apporté un don inhabituel : l'empathie.

Il ne fit rien d'idiot, comme demander à Asil s'il en était sûr ; même s'il n'avait jamais entendu parler d'une chose pareille de toute sa vie. Être lié à une sorcière, une sorcière noire, par l'empathie était peut-être la pire chose dont il ait jamais entendu parler. Pas étonnant qu'Asil ait demandé à son père de le tuer.

— Cette sorcière a l'air d'avoir à peine vingt ans. Sarai est morte il y a deux siècles.

Asil inclina la tête et murmura :

— Je te le jure, je ne pensais pas qu'elle me trouverait. Les garde-fous de ton père ont tenu tout ce temps… et, s'ils n'avaient pas tenu, je l'aurais forcé à me tuer le jour même de mon arrivée à Aspen Creek. (Il déglutit.) Je n'aurais pas dû le laisser me faire membre de la meute, cependant. Si elle a pu entrer dans les liens de la meute, le seul accès possible c'était par mon intermédiaire, par l'intermédiaire de notre lien de couple.

Douché, Charles regarda le Maure fixement et se demanda s'il pouvait être aussi fou qu'il l'avait toujours proclamé. Parce que, s'il ne l'était pas, cette sorcière posait un problème encore plus important que Charles l'avait pensé.

Des yeux cristallins de loup se levèrent vers lui, qui le regardaient depuis le visage sombre d'Asil tandis que la neige les recouvrait tous les deux.

— Dis-moi ce que tu sais sur la louve qui ressemblait à ma Sarai.

Le désespoir et la détresse teintaient la voix du vieux loup.

— Je n'ai pas connu ta compagne. (La voix de Charles s'adoucit.) Mais la louve qui est avec la sorcière est grande, même pour un loup-garou. Elle a le pelage d'un berger allemand, fauve avec des touches de noir sur le dos. Je crois aussi qu'il y a un peu de blanc sur sa patte avant gauche.

— Les deux premiers orteils, cracha Asil, qui se relevait, plein d'une rage indéniablement réelle, même si elle l'avait saisi de manière presque instantanée. Comment ose-t-elle utiliser la forme de Sarai pour ses illusions ?

Charles croisa les bras. Il allait devoir s'asseoir rapidement, la douleur l'étourdissait.

— Ce n'est pas une illusion, Asil. Sauf si les illusions peuvent transmettre la lycanthropie. Le solitaire que nous avons trouvé ici est sa première victime. Elle l'a attaqué et il l'a mise en fuite, puis il a Changé à la nouvelle lune suivante.

Asil se figea.

— Quoi ?

Charles acquiesça.

— Il y a quelque chose d'étrange avec cette louve. Elle n'est solide que de temps en temps. Anna l'a blessée, et elle s'est enfuie mais, dès qu'elle a été hors de vue, ses traces et son sang ont disparu.

La respiration d'Asil s'arrêta.

— Tu sais quelque chose ?

— Ils étaient tous morts, murmura-t-il.

— Qui ?

— Tous les sorciers de notre connaissance… mais nous avons tous sous-estimé Mariposa.

— *Mariposa* ? Le papillon[1] ?

Les yeux d'Asil étaient noirs dans la nuit.

— Je ne suis pas sorcier.

Ce qui semblait être une réponse bizarre à la question. Charles l'examina.

— Mais tu as vécu très, très longtemps. Et Sarai était herboriste, une guérisseuse, pas vrai ? Tu t'y connais en sorcellerie. Tu sais ce qu'est cette louve.

— Mariposa est la sorcière. Nous l'avons élevée, Sarai et moi, dit crûment Asil. Elle venait d'une famille de sorciers que nous connaissions… Ma compagne était herboriste et elle connaissait la plupart des sorciers de cette partie de l'Espagne, leur fournissait ce dont ils avaient besoin. Un jour, un bohémien est venu à notre porte avec Mari ; elle avait huit ou neuf ans. D'après les informations que nous avons glanées plus tard, la mère de Mariposa avait juste assez de pouvoir pour protéger sa plus jeune fille de l'attaque d'un autre clan de sorciers. Ses parents, grands-parents, frères et sœurs étaient tous morts… et sa mère également. Le bohémien avait trouvé la petite fille errant dans les restes calcinés de sa maison, et avait pensé que ma femme l'accueillerait, car il savait qu'elle avait beaucoup commercé avec cette famille. (Il soupira et se détourna, pour regarder par-delà l'étroite

---

1. « *Mariposa* » signifie « papillon » en espagnol. (*NdT*)

vallée sombre au-dessous d'eux.) C'était une sale époque pour nous tous en Europe. L'Inquisition avait prélevé un terrible tribut à peine deux siècles auparavant ; et, quand ce fut fini, les sorciers ont commencé à se battre pour prendre le pouvoir. Seul Napoléon les a empêchés de s'exterminer complètement les uns les autres.

— Je connais l'histoire, lui dit Charles.

La seule lignée de sorciers européens qui avait survécu à cette lutte de pouvoir était la lignée Torvalis, qui avait des liens avec les gitans. Les sorciers continuaient à naître çà et là dans des familles normales, mais possédaient rarement un dixième du pouvoir des vieilles familles. Les sorciers d'Europe de l'Est et d'Orient n'avaient jamais établi le même genre de dynasties que les sorciers d'Europe de l'Ouest.

— Ils protégeaient leurs sorts les uns des autres, lui dit Asil. C'est pourquoi chaque famille tendait à se spécialiser. Celle de Mariposa était l'une des plus grandes familles de sorciers. (Il hésita.) Mais elle n'était qu'une *enfant*, et c'était leur sort le plus puissant. J'ai du mal à croire qu'ils le lui aient confié.

— Qu'est-ce que c'était ?

— On disait que sa famille avait des gardiens pour leurs territoires, de grands fauves qui patrouillaient, tuaient pour eux, mais n'avaient jamais besoin de boire ou de manger. La rumeur disait qu'ils les fabriquaient à partir de créatures vivantes : ils avaient une ménagerie. (Il soupira.) Une magie aussi puissante, comme tu le sais bien, ne peut être invoquée sans mort ou sang.

— Tu penses que ton papillon a utilisé un tel sort sur ta compagne ?

Asil haussa les épaules.

— Je ne sais rien du tout. Je ne peux que spéculer. (Il inspira.) Elle m'a dit, avant que nous l'envoyions auprès d'une autre sorcière pour ses études, elle m'a dit que le seul endroit où elle se sentait en sécurité était avec Sarai et moi.

Il fit une pause, puis dit d'un air désolé :

—J'étais en Roumanie quand c'est arrivé. J'ai rêvé que Sarai avait été torturée et brûlée. Son cœur avait cessé de battre, ses poumons ne pouvaient plus respirer, mais elle vivait et se consumait de douleur et de pouvoir. J'ai rêvé que Mariposa dévorait mon amour jusqu'à ce qu'il n'en reste plus rien. Sarai a mis beaucoup de temps à mourir, mais pas autant qu'il m'en a fallu pour revenir de Roumanie jusqu'en Espagne. Quand j'ai franchi notre seuil, elle était morte depuis un moment.

Il regarda vers la forêt, mais ses yeux étaient aveugles, et voyaient ce qui s'était passé longtemps auparavant.

—J'ai brûlé son cadavre et enterré ses cendres. J'ai dormi dans notre lit et, quand je me suis réveillé, Mariposa m'attendait… dans ma tête, à la place de Sarai.

Il soupira, prit une poignée de neige et la jeta sur le côté.

—Je n'étais pas Sarai pour être aveuglé par l'enfant qu'elle avait été. En plus, je pouvais sentir sa folie. J'ai su quand Mariposa a décidé qu'elle me voulait, et je me suis enfui. Je suis parti en Afrique et la distance a aidé à fragiliser le lien. À ce moment-là, j'ai compris que, si j'étais trop près, elle pouvait faire de moi ce qu'elle voulait. (Il ouvrit la bouche et haleta à plusieurs reprises, comme s'il était sous sa forme de loup et bouleversé.) Pendant des années j'ai attendu, j'étais sûr qu'elle mourrait. Mais elle n'est jamais morte. (Asil serra ses bras autour de lui, puis se retourna et fit de nouveau face à Charles.) Je pense que ce doit être un effet secondaire de ce qu'elle a fait à Sarai, qu'elle a volé l'immortalité de Sarai comme elle nous a dérobé notre lien. Je ne comprenais pas pourquoi elle faisait ça, je le jure. Mais, si son intention était de créer une de ces créatures pour lesquelles sa famille était renommée… tout s'explique. Elle a vu toute sa famille assassinée, vu sa mère mourir en la protégeant du sort créé pour tuer tout le monde dans sa maison.

Charles entendit la compassion dans la voix de l'homme et la contra avec la vérité.

— Alors elle a tué ta femme, qui l'avait accueillie, protégée et élevée. Elle l'a torturée à mort pour se procurer un moyen de se protéger. (Son instinct lui avait soufflé que c'était une sorcière noire ; et les sorciers noirs étaient une sale engeance, tous autant qu'ils étaient.) Et maintenant, elle te veut toi… probablement pour la même raison.

— Oui, murmura Asil. Je fuis depuis si longtemps.

Charles se frotta de nouveau le front, mais cette fois-ci parce qu'il sentait poindre la migraine.

— Et maintenant tu as décidé de venir ici et de t'offrir à elle sur un plateau.

Asil eut un rire saccadé.

— Je suppose que c'est ce qu'on dirait. Avant que tu me dises qu'elle était là, j'étais encore convaincu que mes soupçons étaient infondés. (Son visage perdit toute trace d'amusement, et il dit :) Je suis heureux d'être là. Si elle détient une partie de ma Sarai, je dois l'arrêter.

— J'envisageais d'appeler Bran pour qu'il vienne, dit Charles. Mais je commence à croire que ce ne serait peut-être pas la meilleure stratégie. (Asil fronça les sourcils.) Qui est plus dominant ? lui demanda Charles. Toi ou moi ?

Les yeux d'Asil s'étaient assombris pendant leur conversation mais, à la question de Charles, ils se mirent à briller sauvagement.

— Toi. Tu le sais bien.

— Donc, dit Charles, le regard rivé sur lui jusqu'à ce qu'il détourne ses yeux d'ambre en signe de défaite, comment la sorcière, en utilisant ton lien de couple et tes liens avec la meute, a-t-elle fait pour *me* contrôler?

Dès que Charles était sorti parler à Asil, Anna avait commencé sa transformation. Elle avait besoin de faire face à ce loup avec sa langue plutôt qu'avec ses crocs et ses griffes. Il était trop doué pour énerver son compagnon; et Charles était toujours instable à la suite de sa rencontre avec la sorcière.

Elle ne pensa absolument pas à Walter avant de se retrouver nue et haletante dans l'air froid de la nuit. Elle avait peut-être eu trois ans pour s'habituer à se retrouver nue devant des inconnus, mais pas lui.

Elle lui jeta un coup d'œil, mais il lui tournait la tête et semblait absorbé par un tronc d'arbre proche, en parfait gentleman.

Elle cessa de s'inquiéter de lui et sauta dans ses vêtements et ses bottes glacés parce qu'elle sentait monter la rage de Charles à l'égard d'Asil; celui-ci avait mis en danger le Marrok et sa meute. Mais, plus que cela, elle s'inquiétait parce que ni Charles ni Asil ne s'étaient aperçus à quel point Charles était proche de son point de rupture. Elle trouvait curieux qu'elle l'ait remarqué.

Bottes aux pieds, emmitouflée dans son manteau, Anna rampa hors de l'abri et se remit debout. Elle ne s'embêta pas avec les raquettes; la nuit était encore jeune. Elle jeta un coup d'œil à la lune croissante; plus que quelques jours avant la pleine lune. Pour la première fois, cela ne la rendait pas malade d'anxiété. Avec Walter sous forme de loup sur ses talons, elle traversa péniblement le terrain où Charles et Asil attendaient.

C'était mauvais signe, songea-t-elle, si ni Charles ni Asil ne semblaient l'entendre approcher.

—Est-ce qu'elle pourrait exploiter le pouvoir du Marrok, comme Leah ? demanda Anna.

Les deux hommes se retournèrent pour les dévisager, elle et Walter, Charles visiblement mécontent de ne pas avoir remarqué leur arrivée. Asil, les jambes de son jean détrempées, semblait plus inquiet de voir Walter, qui avait les oreilles plaquées en arrière et montrait les crocs.

Anna posa la main sur le cou de Walter pendant qu'elle faisait les présentations.

—Asil, voici Walter. Walter, voici Asil, le loup dont nous t'avons parlé.

Asil fronça les sourcils devant le loup noir, qui l'observa en retour et retroussa les babines pour découvrir ses crocs.

—Arrête ça, dit-elle à Walter, en espérant qu'il l'entendrait.

Un combat de dominance immédiat était la dernière chose dont ils avaient besoin. Il fallait toujours du temps pour qu'un nouveau loup établisse sa place dans la meute. Il était intéressant que Walter n'ait pas deviné immédiatement qu'Asil avait un rang plus élevé.

—Nous aurons besoin que tout le monde soit en état de se battre.

—Walter a sauvé quelqu'un de la louve de la sorcière et en est ressorti Changé, dit Charles. Il a accepté de nous aider.

Il aurait pu le présenter de manière bien différente, songea Anna. Elle posa la main sur la tête de Walter en un geste protecteur. Au lieu de renvoyer le nouveau loup, Charles avait clairement fait savoir qu'il se trouvait sous sa protection et qu'il était un allié de valeur dans leur tentative pour contrecarrer la sorcière.

Si contente qu'elle soit, elle ne voulait pas que Charles et Asil se battent, aussi répéta-t-elle :

—Est-ce que Mary… Mariposa pourrait drainer le pouvoir du Marrok au travers du lien de la meute ?

—Cela ressemblait vraiment au pouvoir de mon père. Mais mon père ne peut pas me retenir comme ça, répondit Charles en cessant de froncer les sourcils.

Asil avait l'air grave.

—Une sorcière assez puissante peut contrôler n'importe quel loup-garou qui n'a pas de meute pour le protéger. C'est interdit par la loi des sorciers, mais c'est possible. Un des problèmes que Sarai et moi avions avec Mariposa était qu'elle obligeait les gens à faire des choses… comme tuer leurs animaux de compagnie. Et elle a eu le temps de devenir encore plus puissante. Je pense que comme elle est, par mon intermédiaire, *de facto* un membre de la meute, elle a peut-être réussi à combiner les pouvoirs de ton père avec les siens.

Anna n'était pas sûre des implications, mais Charles avait clairement l'air mécontent.

—Est-ce que nous allons toujours parler au Marrok ? demanda Anna. Même s'il ne peut pas venir ici, est-ce qu'on ne devrait pas le prévenir ?

Charles s'immobilisa.

—À ton avis, que ferait ton père si nous lui racontions toute l'histoire ? demanda Asil. (Charles ne répondit pas.) Oui, acquiesça Asil. C'est aussi ce que je pense. Il débarquerait ici… après nous avoir tous forcés à rentrer chez nous. Peu importe que ce soit une action incroyablement stupide. Il protège les siens et a tellement confiance en sa réputation d'invulnérabilité que tout le monde le pense aussi. Tuer le docteur Wallace l'a fait souffrir et il ne prendra pas le risque de perdre quelqu'un d'autre avant un bon moment. Certainement pas un fils.

—Aucune sorcière ne peut contrôler mon père, dit Charles. (Mais Anna put entendre le doute dans sa voix.

Peut-être que lui aussi, parce qu'il tourna la tête et dit, plus doucement :) Nous devrons la pourchasser nous-mêmes.

Asil orienta soudain son visage vers le vent et ferma les yeux. Puis il s'immobilisa.

Charles se tourna brusquement vers leur campement, Anna bougea pour regarder elle aussi, mais elle ne vit rien. Pas tout de suite.

Elle semblait fusionner avec le vent et la neige. Sa fourrure luisait d'argent, d'or et d'ombre. Ils se figèrent tous pour l'observer alors que ses yeux étaient rivés sur Asil. Au bout de quelques secondes, la louve sauta au bas de la souche et marcha doucement vers eux, en gémissant. Sa queue remua, juste un peu.

Asil commença à avancer vers elle, mais Charles l'attrapa et le retint.

—Sarai ? demanda Asil d'une voix rauque, apaisé par la pression que Charles exerçait sur lui.

La louve baissa la tête et la queue dans une posture de soumission classique. Elle gémit de nouveau. À côté d'Anna, Walter gronda et se plaça entre elle et la louve. Mais cette dernière n'avait d'yeux que pour Asil.

Elle émit un son suppliant et désespéré. Puis elle fit demi-tour et s'enfuit. Anna la regardait, donc elle ne vit pas ce qu'Asil fit, sauf quand il se libéra soudain de la prise de Charles et se mit à courir derrière celle qui ressemblait à sa compagne.

Charles ne le poursuivit pas. Il se contenta de les regarder disparaître tous les deux dans l'obscurité.

—Ce n'est pas bon, n'est-ce pas ? murmura Anna.

—Non.

La voix de Charles était grave.

—Alors, qu'allons-nous faire ? Est-ce que nous devrions les traquer ?

— Non. (Charles regarda Walter.) Mais je ne pense pas que nous en ayons besoin, pas vrai ? La sorcière est toujours dans la vieille cabane des services forestiers.

Walter jappa doucement pour marquer son accord.

— Nous n'allons pas prévenir le Marrok ? (Le vent se leva de nouveau, et Anna frissonna.) Est-ce que tu es sûr que c'est une bonne idée ? Est-ce que ton père a un sorcier à son service qui pourrait nous aider ? Mon ancienne meute en partageait un avec l'autre meute de Chicago.

— La sorcière d'Asil a trouvé le moyen de contrôler un loup-garou sous la protection de la meute, dit Charles. Je n'ai jamais entendu parler d'une chose pareille, donc je ne pense pas qu'elle a répandu la nouvelle. Heureusement, les sorciers sont jaloux les uns des autres. Si elle est la seule sorcière à savoir comment faire, nous devons faire en sorte qu'elle le reste. Nous ne pouvons pas mêler un autre sorcier à tout ça.

Il regardait toujours l'endroit où l'animal de la sorcière avait disparu dans l'obscurité.

— Et pour ton père ?

— Asil a raison. Il voudra s'en charger tout seul.

— Il pourrait le faire ?

Charles commença à hausser les épaules mais s'interrompit au milieu de son mouvement, comme s'il avait mal.

— Elle n'a pas eu le moindre problème avec moi. Ce qui ne veut pas dire que mon père ne pourrait pas la battre, mais s'il échoue… Mon père contrôle tous les loups-garous d'Amérique du Nord, Anna. Tous. Si elle s'empare de lui, elle pourra tous les avoir.

— C'est ce qu'elle veut ?

Elle vit que Charles chancelait légèrement.

— Je ne sais pas. Elle cherche Asil depuis longtemps, mais mon père est une sacrée prise.

Anna fit un pas en direction de Charles et enroula son bras autour de sa taille pour l'aider à maintenir son équilibre.

—Est-ce que nous sommes en sécurité ici pour le reste de la nuit ? ou est-ce qu'elle va venir nous chercher ?

Il baissa la tête pour la regarder et soupira.

—Aussi en sécurité qu'ailleurs, j'espère. Elle a Asil pour la tenir occupée. Pauvre vieux Maure. Si j'étais en meilleur état, je les aurais suivis. Mais il est tout seul pour cette nuit. (Un sourire sans humour passa sur son visage.) Nous n'avons pas d'autre choix que de passer la nuit ici, lui dit-il. J'ai besoin de manger et de me reposer avant de pouvoir faire un kilomètre de plus.

Elle le guida jusqu'à un des arbres abattus, dans un endroit qui était un peu abrité du vent, et ranima le feu de camp. Walter bloqua le vent tandis qu'elle utilisait un morceau d'allume-feu et le briquet pour forcer le feu à prendre sur les morceaux de bois les plus secs qu'elle avait pu trouver. Pendant que l'eau chauffait, Anna refit le bandage sur les côtes de Charles avec des bandes découpées dans une chemise propre. Docile comme un enfant, il la laissa faire.

Elle lui donna deux repas lyophilisés, en passa un à Walter et en prit un pour elle. Quand ils eurent fini, elle éteignit le feu à coups de pied dans la neige, puis ramena rapidement Charles dans leur premier abri. Elle était trop fatiguée pour essayer de changer de nouveau, et Charles était encore plus mal qu'elle. Walter se roula en boule devant eux deux, et bloqua efficacement le vent et la neige pour les empêcher de les atteindre.

Anna ouvrit les yeux dans l'obscurité, certaine que quelque chose l'avait encore réveillée. Elle leva la tête de la peau à l'odeur douce et chaude de Charles, et regarda autour d'elle. Walter était invisible et, à un moment dans la nuit, elle et Charles avaient échangé leurs positions, donc il était étendu entre elle et le danger.

Le vent et la neige avaient cessé, laissant la forêt silencieuse et propre à l'écoute.

—*Me transmitte sursum, Caledoni*[1], murmura-t-elle.

Quel dommage que M. Scott ne puisse pas effectivement les téléporter en lieu sûr. Il y avait quelque chose d'effrayant dans l'atmosphère.

Elle écouta attentivement mais n'entendit rien. Le lourd silence pesait dans ses oreilles et rendait ses battements de cœur plus forts dans la nuit d'hiver immobile.

Ses battements de cœur, sa respiration, c'était la seule chose qu'elle entendait.

—Charles ? murmura-t-elle en lui touchant l'épaule, non sans hésitation.

Quand il ne lui répondit pas, elle le secoua.

Son corps tomba loin du sien. Il était couché sur le flanc, mais il roula mollement hors de leur abri de fortune jusque dans la neige. La lune l'illuminait presque aussi bien que l'aurait fait le soleil.

La respiration d'Anna se bloqua dans sa poitrine, suivie d'une vague de douleur qui lui fit monter les larmes aux yeux ; le sang avait mouillé son dos au travers de son manteau. Du noir luisait sur ses doigts : du sang, le sang de Charles.

—Non. (Elle s'assit, se cogna la tête contre l'arbre mort sous lequel ils dormaient mais, sans tenir compte de la douleur, elle se précipita vers lui.) Charles !

---

1. Traduction littérale de « *Beam me up, Scotty.* », phrase culte tirée de *Star Trek* par laquelle le capitaine Kirk demande à M. Scott de le téléporter jusqu'à l'*Enterprise*. (*NdT*)

Bran s'assit d'un coup dans son lit, le cœur battant et la respiration haletante. L'air frais de la chambre souffla sur son corps en sueur. *Une sorcière.*

—Qu'y a-t-il?

Leah roula sur elle-même et posa le menton dans ses mains, le corps détendu et rassasiée.

—Je ne sais pas.

Il prit une profonde inspiration, mais il n'y avait pas d'étranger dans sa chambre. Même s'il avait rapidement repris ses esprits, le souvenir de son rêve lui échappait. Tout, à l'exception d'un mot: *«sorcière»*.

Son téléphone portable sonna.

—Qu'est-ce qui ne va pas, Père? (La voix de Samuel était bien éveillée.) Pourquoi m'as-tu *appelé*?

Il fallut un moment à Bran pour comprendre que Samuel ne parlait pas d'un appel téléphonique. Il passa la main sur son visage et essaya de se rappeler. *«Sorcière»*. Pour une certaine raison, ce mot faisait naître des sueurs froides le long de sa colonne vertébrale.

Peut-être qu'il avait rêvé du passé. Il ne le faisait plus souvent. Et, quand cela arrivait, ce n'était pas à propos de la sorcière, c'était à propos de ceux qui avaient péri sous ses crocs après la mort de la sorcière.

Non, cela ne ressemblait pas à un rêve empli de souvenirs. Cela ressemblait à un rêve d'avertissement. Dès que cette pensée lui vint, il perçut de nouveau le sentiment d'urgence qui l'avait réveillé. Quelque chose n'allait pas.

—Qu'est-ce que j'ai dit?

Sa voix lui obéissait, elle avait un ton calme et curieux.

—«Debout», dit Samuel sèchement.

—Pas très utile. (Bran passa les doigts dans ses cheveux.) Je suis désolé de t'avoir dérangé, je dormais.

La voix de Samuel s'adoucit.

—C'était un cauchemar, Père ?

Comme en réponse à sa question, Bran vit une image, un fragment de son rêve…

—Charles a des problèmes.

—À cause du solitaire ? (Samuel parlait avec une incrédulité polie.) Je n'ai jamais vu un loup solitaire donner du fil à retordre à Charles.

Sorcière.

Mais pas sa sorcière à lui, pas la sorcière qui l'avait transformé en monstre il y avait si longtemps. Morte, mais jamais oubliée. Une autre sorcière.

—Père ?

—Attends, laisse-moi réfléchir. (Au bout d'un moment, il dit :) Charles et Anna sont partis à la recherche du loup solitaire il y a deux jours.

Parfois, juste énoncer les choses à voix haute l'aidait à faire remonter ce dont il avait rêvé. Les rêves d'avertissements, c'était nul : il finissait par se souvenir de leur sujet, mais parfois *après* que tout fut fini.

—Asil est venu ce soir. Il était en colère contre moi d'avoir envoyé Charles en mission si tôt après avoir été blessé, dit Bran.

—*Asil* était inquiet pour Charles ?

Samuel avait l'air sceptique.

—C'est exactement ce que je pense. Stupéfiant. Même s'il n'était pas trop en colère jusqu'à…

—Quoi ?

Bran se massa le front.

—Je suis trop vieux. J'ai oublié. Quelle histoire stupide… Eh bien, tout s'explique.

—Père ?

Il rit.

—Désolé. Asil est parti hier matin, je présume pour retrouver Charles, mais je viens juste de comprendre pourquoi.

La description du loup solitaire correspond à la louve de Sarai, la compagne d'Asil.

— Elle est morte depuis longtemps.

— Deux cents ans. Asil m'a dit qu'il avait brûlé son corps et enterré les cendres lui-même. Si vieux soit-il, il ne peut pas me mentir. Elle est morte.

Leah roula de son côté du lit et ramassa ses vêtements. Sans le regarder, elle sortit de la chambre pour retourner dans la sienne. Il l'entendit fermer la porte derrière elle et sut qu'il l'avait blessée parce qu'il avait cette conversation avec Samuel plutôt qu'avec elle, sa compagne.

Mais il n'avait pas le temps de s'excuser : il venait d'avoir une intuition bizarre.

Sorcière.

— Samuel, dit-il, sentant qu'il tenait quelque chose. Pourquoi brûlerais-tu un corps ?

— Pour dissimuler son identité. Parce qu'il fait trop froid pour l'enterrer. Parce que sa religion l'exige. Pour empêcher qu'une maladie se répande. Parce qu'il y a trop de corps et qu'on n'a pas de bulldozer sous la main. Je chauffe ?

Il était trop inquiet pour s'amuser.

— Pourquoi est-ce qu'Asil aurait brûlé le corps de Sarai en Espagne pendant les guerres napoléoniennes ?

— Un sorcier.

Sorcière.

— J'ai rêvé d'une sorcière, dit Bran, désormais sûr de son fait.

— La compagne du Maure a été torturée à mort pendant des jours, dit Samuel d'une voix pensive. J'ai toujours supposé qu'il s'agissait d'un vampire. Une sorcière n'aurait jamais été capable de retenir un loup-garou pendant des jours… La tuer, oui, mais pas la torturer.

— J'en connais une qui pourrait.

— Grand-mère est morte depuis longtemps, Père, dit prudemment Samuel.

— Tuée et dévorée, dit Bran d'un air impatient. Je me contentais de souligner que nous connaissons une exception. Quand il y en a une, il peut y en avoir d'autres.

— Sarai était la compagne *du Maure*, et ils appartenaient à une meute. Notre situation était différente. Et Sarai a été tuée il y a deux siècles. Les sorciers ont une durée de vie humaine.

— Asil m'a dit qu'il rêvait ces derniers temps. D'*elle*. J'ai supposé qu'il parlait de Sarai.

Il n'y avait que le silence à l'autre bout du fil. Samuel aussi était au courant pour les rêves.

— Je n'en sais *rien*, dit Bran. Peut-être que Sarai a été tuée par un vampire et que ce loup qui a le même pelage qu'elle n'est qu'une coïncidence. Peut-être qu'Asil a brûlé le corps de Sarai parce qu'il ne pouvait pas supporter l'idée qu'elle pourrisse dans une tombe. Peut-être que mon rêve n'était qu'un rêve, et que Charles est déjà sur le chemin du retour avec notre loup solitaire.

— Tu sais, dit Samuel d'un air pensif, tu viens juste de démontrer que tu as raison en argumentant du contraire, mieux que lorsque tu argumentais en ta faveur. Je me demande si ça veut dire quoi que ce soit sur la manière dont fonctionne ton esprit.

— Ou le tien, dit Bran en souriant malgré lui. Je vais partir à la recherche de Charles.

— Bien, dit Samuel. Est-ce que tu veux que je rentre ?

— Non. Tu habites chez Adam ou chez Mercy ?

— Je suis ton fils, dit-il d'un air suffisant malgré l'inquiétude qui sous-tendait ses paroles. Chez Mercy, bien sûr.

Bran sourit et raccrocha. Puis il se leva et s'habilla pour sortir.

Il s'arrêta devant la porte fermée de Leah, mais on ne pouvait pas changer ce qui n'allait pas entre eux. Il ne souhaitait même pas que cela change, il regrettait juste qu'elle soit blessée si souvent. À l'arrivée, elle se retrouvait seule.

Il ne laissa pas de message ; elle ne s'inquiéterait pas de savoir où il allait ni pourquoi.

La gorge d'Anna lui faisait mal à force de pleurer tandis qu'elle était étendue sur le corps refroidi de Charles. Son visage était mouillé de larmes et de sang qui gelaient dans le froid perçant. Les extrémités de ses doigts la brûlaient à cause de la neige.

Il était mort, et c'était sa faute. Elle aurait dû s'apercevoir que l'hémorragie était pire qu'il l'avait laissé voir. Elle ne l'avait que depuis quelques jours.

Elle se releva du corps, s'assit en tailleur sur le sol froid, et considéra son beau visage exotique. Il avait vécu deux cents ans ou plus, et elle l'avait connu si peu. Elle voulait tout savoir. Comment ça faisait de grandir comme un loup-garou ? Quelles bêtises avait-il fait ? Elle ne connaissait même pas sa couleur préférée. Est-ce que c'était le vert, comme dans sa chambre ?

— Le rouge. C'est le rouge.

Sa voix murmurait à son oreille, ce qui la surprit.

Mais c'était impossible, n'est-ce pas ?

Elle tendit la main pour toucher le corps de Charles, mais elle cligna des yeux juste une fois et se retrouva étendue sur le dos sous Charles, qui était très vivant, même si le côté gauche de son visage semblait avoir été griffé par un fauve.

Elle était haletante, et ses mains lui faisaient mal pendant qu'elles redevenaient lentement humaines. *Était-ce elle qui l'avait blessé ?* Elle avait l'impression que son cœur s'était arrêté dans sa poitrine et venait à peine de recommencer à battre.

— Charles ? réussit-elle à dire.

Son visage ne bougea pas beaucoup, mais elle vit quand même son soulagement, et le sentit quand sa prise sur elle se détendit.

Il posa brièvement son visage contre son cou et inspira contre son oreille. Quand il se redressa, il se déplaça à côté d'elle et dit :

— Tu n'avais qu'à demander.

Elle s'assit, faible et désorientée.

— Demander ?

— Quelle était ma couleur préférée.

Elle le dévisagea. Est-ce qu'il se moquait ?

— Tu étais mort, lui dit-elle. Je me suis réveillée, il y avait tout ce sang et tu ne respirais plus. Tu étais mort.

Un grognement derrière elle la surprit ; elle avait complètement oublié Walter.

— Je le sens aussi, loup, dit Charles, tandis que les plaies de son visage cicatrisaient rapidement. De la sorcellerie. Est-ce qu'elle t'a pris quelque chose, Anna ? De la peau, du sang ou des cheveux ?

Quand la louve était apparue, Mary l'avait saisie par les cheveux.

— Des cheveux.

Sa voix était si rauque qu'elle ne la reconnut pas.

— Quand il y a des sorciers dans le coin, il vaut mieux garder ses distances, dit-il. Tes cheveux lui ont permis de t'atteindre dans tes rêves. Si tu étais morte en rêve, tu serais morte dans la réalité.

Elle savait que ce serait important d'ici une minute, mais pas maintenant. Un peu frénétiquement, elle défit le manteau de Charles. Il lui prit les mains et demanda :

— Qu'est-ce que tu veux ? Je peux t'aider ?

Ses mains étaient si chaudes, mais il avait été chaud aussi avant d'être mort.

—Je dois voir ton dos.

Il la lâcha, retira son manteau et, toujours à genoux, se retourna pour qu'elle puisse voir que les bandes de chemise qu'elle avait enroulées autour de son torse n'étaient pas tachées de sang. Elle posa la tête contre son épaule et inspira son odeur. En dessous, elle pouvait sentir le vieux sang et l'odeur piquante d'une blessure en voie de guérison.

Elle attrapa sa chemise des deux mains et essaya de se reprendre.

—Ce n'était qu'un cauchemar? dit-elle.

Elle avait peur de le croire. Peur que son rêve soit la vérité et que ceci soit le rêve.

—Non, dit-il. C'était la somme de tes pires peurs. (Il se retourna dans son étreinte et l'entoura de ses deux bras, enveloppant son corps froid de sa propre chaleur. Il murmura à son oreille:) Nous avons essayé de te réveiller pendant un quart d'heure. (Il s'arrêta, puis reprit:) Tu n'étais pas la seule à avoir peur. Ton cœur s'est arrêté. Pendant presque une minute, j'ai essayé en vain de te faire respirer... Je... J'imagine que tu auras des bleus. Le massage cardiaque fait partie de ces choses que je trouve difficiles; la ligne est si mince entre forcer l'air et casser les côtes. (Il resserra sa prise et murmura:) C'est un des problèmes quand on a un frère médecin, je sais que peu de gens survivent à un massage cardiaque.

Anna se surprit à lui tapoter le dos; sur le dessus de son épaule, bien loin de sa blessure.

—Oui, eh bien, je parie que la plupart d'entre eux ne sont pas des loups-garous.

Il s'arracha à son étreinte au bout d'un moment, et dit brusquement:

—Tu as froid. Je pense qu'il est temps de manger de nouveau. Nous avons encore quelques heures avant le lever du jour.

—Comment vas-tu ?

Il sourit.

—Mieux. Beaucoup de nourriture, un peu de repos et je suis presque remis à neuf.

Elle le regarda attentivement pendant qu'il prenait quelques sachets de nourriture dans le sac : des choses qui n'avaient pas besoin d'eau chaude. Encore des fruits secs et de la viande séchée.

Elle arracha un morceau de viande séchée avec ses dents.

—Tu sais, j'aimais ce truc avant.

Mangeant les morceaux qu'elle lui donnait, Walter s'étendit à ses pieds. Étant donné sa taille, il réchauffa bientôt ses orteils gelés.

Ils s'allongèrent de nouveau, Anna prise en sandwich entre les mâles, Charles de nouveau dans son dos.

—J'ai peur de me rendormir, dit-elle.

Et ce n'était pas parce qu'il lui avait dit que la sorcière aurait pu la tuer. Elle ne pouvait supporter l'idée de voir encore le cadavre de Charles.

Charles raffermit son étreinte autour d'elle et commença à chanter doucement. C'était un chant amérindien : elle en reconnut le ton nasal et l'étrange tonalité.

Walter soupira et s'installa plus confortablement alors que tous attendaient le matin.

CHAPITRE 12

L'obscurité ne dérangeait pas du tout Bran tandis qu'il suivait les indications de Tag pour arriver à l'endroit que lui et Charles avaient estimé être le meilleur point de départ. Il dépassa la Subaru d'Asil et eut une hésitation ; si Asil était allé à la recherche de Charles, il connaissait le moyen le plus rapide pour y arriver.

Mais Charles serait retourné à sa voiture si quelque chose s'était mal passé. Bran poursuivit donc sa route.

D'autres possibilités lui traversèrent l'esprit. Il y avait des sorciers à la solde des loups. Pas dans sa meute : il ne faisait pas affaire avec les sorciers noirs, et la plupart des sorciers blancs n'étaient pas assez puissants pour être utiles. Mais il avait des sorciers à sa disposition.

S'il y avait une sorcière âgée de deux cents ans capable de retenir et de torturer un loup-garou pendant deux jours, il n'avait aucune intention de rendre ce fait public et d'encourager ainsi les autres sorciers à l'imiter. D'autant plus que, comme la mère de Bran, elle avait pu obtenir ses capacités grâce à un quelconque lien avec un loup-garou.

Non. Mieux valait laisser les sorciers hors de tout cela.

Il pourrait rappeler Charles.

Cette partie-là était plus difficile. La télépathie était le moyen dont sa mère avait usé pour lui imposer ses horribles chaînes au début. C'était pour cela qu'il ne pouvait plus lire les pensées des autres.

Il avait tué la sorcière qu'était sa mère et en réaction avait perdu ce don : une des nombreuses bénédictions causées par sa mort. Il avait lentement retrouvé la capacité à parler d'esprit à esprit, mais jamais celle de les écouter.

La seule raison pour laquelle sa mère avait été capable de l'asservir par l'intermédiaire de son don était parce qu'elle le partageait avec lui. Chose rare, même parmi les sorciers-nés. Il aurait été surpris qu'il existe un autre sorcier doué de ce talent en Amérique du Nord. Mais il aurait trop peur d'essayer avant d'être sûr que son fils était libéré de la sorcière d'Asil.

De tous les utilisateurs de magie au monde, Bran méprisait et redoutait les sorciers par-dessus tout. Probablement parce que, si les choses avaient tourné autrement, il aurait été l'un d'entre eux.

Il quitta l'autoroute et grimpa jusqu'à Silver Butte. Les traces d'un véhicule plus large que la normale le précédaient. Charles avait suivi le plan jusque-là, en tout cas.

Suivre la montée empruntée par le Hummer avec le pick-up de Charles était un peu hasardeux, et chassa tous ses autres soucis. Il commençait à penser qu'il aurait dû se garer à côté de la voiture d'Asil quand il sortit d'un virage et manqua rentrer dans le Hummer, dont le pare-chocs touchait l'écorce d'un arbre.

Il s'arrêta et ne laissa pas plus de quinze centimètres entre le pick-up de Charles et le Hummer. Il coupa le moteur et se gara juste là parce que les arbres étaient trop denses pour circuler, et qu'il ne faisait pas confiance à cette neige blanche et lisse qui pouvait dissimuler une ornière.

Il n'y avait pas eu d'endroit sûr pour faire demi-tour dans les quatre cents derniers mètres ; il se demanda s'il allait devoir refaire tout le périple en marche arrière pour repartir. Il eut un sourire ironique envers lui-même ; ce ne serait pas vraiment un problème s'ils ne s'en sortaient pas.

Asil avait eu le temps de retrouver Charles. Asil connaissait les sorciers. À coup sûr, son fils et le Maure pouvaient faire face à tout ce qu'ils trouveraient. Si Charles tenait son cap, Bran espérait les retrouver avant la tombée de la nuit et les sortir de là.

Il laissa la clé sur le contact. Personne ne viendrait probablement par ici pour voler le pick-up et, si jamais quelqu'un le faisait… eh bien, il pourrait s'arranger avec Charles.

Il n'avait pas pris la peine de mettre un manteau, car il avait l'intention d'y aller sous sa forme de loup de toute façon. Il se déshabilla dans la cabine chauffée, s'arma de courage, et sauta hors du pick-up avant d'avoir achevé son changement. Ouvrir les portières sous forme de loup était possible, mais en général l'opération laissait des traces. Et même si son fils marmonnait souvent dans sa barbe pour exprimer sa haine des voitures, il aimait son pick-up.

Bran partit d'un petit trot régulier, un rythme qu'il pourrait tenir toute la journée. Cela faisait longtemps qu'il n'était pas venu dans ces montagnes. Elles n'avaient jamais été son terrain de chasse favori, même s'il ne pouvait pas s'en expliquer la raison. Charles soutenait que les Cabinet Mountains n'accueillaient pas les intrus, et il supposait que cette explication en valait bien une autre.

Suivre le trajet prévu par Charles en sens inverse semblait être le meilleur moyen de commencer. Leur boucle tout entière ne faisait pas plus de cinquante kilomètres ; il pouvait courir tout du long et être de retour aux voitures juste après la tombée de la nuit.

À part le petit porche à la peinture verte écaillée, la cabane n'avait pas substantiellement changé depuis la dernière fois que Charles l'avait vue, peut-être cinquante ans auparavant. Elle ne payait pas de mine : c'était une petite cabane en rondins comme il y en avait des centaines dans les zones sauvages du Montana, construites pour la plupart pendant la Grande Dépression par les équipes du corps civil de protection de l'environnement.

Les rondins étaient ternis par des années de soleil, de pluie et de neige. Un véhicule cabossé avec des chaînes neuves était discrètement garé entre la cabane et la forêt qui s'étendait derrière.

Charles arrêta Anna à environ trente mètres sous le vent, là où les arbres les cachaient efficacement. Dès qu'il la fit s'arrêter, Walter s'aplatit sur le sol à ses pieds, comme s'il était son chien dévoué… qui pesait à peu près le même poids qu'un ours brun moyen et était capable de causer bien plus de dégâts.

La dévotion de Walter était si évidemment asexuée que Charles ne pouvait rien trouver à y redire. Le *« je crois que je pourrais dormir »* enthousiaste de Walter lui revenait régulièrement en mémoire. Il savait ce que c'était qu'être hanté par des souvenirs de mort et de meurtre. Si elle parvenait à accorder un peu de paix à Walter, il s'en réjouissait.

Charles était concentré sur la cabane et il aurait aimé ne pas avoir peur. Cela faisait longtemps qu'il n'avait pas eu peur comme ça. Il s'était habitué à s'inquiéter pour Samuel, pour son père et, plus récemment, pour Anna, mais pas pour lui. Le souvenir de la façon dont la sorcière d'Asil l'avait maintenu en son pouvoir, comme si elle était son Alpha, avait réellement entamé sa confiance en lui.

Il caressa doucement l'épaule d'Anna. Il *savait* qu'elle n'était pas aussi fragile qu'elle en avait l'air, car aucun loup-garou n'était fragile. Et le vieux soldat était un survivant ; Charles en tira quelque réconfort.

— Je ne serai pas capable de vous aider directement, dit Charles à Anna. Si j'entre dans sa ligne de mire, elle m'aura encore. Avec l'Alpha d'une meute, la distance compte, de même que le contact visuel ou corporel.

Ni Walter ni Anna n'étaient membres de la meute de son père, donc ils n'avaient pas de lien avec Asil. Hormis le lien de la louve d'Anna avec Charles, cela les rendait aussi vulnérables que n'importe quel loup solitaire. Mais il savait qu'il fallait un moment aux sorciers pour avoir une prise sur un loup solitaire : assez longtemps pour qu'il s'offre en échange.

Elle l'avait contrôlé instantanément.

Il détestait les sorciers. Les capacités des autres utilisateurs de magie ne l'ennuyaient pas trop. Les druides influençaient le monde naturel : le temps, les plantes, et quelques animaux. Les mages jouaient avec les choses inanimées. Mais les sorciers utilisaient l'esprit et le corps. L'esprit et le corps de n'importe qui. Ils jouaient avec des choses vivantes… ou qui avaient été vivantes. Les sorciers blancs n'étaient pas si mauvais, même si c'était parce que la plupart d'entre eux possédaient moins de magie que lui-même. Les sorciers noirs gagnaient du pouvoir en tuant ou en torturant : des mouches aux êtres humains.

— Très bien, dit Anna, comme si elle avait affronté des sorciers toute sa vie. S'ils sont là, tu te chargeras de sa louve… et probablement d'Asil. Cela devrait suffire à t'occuper.

Les quelques heures de repos, beaucoup de nourriture et un rythme de marche lent et facile le matin avaient beaucoup fait pour rendre ses facultés à Charles. Cela lui laissait une chance de vaincre les animaux de compagnie de la sorcière.

Anna frissonna un peu sous sa main, un mélange d'impatience et de nervosité, songea-t-il. Elle avait réagi à ce rêve comme si c'était une attaque contre lui plutôt que contre elle, même si c'était elle qui avait arrêté de respirer.

Walter leva les yeux vers Charles, et il vit dans le regard de l'autre sa détermination à la protéger par tous les moyens nécessaires. Cela ennuyait Frère Loup de voir cela dans les yeux d'un autre mâle mais, étant donné les circonstances, Walter avait plus de chances de la sauver que lui.

— Je vais faire une petite reconnaissance. Pendant ce temps, j'aimerais que tu attendes ici, c'est bon ?

— J'attendrai, dit Anna.

— Ne sois pas impatiente, cela pourrait prendre du temps.

La cabane était adossée à la forêt, et était dégagée sur cinq mètres à l'avant et sur un côté. Ce n'est pas là qu'il aurait choisi de se cacher d'un loup-garou… mais il ne pensait pas qu'elle avait peur de lui. Il ne lui avait pas vraiment donné de raison d'avoir peur de lui.

À sa surprise, Walter le suivit, et disparut dans l'ombre jusqu'à ce que le seul moyen pour Charles de savoir que l'autre loup était là soit son odeur. Les esprits de la forêt avaient réellement accepté Walter comme l'un des leurs pour lui accorder leur protection. Son grand-père avait été capable de disparaître ainsi.

À un jet de pierre de la cabane, Charles fut convaincu qu'elle était vide. Quand Walter apparut quelques mètres devant lui, la queue agitée pour lui faire passer un message, il sut qu'il avait raison. Mais il attendit quand même d'avoir fait le tour de la petite structure et ouvert la porte avant de renvoyer Walter chercher Anna.

À l'intérieur, il y avait à peine la place pour un étroit lit de camp et une petite table, qui étaient les seuls meubles, à moins de vouloir compter l'étroite tablette du manteau au-dessus de la cheminée. Le lit de camp était flambant neuf et portait toujours l'étiquette du magasin. La table avait l'air encore plus vieille que la cabane.

Le foyer montrait des signes d'un feu récent. L'animal mort devant la cheminée ne laissait pas de doute sur l'identité de l'occupant : les sorciers et les cadavres allaient de pair.

Il existait des sorcières qui ne tuaient pas, mais elles étaient moins puissantes que leurs sœurs aux sombres pouvoirs.

Le sol de planches était cloué de neuf et portait des traces de pied-de-biche là où elle l'avait soulevé et recloué. Quand il fit un pas vers le lit de camp, il sut exactement pourquoi ; il avait déjà senti des cercles de pouvoir. Certains sorciers s'en servaient pour installer des sorts de protection pour tenir à l'abri leurs objets de valeur, et d'autres les utilisaient pour stocker du pouvoir et le drainer plus tard. Comme la cabane ne l'avait pas empêché d'entrer et qu'il ne ressentait pas le besoin de partir, il ne pouvait que supposer que le cercle était du second type ; ce qui voulait dire qu'il y avait plus de cadavres sous le sol. Il inspira profondément, mais l'animal mort qu'il avait déjà vu pouvait justifier l'odeur de mort, et rien n'était en train de pourrir. Soit l'animal qu'elle avait tué pour tracer son cercle n'était pas mort depuis longtemps – il aurait gelé avec le froid –, soit elle avait un sort pour le dissimuler aux charognards. Changer ce que les sens des autres percevaient était un des pouvoirs majeurs de la sorcière.

Son père disait que Charles aurait pu devenir sorcier s'il avait choisi d'étudier. Bran ne l'y avait pas poussé, mais il ne l'avait pas découragé non plus ; un sorcier dans la meute lui aurait procuré encore plus de pouvoir. Mais les magies plus subtiles du peuple de sa mère convenaient à Charles, et il n'avait jamais regretté le chemin qu'il avait choisi autant qu'à présent, alors qu'il se tenait au milieu d'une pauvre cabane souillée par le mal.

L'odeur sur le sac de couchage du lit de camp était assez fraîche pour qu'il détermine que la sorcière avait dormi là la nuit précédente. La table portait les restes d'une épaisse bougie noire qui sentait plus le sang que la cire, et un mortier avec des cendres au fond ; les restes des cheveux d'Anna, pensa-t-il. Quelque chose d'intime, qui lui avait donné accès aux rêves d'Anna.

—Qu'est-ce que c'est ? dit Anna d'une petite voix depuis le seuil.

Il se sentit immédiatement mieux en sa présence, comme si elle atténuait en quelque sorte le mal qui suintait du bois et des briques.

Un jour il le lui dirait, juste pour voir l'incrédulité et la surprise dans ses yeux ; il commençait à la connaître suffisamment bien pour prédire sa réaction. Cela lui procura de la satisfaction.

Il suivit son regard jusqu'au corps éviscéré et dépecé étendu devant la cheminée.

—Un raton laveur, je pense. En tout cas, c'est ce que ça sent.

Il sentait aussi la douleur et avait laissé des marques de griffes sur le sol, apparemment après avoir été cloué par terre. Il ne vit pas de raison de dire à Anna qu'il n'était probablement pas mort quand la sorcière l'avait mutilé.

—Qu'est-ce qu'elle essayait de faire ?

Elle restait sur le seuil, et Walter s'installa derrière elle. Aucun des deux ne fit la moindre tentative pour entrer.

Il haussa les épaules.

—Je n'en ai pas la moindre idée. Peut-être pour faire fonctionner le sort qu'elle t'a jeté cette nuit. Une sorcière noire gagne en puissance grâce à la douleur et à la souffrance des autres.

Anna avait l'air dégoûtée.

—Il existe des monstres pires que les loups-garous, pas vrai ?

—Oui, reconnut-il. Tous les sorciers n'utilisent pas ce genre de choses, mais c'est difficile d'être un bon sorcier.

Il y avait un bol de divination, encore rempli d'eau, sur le sol à côté du raton laveur. La température de la cabane n'était guère plus élevée qu'à l'extérieur; s'il avait été là depuis longtemps, il aurait gelé. Ils n'avaient pas raté la sorcière de beaucoup.

Il n'en avait pas envie, mais il toucha l'animal mort pour voir quand elle l'avait torturé à mort. Sa chair était toujours…

Il remua faiblement, et Charles sortit son couteau et trancha sa tête aussi vite qu'il put, écœuré à l'idée que le raton laveur était toujours en vie. Rien n'aurait pu survivre à la torture qu'il avait subie. Il jeta un regard plus pensif aux planches du sol. Peut-être que la raison pour laquelle il n'y avait pas d'odeur de pourriture était parce que ce qu'elle tenait là-dessous pour ancrer son cercle de pouvoir n'était pas mort non plus.

Walter grogna, et Charles répondit en écho à son sentiment.

—Elle l'a laissé en vie, murmura Anna.

—Oui. Et elle va sûrement se rendre compte que nous l'avons tué.

Charles nettoya son couteau sur le sac de couchage et le remit dans son fourreau.

—Alors on fait quoi maintenant?

—On brûle la cabane, dit Charles. La magie s'appuie essentiellement sur des potions et des sorts. Brûler son lieu de pouvoir la paralysera un peu.

Et libérerait aussi cette pauvre bête – ou ces pauvres bêtes – qu'elle avait emprisonnée sous la cabane. Il n'en parlerait pas à Anna à moins d'y être obligé.

Anna trouva un bidon de vingt litres d'essence à moitié plein accroché à la voiture, et Charles aspergea le lit de camp puis le bûcher qu'il avait construit au milieu de la pièce avec le bois de la sorcière. Il fit sortir Anna et Walter du bâtiment avant d'allumer l'amadou avec une allumette.

L'essence lui brûla le nez alors que le feu prenait vivement. Il attendit avant de sortir d'être sûr qu'il soit assez chaud pour brûler la cabane.

Il courut vers Anna et Walter, qui s'étaient arrêtés non loin. Quand il les rejoignit, il attrapa la main d'Anna et la tira plus loin, poussé par la démangeaison entre ses omoplates. Aussi se trouvaient-ils à environ cinquante mètres quand la cabane explosa, et les projeta à terre.

Anna sortit la tête de la neige et cracha de la terre.

— Que s'est-il passé? Elle avait de la dynamite ou quoi?

Charles fit une roulade et se releva, en luttant pour ne pas montrer à quel point tomber avec une blessure à la poitrine lui avait fait mal.

— Je ne sais pas. Mais la magie et le feu, lorsqu'ils s'associent, ont parfois un effet bizarre.

Il regarda l'endroit où s'était trouvée la cabane, et siffla sans bruit. Il n'en restait presque rien, juste quelques rangées de pierres à la place de la base de la cheminée. Des morceaux de la voiture et de la cabane étaient éparpillés presque jusqu'à leurs pieds, et les arbres les plus proches de la cabane avaient été réduits en cure-dents.

— Waouh! dit Anna. Tu vas bien, Walter?

Le loup se leva et se secoua, regardant le visage d'Anna avec des yeux passionnés.

— Elle savait que nous la traquerions, dit Charles. Elle a essayé de nous cacher ça. Je n'ai pas senti la moindre trace d'elle quand Walter et moi avons fait le tour de la cabane. Tu as senti quelque chose, Walter?

Le grand loup n'avait rien senti.

— Alors, que faisons-nous?

— En dépit de toutes nos craintes, je pense qu'il est temps d'appeler mon père. (Il sourit à Anna.) Nous ne sommes pas trop loin de la voiture et il sait déjà que quelque chose ne va pas. Il m'a réveillé la nuit dernière : c'est comme ça que j'ai su que tu étais en danger. Il n'est pas stupide, et il connaît quelques autres sorciers que nous pourrions appeler en renfort.

Bran courait depuis environ quelques heures quand il les entendit.

— Je t'avais dit qu'il enverrait probablement Tag si Charles avait besoin d'aide, dit Asil. Je t'avais dit qu'il ne serait pas assez idiot pour venir lui-même.

Bran freina des quatre fers et s'arrêta en glissant. Asil n'avait pas parlé fort, mais il savait que Bran l'entendrait. Ce qui voulait dire qu'il était déjà trop tard pour s'enfuir.

Les sorciers pouvaient se rendre invisibles aux yeux des personnes sur lesquelles ils avaient une quelconque prise. Et Asil ne parlait manifestement pas à Charles, donc il appartenait à la sorcière. Et il appartenait à Bran. Ce qui était un lien suffisant pour que les sorts de dissimulation fonctionnent sur ce dernier.

Il se retourna pour regarder Asil en face et le trouva debout sur un rocher de la taille d'un petit éléphant. À côté d'Asil, une petite femme emmitouflée contre le froid se tenait à lui comme si elle pensait que le vent pouvait l'arracher au rocher.

— Pourquoi il pense que Tag s'en sortirait mieux que moi, je n'en sais rien, poursuivit froidement Asil.

L'horreur transparaissait dans ses yeux, mais le reste de son visage et son langage corporel s'accordaient avec sa voix.

— Venez ici, *señor*, ronronna la femme avant de faciliter leur rencontre en descendant du rocher avec une grâce inhabituelle.

Elle parlait avec l'accent américain, sauf quand elle parlait le pur espagnol castillan : l'espagnol aristo. Une partie de Bran était intéressée par le fait qu'elle était ici depuis assez longtemps pour avoir pris l'accent américain. Mais il était évident que l'espagnol était sa langue maternelle pour une oreille aussi fine que celle de Bran, même s'il n'avait pas su qu'il chassait une sorcière qui avait tué la compagne d'Asil en Espagne. Une partie de lui était intéressée par l'agilité, semblable à celle d'un loup, dont elle fit preuve en sautant du rocher derrière Asil. Aucun humain ne pouvait se déplacer aussi bien, sorcier ou pas. Mais, quand la mère de Bran l'avait réduit en esclavage, elle pouvait se déplacer comme cela, elle aussi.

Il aurait été horrifié, sauf que la situation empira : il répondit à son appel comme l'animal obéissant qu'il avait été autrefois… il y avait très, très longtemps.

— Tag, ronronna la sorcière en marchant autour de lui. Colin Taggart. Un peu petit… pour un loup-garou.

Il avait conscience, même si ce n'était apparemment pas le cas de la sorcière, de la tension d'Asil qui attendait qu'elle découvre comment il l'avait désinformée sans même lui mentir. «Je t'avais dit qu'il enverrait Tag» n'était pas la même chose que : «Regarde, voilà Tag». Asil faisait des efforts, et Bran lui en accorda le crédit, car il savait à quel point il était difficile de rester en équilibre sur le chemin qu'il avait emprunté.

D'après la peur qui émanait de lui, Asil savait quelles pouvaient être les conséquences si la sorcière essayait de faire de Bran son animal de compagnie. Ils n'étaient plus nombreux à se rappeler ce qui s'était passé quand Bran s'était enfin libéré de l'emprise de sa mère : Samuel, Asil… Il ne pouvait pas trouver de troisième personne, c'était il y a longtemps. Les sorciers eux-mêmes ne savaient probablement pas pourquoi il était interdit de prendre un loup-garou pour animal de compagnie ou pour familier ; de toute façon, la plupart d'entre eux ne pouvaient pas le faire.

Bran tiendrait un moment. Tout d'abord, la sorcière pouvait commettre une erreur, en particulier si elle ne savait pas qui elle détenait. Ensuite, il craignait que cette fois-ci personne ne soit en mesure de le tuer. C'est Samuel qui l'en avait tiré la dernière fois… et Samuel n'était plus aussi sûr de lui qu'autrefois.

Le contrôle que la sorcière exerçait sur lui avait été gagné par le sang et la chair, et le seul lien de chair et de sang qu'il avait établi était avec sa propre meute. Elle avait dû utiliser Asil pour s'infiltrer dans sa meute… mais comment ?

Alors qu'elle l'examinait, il chercha dans son lien avec Asil quelque chose qui était en contact avec la sorcière. Il faisait à peine attention à elle alors qu'elle lui parlait. Avec la dextérité acquise au cours d'une très longue vie, Bran suivit le lien d'Asil et découvrit une femme morte : ce ne pouvait être que sa compagne. C'était impossible.

Personne ne pouvait être lié à une femme morte ; il le savait parce que quand Femme Geai Bleu, la mère de Charles, était morte, il avait essayé de s'accrocher à elle.

Mais l'impossible devenait possible quand on ajoutait une sorcière à l'équation.

Il ne pouvait pas explorer plus avant ; la femme était morte, et elle était liée par l'intermédiaire d'Asil… mais la sorcière devait être étroitement liée à la compagne défunte d'Asil pour avoir la possibilité de le contrôler ainsi. Ensuite, elle avait pu faire passer sa propre magie au travers de ce lien et asservir n'importe lequel des loups de Bran.

Il prit le temps de regarder froidement Asil. Asil aurait dû savoir que le lien avec sa compagne défunte était toujours en place… et il aurait dû le dire à Bran. Il avait l'impression qu'il lui avait caché encore beaucoup de choses.

La sorcière avait réussi à garder le lien d'accouplement vivant quand elle avait tué Sarai.

Il détestait les sorcières.

— Colin Taggart, ronronna-t-elle. Tu m'appartiens maintenant. Ta volonté m'appartient.

Il sentit la magie qu'elle déversait sur lui. Une partie glissa sur lui comme du miel sur une tartine grillée : elle s'attardait un peu ici et là. Mais ensuite cela se fixa et se solidifia tandis qu'elle marchait autour de lui en murmurant les paroles de son sort. Cela ne faisait pas mal à proprement parler, mais cela le rendait claustrophobe et, quand il essayait de bouger, il en était incapable.

La panique le submergea, et une chose remua là où il l'avait enterrée depuis longtemps. Il prit une inspiration profonde et frissonnante, et essaya de sortir la sorcière de sa conscience. La panique était très, très dangereuse… bien plus dangereuse que cette sorcière.

Il tourna donc son attention vers d'autres choses.

Tout d'abord, il essaya de couper Asil de la meute. S'il brisait le lien entre lui et Asil, il aurait peut-être une chance de se libérer lui-même de la sorcière. Il aurait dû en être capable, mais les bizarreries du lien d'accouplement d'Asil et la manière dont la sorcière l'avait déformé polluaient la magie de la meute tant qu'il ne serait pas certain qu'il pouvait couper Asil de tout le monde : Sarai, la sorcière, la meute, ou lui-même, même avec une cérémonie de bannissement complète dans le sang et la chair.

Le rythme de la mélopée de la sorcière changea, et il la sentit resserrer son contrôle sur lui jusqu'à ce qu'il ne puisse plus respirer… Non.

Il débrancha complètement la sorcière et se mit à minimiser les dégâts de son mieux.

Il brida les connexions qu'il avait avec sa meute jusqu'à les sentir à peine. S'il avait eu une meute normale, il aurait peut-être tenté de lâcher complètement les rênes, mais trop d'entre eux ne pouvaient pas rester tous seuls longtemps. Brider ces liens aiderait à les dissimuler à la sorcière et lui compliquerait la tache si elle essayait de les utiliser.

Elle le tenait lui par l'intermédiaire d'Asil mais, s'il pouvait l'en empêcher, elle n'aurait accès à personne d'autre dans sa meute. Si Asil parvenait à continuer à lui faire croire que Bran était Tag, elle ne saurait même pas où chercher.

Il restait quelques anciens dont le contrôle était devenu délicat ; il confia ceux-là à Samuel, et les coupa entièrement de lui. Ce serait un choc pour Samuel, mais les loups connaissaient son fils et ne protesteraient pas. Samuel pouvait les gérer pendant quelque temps.

Il ne savait pas si une sorcière qui possédait de manière si évidente des attributs d'un loup-garou en saurait assez sur les loups pour comprendre ce qu'il avait fait, mais il lui rendrait la tâche la plus difficile possible. Au moins, cela la ralentirait.

Mais la vraie raison de toutes ces précautions était que quand… *s'il* devenait fou, il n'emporterait pas immédiatement toute la meute avec lui. Quelqu'un – Charles était son meilleur espoir, même si Asil pouvait peut-être y arriver – aurait une chance de le tuer.

Il finit son œuvre avant que la sorcière finisse la sienne. Cela faisait des siècles qu'il n'avait pas été si seul dans sa propre tête. Dans d'autres circonstances, il aurait presque pu l'apprécier.

Il ne résista pas à la sorcière quand elle claqua des doigts et lui ordonna de rester à ses pieds. Il marchait à sa gauche pendant qu'Asil, sous forme humaine, l'escortait à sa droite.

Il ne pensait pas qu'elle percevait la créature fantomatique qui marchait presque à côté d'Asil. Il ne l'aurait pas lui-même remarquée s'il n'avait pas vu la neige se creuser si légèrement sous les pattes de la louve qu'il ne pouvait pas voir, mais il pouvait la sentir et sentir la magie sur elle.

Des « gardiens », comme on appelait autrefois ces choses. Il avait toujours pensé que c'était un nom bien trop beau pour de telles abominations. Il avait été heureux d'apprendre que la famille qui possédait ce sort avait enfin été éliminée. À l'évidence, ses informations n'avaient pas été complètement exactes. Même au sommet de leur pouvoir, cependant, il n'avait jamais entendu dire qu'ils pouvaient créer un gardien à partir d'un loup-garou.

Bran regarda Asil, mais il ne pouvait pas déterminer si le Maure savait qu'une part de sa compagne les accompagnait ; on l'avait appelé à s'incarner si souvent qu'elle pouvait presque exister sans l'appel de son créateur. Les gardiens, se rappela-t-il, étaient détruits tous les sept ans pour empêcher qu'une telle chose arrive. Le loup de Sarai était dans le coin depuis deux cents ans ; il se demanda de quelle autonomie elle disposait.

— Dis-moi, Asil, ordonna la sorcière, le bras calé sous celui du Maure, comme s'il était un gentleman du temps passé et elle une dame qui traverseraient une salle de bal et non cinquante centimètres de neige. Qu'as-tu ressenti quand Sarai a choisi de me protéger plutôt que de te rester fidèle ?

Il y avait du vrai dans ce qu'elle disait ; elle croyait que Sarai avait choisi. D'après le petit écart dans le pas régulier d'Asil, il l'avait entendu lui aussi.

— C'est ce qu'elle a fait ? demanda-t-il.

— Elle m'aimait plus qu'elle ne t'aimait toi, dit la sorcière. Je suis son petit papillon, et elle prend soin de moi.

Asil demeura silencieux un moment, puis il dit :

— Je ne pense pas que tu aies été la Mariposa de quelqu'un depuis longtemps.

La sorcière s'arrêta et passa soudain à l'espagnol.

—Menteur. *Menteur.* Tu ne sais rien du tout. Elle m'aimait. Moi! Elle restait avec moi quand tu partais en voyage. Elle m'a renvoyée uniquement à cause de toi.

—Elle *t'aimait*, reconnut-il. Autrefois. Maintenant elle n'est plus. Elle ne peut plus aimer personne.

À voir du coin de l'œil les empreintes à peine visibles qui s'imprimaient dans la neige si près de la hanche d'Asil, Bran n'en était pas si sûr.

—Tu as toujours été stupide, dit la sorcière. Tu as fait en sorte qu'elle m'envoie loin d'elle. Elle m'aurait gardée à la maison, chez moi.

—Tu étais une sorcière, et tu ne contrôlais pas tes pouvoirs, dit Asil. Tu avais besoin d'être éduquée.

—Tu ne m'as pas envoyée là-bas pour faire mon éducation, cria-t-elle, tandis que les larmes brillaient dans ses yeux et qu'elle s'arrachait à son bras en reculant. Tu m'as envoyée en *prison*. Et tu le *savais*. J'ai lu les lettres que tu lui as écrites. Tu savais quel genre d'entraînement proposait cette sorcière. Linnea n'était pas professeur, elle était gardienne de prison.

Asil baissa les yeux vers la sorcière, le visage pâle.

—C'était t'envoyer chez Linnea ou te tuer. Linnea avait la réputation de rééduquer les gens.

—Rééduquer? Je n'avais *rien* fait de mal!

Elle tapa du pied comme si elle était toujours une enfant, plutôt qu'une sorcière plus vieille d'un bon siècle qu'elle aurait jamais dû être.

—Rien? (Asil parlait d'un ton froid.) Tu as essayé d'empoisonner Sarai, deux fois. Les villageois ont inexplicablement perdu leurs animaux. Et tu as tenté de te faire passer pour Sarai pour t'introduire dans mon lit. Je pense que Sarai t'aurait tout pardonné sauf ça.

La sorcière cria, un cri de rage inarticulé, presque inhumain, et au loin il y eut une explosion.

La sorcière se figea, puis pencha la tête en se massant les tempes. Bran sentit qu'elle relâchait son contrôle. Il attaqua à ce moment-là. Pas physiquement. Elle maîtrisait toujours son corps.

Il utilisa les liens de la même façon qu'elle s'en était servie, projetant sa rage au travers d'Asil, de Sarai, et au-delà. S'il avait eu cinq minutes, ou peut-être même trois, il se serait libéré. Il entama le lien qu'elle avait avec Sarai, mais ce ne fut pas suffisant.

La sorcière reprit ses esprits trop vite, mais il lui avait fait du tort. Elle l'éloigna du lien et ensorcela les attaches pour l'empêcher de recommencer. Quand ce fut fini il était toujours son loup… mais elle saignait du nez.

— Tu m'as dit que c'était un loup inférieur, cracha-t-elle, et, si elle n'avait pas été aussi blessée, Bran songea qu'elle aurait pu tuer Asil sur-le-champ. Et je t'ai cru… comme j'ai cru que tu me renvoyais pour mon propre bien. J'aurais dû me méfier. Il est plus intelligent que ça. Quand vous avez échoué, toi et cet autre loup, Bran n'aurait envoyé que les meilleurs. Tu mens, et tu le fais comme si c'était la vérité.

— Tu ne veux pas me croire, dit Asil. Mais tu peux sentir la vérité : ton lien avec Sarai est assez fort. Tu étais un danger pour toi-même et pour nous. Nous l'avons fait pour ton propre bien. C'était ça ou te tuer.

Elle tendit un doigt tremblant dans sa direction.

— Ferme-la.

Le visage d'Asil perdit son calme distant et il grimaça. Comme il continuait, sa voix devint haletante de douleur.

— Ce que tu as fait est abominable. Tu as changé Sarai en quelque chose qui ne t'aime pas, qui te sert comme un esclave, sans la possibilité de choisir, tout comme moi. Bran est un trop gros morceau pour toi. Il te tuera… et ce sera ta faute.

—Je ne mourrai pas, lui cria-t-elle. Je ne suis pas morte quand Linnea a essayé de me tuer : elle ignorait à quel point j'étais puissante et à quel point ma mère m'avait formée. Je les ai tués, elle et ses petits étudiants, et j'ai étudié les livres qu'elle avait laissés, pendant des mois je vous ai écrit et signé les lettres de son nom pendant que j'étudiais. Mais je savais que je mourrais sans protection. Même ma mère était morte. Alors j'ai pris Sarai pour gardienne, et elle m'a donné sa longue vie pour pouvoir toujours vivre avec moi. On ne peut pas faire ça à quelqu'un contre sa volonté. On ne peut pas. Il fallait qu'elle m'aime pour que ça marche.

Ce n'était pas le cas pour le sort de gardien, songea Bran, mais peut-être pour le lien qui avait permis à la sorcière d'Asil de partager l'immortalité d'un loup-garou. Peut-être était-ce pour cela que sa mère l'avait utilisé lui, plutôt que l'animal de compagnie qu'elle avait envoyé pour les Changer, lui et Samuel.

—Est-ce que *tu* l'as *aimée* ? demanda Asil.

—Bien sûr que oui !

Il fit une grimace, puis murmura :

—J'aurais donné ma vie pour la sauver… et tu l'as volée pour toi-même. Tu ne sais pas ce qu'est l'amour.

Soudain, elle retrouva son calme. Levant royalement le menton, elle déclara :

—Je vivrai plus longtemps que toi. Viens, j'ai des affaires qui m'attendent. (Elle baissa le regard sur Bran.) Toi aussi, Colin Taggart. Il y a des choses qui nous attendent.

Il envoya une question à Asil, sans savoir si la magie de la sorcière l'y autoriserait. *Est-ce très important qu'elle ignore qui je suis ?* Sa mère s'était assurée d'être la seule personne à laquelle il puisse parler en esprit. Mais cette sorcière ne faisait pas partie de la famille de sa mère, donc cela devrait marcher.

La sorcière tendit une main d'un air impérial, et Asil lui offrit son bras.

— Et maintenant, combien de temps crois-tu que Bran mettra à venir lui-même ? Et combien de loups amènera-t-il avec lui ?

Asil jeta un coup d'œil en arrière à Bran et, dès que la sorcière ne put plus voir son visage, il leva les yeux au ciel pour répondre à la question de Bran. Il était très important qu'elle ignore qui il était.

— Bientôt, dit Asil à la sorcière. Et je ne pense pas qu'il amène d'autre loup. Une fois que tu l'auras pris, tu tiendras toute sa meute.

La dernière phrase avait été à son intention. Eh bien, il avait protégé sa meute de son mieux jusqu'ici.

— Bien, dit la sorcière. Allons nous occuper de son fils et de cette salope qui est intervenue, d'accord ? Peut-être que je l'offrirai en cadeau à Bran, un cadeau de bienvenue. Que penses-tu qu'il préférerait ? Une fourrure de loup ou une peau humaine ? La fourrure est douce et chaude, mais la peau humaine est tellement plus effroyable : plus utile a posteriori. Amène-moi à Charles.

Il remua en lui, le berserk s'éveilla. Bran l'apaisa ainsi que lui-même en se disant que Charles était un vieux loup roublard, un chasseur expérimenté. Si elle ne s'était pas encore emparée de lui, si l'explosion était de son fait, alors Charles savait ce qu'il affrontait. Elle ne le prendrait pas, *lui*, par surprise.

Prends garde, mon fils. La sorcière est à tes trousses. Fuis.

Charles s'attendait à moitié que la sorcière revienne ventre à terre, mais il ne vit aucun signe d'elle pendant tout le trajet de retour vers le Hummer. C'est là que les choses cessèrent d'aller comme prévu.

— Est-ce que ce n'est pas ton pick-up ? lui demanda Anna.

305

— Si, dit-il d'un air grave.

Il ouvrit la porte et laissa son nez lui apprendre ce qu'il savait déjà. Son père était venu ici. La cabine était froide. Il était arrivé depuis plusieurs heures.

Comme Tag l'avait promis, il suffisait de se promener un peu aux alentours pour trouver un endroit d'où téléphoner.

L'appel sur le portable de Bran déclencha le téléphone dans la poche de pantalon de son père, proprement plié sur le siège du pick-up. Un appel à la compagne de son père ne fit que confirmer ce qu'il savait déjà : son père était parti en pleine nuit, et Leah en voulait au plus jeune fils de Bran. Samuel fut plus utile, même si Charles n'aimait pas ce qu'il avait à lui dire.

Charles termina l'appel après quelques minutes frustrantes.

— Tu as tout entendu ?

— Ton père sait que nous pourchassons peut-être la sorcière qui a tué la compagne d'Asil. Il sait qu'Asil est venu à notre recherche.

Elle lui toucha l'épaule.

Avec le mince espoir que cela l'aide à découvrir ce que faisait son père, Charles rassembla la magie qui lui venait de sa mère et joignit la meute.

— Charles ?

Il était étonné d'être encore debout. Il avait l'impression que quelqu'un venait de le frapper à coups de massue, et il dut cligner des yeux à plusieurs reprises pour voir. Tout ce qu'il pouvait penser, c'est que l'inimaginable était arrivé : Bran était mort.

— Charles, qu'est-ce qui ne va pas ?

Il leva la main pendant qu'il concentrait son attention sur le vide qui se dressait là où avait toujours été son lien avec son père et, par son intermédiaire, son lien avec le reste de la meute. Ce qu'il découvrit lui permit de respirer de nouveau.

—Père a bridé tous les liens de la meute. (Il fit à Anna un sourire aussi sinistre que ses sentiments.) Il n'est pas mort ; ils n'ont pas complètement disparu.

—Pourquoi ferait-il ça ? Qu'est-ce que ça veut dire ?

—Je ne sais pas. (Il baissa les yeux vers Anna.) Je veux que tu emmènes Walter et que tu ailles en voiture jusqu'à Kennewick, dans l'État de Washington, où se trouve mon frère.

Elle croisa les bras et lui jeta un regard buté.

—Non. Et n'essaie plus. J'ai senti cette *pression*. Tu peux être aussi dominant que tu veux, mais rappelle-toi que ça ne marche pas avec moi. Si elle utilise les liens de la meute, Walter et moi pouvons être ton joker. Je ne vais pas te laisser là, et tu ferais aussi bien d'arrêter d'essayer de m'y forcer.

Il fronça les sourcils, se donnant un air sauvage – un regard qui avait effrayé des gens plus âgés et plus puissants – et elle lui tapota le sternum du doigt.

—Ça ne marchera pas. Si tu me laisses ici, je te suivrai.

Il n'allait pas l'attacher… et il avait le sentiment profond que c'était le seul moyen de la laisser derrière lui. Résigné à son sort, il les prépara pour une autre expédition dans la zone sauvage. Ils voyageraient léger. Il refit le sac d'Anna en le chargeant de nourriture, de matériel pour lancer le feu, et de leur marmite pour chauffer l'eau. Il trouva une paire de raquettes qui passait l'hiver derrière le fauteuil de son pick-up. Il laissa tout le reste dans la voiture.

—Tu crois qu'il l'a déjà trouvée ? demanda Anna pendant qu'ils marchaient d'un pas lourd vers les montagnes, sur les traces de son père.

—Je ne sais pas, lui dit-il, même s'il avait peur que ce soit le cas.

À moins que Bran puisse réellement lire dans les esprits, le seul moyen que Charles voyait pour que Bran ait découvert que la sorcière utilisait la magie de leur meute contre eux était qu'il l'avait constaté par lui-même.

Il aurait aimé savoir si suivre son père était plus intelligent que monter dans la voiture et conduire jusqu'au sud du Mexique. Une partie de lui voulait croire au mythe du Marrok invulnérable, mais la partie la plus intelligente, la partie qui était restée humblement à répondre aux questions de la sorcière, avait trop conscience que son père était une personne réelle, si âgé et puissant soit-il : il n'était pas invulnérable.

Charles prit une inspiration. Il sentait la fatigue jusque dans ses os, et sa poitrine lui faisait mal, sa jambe aussi. Plus que ce matin. Il n'était pas stupide au point de ne pas savoir pourquoi. Son père l'avait nourri de la force de la meute.

Même avec les raquettes de secours, il était difficile de marcher. Si elle avait Bran, Charles n'était plus sûr qu'ils aient même une chance de se sauver eux-mêmes.

Il ne le dit pas à Anna. Pas parce qu'il pensait que cela lui ferait peur, mais parce que, s'il exprimait ses peurs à voix haute, il pouvait les rendre réelles. Elle le savait déjà ; il le vit dans ses yeux.

Prends garde, mon fils. La sorcière est à tes trousses. Fuis.

—Ah ça, c'était utile, Père ! dit-il à voix haute. Pourquoi est-ce que tu ne me dis pas où tu es, ou où vous allez ?

—Charles ?

—Mon père peut parler dans la tête des gens, lui dit-il. Mais il prétend qu'il ne reçoit pas. Ce qui veut dire que s'il te dit quelque chose, tu ne peux pas argumenter ni lui demander ce dont tu as besoin.

—Qu'est-ce qu'il t'a dit ?

—La sorcière le tient, et elle est à notre poursuite. Elle tient Asil : elle peut nous trouver. Il ne m'a donné aucune information utile, comme où ils sont ou n'importe quoi de ce genre.

— Il t'a dit de partir.

— Il m'a dit de fuir, dit Charles en lui jetant un regard noir. (Avec les liens de la meute bridés comme ils l'étaient, l'ordre de son père avait plutôt ressemblé à une suggestion.) Que je sois maudit si je l'abandonne à la sorcière.

— Bien sûr que non, dit Anna. Mais nous allons dans la mauvaise direction.

— Que veux-tu dire ?

— Je pense qu'ils se dirigeront vers la cabane que nous avons fait exploser.

Charles s'arrêta et la dévisagea.

— Pourquoi ?

— Si elle demande à Asil de nous trouver, c'est là qu'il ira : pour nous laisser une chance de nous échapper. (Elle lui fit un sourire fatigué.) Asil est expert dans l'art de se dérober aux ordres, j'ai entendu les histoires.

Ça paraissait sensé que ce vieux bâtard fasse une telle chose. Si Charles n'avait pas été aussi fatigué, il aurait pu y penser lui-même. À tous points de vue, c'était mieux qu'errer sur les traces de son père.

Charles regarda Walter.

— Tu connais le chemin le plus rapide pour aller à la cabane d'ici ?

Quand ils firent demi-tour pour suivre Walter, Charles savait qu'ils faisaient une erreur. Son père avait raison, ils devaient fuir. Tous ses instincts le lui disaient. Mais, tant qu'il y avait une chance de sauver Bran, Charles ne pouvait pas l'abandonner à son destin. Écouter son instinct, comme son père aimait à le dire, ne signifiait pas lui obéir aveuglément.

Anna comprenait l'impulsion qui avait poussé Charles à essayer de l'envoyer avec Walter auprès de son frère, loin du danger. Elle ressentait la même chose.

Charles ralentissait. En partie à cause de la marche dans la neige qui faisait soixante centimètres d'épaisseur par endroits et qui arrivait aux hanches à d'autres ; même avec leurs raquettes, il leur était difficile d'avancer. Mais surtout, elle en était presque sûre, c'était à cause de ses blessures.

Walter, toujours sous sa forme de loup, s'était mis à marcher à côté de Charles et l'équilibrait sans le gêner, grâce à son épaule bien placée.

Quand elle vit Charles trembler, elle s'arrêta.

—Change.

Elle savait que cela ne l'aiderait pas beaucoup, mais le loup avait quatre pattes pour supporter son poids, au lieu de deux. Le loup générerait de la chaleur plus facilement que l'humain, et sa fourrure la retiendrait. Elle savait d'après sa propre longue expérience que le loup fonctionnait mieux blessé que sa forme humaine.

Charles ne prit pas la peine d'argumenter mais se déshabilla simplement, ce qui montrait à quel point il était épuisé. Il rangea proprement ses raquettes, ses bandages, ses bottes et ses vêtements dans une broussaille.

Quand il fut nu, elle put voir clairement toutes ses blessures. Elles avaient l'air horribles, et désacralisaient la perfection lisse de ses muscles et son squelette.

Il s'accroupit pour ne pas tomber de trop haut s'il perdait l'équilibre en changeant. La plaie de son dos n'avait pas aussi mauvais aspect que la dernière fois qu'elle l'avait vue. Malgré tout, il guérissait.

Son changement prit presque autant de temps que pour la plupart des loups. La plaie par balle avait l'air étrange sur ses côtes de loup ; les plaies d'entrée et de sortie n'étaient plus alignées, et la sortie plus large se trouvait au-dessus de la plus petite plaie.

— Nous aurons besoin de nous reposer et de manger avant d'arriver là-bas, lui dit-elle. Nous ne serons d'aucune aide à ton père si nous sommes épuisés.

Il ne lui répondit pas, baissa juste la tête et suivit Walter.

Le raccourci de Walter avait jusqu'à présent traversé le terrain le plus difficile, et permettait à Anna de maudire ses raquettes et les buissons qui s'étaient pris dans ses attaches et ses cheveux. Ils escaladaient une partie escarpée quand les deux loups s'arrêtèrent et se couchèrent par terre.

Anna les imita et essaya de voir ce qui les avait alarmés.

CHAPITRE 13

Elle ne lui avait pas dit comment il devait trouver Charles, aussi Asil commença-t-il à les ramener vers la cabane. Il avait soigneusement expliqué à Mariposa qu'il avait senti Charles là-bas, que celui-ci avait peut-être décidé d'attendre là où il pensait qu'ils viendraient.

Il était possible que Charles ait précisément fait cela ; donc il ne lui mentait pas, pas précisément. Bran avait d'une certaine manière bridé les liens de la meute, donc Asil ne pouvait pas le vérifier, mais il était presque certain que Charles n'était pas à la cabane. Le garçon était prudent, et il avait sa nouvelle et fragile compagne avec lui. Il devait être parti contacter Bran avant que le dernier éclat dû à l'explosion de la cabane soit retombé. La sorcière et la louve de Sarai étaient une chose… mais le garçon saurait qu'il n'aurait pas non plus la moindre chance face à Asil.

Charles devait être bien avancé sur son chemin vers les voitures à présent. Asil ne connaissait pas ces montagnes si bien que cela, mais il avait une bonne notion des distances. Il allait devoir le traquer après leur passage à la cabane – ou ce qu'il en restait – mais si Charles était assez intelligent pour s'enfuir en voiture, les recherches de la sorcière ne donneraient rien.

Bien entendu, si Charles découvrait que son père était là-bas aussi, ce satané idiot se précipiterait probablement directement dans la gueule du loup ; il était ce genre d'idiot héroïque.

Il se passerait quand même un moment avant qu'ils atteignent la cabane, donc ce serait toujours autant de temps qu'Asil aurait gagné pour que Charles prenne de l'avance. Il ne savait pas quoi faire d'autre pour l'aider.

En outre, il voulait voir le visage de Mariposa quand elle découvrirait le massacre. Détruire la cabane avait été intelligent, plus intelligent qu'il l'aurait cru de Charles. Peut-être qu'il n'avait pas estimé l'assassin personnel de Bran à sa juste valeur.

Il espérait que Charles avait tué le pauvre coyote piégé si près de la mort, mais que la magie et la volonté de Mariposa maintenaient en vie. Il ne voulait plus jamais passer la nuit à écouter une pauvre créature torturée respirer avec des halètements tourmentés, sous le sol sur lequel il était étendu. Il lui avait fallu presque toute cette nuit lamentablement longue pour trouver ce dont il s'agissait. Pendant la majeure partie de la nuit, il avait soupçonné avec horreur que c'était le chasseur disparu dont tout le monde parlait.

Il ne voulait plus jamais voir quelqu'un découper un animal vivant. Il ne voulait plus voir la personne bien-aimée de Sarai incarnée par une étrangère qui regardait la sorcière comme si elle était sa déesse et accomplissait ses volontés. Sa Sarai n'aurait jamais livré d'animal à Mariposa pour qu'elle lui fasse du mal. Elle n'aurait jamais livré Asil. Elle l'avait fait sans recevoir d'ordre. Mariposa ne s'attendait pas à le voir.

Les gardiens étaient censés être obéissants et incapables de penser par eux-mêmes. Il songea qu'il y avait plus dans cette louve que le stupide gardien de Mariposa. C'était le même espoir idiot qui l'avait mené à ce désastre.

Si seulement l'Anna de Charles n'avait pas été un Omega, songea-t-il, sa rage aurait fait de la forme de Sarai un leurre inutile. Il sentait cette rage à présent : la tristesse déchirante et impuissante de voir que la louve de sa Sarai avait été volée et transformée en… chose.

S'il était resté avec Charles, l'avait aidé à découvrir ce qu'allait faire Mariposa, peut-être qu'ils auraient eu une chance. Mais la présence d'Anna avait engourdi sa douleur et n'avait laissé que la certitude que quoi que la sorcière ait fait à Sarai, elle n'avait pas brisé le lien qui les unissait. Quand la louve qui lui ressemblait avait disparu, il n'avait pas pu s'empêcher de la suivre.

Non, il était trop vieux pour reprocher aux autres ses propres fautes. Ce n'avait jamais été la faute d'Anna, ce n'était que la sienne. Il était trop vieux pour croire aux fins heureuses. La meilleure chose qu'il puisse faire pour Sarai était de s'assurer que sa louve mourrait cette fois-ci.

Quand Mariposa avait fait de la divination avec l'eau ce matin, et découvert qu'un nouveau loup arrivait, il avait su de qui il s'agissait. Il avait su quel désastre ce pourrait être si elle s'emparait de Bran. Alors, quand elle lui avait demandé quel autre loup Bran enverrait à la recherche de Charles, il avait menti. Il avait menti tout en disant la vérité. Le loup suivant que Bran aurait *envoyé* était Tag.

Asil ne regarda pas Bran, qui marchait à leurs côtés avec toute la férocité d'un golden retriever. Bran était toujours un salaud qui trompait les gens, doux et modéré jusqu'à ce qu'il vous arrache la gorge. Il avait également d'excellentes qualités.

Il aurait juré que, même avec la faiblesse qu'il avait lui-même créée dans les défenses de Bran, le vieux loup s'en sortirait d'une manière ou d'une autre. Peut-être que s'il avait été capable de mieux l'avertir ? s'il avait tout raconté à Bran dès son arrivée à Aspen Creek des années auparavant ?

Trop tard, trop tard.

Asil ne s'embarrassait pas de modestie. Il connaissait ses propres points forts, qui étaient nombreux ; et *il* avait été sa victime. Il ne savait pas pourquoi il avait réussi à se convaincre que Bran serait capable de résister à Mariposa alors que lui-même n'avait pas pu.

Au moins, elle ignorait qui était Bran. Pour le moment.

Il souhaita que Samuel soit dans la forêt plutôt que Charles. Charles était un malfrat, un tueur. Il ne disait pas grand-chose, et se contentait de rôder derrière son père pour inspirer la terreur que Bran aurait dû être en mesure d'inspirer lui-même s'il ne s'était pas autant soucié de ressembler à un homme inoffensif.

Asil avait vu Charles en action une ou deux fois; et il était impressionnant, Asil devait le reconnaître. Mais Charles avait beau être fort et rapide, la situation requérait de la subtilité, et pas que des muscles. Samuel était âgé et malin. Éduqué. Charles était un tueur qui serait à moitié distrait par sa nouvelle compagne, une compagne fragile et sans défense. Elle ne ressemblait pas beaucoup à Sarai, qui avait été une guerrière à sa manière.

Quelque chose lui frôla la hanche.

Il jeta un coup d'œil par terre, mais ne vit rien, même quand la chose le toucha de nouveau. Discrètement, pour ne pas attirer l'attention de la sorcière, il baissa la main et entra en contact avec un dos couvert de fourrure qui n'était pas là pour ses autres sens. Même ainsi, il savait ce qu'il touchait. Sottement, l'espoir grandit dans son cœur alors que ses doigts se refermaient sur une fourrure soyeuse qui lui avait été autrefois très familière.

Est-ce que la sorcière peut changer de forme?

Bran encore, qui le ramenait à la réalité. Malheureusement, Mariposa remarqua son hésitation.

—Quelque chose ne va pas? demanda-t-elle.

—Beaucoup de choses, lui dit Asil.

Elle avait raison, il n'était que trop heureux de l'embrouiller en lui disant la vérité autant que possible. Elle n'avait pas encore acquis la capacité de tous les bons Alphas à poser les bonnes questions. Bran était beaucoup plus difficile à tromper.

— Ma Sarai est morte, et je ne le suis pas. (Il goûta discrètement l'air et se détendit tandis que la nature lui donnait une meilleure réponse à lui fournir.) Et il y a quelque chose dans les arbres… un gros prédateur qui n'est pas un ours. J'ai entendu dire qu'il y avait des gloutons par ici.

Elle ignora le prédateur et cessa de lui prêter attention. Il se demanda si elle savait qu'elle fredonnait la chanson préférée de Sarai. Le faisait-elle pour le tourmenter avec le souvenir de ce qui était perdu, ou parce qu'elle y puisait du réconfort ?

Bran attendit que Mariposa soit absorbée dans ses pensées avant de parler de nouveau à Asil.

La sorcière possède l'immortalité, la force, et la rapidité d'un loup-garou. Est-ce qu'elle peut aussi changer de forme ? Est-elle vraiment une louve-garou ? Est-ce qu'elle dissimulerait son odeur d'une manière ou d'une autre pour sentir l'humaine et la sorcière, mais pas la louve ? Ou est-ce qu'elle emprunte juste toutes ces capacités à sa créature ?

Asil haussa les épaules. Il ne l'avait jamais vue changer. Il baissa les yeux sur sa main, toujours enfoncée dans la fourrure invisible. Peut-être qu'il y avait une chance d'en savoir plus sur Mariposa.

Depuis près de deux siècles, dès qu'il avait compris que le lien d'accouplement permettait à Mariposa d'accéder à lui, il l'avait bloqué de son mieux. Mais le pire était arrivé, alors, en quoi pouvait-il encore représenter un danger ?

Il baissa ses boucliers et seul un contrôle d'acier lui permit de continuer à marcher comme si de rien n'était alors que l'amour de Sarai le submergeait comme une vague.

Pendant un moment, la seule chose qu'il put faire fut de mettre un pied devant l'autre.

Quelques couples pouvaient se parler par l'esprit, mais avec Sarai, cela avait toujours été à travers les émotions. Avec les années, la pratique avait fait évoluer cette capacité en une forme de communication pas très différente de la télépathie.

Elle était si heureuse qu'il la laisse enfin l'atteindre pour qu'elle se nourrisse de son énergie, qu'elle se crée à partir de lui plutôt que de Mariposa. Il s'ouvrit à elle pour qu'elle puisse faire comme elle voulait. Si la sorcière avait été derrière tout cela, cela lui aurait été fatal, mais il était certain que c'était sa Sarai. Elle buvait seulement un peu de lui tout en lui apprenant ce qu'elle savait.

Sarai était morte, il ne la retrouverait jamais. Il le comprenait, parce que cette ombre à moitié vivante de sa compagne le comprenait. S'il parvenait à tuer Mariposa, même cette ombre disparaîtrait à jamais ; sinon, elle serait piégée dans cette semi-existence qui était un enfer. Il comprenait, mais une partie de lui ne pouvait qu'être peinée de son futur deuil alors qu'il plongeait dans la joie de savoir qu'une partie d'elle subsistait.

Quoi ?

Il pouvait sentir la frustration de Bran et se demanda à quel point il avait ressenti ce que lui et Sarai faisaient. Est-ce qu'il avait besoin de mettre Bran au courant ? Sarai le pensait, alors il essaya de le lui dire.

— Je sais que ton gardien n'est pas Sarai, mais on croirait que c'est elle. Parfois, je pense à ce que ce serait de lui parler. Juste une fois de plus, dit-il, et il fut récompensé quand les ongles de Mariposa s'enfoncèrent dans la manche de son manteau blanc.

—Elle est là ; elle est Sarai. Mais elle est *à moi*, dit Mariposa. Tu n'as pas besoin de lui parler. Elle ne veut pas de toi.

Mais Bran avait compris ; Asil pouvait le voir dans le regard pensif que son Alpha tourna vers lui. Il aurait pu s'arrêter là. Mais Mariposa réclamait comme sienne quelqu'un qui *lui* appartenait.

—Elle m'aime toujours, répondit Asil, tout en sachant qu'il n'allait que la contrarier. Une partie d'elle m'aime. J'ai pu le voir dans ses yeux quand elle est venue me chercher. (Et ce qu'il avait vu était réel, il le savait à présent. Il garda farouchement cette pensée pour lui.) Elle est venue à moi, tu ne l'as pas envoyée.

—Elle m'appartient. (La sorcière était perturbée.) Tout comme toi. (Elle s'arrêta pour tourner et retourner cette pensée, et trouva quelque chose qui lui plaisait. Elle lui fit face et afficha un sourire séducteur.) Tu m'aimes, toi aussi.

Elle essayait de l'atteindre au travers du lien qu'il partageait avec la louve de Sarai, et il sentit la panique silencieuse de cette dernière à l'idée que la sorcière puisse découvrir ce qu'ils faisaient. Elle avait tellement peur, et il ne pouvait pas le supporter.

Aussi s'arrangea-t-il pour distraire Mariposa. Ce n'était pas comme si c'était difficile.

Il s'inclina et prit sa bouche dans un assaut charnel. Après un bref moment de surprise, elle l'accueillit. Il avait su, pendant toutes ces années, quelle était l'origine de son obsession pour Sarai. Il avait essayé de le dire à Sarai quand il avait compris la première fois, mais elle ne voyait que le bon côté des gens. Elle pensait qu'il était trop soupçonneux… et vaniteux, ce qui était assez vrai. Elle pensait que cela obscurcissait son jugement, ce qui était faux.

Elle ne l'avait pas cru quand il lui avait dit que Mariposa faisait une fixation sur lui, jusqu'à cette nuit, la seconde fois que Mariposa avait empoisonné Sarai. La jeune fille avait essayé de se déguiser en sa compagne. Ce qui avait été bien entendu inutile. Elle avait peut-être été capable de changer d'apparence, mais son odeur n'était en rien comparable à celle de celle-ci. Si Sarai avait été seulement humaine, elle aurait succombé au poison ; au lieu de quoi, elle avait été malade pendant trois jours. Mariposa avait voulu qu'elle meure.

Ce n'est qu'à ce moment-là que Sarai avait reconnu qu'il y avait un problème avec cette enfant, un problème qu'elle ne pouvait pas résoudre. Ce n'est qu'à ce moment-là qu'elle avait accepté de faire partir Mariposa.

Il embrassa Mariposa jusqu'à ce qu'elle en ait le souffle coupé, haletant, jusqu'à ce que l'odeur de son excitation monte en volutes chaudes. Puis il la relâcha, s'essuya la bouche du dos de la main, et lui dit la vérité absolue.

— Je ne t'aime pas. Je ne t'ai jamais aimée.

Elle l'entendit dans sa voix, le sentit dans son corps froid. Pendant un moment, son visage pâlit sous le choc, et il aurait presque pu se sentir désolé pour elle. Presque. S'il n'avait pas pensé à Sarai, au pauvre coyote sous le sol de la cabane et au raton laveur qu'elle avait taillé en pièces et maintenu en vie ; pas parce qu'elle avait besoin de le garder en vie pour son sort, mais parce que cela l'amusait de le faire.

L'instant d'après, elle avait repris ses esprits. Elle lui lança un sourire cynique, un sourire de putain.

— Peut-être pas, mais tu me désirais. Je l'ai vu dans tes yeux, je le vois maintenant. Je suis jeune et belle, et elle était vieille et grosse comme une vache. Tu me désirais, et elle le savait. Elle était jalouse et m'a fait partir.

Il leva un sourcil dans sa direction.

— Tu confonds tes histoires. Je croyais que c'était *moi* qui étais jaloux du grand amour que Sarai te portait. Je croyais que j'étais celui qui t'avait fait partir parce que Sarai t'aimait. Ce n'est pas ce que tu as dit ?

—¡*Cabrón!* (Elle tapa du pied) *Hijo de puta*!

Difficile de croire qu'elle avait deux siècles et qu'elle n'était pas la petite fille à laquelle elle ressemblait et dont elle jouait le rôle. Comme Peter Pan, elle n'avait jamais grandi.

—Elle m'aimait *moi*. Elle m'a choisie à la fin. C'est pour ça qu'elle est avec moi et pas avec toi. Mais… (elle leva un doigt) tu me désirais. C'est pour ça qu'elle m'a fait partir. J'étais jeune et sans défense, une enfant sous votre protection, et toi tu me désirais.

—Pourquoi t'aurais-je désirée ? lui demanda-t-il froidement. J'avais Sarai qui était bien plus femme que tu ne pourras jamais l'être. Je désirais Sarai ; je vivais pour Sarai, je serais mort pour elle. Tu n'as jamais été rien d'autre qu'un animal abandonné dont Sarai voulait prendre soin.

Il laissa sa vérité résonner aux oreilles de la sorcière, et lorsqu'elle leva soudain les mains, chargées de magie, il ne fit pas un geste pour se défendre. Il était sûr qu'elle ne le tuerait pas ; pas avant de l'avoir convaincu qu'elle avait raison. Ou avant qu'il la fasse enrager pour de bon.

Son sens de l'honneur exigeait qu'il se batte pour vivre le plus longtemps possible, pour essayer de débarrasser le Marrok du péril qu'il avait causé. Et seule la mort pourrait l'en empêcher, il supporterait tout le reste. Et, pendant que la sorcière se concentrait sur lui, elle ne remarquait pas ce que lui et Sarai faisaient… et, surtout, elle ne prêtait plus attention à Bran.

Mais la louve de Sarai n'était pas aussi confiante. Juste avant que le pouvoir de la sorcière le frappe, elle lui envoya des images de ce que la sorcière avait fait aux gens. Des choses qui auraient pu remettre en question sa précédente estimation selon laquelle tant qu'il ne mourrait pas, tout irait bien.

S'il avait eu besoin d'une preuve qu'il n'affrontait qu'une ombre de sa compagne, il l'aurait su à présent. Sarai aurait su que l'effrayer à l'avance était inutile. Mais cela lui rappela que, s'il ne la bloquait pas, elle ressentirait aussi sa douleur. Et, même si elle n'était qu'une ombre, il ne voulait pas qu'elle souffre. Il remonta ses boucliers pour bloquer Sarai juste avant que la sorcière le frappe avec plus de fureur que de finesse.

Il cria parce qu'il n'était pas préparé, parce que cela lui faisait plus mal qu'il l'aurait cru possible, et parce que son loup décida qu'il ne fallait pas compter sur lui pour s'allonger gentiment et encaisser les coups.

Changer à ce moment-là était aussi impératif que stupide. La douleur quadrupla et fit tressaillir des terminaisons nerveuses qu'il aurait souhaité ne jamais avoir. Pour lui, le temps se déforma, les secondes devinrent des heures jusqu'à ce qu'il n'existe plus que dans des limbes de souffrance. Puis tout s'arrêta. Son corps tout entier s'engourdit alors que le changement s'achevait. Cela ne dura qu'un instant, un espace de liberté que Sarai lui accorda alors qu'elle lui prenait sa douleur. Cela le laissa sous forme de loup, à soixante centimètres de Mariposa et en pleine possession de ses moyens.

Pour la première fois, Mariposa avait l'air effrayée, et il dégusta sa peur comme si c'était de la viande fraîche et sanguinolente. Il s'arrêta pour la savourer avant de se jeter sur elle. Mais cela lui accorda un instant de trop parce qu'elle eut le temps de crier le nom de sa compagne.

—Sarai!

Et ses mâchoires ouvertes rencontrèrent de la fourrure au lieu de la peau, et le sang de Sarai et non celui de Mariposa. Alors que ses crocs s'enfonçaient, la douleur de la magie de Mariposa le transperça de nouveau, pour ne s'arrêter que lorsque Bran passa à l'action.

—Cette chose n'est pas si horrible, dit Anna à Charles. Si j'avais, disons, cinq ans, et que j'aimais toujours les trucs sucrés collants et crémeux, je pourrais même aimer ça.

Anna murmurait à peine en mâchant la glace lyophilisée. Il l'avait apparemment convaincue qu'il était important de consommer des calories. Dommage qu'elle leur ait donné la même chose, à Walter et à lui. Même si Walter avait l'air d'apprécier.

Charles grogna en observant avec attention les petits personnages qui traversaient la prairie en bas de la vallée. Le vent leur apportait des bribes de conversation, mais il soufflait dans la mauvaise direction pour alerter les autres qu'ils étaient surveillés.

—Je me demande pourquoi il fait ça, dit Anna pendant qu'Asil se changeait en loup.

Cela ne semblait pas un choix délibéré à Charles… peut-être était-ce une sorte de punition bizarre. Mais, si c'était le cas, cela eut l'effet inverse. Asil chancela sur ses pieds et d'un seul coup ses mouvements devinrent subitement gracieux et directs quand il se jeta sur la sorcière.

Ils – Charles, Anna et Walter – se levèrent tous les trois. Ils étaient trop loin pour influencer l'issue du combat mais…

La chose qui ressemblait au loup de la compagne d'Asil surgit de nulle part pour l'intercepter. Et ce fut là que son père passa à l'action. La sorcière, distraite par le combat entre les deux loups, le rata presque.

Presque.

Et Charles était trop loin pour changer ce qui arriva.

Asil sentit sa frustration, mais Sarai ne pouvait passer outre l'ordre qui présidait à sa création : protéger Mariposa. Pas encore. Il ne lui avait pas donné assez. Alors ils combattirent parce qu'elle ne pouvait pas s'arrêter avant qu'il soit mort ou que la sorcière lui en donne l'ordre.

En temps normal, le combat aurait été inégal. Sarai avait beau avoir été une guerrière, Asil lui avait appris tout ce qu'elle savait, et sous cette forme il la surpassait d'une vingtaine de kilos de muscles. Il était plus rapide et plus fort, mais elle se battait pour tuer. Il se battait pour rester en vie sans la blesser.

Si elle le tuait, elle aurait l'éternité pour pleurer, et il ne pouvait pas le supporter. Il sentit l'emprise de la sorcière se relâcher, vit Sarai hésiter quand elle en fut délivrée aussi.

Puis ce moment de liberté s'acheva.

—Asil, assis, dit Mariposa d'une voix rauque, et son pouvoir, tel un fouet, s'enroula autour de lui et le força à obéir, l'enchaînant encore plus qu'auparavant.

—Sarai, arrête.

Elle n'avait pas remarqué que Sarai avait déjà cessé d'attaquer. Parce qu'elle ne la regardait pas ; elle avait les yeux toujours rivés sur Bran.

Asil suivit son regard.

Au début, il crut que Bran était mort. Mais Mariposa se pencha au-dessus de la silhouette immobile et lui donna un coup de pied.

—Debout. Allez, debout.

D'une démarche raide, il se mit sur ses pattes. Le corps était toujours celui de Bran, un loup gris avec une éclaboussure blanche ridicule au bout de la queue. Mais, quand il leva les yeux vers la sorcière, son regard était vide.

Asil avait vu des zombies avec plus de personnalité. Et s'il n'avait pas été un loup-garou, il aurait utilisé le signe que sa mère lui avait appris pour éloigner le mal, ce qui aurait pu être utile. Mais cela ne marcherait pas à moins d'être effectué par quelqu'un qui avait du sang de sorcier… et, si Mariposa ne le savait pas, il ne voulait pas être celui qui le lui apprendrait.

Même le gardien, qui n'était que l'ombre de sa compagne, était plus vivant que ce qui animait le Marrok.

Satisfait que Bran lui obéisse de nouveau, elle regarda Asil.

— Hussan, change-toi en humain.

Ah, Allah, que cela faisait mal! Trop de changements en trop peu d'heures, mais les ordres de la sorcière étaient implacables. Il tituba et sentit le baiser acéré des cristaux de glace dans la neige. Le froid ne lui posait pas de problème d'ordinaire, moins même qu'à la plupart des loups. Mais il le sentait à présent.

— Rhabille-toi, lança-t-elle.

Ses vêtements étaient déchirés et pleins de sang, mais c'était mieux qu'être nu dans le vent hivernal. Ses mains tremblaient, et délacer ses bottes lui fut difficile. Il ne put trouver qu'une seule chaussette, et elle était tellement trempée qu'il ne l'enfila pas; les ampoules étaient le cadet de ses soucis.

Asil avait peur, il était terrifié. Aucun sorcier de sa connaissance, et il en connaissait beaucoup après toutes ces années, n'avait été capable de faire une chose pareille à un loup sans rien de plus que la magie qu'elle avait sous la main. À un humain, oui… à un humain mort. Il comprit qu'il avait commis une erreur. Il avait beau croire qu'elle était l'enfant, certes puissante, qu'elle avait été, elle avait eu deux cents ans pour acquérir des connaissances et du pouvoir.

Prudemment, il sonda les liens de la meute jusqu'à son Alpha et ne sentit… rien. Avait-elle vraiment infligé à Bran ce qu'elle avait infligé à sa Sarai? Deux siècles représentaient beaucoup de temps pour étudier et apprendre. Peut-être qu'elle avait trouvé un moyen de créer un autre gardien pour sa protection, un moyen qui ne prenait que quelques minutes au lieu de quatre jours de torture.

Puis il prit conscience que Bran lui-même le repoussait, que les liens de la meute étaient toujours en place. Le comprendre lui donna de l'espoir ; il regarda de nouveau le Marrok, mais n'y vit qu'une faible forme d'intelligence qui n'avait rien en commun avec l'homme que Bran avait été… *était*.

Juste pour en être certain, Asil examina de nouveau les liens de la meute, mais *quelqu'un* les bridait activement. Et Bran était la seule personne de sa connaissance à en être capable.

Mais ils n'étaient pas entièrement coupés.

Quelque chose sortit doucement de Bran, le toucha avec des doigts sombres et noirs, et suinta lentement dans son âme. Sarai gémit doucement quand elle comprit ce que cela voulait dire avant même qu'Asil s'en aperçoive, mais elle avait toujours été plus douée que lui pour ce genre de choses ; il avait toujours imaginé la colère comme un sentiment chaud et rapide. Ça, c'était pire.

Le berserk.

Il était en Afrique du Nord à cette époque, il n'avait même pas un siècle. Mais même là-bas il avait entendu les histoires. *Le porteur de mort.* Des villages entiers tués, depuis les vieilles femmes jusqu'aux nourrissons d'à peine un jour. Il y avait des chansons et des histoires, la plupart disparues avec le temps.

Une sorcière avait Changé son fils et son petit-fils de force, pour pouvoir jouer avec eux. Pendant des années, elle en avait fait ses animaux de compagnie, pour accomplir ses volontés. Cela fit d'elle la sorcière la plus dangereuse des îles britanniques. Puis son fils se libéra.

Il avait tué sa mère et l'avait dévorée. Puis il avait tué toute créature vivante à des kilomètres à la ronde. Il avait trouvé refuge dans le cœur sombre des grandes forêts galloises… et pendant des années rien ne vécut à un jour de marche de son antre.

Les grands chasseurs de leur génération, humains, loups-garous ou autres, avaient cherché à y gagner l'honneur ou à prouver leur courage ; et ils avaient péri. Certains étaient venus pour venger les chers défunts qu'ils avaient perdus. Ils avaient péri. Même les fous qui ne comprenaient pas, qui étaient assez malchanceux pour s'aventurer trop près du monstre, avaient péri eux aussi.

Puis un jour, c'est ce qu'il avait entendu, Bran était sorti de la forêt sauvage, son fils à son côté. Il n'était plus le berserk, juste un harpiste, un conteur, un loup errant.

Avec le temps, même les histoires les plus horribles deviennent légende, puis disparaissent dans l'oubli. Asil était presque sûr qu'il était le seul, à part Samuel, bien sûr, à en savoir assez pour comprendre ce que la sorcière venait de faire.

Elle pensait avoir le Marrok sous contrôle. Mais Mariposa avait toujours réécrit la réalité pour son plaisir.

— … *him of eagum stod ligge gelicost leoht unfaeger*, cita Asil à voix basse.

— Qu'est-ce que tu as dit ?

Mariposa était pâle et visiblement épuisée, mais son emprise était forte et impossible à briser.

— *Beowulf*, lui dit-il. Grossièrement traduit, ça veut dire, je crois… «en ses yeux luit une lumière horrible, comme venant d'un feu». Je ne suis pas assez poète pour le traduire en vers.

Elle regarda Bran d'un air suspicieux, mais ne vit que des yeux si vides qu'ils étaient plus bruns qu'ambrés. Asil le savait, parce que lui-même continuait à le regarder.

«En ses yeux luit une lumière horrible, comme venant d'un feu.» Le personnage de Grendel avait été inspiré par Bran à l'époque où celui-ci était un berserk, autant que par d'autres histoires transmises à travers les siècles. Mais l'absence d'intelligence dans les yeux de son Alpha et la rage sombre et froide qui s'écoulait doucement de Bran jusqu'à chacun des loups qui lui étaient liés étaient bien plus effrayantes que Grendel ou la mère de Grendel, ces monstres féroces du poème épique,

s'ils avaient jamais existé. Il espéra que cela n'infecterait que la meute proche, mais il avait très peur que cela se répande à tous les loups.

La mort submergerait le monde comme ce n'était pas arrivé depuis la Peste noire, quand un tiers de l'Europe avait péri. Et il n'y aurait plus jamais de paix pour les loups-garous en ce bas monde.

—Tu as peur, lui dit-elle. Et tu fais bien. Pour le moment, je t'autorise à être toi-même… mais, si tu continues à me poser des problèmes, je ferai aussi de toi mon animal, comme je l'ai fait de lui. Les animaux sont moins utiles que Sarai, incapables de réagir à autre chose qu'un ordre direct ; j'avais prévu de faire de toi un gardien, comme Sarai. Tu ferais mieux de veiller à ce que je ne change pas d'avis.

Elle pensait qu'il avait peur d'elle. Et ça avait été le cas, jusqu'à ce que le monstre qu'elle avait créé la surpasse. Elle n'avait pas compris.

Elle fit deux pas vers Asil, puis lui assena une violente gifle. Il ne fit pas un geste pour se défendre. Elle était gênée par sa taille, mais elle le frappa de toutes ses forces, la force de Sarai. Il lécha le sang sur sa lèvre d'un air pensif.

—Ça, c'est pour m'avoir menti sur l'identité du loup-garou. C'est le Marrok, pas un stupide loup inférieur. Tu savais, tu *savais*… et tu m'as laissé croire qu'il était quelqu'un d'autre. Il aurait pu me blesser. Et tu es censé me protéger, tu as oublié ? C'est la raison pour laquelle j'ai été confiée à toi.

Les vieux loups finissaient par perdre de vue la réalité. La première crise avait lieu quand les gens qu'ils avaient connus mouraient, et qu'il ne restait personne qui les avait connus humains. La seconde crise arrivait à différents moments selon le loup, quand les changements du monde ne leur laissaient plus d'endroit qu'ils puissent considérer comme leur foyer.

Et Mariposa n'avait jamais été stable, même avant de tuer Sarai. Cependant, si elle pensait qu'il voulait la *protéger*... elle était réellement folle.

— Mais ta trahison n'a pas vraiment posé un problème, lui dit-elle avec le mouvement de tête d'une petite fille. Je peux aussi veiller sur moi. Celui-ci est à moi. (Elle jeta un coup d'œil à Bran.) Change. Je veux voir ton visage. Je n'ai jamais pu trouver une photo de toi, Bran Cornick.

Asil se surprit à retenir sa respiration tandis que son Alpha obéissait. Est-ce que la douleur du changement serait la goutte qui permettrait au monstre de se libérer de ses chaînes ?

Tous – Asil, sa compagne fantôme, et la sorcière – attendirent dans le froid que le changement s'opère. Leur respiration se transformait en vapeur, et cela lui rappelait pour une raison idiote l'époque, des années auparavant, où Bran avait emmené la meute du Marrok, tous les loups qui lui appartenaient, dans un bus de location pour séjourner dans un grand hôtel du parc de Yellowstone au cœur de l'hiver. Il avait loué toutes les chambres pour qu'ils puissent courir et hurler toute la nuit dans le bassin du geyser couvert de neige, sans personne pour les voir hormis quelques bisons et quelques élans.

« *Tu ne peux pas te cacher dans ta serre tout le temps*, avait-il dit à Asil, quand celui-ci avait poliment demandé à ne pas y aller. *Tu dois te faire de nouveaux souvenirs de temps en temps.* »

Asil ferma les yeux et pria pour la première fois depuis qu'on lui avait arraché Sarai ; alors qu'il avait autrefois été un homme vraiment pieux. Il pria Allah de ne pas laisser Bran devenir un monstre tel qu'il détruirait le foyer, le havre de paix qu'il avait patiemment créé pour ses loups.

Quand Asil ouvrit enfin les yeux, Bran se tenait nu dans la neige. Il ne frissonnait pas, alors qu'il faisait à peine quelques degrés au-dessus de zéro. Sa peau était pâle et mince, elle dévoilait les veines bleues qui ramenaient le sang à son cœur. Il avait quelques cicatrices : une qui courait le long de ses côtes, et une juste en dessous de son bras droit.

—Assez joli corps, dit Mariposa. Mais vous êtes tous bien faits, vous les loups. Un peu trop délicat à mon goût. (Elle plissa les lèvres et secoua la tête.) J'attendais quelque chose… d'un peu plus impressionnant. Un Marrok devrait être… (Elle regarda Asil.) … plus comme Hussan. Un homme que les autres remarquent et regardent. Un homme qui fait marcher les autres avec circonspection. Pas un homme qui a besoin que son fils impressionne ses visiteurs et tue pour lui. Tu vois, j'ai fait mes devoirs. Quand j'ai entendu ça, j'ai su que tu étais trop faible pour tenir toutes ces meutes toi-même.

Elle essayait d'éperonner Bran, songea Asil incrédule. Tester son emprise pour être sûre qu'il n'y ait plus le moindre désir d'indépendance chez son esclave. Hyperventiler n'allait pas aider à résoudre les problèmes, se dit Asil un peu désespéré. Ne pouvait-elle pas voir le monstre derrière l'extérieur immobile ?

La seule chose qui l'empêcha de paniquer fut de savoir que la manière dont elle avait jugé Bran avait plus de chances de l'amuser que de l'enrager. Bien sûr, Bran n'était plus vraiment lui-même.

—Peux-tu te retransformer ? demanda-t-elle à Bran quand il ne répondit pas à sa pique. Je n'ai pas de chaussures pour toi, et je préférerais ne pas avoir à te couper les pieds à cause des engelures.

—Oui.

Bran marmonna le mot, et s'éternisa sur la dernière syllabe comme s'il était ivre.

Elle attendit qu'il commence, mais finit par s'impatienter, et dit :

—Alors, fais-le !

Avant qu'il ait terminé la transformation, elle fit venir Sarai et monta sur son dos, comme si son gardien était un âne. Asil ravala sa colère, colère qui était disproportionnée par rapport à cette petite attaque contre la dignité de Sarai-qui-n'était-pas-Sarai. Il jeta un coup d'œil nerveux à Bran et essaya de tout son cœur de rester calme.

—Quand il aura fini de se transformer, vous nous rattraperez tous les deux.

Sarai le frôla, laissant derrière elle un flot d'affection et d'inquiétude. Dès qu'elle fut hors de vue, il sentit la vague de colère insidieuse monter en puissance, comme si la présence de Sarai avait aidé à calmer Bran, comme si elle était toujours l'Omega qu'elle avait été autrefois… et pourquoi pas ?

Il tomba sur un genou et inclina la tête, espérant contre tout espoir que, quand l'autre loup-garou se relèverait, la sorcière ou sa propre volonté le retiendraient.

Même s'il n'osait pas le faire avec les gestes appropriés, et que cela faisait longtemps qu'il n'avait pas été un bon musulman, il ne put s'empêcher de prier.

—*Allahou Akbar…*

La sorcière tendit les mains et, même d'aussi loin qu'il se trouvait, Charles put sentir la corruption de sa magie ; de la magie dépravée et fétide, mais puissante. Très puissante.

Charles vit son père tomber, puis Bran disparut.

Il se figea. Le souffle coupé par la soudaineté de la chose. La présence calme qui avait été là d'aussi loin qu'il pouvait se souvenir avait été remplacée par un immense vide silencieux. Ses poumons ne voulaient pas bouger, mais tout à coup il put inspirer, et tout ce que Frère Loup voulait c'était hurler jusqu'aux cieux.

Charles combattit pour tenir Frère Loup tranquille, mais il ressentait un étrange flux de rage sauvage qu'il n'avait jamais éprouvé auparavant, plus profond et plus sinistre que l'habituel besoin violent ; et il comprit, ou espéra avoir compris.

Bran n'avait pas disparu. Il était Changé.

Son père parlait essentiellement du présent ou du passé proche. Il y a deux ans, vingt ans, mais pas cent ou plus. C'était une chose que Charles avait appris à apprécier lorsqu'il avait lui-même vieilli.

Mais Samuel pouvait parfois se laisser persuader de raconter des histoires à son jeune frère. Et celle de Bran le berserk avait été l'une de ses préférées jusqu'à ce qu'il soit assez vieux pour comprendre qu'il ne s'agissait pas d'une simple histoire. S'il n'en avait jamais entendu parler, il aurait peut-être été tenté de négliger la noirceur qui s'infiltrait en lui, il aurait peut-être pensé que Bran avait vraiment été brisé.

Il se servit de son regain d'espoir pour apaiser Frère Loup, et ensemble ils parcoururent la magie de la meute qui les maintenait sous la protection de l'Alpha. À force de chercher, ils le trouvèrent, Changé, presque entièrement éteint, jusqu'à ce qu'un peu de cette rage empoisonnée en suinte. Bran était toujours vivant.

Mais sous quelle forme ?

CHAPITRE 14

M ême si Charles avait eu envie de dévaler la colline dès le départ de la sorcière, il ouvrit la marche à une vitesse lente et contrôlée pour qu'Anna puisse facilement suivre avec ses raquettes.

Au fur et à mesure qu'ils approchaient, les arbres et les sous-bois obscurcissaient l'endroit où Asil et son père attendaient. Prudemment, Charles ralentit avant de s'arrêter complètement.

Il regarda Anna puis Walter. Elle acquiesça en silence, et s'accroupit. Walter se prépara, comme le vieux soldat qu'il était. S'il n'avait pas été là, Charles n'aurait pas bougé. Il n'aurait pas risqué la vie d'Anna sur une intuition. Mais Walter prendrait soin d'elle si quelque chose tournait mal, Charles était donc libre de prendre un risque.

Quand Charles déboucha sur la clairière, Asil avait fini sa prière, et restait agenouillé à sa place, la tête inclinée ; comme s'il essayait très fort de ne pas offenser le Marrok.

— Doucement, murmura Asil sans lever les yeux. (L'ouïe d'Asil avait toujours été bonne… ou peut-être qu'il avait senti l'odeur de Charles.) Nous sommes liés à elle, ton père et moi. Je dois faire ce que la sorcière a ordonné, comme si elle était mon Alpha. (Il finit par tourner la tête et croisa le regard de Charles avec désespoir.) Ton père, elle l'a asservi encore plus. Elle a compris qui il était et lui a arraché son libre arbitre, comme un marionnettiste attacherait les ficelles de sa marionnette.

» J'espère, expliqua Asil, toujours de cette voix douce, si douce, qu'il sera toujours sain d'esprit quand il sortira de ce Changement. (Il se frotta les mâchoires d'un air fatigué.) Je dois attendre et voir ce qui arrivera, mais pas toi. Tu dois emmener ta compagne et partir d'ici, rassembler la meute d'Aspen Creek, et fuir aux confins du monde. Si elle le tient, tous les loups qui lui doivent allégeance seront à elle.

» Elle est complètement folle – elle n'était pas particulièrement stable auparavant – mais elle s'est liée au loup défunt de Sarai. Les morts et les vivants ne font pas de bons partenaires. (Charles attendit. Asil lui fit un léger sourire.) Je pense qu'elle surestime sa force. Si elle ne le tient pas… (Il regarda Bran). Eh bien, *perdito*, je pense alors qu'il vaudra mieux être très, très loin.

Bran se mit debout en titubant, il se tenait comme un poulain nouveau-né, les pattes écartées pour ne pas tomber. Son regard était vide. Totalement vide.

Sans ce fragment de colère glacée, cadeau de son père, qui se concentrait dans son estomac, Charles l'aurait cru complètement disparu.

Encore un changement, songea Charles, et peut-être encore un autre ensuite ; mais ça lui donnerait une sacrée gueule de bois. Ce n'était pas la première fois qu'il regrettait de ne pas avoir la capacité de son père à parler dans la tête des gens. Il aurait économisé beaucoup d'énergie.

Il changea, en espérant qu'Asil pourrait attendre qu'il soit en mesure de parler. Cela lui prit un peu plus de temps qu'il en avait l'habitude ; et il eut peur d'être bloqué sous sa forme humaine plus longtemps que prévu.

Mais il finit par réussir ; nu comme un ver. Il n'avait pas l'énergie de céder aux exigences de sa pudeur.

—C'est trop tard, elle est déjà en route, dit-il à Asil. Quand un sorcier a une telle emprise sur quelqu'un, il peut voir par ses yeux. (Son frère lui avait raconté cela.) Pour elle, ce sont des golems vivants.

Asil ferma les yeux.

—Tu es perdu.

—Tu désespères trop vite, dit Charles. (Il ne pouvait pas trop en dire sur Anna ou Walter sans risquer que cela soit immédiatement rapporté à la sorcière.) Notre meute a un Omega qu'elle peut appeler. Peut-être que ça suffira.

—Tu sais ce qu'il était? demanda Asil.

—Oui.

Asil regarda le Marrok.

—Tue-le maintenant, si tu le peux. Si tu l'aimes, si tu aimes la meute.

Charles regarda son père, qui avait l'air aussi frêle qu'il était possible pour un loup-garou. Ce n'était pas un loup qui inspirait la peur à ceux qui le regardaient… plutôt un loup qui les trompait.

Il rit durement.

—Si tu crois que je pourrais le tuer, tu es un idiot. C'est le Marrok… il est loin d'être aussi faible qu'il en a l'air. Avec mon père, il ne faut jamais croire ce qu'on voit.

C'était vrai, et Charles avait mal. Même respirer lui faisait mal.

Il devait partir, songea-t-il, tandis que les yeux vides de son père le détaillaient. Il avait déjà prouvé que la sorcière pouvait s'emparer de lui quand elle le désirait. Il ne pouvait être qu'un handicap.

Reste. J'ai besoin de toi.

—Pourquoi? demanda-t-il, mais, même s'il entendait la voix de son père dans sa tête, il ne pouvait voir qu'un fauve engourdi dans les yeux du Marrok.

Parce que tu es le seul que je sais que je ne tuerai pas.

Anna les écoutait parler et croisa fermement les bras sur son ventre. Elle savait que Charles comptait sur elle… sur elle et Walter, pour être l'atout dans sa manche.

Le problème était qu'elle ne ressemblait pas vraiment à un atout. À un deux, peut-être, ou à un joker, mais pas à un atout. Walter avait été soldat, il valait mieux parier sur lui.

—Tu connais cet endroit ? Est-ce que nous pouvons aller quelque part où nous pourrons les voir et rester cachés ? murmura-t-elle à Walter.

Il partit à la perpendiculaire de là où Charles parlait à Asil. Anna le suivit aussi doucement que possible. Il traversait les bois comme Charles, comme s'il en faisait partie.

Il l'amena plus près qu'elle l'aurait cru possible, jusqu'à un vieil arbre dont les branches étaient denses et frôlaient le sol, à peine à dix mètres de là où le Marrok se tenait à quatre pattes et regardait son fils.

Le loup-garou se faufila sous les branches ; Anna le suivit à quatre pattes, et se retrouva dans une caverne sombre et sèche, recouverte d'un épais tapis d'aiguilles de pin séchées, qui s'enfonçaient dans la peau nue qu'elles touchaient, mais formaient un coussin pour ses genoux. Elle rampa et s'allongea sur le ventre afin de voir depuis l'arbre et au-delà.

Ils étaient un petit peu plus haut que Charles, et elle craignait qu'ils soient sous le vent. Elle devait changer ; sous sa forme de loup elle était plus forte, et elle avait des griffes et des crocs à la place des ongles qui étaient ses seules armes. Mais, quand elle essaya, elle sut qu'il était trop tôt et qu'elle n'y arriverait pas. Rien que l'effort fourni pour essayer la laissa fatiguée et tremblante.

Walter s'installa à côté d'elle, et la chaleur de son grand corps lui apprit à quel point elle avait froid. Elle retira un de ses gants et enfonça la main dans la fourrure de Walter pour la réchauffer.

—Il te parle?

Charles leva la main pour faire taire Asil. Il avait besoin de réfléchir. Son père avait un plan, c'était clair. Mais il n'avait pas l'air d'être enclin à le partager… s'il le pouvait.

—Qu'est-ce que la sorcière veut de moi? demanda Charles.

—Je ne sais… (Une drôle d'expression passa sur le visage d'Asil.) Sarai pense qu'elle te tuera, pour briser ton père et retrouver le pouvoir qu'elle a perdu quand tu as détruit la cabane. Je pense qu'elle l'a déjà fait, je veux dire, prendre le contrôle d'une meute. D'après Sarai, elle l'a fait plusieurs fois. (Il fit une pause.) Si je comprends bien, néanmoins, ceux dont elle a pris possession sont morts. Pas qu'un peu. Disparus jusqu'à ce qu'il ne reste rien d'eux.

Il posa les mains sur ses tempes comme s'il avait la migraine.

Ah! songea Charles. Il eut une poussée d'adrénaline. Les liens de l'amour sont très forts. Peut-être que la sorcière allait perdre Sarai au profit d'Asil.

Il mit de côté cette dernière considération et réfléchit à ce qu'Asil avait dit.

—Elle pourrait avoir une surprise si elle essaie de prendre le contrôle de la meute de mon père, dit-il. Anna pense que nous sommes un ramassis de psychotiques.

Asil sourit un peu.

—Elle a raison, tu sais.

Charles tendit la main et remit Asil sur ses pieds, qui chancela un peu comme s'il était ivre.

—Tu as l'air un peu rouillé. Tu es blessé?

Asil épousseta la neige de la jambe de son pantalon déchiré, même s'il était déjà complètement trempé.

—Non. Juste quelques égratignures. Essentiellement du tissu déchiré. (Il regarda attentivement Charles.) Au moins, j'ai des vêtements.

Charles était trop fatigué pour jouer au jeu de la surenchère.

— Donc, la sorcière me tuera, dit-il en regardant son père et en essayant de comprendre ce que le vieux loup voulait faire.

— Peut-être. (Asil épousseta l'autre jambe de son pantalon.) Ou elle lui ordonnera de le faire… ou peut-être à Sarai ou moi. C'est ta douleur, ta mort qui importent. Celui qui te la donne importe peu. Tant qu'elle est là pour en récupérer le bénéfice. Mais je parie qu'elle ordonnera à ton père de le faire. Elle a toujours aimé faire souffrir les gens.

S'il n'avait pas réfléchi à la manière dont la présence d'Asil permettait à Sarai de briser le contrôle de la sorcière, il n'en aurait peut-être pas compris la signification.

Le vieux loup rusé. Charles jeta un regard admiratif à son père.

— Alors c'est ça. Ce que ta mère a fait il y a toutes ces années ? Elle t'a ordonné de tuer Samuel ?

Asil le regarda en fronçant les sourcils mais, avant d'avoir pu dire quoi que ce soit, la louve surgit des arbres, la sorcière sur le dos. Charles sentit la froideur familière s'installer en lui, tandis que Frère Loup se préparait pour le combat. Son père pouvait bien être un maître manipulateur, il n'était pas au mieux de sa forme et il y avait trop de facteurs incontrôlables.

Sarai s'arrêta hors de portée et resta entre la sorcière et Charles, tandis que la sorcière glissait de son dos. Elle semblait la protéger instinctivement ; comme une mère avec ses petits.

La sorcière – elle s'était présentée comme Mary, et Asil l'appelait « Mariposa », « Papillon » – était plus petite que dans son souvenir, ou peut-être qu'elle avait l'air petite à côté de la compagne d'Asil. Il n'y avait pas d'écharpe pour dissimuler ses traits, cette fois-ci. Elle paraissait jeune, comme si la laideur du monde ne l'avait pas encore touchée.

— Charles, dit-elle. Où est ta femme ?

Il attendit, mais l'envie de répondre ne le balaya pas. Il se souvint des liens étranglés de la meute, et un espoir soudain et fervent jaillit : son père avait peut-être résolu un de ses problèmes.

— Elle est par là, dit-il.

Elle sourit, mais ses yeux étaient froids.

— Où exactement ?

Il pencha la tête.

— Pas là où je les ai laissés.

Frère Loup en était sûr, même s'il ignorait comment le loup était au courant.

— Combien y a-t-il de loups dans la meute de ton père ?

— Avec toi et ta créature ?

Elle ouvrit un peu les yeux.

— Eh bien, eh bien, Asil n'a à coup sûr pas perdu de temps en te racontant nos petites affaires. Oui. Certainement. Inclus-nous.

— Trente-deux... peut-être trente-trois.

Il n'y avait pas de mal à lui donner une information qui ne lui servait à rien dans l'immédiat. Il ne savait pas au juste s'il fallait compter Samuel ou pas.

— Dis-moi pourquoi je devrais te laisser la vie sauve, dit-elle. Que peux-tu faire pour moi que ton père ne puisse faire ?

L'attention de Sarai était concentrée sur Asil. Elle, au moins, était convaincue que la sorcière contrôlait Charles. Il n'aurait pas d'autre occasion, ni de meilleure.

Un des bénéfices de l'expérience était que ses poussées d'adrénaline ou d'émotion ne le trahissaient pas.

— Tu devrais me laisser la vie sauve parce que je suis peut-être la seule chose qui te maintient en vie.

— Que veux-tu dire ?

Le sourcil levé, elle pencha la tête presque comme un loup.

Faisait-il confiance aux estimations de son père ? Qui pariait qu'il pourrait briser le contrôle de la sorcière si elle lui ordonnait de tuer Charles.

Il y avait d'autres choses que Charles pouvait tenter. Peut-être qu'il y aurait un moment où il pourrait l'attaquer sans risquer grand-chose. Tout ce dont il aurait besoin, c'était d'être à portée d'elle et loin des autres pendant une demi-seconde.

Mais il pouvait encore se battre maintenant… après un jour passé aux bons soins de la sorcière, ce ne serait peut-être pas le cas.

Charles baissa les yeux comme s'il cédait à son autorité, et murmura lentement les mots qui suivirent ; inconsciemment, elle fit un pas en avant pour l'écouter.

— Mon pè…

Et, au milieu du second mot, il se jeta sur elle de toute la vitesse qui lui restait.

— Sarai !

La sorcière avait crié dans la terreur la plus complète. S'il avait été au sommet de sa forme, cela n'aurait pas suffi. Mais il était ralenti par l'épuisement et par ses blessures. Le loup qu'avait été Sarai le heurta comme un train de marchandises et le jeta loin de la sorcière avant qu'il réussisse à la toucher.

Il avait espéré que la surprise lui permettrait de tuer la sorcière d'un coup, mais il était réaliste. Il avait donc planifié le coup et laissé la force du contact propulser sa roulade loin de Sarai, plutôt que de lui briser les côtes.

À présent que le combat était commencé, ses vieilles blessures ne le gênaient plus que de loin en loin, et plutôt comme un tiraillement ; l'une de ses jambes était plus lente, et ses coups de poing ne seraient pas aussi efficaces que d'habitude.

Il était blessé et sous forme humaine, donc on pouvait pardonner aux nombreuses personnes qui auraient pensé que l'autre loup aurait l'avantage. Car ils auraient eu tort.

Si elle avait vraiment été la compagne d'Asil, il aurait été au cœur d'un dilemme. Mais elle n'était pas la compagne d'Asil. Charles le savait, même si le pauvre Asil était pris dans son lien de couple, troublé par la capacité de cette pauvre imitation à singer une créature vivante. Les esprits de la montagne savaient qu'elle était morte, et ils le lui chantaient tout en lui rendant une partie de sa force.

Elle le saisit sur un côté avec une griffe, mais elle n'était, en définitive, qu'un simulacre d'Omega, alors que Charles avait passé la majeure partie de sa vie à traquer d'autres loups-garous et à les tuer. Même blessé, il était plus rapide qu'elle, et sortait de sa trajectoire comme l'eau contourne un rocher. Trente années de pratique de différents arts martiaux lui avaient donné un avantage que son âge ne pouvait, à lui seul, surmonter.

Il fit durer le combat aussi longtemps qu'il l'osa, mais il était fatigué, et le pire des combats était toujours à venir.

Anna trifouilla les attaches de ses raquettes pour les retirer. La couche de neige sur le terrain entre Charles et eux diminuait et ne faisait pas plus d'une quinzaine de centimètres où qu'elle regarde. Elle serait plus rapide sans les avoir aux pieds. Si seulement elle pouvait trouver un moyen de se rendre utile.

Si elle avait retiré ces satanées raquettes encombrantes plus tôt, elle se serait précipitée quand la femelle avait attaqué Charles. Mais, pendant qu'Anna déchirait et arrachait les nœuds incrustés de neige, il devint vite évident que Charles avait le combat bien en main. Il était détendu et à son aise, alors que la louve blessée faisait des cercles autour de lui à la recherche d'une ouverture. Un peu plus calme, Anna arracha la seconde raquette. Elle ne les porterait plus, plus personne ne les porterait, mais elle pouvait à présent bouger si elle le devait.

Malheureusement, elle n'était pas la seule à avoir vu qui avait l'ascendant dans le combat.

— Asil, dit Mary. Aide-la.

Le Maure regarda la sorcière pendant un moment, puis arracha sa chemise et la laissa tomber à terre. Il marcha lentement au combat, avec l'aisance d'un guerrier qui a compris que la mort arrive et qui l'accueille. Si Anna n'avait pas été aussi inquiète pour Charles, si elle avait été au cinéma, elle se serait assise confortablement, aurait mangé du pop-corn et apprécié la scène. Mais le sang était réel.

Elle se pencha en avant et s'aperçut qu'elle serrait à mort la nuque de Walter. Elle desserra la main et caressa sa fourrure en guise d'excuse.

Un instant, Asil marchait vers le combat, la minute suivante, il courait à pleine vitesse. Il passa à côté de Charles dans un angle oblique et frappa Sarai d'un coup d'épaule sur le côté du cou. Elle se mit à boiter ; il la chargea sur ses épaules et se mit à courir.

— Asil !

Mais la sorcière ne donna pas d'ordre, et Asil sauta d'une hauteur et heurta le flanc escarpé de la montagne sur la pointe des pieds. À la vitesse à laquelle il allait, il aurait tout aussi bien pu être sur des skis.

Anna comprit que le mot « aider » pouvait prendre bien des significations. Depuis son refuge sous l'arbre, elle ne pouvait pas voir Asil, mais elle entendit le bruit de quelque chose qui dévalait la montagne à toute allure, loin de tout ordre supplémentaire qu'on aurait pu lui donner.

La manœuvre tout entière avait pris peut-être vingt secondes. Si Anna avait été distraite, ce n'était pas le cas de Charles. Il courut vers la sorcière, mais elle lui jeta quelque chose qui le fit tomber dans la neige piétinée. Entraîné par la force de l'attaque, son corps continua à bouger vers la sorcière en une étrange culbute.

— Non ! hurla la sorcière d'un air hystérique en s'éloignant rapidement de lui.

Anna dut se rappeler que la sorcière était âgée. Aussi âgée que Charles, même si elle avait l'air de n'avoir que quinze ou seize ans.

— Je *dois* être en sécurité. Sarai ! Sarai !

Anna se prépara à intervenir, mais Charles posa les mains sur le sol et se releva. Ce que la sorcière lui avait fait était douloureux, mais elle ne pouvait pas le constater sur son visage, seulement dans la lenteur de ses mouvements. À coup sûr, s'il avait besoin d'elle, il trouverait bien un moyen de le lui signaler.

Elle jeta un coup d'œil au loup à côté d'elle mais, même s'il était alerte et concentré, il ne semblait pas inquiet. Bien sûr, il n'en savait pas plus sur les sorcières qu'elle… et il ne connaissait Charles que depuis la veille.

Anna n'était pas la seule à avoir remarqué à quelle lenteur Charles se déplaçait. La sorcière se passa les deux mains sur le visage.

— J'ai oublié, haleta-t-elle, riant à demi. (Elle pointa le doigt sur lui et dit quelque chose qui sonnait espagnol aux oreilles d'Anna. Charles tressaillit, puis crispa les mains sur sa poitrine.) J'ai oublié. Je peux me défendre.

Mais Anna ne l'écoutait pas, elle regardait le visage de Charles. Il ne respirait pas. Ce que lui avait fait la sorcière lui serait fatal si on la laissait continuer. Elle n'y connaissait pas grand-chose en sorcellerie et, à n'en pas douter, la plupart de ce qu'elle savait était faux. Mais la sorcière avait déjà lâché Charles une fois, quand elle avait été suffisamment distraite. Peut-être que cela marcherait une fois de plus.

Anna n'attendait plus de signal.

Elle surgit du couvert de l'arbre et atteignit sa pleine vitesse en deux enjambées ; son vieil entraîneur de course aurait été fier d'elle. Elle ignora la douleur lancinante de ses cuisses trop sollicitées et la morsure du froid dans sa poitrine, et se concentra uniquement sur la sorcière, à peine consciente que le loup courait à côté d'elle.

Elle vit la sorcière baisser les mains et se concentrer sur elle. Elle vit son sourire et l'entendit dire :

— Bran, Marrok, Alpha des Alphas, débarrasse-moi de ton fils, Charles.

Puis la sorcière leva un doigt et donna une pichenette en direction d'Anna, qui n'eut pas le temps de se préparer à l'attaque lorsque quelque chose la heurta sur le côté, la faisant rouler à terre hors de portée du sort de la sorcière.

Enfin on y venait, songea Charles. L'ordre de la sorcière résonna à ses oreilles ; qui bourdonnaient déjà à la suite de ce qu'elle lui avait fait. Cela arrivait au pire moment possible, parce qu'il était à moitié aveuglé et titubant, et qu'il ne savait pas combien de temps il faudrait à son père pour briser l'ordre qu'elle lui avait donné.

S'il le brisait.

Mais il ne pouvait pas accabler son père de sa mort, aussi rassembla-t-il son courage et chercha-t-il d'où attaquait le loup grâce à son odorat et à ce sens qui le prévenait quand quelque chose d'hostile l'observait, parce que plus rien d'autre ne marchait correctement chez lui.

Il se tendit, saisit la fourrure aussi fermement que possible, et laissa la force de la charge quasi silencieuse de son père le renverser sur le dos. Puis il utilisa ses pieds pour s'assurer que Bran poursuivait son chemin et le dépassait.

Bien entendu, cela ne se passa pas aussi proprement. Son père était plus rapide que Sarai. Plus rapide, plus fort, et sacrément plus précis avec ses griffes. Néanmoins, l'arme la plus redoutable de son père – son esprit – était grippée par le contrôle de la sorcière ; et Charles fut capable de le repousser sans subir trop de dégâts. La vitesse restante fut suffisante pour lui permettre de se remettre debout d'une roulade et d'attendre la prochaine attaque de son père.

Walter était comme un poids mort sur Anna, et elle le fit rouler sur le côté aussi doucement que possible. Si elle lui fit mal, il n'en montra rien. Son corps était mou et bougea sans résistance, et elle ne put qu'espérer qu'elle ne lui faisait pas encore plus mal. Il l'avait renversée et avait reçu le sort de la sorcière à sa place.

Elle se mit sur ses pieds et avança en chancelant jusqu'à la sorcière. Elle ne pouvait pas se permettre de s'arrêter pour s'assurer que Walter allait bien avant d'avoir fait quelque chose, n'importe quoi, pour empêcher la sorcière de faire encore plus de mal.

—Tu n'as pas envie de me faire de mal, dit la sorcière en écarquillant ses yeux couleur chocolat. Tu veux t'arrêter.

La course d'Anna ralentit jusqu'à ce qu'elle se retrouve immobile, si proche de la sorcière qu'elle pouvait sentir l'odeur de son dentifrice. Pendant un moment, elle ne comprit pas ce qu'elle faisait ni pourquoi.

—Reste ici.

La sorcière ouvrit son manteau et y plongea la main pour en tirer un pistolet.

Être un Omega, se rappela Anna, voulait dire qu'elle ne recevait pas d'ordres ; et aussi simplement que cela, elle put bouger de nouveau. Avec la précision qu'elle avait apprise de son frère qui avait pratiqué la boxe au lycée, et la vitesse et la puissance qu'elle tenait de sa nature de louve-garou, elle donna un coup de poing dans la mâchoire de la sorcière. Elle entendit le craquement quand l'os de la mâchoire céda et que la sorcière tomba face contre terre, inconsciente.

Elle inspira profondément et regarda la bataille qui faisait rage entre Charles et son père. Un instant, ils bougeaient trop vite pour que son œil puisse les suivre, l'instant d'après Charles se tenait immobile, hormis sa respiration haletante, juste hors de portée de son père, le corps à la fois prêt au combat et détendu. Du sang suintait de coupures à l'épaule et à la cuisse. Une seule estafilade, qui courait sur son abdomen depuis le dessous de son bras gauche jusqu'à sa hanche droite, avait l'air plus grave. Le Marrok se tenait sur un des bords du terrain et secouait la tête très lentement, tout en déplaçant son poids d'un pied sur l'autre.

Elle devait tuer la sorcière et libérer le Marrok.

Elle se retourna et regarda le corps affalé. La jeune fille avait l'air trop innocente, trop jeune pour avoir causé tant de mal.

Anna avait déjà tué quelqu'un auparavant, mais cela avait presque été un accident. Tuer de sang-froid était différent.

Walter savait comment tuer. Instinctivement, elle le chercha, mais il n'avait pas bougé… à part ses yeux. Elle était certaine qu'ils étaient fermés quand elle l'avait laissé. Ils étaient ouverts à présent, et un film opaque les obscurcissait.

Anna se retrouva à genoux à côté de lui sans vraiment savoir comment elle était arrivée là. Pas de pouls, pas de respiration. Cet homme avait survécu à une guerre et à plus de trente ans d'un isolement qu'il s'était imposé à lui-même, et il était mort pour elle. Elle serra les mains – l'une gantée, l'autre non – sur sa fourrure.

Puis elle marcha jusqu'à la sorcière inconsciente, attrapa son menton et le sommet de sa tête, et les tordit avec une force surhumaine. C'était facile, exactement comme dans les films. Un craquement, et la sorcière fut aussi morte que Walter.

Elle relâcha la sorcière, se releva et fit un pas un arrière, la respiration bien trop difficile. Tout était si calme dans la forêt, comme si le monde entier avait pris une profonde inspiration et ne l'avait pas relâchée.

Engourdie, elle tourna sur ses pieds gelés pour voir le Marrok debout sur le corps de Charles.

Elle avait agi trop tard.

Tandis que le soleil se couchait lentement et enflammait le ciel derrière les montagnes sombres, Asil tenait Sarai, toujours inconsciente, dans ses bras. Il enfonça le nez dans son cou, pour respirer l'odeur familière qu'il avait cru ne plus jamais sentir. Elle était si belle.

Ils n'étaient pas loin au point de ne plus pouvoir entendre le combat mais, hors de vue de la sorcière, elle aurait plus de mal à le contrôler.

Asil attendit. Il avait fait tout son possible pour les sortir tous les deux de la bataille car ils se seraient retrouvés du mauvais côté s'ils s'étaient battus. C'était le mieux qu'il pouvait faire.

Il tint donc Sarai sur ses genoux et essaya d'oublier que c'était la dernière fois.

Si Mariposa l'emportait, elle le tuerait. Il lui avait de nouveau arraché Sarai, et elle ne pourrait pas le supporter. Si Charles ou Bran réussissait à tuer Mariposa, sa Sarai disparaîtrait pour de bon. Les créatures d'un sorcier ne survivaient pas à leur créateur.

Alors il la tenait, respirait son odeur, et faisait comme si ce moment ne finirait jamais. Il fit comme s'il tenait Sarai… il saisit presque une trace de cannelle.

Tandis que son odeur s'évanouissait et laissait place à l'humidité et au pin, à la neige et à l'hiver mordant, il s'interrogea ; s'il avait été capable de voir l'avenir ce jour d'autrefois, quand on avait amené chez lui une enfant effrayée et couverte de bleus, aurait-il eu le courage de la tuer ? Il posa la tête sur ses genoux, dans un élan de pur désespoir, et serra fort une petite touffe de fourrure ébouriffée.

Il n'avait pas la force de se réjouir que Mariposa soit morte et que le loup en Sarai soit enfin libéré.

Ce qui aurait été une réjouissance prématurée à tous points de vue, car la folie le balaya avec la rage d'un feu de forêt en août. Il était trop fatigué, mais la rage n'en avait rien à faire, et se contenta de le prendre dans sa poigne implacable et exigea qu'il change. Un hurlement sauvage fit écho au bas de la montagne, et Asil hurla en retour.

La Bête s'était réveillée. Asil ouvrit la main et laissa le vent emporter loin de lui ce dernier fragment de Sarai, avant de répondre à l'appel de son maître.

Anna ne pensa pas à courir avant d'être à mi-chemin de Charles et de piquer un sprint.

Il ne pouvait pas être mort. Elle aurait pu tuer cette foutue sorcière deux ou trois minutes plus tôt. Il ne pouvait pas être mort par sa faute… son père ne pouvait pas l'avoir tué par sa faute.

Elle frôla le Marrok, et son pouvoir gronda sur elle tandis qu'elle plongeait et se laissait tomber en glissant dans la neige. Elle fit les cinquante derniers centimètres jusqu'à Charles en rampant. Ses yeux étaient fermés, et il était couvert de sang. Elle tendit la main, mais elle avait peur de le toucher.

Elle était tellement certaine qu'il était mort que, quand ses yeux s'ouvrirent, il lui fallut un moment pour assimiler l'information.

— Ne bouge pas, murmura-t-il, les yeux fixés sur un point derrière elle. Ne respire pas si tu peux t'en empêcher.

Charles regardait le loup qui n'était plus son père avancer lentement, folie et fourberie enlacées en une combinaison maudite.

Bran avait échoué dans ses calculs. Peut-être que si la sorcière n'était pas morte et n'avait pas perdu le contrôle de manière inattendue… Peut-être que si Charles avait juste offert sa gorge à son père dès le début du combat, en étant sûr que son père ne pouvait pas le tuer, même si on l'y forçait… Peut-être que si Samuel avait été là, à sa place…

Ou peut-être que cela devait arriver de toute façon, une fois que la sorcière avait entièrement pris le contrôle de son père ; exactement comme la mère de Bran l'avait fait il y avait tant de siècles.

« Pourquoi » n'importait plus, parce que son père si intelligent, semblable à un caméléon, avait disparu. À sa place se tenait la plus dangereuse créature qui ait jamais posé la patte sur cette montagne.

Charles avait cru que c'en était fini de lui. Sa poitrine le brûlait, et il avait de véritables difficultés à respirer. Un fort coup de croc avait perforé un poumon : cela lui était déjà arrivé assez souvent pour savoir ce que ça faisait. Il était sur le point d'abandonner, quand Anna était apparue soudainement sans faire plus attention à son père que s'il avait été un caniche.

Avec Anna en danger, Charles s'était retrouvé beaucoup plus alerte ; même si son attention était divisée par son besoin frénétique de savoir si elle allait bien.

Elle avait une mine épouvantable. Ses cheveux étaient trempés de sueur et avaient conservé la forme de son bonnet disparu. La morsure du vent avait tellement rougi son visage qu'il n'aurait pas non plus remarqué qu'il était sale, mises à part les traces de larmes qui couraient de ses yeux à sa mâchoire en lignes irrégulières. Il lui murmura un avertissement, mais elle sourit (comme si elle n'avait pas saisi un mot de ce qu'il disait ou du danger que ses paroles sous-entendaient) et, terrifié comme il était, il se retrouva momentanément abasourdi.

— Charles, dit-elle. J'ai cru que tu étais mort, toi aussi. Non. Ne bouge pas… (Et elle posa la main sur son épaule pour être sûre qu'il ne bougerait pas.) Je…

Asil grogna d'un air affamé, et Anna se retourna pour le voir.

Asil n'était pas un loup de petite taille. Il n'était pas aussi gros que Samuel ou Charles, mais il était suffisamment grand. Sa fourrure était d'un brun tellement sombre qu'on aurait pu le prendre pour du noir dans les ombres grandissantes. Ses oreilles étaient dressées, et de la salive coulait de ses mâchoires.

Mais Anna n'était pas stupide, son attention, comme l'essentiel de celle de Charles, était concentrée sur le Marrok. Bran les regardait comme un chat qui attend qu'une souris fasse quelque chose d'intéressant : fuir, par exemple.

Charles entendit la respiration d'Anna et l'odeur de sa peur le força à s'asseoir – ce qui était un geste idiot – mais son père regardait Anna à présent, et ne prêtait pas attention à lui.

Absorbée par le regard fou de Bran, Anna tendit instinctivement la main et saisit celle de Charles.

Et cela arriva.

Inattendu, non proclamé, le lien de couple s'installa sur lui comme un vêtement bien taillé ; et pendant un moment il ne fut plus blessé, ne fut plus fatigué, amer, abattu, gelé, nu ou terrifié. Pendant un moment, la rage de son père, qui le dévorait depuis l'obscurité, n'était plus rien face à la joie de l'instant.

Anna prit une grande inspiration et lui jeta un regard ébahi qui disait clairement : *Tu m'avais dit que nous avions besoin de sexe pour que ça arrive. Tu es censé être l'expert.*

Puis la réalité reprit sa place.

Il lui donna un petit coup qui la fit reculer, si bien qu'il se retrouva à peu près entre elle et les deux loups mâles, qui la regardaient avec une grande intensité.

Elle libéra doucement sa main, et il s'en réjouit – se dit-il – car il avait besoin de ses deux mains pour les défendre. S'il parvenait à se mettre sur ses pieds.

Il pouvait la sentir reculer plus loin derrière lui, ce qu'il apprécia, même s'il s'était à moitié attendu qu'elle s'oppose à lui. Puis deux mains froides se posèrent sur ses épaules ensanglantées, et elle s'appuya sur son dos, un de ses seins appuyé contre son ancienne blessure.

Elle inspira et commença à chanter. Et la chanson qu'elle avait choisie était cette chanson que son père avait choisi de chanter à l'enterrement du docteur Wallace, *Simple Gifts*.

Un sentiment de paix le balaya comme un vent tropical, comme cela n'avait plus été le cas depuis les premières heures de leur rencontre. Elle devait être calme, avait dit Asil, ou quelque chose de ce genre. Elle ne pouvait pas les apaiser si elle ne l'était pas elle-même. Alors, elle chantait et attirait la paix de la chanson en elle pour la transmettre ensuite aux loups.

À la troisième phrase, Charles se mit à chanter avec elle, d'un ton qui complétait parfaitement le riche alto d'Anna. Ils la chantèrent en entier deux fois de suite et, quand ils eurent fini, Asil lâcha un soupir et se coucha dans la neige, comme s'il était trop fatigué pour bouger.

Charles laissait Anna choisir les chansons. La suivante fut une chanson irlandaise, *The Black Velvet Band*. Charles en fut presque amusé malgré sa lassitude quand elle prit un léger accent irlandais pendant qu'elle chantait. Il était presque sûr, d'après la prononciation, qu'elle avait appris cette chanson en écoutant les Irish Rovers. Au milieu de *The Wreck of the Edmund Fitzgerald*, son père marcha d'un air fatigué jusqu'à elle et posa la tête dans son giron avec un soupir.

La prochaine fois qu'il verrait Samuel, il devrait dire à son frère que sa chère Anna avait vaincu le Marrok dans son pire état avec quelques chansons, au lieu des années qu'il lui avait fallu.

Anna continua à chanter pendant que Charles se remettait lourdement debout ; une expérience déplaisante, mais les griffes et les crocs de son père n'étaient pas en argent, et même les plus importantes de ses nouvelles blessures commençaient à guérir. Il faisait sombre mais la lune brillait, pas encore pleine, mais éclatante.

Il enjamba Asil, qui dormait si profondément qu'il ne remua même pas, et marcha vers les corps. La nuque de la sorcière était brisée, mais il se sentirait mieux quand ils auraient réduit son corps en cendres et les auraient dispersées. Walter était mort, lui aussi.

Anna termina sa chanson et dit :

—C'est à cause de moi. (Il la regarda.) La sorcière m'a jeté un sort, et Walter s'est interposé.

Anna était pâle, et un bleu se formait le long de sa joue. Malgré la nourriture qu'elle avait ingurgitée, il songea qu'elle avait perdu du poids au cours des derniers jours. Ses ongles étaient rongés, et sa main droite, qui caressait doucement le museau de son père, était entaillée au niveau des jointures, comme si elle avait frappé quelqu'un ; sans doute Mariposa.

Elle frissonnait un peu, mais il ne pouvait pas déterminer si c'était dû au froid, au choc, ou aux deux. Alors même qu'il y pensait, Bran s'enroula autour d'elle pour partager sa chaleur.

Walter avait raison : Charles n'avait pas bien pris soin d'elle.

— Alors Walter est mort comme il a vécu, dit-il à sa compagne. En héros, en soldat, et en survivant, qui a choisi de protéger ce qui était précieux à ses yeux. Je ne pense pas que, si tu pouvais le lui demander, il aurait le moindre regret.

CHAPITRE 15

Au final, c'est le froid qui eut raison d'Anna. Elle ne pouvait pas rester plus longtemps à regarder les corps : l'homme qui était mort pour elle et la femme qu'elle avait tuée. Mais c'est le froid, qui aspirait la chaleur de son corps, qui lui donna l'impulsion de bouger.

Avec lassitude, elle se mit debout, ce qui dérangea les loups entassés autour d'elle dans l'effort futile de la tenir au chaud. Elle regarda Charles d'un air d'excuse.

— Je sais que les voitures ne sont qu'à quelques heures d'ici… peux-tu me montrer comment les atteindre ? (Elle regarda les cadavres puis de nouveau Charles.) Je ne peux plus rester ici.

Avec un grognement, Charles se leva. Bran l'aida un peu à garder l'équilibre alors qu'il chancelait. Asil se leva avec les autres. Seul Bran avait l'air prêt à voyager.

— Je suis désolée, dit-elle, mais je ne peux pas manger assez pour avoir chaud. Et je n'arriverai pas à me changer en loup.

Dès que la nuit était tombée, la température avait commencé à chuter, et il faisait de plus en plus froid.

Charles lui donna un petit coup de tête et démarra en boitant sévèrement. Bran resta à côté d'elle, comme Walter l'avait fait. Elle serra les doigts sur la fourrure de sa nuque, oubliant, dans son besoin de réconfort tactile, qu'il était le Marrok.

Dans l'obscurité, la forêt aurait dû avoir l'air étrange, mais soit elle s'y était habituée, soit les esprits des bois de Charles finissaient par se rendre utiles. La fatigue l'empêchait d'avancer, et sa mâchoire claquait sans répit. Elle fit un pas maladroit, son pied passa au travers de la croûte de neige, et elle se retrouva dans la neige jusqu'à la taille, trop fatiguée pour se tirer de là.

La meute s'agita derrière elle, puis Asil poussa une barre chocolatée sous sa main. Sans enthousiasme, elle déchira l'emballage avec les dents et commença à mâcher. Cela avait le goût du carton, et elle voulait poser son visage dans la neige et dormir. Mais Asil lui hurla après et continua sans scrupule quand Bran répondit au hurlement. Charles ne faisait pas le moindre bruit, et se contentait de regarder Asil de ses yeux jaunes. C'était la menace de violence qui, plus que tout autre chose, la força à manger encore et encore jusqu'à ce que cette chose collante ait disparu.

Elle lutta pour sortir de la neige et essaya de rester loin des endroits où le manteau blanc s'étendait en plaques lisses. Ce qui ne l'empêcha pas de tomber de nouveau dans des crevasses. Les loups eurent du mal, eux aussi, mais pas autant qu'elle.

Quand elle aperçut les véhicules, elle crut être victime d'hallucination.

Le pick-up était garé derrière le Hummer, elle monta donc dedans. Elle lutta avec la portière jusqu'à ce qu'elle réussisse à l'ouvrir. Il n'y avait pas vraiment la place pour elle et trois loups-garous, mais ils réussirent à s'y caser. Elle ferma la portière, tourna la clé, et attendit avec une patience engourdie que la chaleur commence à se répandre dans la cabine.

Ce n'est qu'alors qu'elle comprit que le loup assis sur le siège à côté d'elle était Bran. Charles prit la place du mort, et Asil s'installa sur le sol devant le siège passager et ferma les yeux. Bran s'enroula contre elle et posa le museau sur sa cuisse. Il frissonnait de temps à autre et elle ne pensa pas que c'était le froid qui lui posait un problème.

Quand l'aération du pick-up commença à souffler de l'air chaud, elle retira ses gants et tendit les doigts devant la ventilation jusqu'à ce qu'elle puisse les sentir ; alors elle défit ses bottes et les retira en même temps que ses chaussettes mouillées. Il y avait des petites flaques d'eau sous ses pieds, mais la neige fondue avait chauffé, alors cela ne lui posa pas trop de souci. Elle fourra toutes ses affaires derrière le siège.

Faire faire marche arrière au pick-up jusqu'au bas de l'étroite route fut abominable. La route montait et descendait, donc la moitié du temps elle ne pouvait pas la voir par la lunette arrière et devait se fier aux rétroviseurs. Quand elle arriva au bas de la route, ses mains tremblaient de stress, et la sueur coulait le long de son dos ; mais le pick-up était toujours en un seul morceau.

La cabine sentait la fourrure chaude et humide ; l'horloge sur le tableau de bord indiquait qu'il était 3 heures du matin, et ses orteils lui faisaient mal et fourmillaient alors qu'ils se réchauffaient.

Elle roulait depuis une demi-heure quand un gros 4 x 4 gris qui arrivait en face lui fit des appels de phares et s'arrêta. Même s'ils étaient sur l'autoroute, elle s'arrêta à côté et baissa sa vitre. Elle n'avait pas vu d'autre voiture de toute la nuit, alors elle décida de ne pas s'inquiéter du trafic.

Les vitres de l'autre véhicule étaient teintées, si bien que la seule personne qu'elle put voir fut Tag sur le siège conducteur. Il fronça les sourcils en la voyant.

—Bran m'a dit de rassembler quelques membres de la meute pour faire du nettoyage. Tout le monde va bien ?

Il lui fallut un moment pour comprendre comment Bran l'avait prévenu. Elle jeta un coup d'œil à ses compagnons de voyage, aucun d'entre eux ne lui paraissait aller bien.

—Qu'est-ce que Bran t'a dit ?

Elle était fatiguée et avait du mal à articuler.

Le froncement de sourcils de Tag s'accentua, mais il lui répondit.

—Qu'il y avait deux cadavres là-haut, une sorcière et un loup. Nous devons tout rassembler et faire un ménage général.

Anna acquiesça.

—Le Hummer est en haut de la route. Nous avons laissé les clés à l'intérieur. Je suppose qu'Asil a un véhicule quelque part, mais je ne sais pas où il est.

L'expression de Tag se figea un moment comme s'il écoutait quelque chose qu'elle ne pouvait pas entendre. Il lui fit un petit sourire et se tapota la tempe une ou deux fois.

—Bran sait où c'est. Nous les ramènerons. Est-ce que tu vas réussir à faire le trajet du retour ?

C'était une bonne question, et elle n'était pas certaine que ce ne soit pas un mensonge quand elle répondit :

—Oui.

—Parfait. (Le bruit du moteur changea pendant qu'il enclenchait la vitesse, mais il ne s'éloigna pas et ne remonta pas sa vitre. Au lieu de cela, il dit d'une voix hésitante :) Quelque chose s'est passé… J'ai senti…

—Une sorcière, répondit-elle fermement… et plutôt honnêtement.

Si Bran voulait que quelqu'un d'autre soit au courant de ce que la sorcière d'Asil lui avait fait, il pouvait le leur dire lui-même. Elle remonta sa vitre et reprit sa route.

Elle avait eu peur de ne pas pouvoir retrouver la maison de Charles, mais elle s'en sortit parfaitement. Elle avait l'air douillette et sûre, et était recouverte d'une nouvelle couche de neige.

Elle les fit tous entrer dans la maison et tituba jusqu'à la salle de bains, puis jusqu'à la chambre. Elle retira ses vêtements sales et mouillés, puis se glissa sous les couvertures en sous-vêtements. Elle s'endormit pendant que les trois loups essayaient de voir comment ils allaient tenir sur le lit avec elle.

—Est-ce qu'elle va bien? demanda son père.

Charles ferma les yeux et *écouta*. Tout ce qu'il pouvait dire, c'est que le lien entre lui et sa compagne était fort et solide. Il ne pouvait pas expliquer ce qu'il signifiait, quels dons il apporterait. Mais ses oreilles lui apprirent qu'elle chantait.

—Elle s'en sortira.

Asil leva sa tasse de thé pour porter un toast. Comme Bran, Asil était douché de frais et portait un de ses survêtements de rechange.

Une voiture roula dans l'allée et se gara devant la maison.

—C'est ma voiture, dit Asil, sans prendre la peine de se lever.

Sage ouvrit la porte sans frapper et jeta un coup d'œil prudent par l'ouverture. Quand elle vit Bran, elle tapa des pieds pour faire tomber la neige et entra.

—Il faudrait que quelqu'un déblaie, dit-elle à Charles. 'Sil, j'ai ramené ta voiture, et tu pourras la récupérer si tu me déposes chez moi.

—Le ménage est fini? demanda Bran doucement.

Sage acquiesça.

—Tag dit que oui. Il a pris le pick-up de Charles pour aller au crématorium et s'occuper des corps. Il m'a dit de te dire que les cendres du loup seraient répandues à l'endroit habituel, et qu'il avait pris deux kilos de sel pour les mélanger aux cendres de la sorcière. Il t'apportera les restes chez toi pour que tu t'en occupes.

—Très bien, dit Bran. Merci.

Pendant que Sage parlait, Asil avait rassemblé les plats et les avait emportés dans la cuisine.

—Je vais y aller avec Sage. (Il prit une profonde inspiration, puis s'inclina d'un air formel devant Bran.) À propos de ce que je ne t'ai pas dit... j'attends ta visite dans les prochains jours.

Sage inspira difficilement, mais Bran laissa échapper un soupir.

—Tu es un peu vieux pour avoir droit à une fessée. Je n'ai rien à te dire que tu ne saches déjà... (Il leva un sourcil.) ... à moins que tu aies une autre sorcière, ou pire, à tes trousses qui pourrait mettre la meute en danger ? Non ? Alors rentre chez toi et repose-toi, mon vieil ami. (Il prit une gorgée de thé et ajouta :) J'espère que ça veut dire que tu arrêteras de me demander de te tuer. Ça me donne des aigreurs d'estomac.

Asil sourit.

—J'espère que je continuerai à te donner des aigreurs d'estomac ; mais probablement pas pour cette raison-là. En tout cas, pas pour le moment. (Il se retourna vers Charles et s'inclina formellement devant lui aussi.) Merci pour ton aide.

Charles tourna la tête vers la salle de bains où la douche continuait à couler.

—C'est Anna qui a tué la sorcière.

Le sourire d'Asil devint rusé.

—Je vais devoir la remercier comme il se doit, alors.

Charles le regarda froidement droit dans les yeux.

—Essaie seulement.

Asil rejeta la tête en arrière et se mit à rire. Il prit Sage par l'épaule et l'emmena dehors, en marchant dans la neige sans sourciller.

Après le départ de la voiture, Bran dit :

— Tu auras encore des problèmes avec celui-là ; mais ce ne sera plus volontairement. Je pense que je vais rentrer à la maison, moi aussi. Leah va s'inquiéter.

Charles haussa les épaules à propos d'Asil : il avait d'autres préoccupations en tête.

— Est-ce que tu es sûr ? Tu es le bienvenu si tu veux rester un peu plus.

Il n'oublierait jamais cet Autre, le berserk qui affleurait sous la façade détendue qu'affichait son père.

Ce dernier sourit, mais cela ne fit que souligner l'expression vide de ses yeux.

— Je vais bien. Prends soin de ta compagne, et tiens-moi au courant si tu veux officialiser les choses. J'aimerais qu'elle soit liée de manière formelle à la meute dès que possible. La pleine lune a lieu cette semaine.

— Cette lune-là me convient. (Charles croisa les bras sur sa poitrine et inclina la tête.) Tu dois être fatigué si tu crois que tu peux me mentir comme ça.

Bran, qui était déjà à mi-chemin de la porte, se retourna. Cette fois-ci, le sourire brillait dans ses yeux.

— Tu t'inquiètes trop. Que dis-tu de « je *vais aller* bien ». C'est mieux ?

C'était la vérité.

— Si tu as des soucis, dis-le-moi, et j'amènerai Anna immédiatement.

Bran acquiesça une fois et partit, laissant Charles s'inquiéter. Ce n'est que quand Anna, réchauffée et trempée par sa douche, entra dans la pièce en sifflant un air familier que son inquiétude pour Bran s'estompa.

— *Crep, strep, venefica est mortua*, lui dit-elle.

— Qu'est-ce qui est mort ? lui demanda-t-il.

Puis il réfléchit à la mélodie et sourit.

— « Ding, dong, la sorcière est morte », expliqua-t-elle en s'asseyant à côté de lui. Et un homme bien est mort, lui aussi. Devons-nous nous réjouir ou porter le deuil ?

— C'est toujours la question, lui dit-il.

Elle étira les doigts sur la table.

— C'était un homme bien, tu sais ? Il méritait une fin heureuse.

Il posa la main sur la sienne, à la recherche des mots adéquats, mais ils ne venaient pas.

Au bout d'un moment, elle appuya le front contre son épaule.

— Tu aurais pu mourir.

— Oui.

— Moi aussi.

— Oui.

— Je pense que je vais accepter la fin heureuse qu'il nous a donnée et faire en sorte que ça marche. (Elle le prit dans ses bras avec passion.) Je t'aime.

Il se retourna et l'attira sur ses genoux. Ses bras tremblaient, et il faisait très attention à ne pas la tenir trop fort pour ne pas la blesser.

— Je t'aime aussi.

Au bout d'un long moment, elle leva les yeux.

— Tu as faim, toi aussi ?

Lorsqu'il quitta la maison de son fils, Bran sentit le monstre s'agiter. Il avait cru qu'il avait fini par l'emprisonner ; c'était déplaisant de découvrir que la cage qu'il avait fabriquée était défectueuse. Bien plus que déplaisant.

La dernière fois qu'il s'était senti ainsi, c'était quand Femme Geai Bleu était morte. Il avait failli ne pas pouvoir retenir la Bête… et cela l'avait effrayé. Il ne pouvait plus se permettre d'aimer comme ça.

Il faisait encore sombre quand il entra dans le garage. Ils avaient dormi toute une journée chez Charles, et l'aube ne se lèverait pas avant quelques heures. Il entra silencieusement dans la maison et monta l'escalier.

Leah n'était pas dans sa chambre.

Il savait, avant même d'arriver devant la porte, qu'elle dormait dans son lit. Silencieusement, il entra et ferma la porte derrière lui.

Recroquevillée du côté où dormait Bran, elle serrait un oreiller dans ses bras. Il fut envahi par l'affection ; endormie, elle avait l'air douce et vulnérable.

Il repoussa ce sentiment car c'était trop dangereux. Il savait que ses fils n'avaient jamais compris son mariage, son choix de compagne. Il lui avait fallu quelques années après la mort de Femme Geai Bleu pour trouver Leah, une femme si égoïste et stupide qu'il était certain qu'il ne pourrait jamais l'aimer réellement. Mais l'amour n'était pas nécessaire pour créer un lien de couple – l'acceptation, la confiance étaient nécessaires – et l'amour était un luxe qu'il ne pouvait pas se permettre.

Avec Femme Geai Bleu, il avait découvert que le lien de couple était le moyen de répondre à la Bête : il étendait ses capacités de contrôle. Il avait besoin de ce lien pour retenir le monstre qu'il était à la limite de devenir. Mais il ne pouvait pas se permettre de perdre une autre personne qu'il aimait de la manière dont il avait aimé Femme Geai Bleu. Il avait donc trouvé un compromis acceptable avec Leah.

Il retira ses vêtements, et à présent il faisait du bruit. Leah se réveilla quand le sweat-shirt tomba par terre.

Elle s'assit et passa la main sur son visage pour faire disparaître la fatigue, mais quand son pantalon rejoignit le sweat, elle fit la moue et dit :

— Si tu crois que…

Il l'interrompit d'un baiser, et nourrit la Bête de sa peau, de son odeur et des bruits qu'elle laissait échapper pendant qu'il lui donnait du plaisir. Elle cessa de résister après le premier baiser. Quand il en eut fini avec elle, elle se lova contre lui. Le contrecoup la faisait trembler un peu.

Et la Bête s'endormit.

La meute courait dans la forêt rendue silencieuse par le froid, comme la Horde Sauvage des vieilles histoires, et s'avérait fatale pour n'importe quelle créature assez infortunée pour croiser son chemin.

Anna était tout aussi contente qu'ils ne croisent rien. Elle n'avait rien contre une bonne chasse, du moins la louve en elle n'avait rien contre, mais elle pouvait encore sentir le goût de la chair et du sang de Bran qu'on lui avait donnés pour cimenter sa place dans la meute. Le goût en était doux et riche – et cela ennuyait beaucoup plus Anna que sa louve – et elle préférait d'abord comprendre comment elle se sentait par rapport à cela avant de le remplacer par la chair et le sang d'autre chose.

Charles était resté loin derrière, et elle resta avec lui et le suivit quand il se sépara de la meute. Devant les autres loups, il s'était comporté d'un air digne et solennel. Quand ils furent seuls, il prit brusquement un chemin de traverse, et la jeta à terre avant qu'elle s'y soit préparée : le jeu commença. Elle et Charles jouèrent jusqu'à ce qu'elle remarque qu'il appuyait sur sa mauvaise jambe, et ils se reposèrent.

Ils s'étaient mariés cet après-midi-là dans la petite église de la ville. Sage l'avait embarquée la veille pour un voyage d'urgence jusqu'à Missoula, elle avait donc même eu une robe digne de ce nom. Asil avait fourni le bouquet et décoré la chapelle avec ses roses.

Elle ne savait pas que Charles avait contacté sa famille avant d'entrer dans la chapelle et de découvrir que son père l'attendait dans la nef pour l'escorter à la place de Bran. Son frère s'était tenu avec les garçons d'honneur, à côté de Samuel.

Elle s'était donc mariée avec des larmes qui lui coulaient sur le visage. Le pasteur avait arrêté la cérémonie et lui avait tendu un mouchoir pour qu'elle s'essuie le nez, ce qui l'avait fait rire.

Son moment préféré, néanmoins, avait été après la cérémonie, quand son père, mince, grand et voûté, avait pointé Charles du doigt et l'avait menacé de mort et de démembrement s'il ne prenait pas soin d'elle. Tous les loups qui avaient entendu – ce qui voulait dire tous les loups de la pièce – avaient regardé avec une admiration amusée Charles qui avait gentiment incliné la tête, comme si le père d'Anna était le Marrok.

Anna s'installa contre Charles pendant qu'ils se reposaient dans les bois. Sa fourrure était douce et épaisse contre la sienne. Il les avait fait courir en rond, elle le voyait, parce qu'ils étaient au-dessus de la maison de Bran et qu'elle pouvait voir les loups à l'intérieur, où son père et son frère étaient toujours réveillés… probablement à parler d'elle. Elle espérait qu'ils se réjouissaient pour elle. D'après les quelques jours écoulés, cette nouvelle vie qui était la sienne ne serait pas facile, mais, songea-t-elle, elle la trouverait à son goût.

Quelque part dans la nature qui les entourait, un loup gris appela sa compagne. Anna sauta sur ses pieds, caressa le museau de Charles d'un air joueur, et s'élança avec lui dans une poursuite effrénée.

EN AVANT-PREMIÈRE

Découvrez un extrait de la suite des aventures
de Charles et Anna

(version non corrigée)

Traduit de l'anglais (États-Unis) par Éléonore Kempler

Chapitre premier

Elle l'observait depuis la cachette qu'elle s'était choisie, comme elle l'avait déjà fait à deux reprises. Les deux premières fois il coupait du bois, mais ce jour-là, après d'importantes chutes de neige propres à cette mi-décembre, il pelletait l'allée. Aujourd'hui, elle le défierait.

Le cœur au bord des lèvres, elle le regarda dégager la neige avec une violence soigneusement contrôlée. Chaque mouvement était le reflet exact du précédent. Chaque passage de la pelle était strictement parallèle aux marques précédentes. Et, dans son acharnement à se contrôler, elle percevait sa rage, tassée et contenue par sa seule volonté comme une bombe tuyau.

Elle se plaqua au sol et respira doucement pour qu'il ne la repère pas, puis elle se demanda comment procéder. Par-derrière, songea-t-elle, le plus vite possible, pour ne pas lui laisser le temps de réagir. Un mouvement rapide, et tout serait fini. Si elle ne perdait pas courage, ce qui lui était arrivé les deux premières fois.

Ce devait être aujourd'hui, elle le sentait : elle n'aurait pas de quatrième chance. Il était prudent et discipliné, et, s'il n'avait pas été aussi en colère, il aurait à coup sûr décelé sa présence, grâce à ses sens aiguisés de loup-garou, dans la neige sous les sapins qui bordaient le jardin devant la maison.

Son plan la faisait trembler d'appréhension. Une embuscade. C'était faible et lâche, mais c'était son seul moyen de le défier. Elle devait le faire : ce n'était plus qu'une question de temps avant qu'il perde le contrôle qui le faisait pelleter la neige à un rythme régulier, malgré le loup qui tempêtait en lui. Et quand il cesserait de se contrôler, des gens mourraient.

C'était dangereux. Il pouvait être si rapide. Si elle foirait, il risquait de la tuer. Elle devait faire confiance à ses propres réflexes de louve-garou, qui en étaient capables. Il le fallait.

Sa résolution lui donna la force. Ce serait pour aujourd'hui.

Charles entendit le 4 x 4, mais ne leva pas les yeux.

Il avait éteint son téléphone portable et s'était efforcé d'ignorer la voix glaciale de son père dans sa tête jusqu'à ce qu'elle disparaisse. Personne ne vivait près de chez lui le long de cette route de montagne encombrée de neige. Son père voulait le mettre au pas, et ce 4 x 4 en était une nouvelle preuve.

— Hé, chef!

C'était un nouveau loup, Robert, que son Alpha avait envoyé auprès de la meute d'Aspen Creek pour remédier à son manque de contrôle. Parfois, le Marrok pouvait aider; parfois, il ne faisait que nettoyer le bazar. Si Robert ne se disciplinait pas, ce serait probablement le travail de Charles de s'en débarrasser. Si Robert n'apprenait pas les *bonnes manières*, Charles s'en débarrasserait sans trop de remords.

Bran avait envoyé Robert comme messager et Charles en conclut que son père était vraiment furieux contre lui.

— Chef!

L'homme ne prit même pas la peine de descendre de voiture. Peu de gens avaient le privilège d'appeler Charles autrement que par son prénom, et ce chiot n'en faisait pas partie.

Charles cessa de pelleter et regarda l'autre loup, lui laissant voir à quoi il avait affaire. L'homme perdit son sourire, pâlit et baissa les yeux, tandis qu'une peur soudaine lui martelait la carotide.

Charles se sentit mesquin. Ça ne lui plaisait pas, il n'aimait pas sa mesquinerie, ni la colère bouillonnante qui l'avait causée. Dans sa tête, Frère Loup sentait la faiblesse de Robert et s'en délectait. Défier le Marrok, son Alpha, l'avait stressé et laissé Frère Loup avide de sang. Celui de Robert ferait l'affaire.

— Je… ah.

Charles ne dit rien. Il laissa l'idiot à son désarroi. Les yeux mi-clos, il regarda l'homme se tortiller un peu plus. L'odeur de sa peur plaisait à Frère Loup mais rendait Charles un peu malade. D'ordinaire, lui et Frère Loup vivaient en meilleure harmonie. Ou alors, le vrai problème était peut-être que Charles voulait tuer quelqu'un, lui aussi.

— Le Marrok veut vous voir.

Charles attendit une minute entière, sachant à quel point ce laps de temps paraîtrait long au petit messager.

— Ah bon ?

— Oui monsieur.

Ce « monsieur » était bien loin du « hé, chef ! ».

— Dis-lui que je viendrai après avoir dégagé mon allée.

Il se remit au travail.

Après quelques raclements de pelle, il entendit le 4 x 4 faire demi-tour sur l'étroite route. Le véhicule dérapa, puis accéléra pour repartir vers la maison du Marrok, aiguillonné par le désir pressant de Robert de s'éloigner. Frère Loup était content de lui ; Charles essaya de ne pas l'être. Charles savait qu'il ne devrait pas titiller son père en défiant ses ordres, et surtout devant un loup comme Robert, qui devait être gouverné. Mais Charles avait besoin de ce répit.

Il devait gagner en contrôle avant d'affronter de nouveau le Marrok. Il devait vraiment se contrôler à la perfection pour exposer ses arguments d'une manière logique et expliquer au Marrok en quoi il faisait fausse route, au lieu de se prendre la tête avec lui comme ils l'avaient fait au cours de leurs quatre dernières entrevues. Il aurait aimé avoir la langue plus agile ; ce n'était pas la première fois qu'il le souhaitait. Son frère réussissait parfois à faire fléchir le Marrok, mais lui jamais. Cette fois-ci, Charles *savait* que son père avait tort.

Et cela le mettait hors de lui.

Il se concentra sur la neige et inspira une longue bouffée d'air froid… quand une lourde charge lui atterrit sur les épaules et le jeta face contre terre. Des dents pointues et une bouche tiède lui effleurèrent la nuque et disparurent aussi vite que le poids qui avait causé sa chute.

Sans bouger, il entrouvrit les yeux, et aperçut le loup noir aux yeux bleu ciel qui lui faisait prudemment face… Sa queue remuait, hésitante, et ses pattes dansaient dans la neige, ses griffes sortaient et se rétractaient d'impatience comme celles d'un chat.

Et ce fut comme si Frère Loup avait eu un déclic, apaisant la colère sauvage qui agitait les entrailles de Charles depuis deux semaines. Le soulagement suffit à lui faire retomber la tête dans la neige. Il n'y avait qu'avec elle que Frère Loup se sentait parfaitement en paix, il n'y aurait jamais qu'avec elle. Quelques semaines ne suffisaient pas à s'habituer à ce miracle. Et il était encore trop stupide pour lui demander son aide.

C'est pour cela qu'elle avait planifié cette embuscade.

Quand il s'en sentirait capable, il lui expliquerait à quel point il était dangereux de l'attaquer à l'improviste. Même si Frère Loup savait exactement qui attaquait : il les avait laissés se faire jeter dans la neige.

Le froid contre son visage lui faisait du bien.

Le givre craqua sous ses pattes et elle émit un bruit inquiet, preuve qu'elle n'avait pas remarqué son regard furtif. Sa truffe était froide quand elle lui frôla l'oreille, et il s'arma de courage pour ne pas réagir. En faisant le mort, le visage enseveli dans la neige, son sourire pouvait s'élargir sans contrainte.

La truffe froide s'écarta, et il attendit, le corps inerte, qu'elle revienne à sa portée. Elle le poussa de ses pattes et il se laissa secouer. Mais, quand elle lui mordilla le postérieur, il ne put s'empêcher de sursauter et de laisser échapper un cri aigu.

Il était désormais inutile de faire semblant d'être mort. Il se retourna et s'accroupit.

Elle bondit hors de portée et fit volte-face pour le regarder. Il savait qu'elle ne pouvait rien lire sur son visage. Il le *savait*. Il s'était trop entraîné à contrôler ses expressions.

Mais elle vit quelque chose qui lui fit incliner la partie antérieure de son corps pour se ramasser, et relâcher sa mâchoire inférieure en un sourire de loup : une invitation universelle à jouer. Il roula vers elle, et elle s'enfuit avec un jappement d'excitation.

Ils luttèrent dans le jardin, massacrant son allée consciencieusement entretenue, et transformant la neige immaculée en un champ de bataille où se mêlaient empreintes de corps et de pattes. Il resta humain, malgré son désavantage, parce que Frère Loup surpassait Anna de trente ou quarante kilos et que sa forme humaine faisait presque le même poids qu'elle. Elle n'utilisa ni ses griffes ni ses crocs contre sa peau vulnérable.

Il rit de ses grognements simulés quand elle le mit à terre et qu'elle chercha son ventre, puis il rit encore quand elle fourra sa truffe gelée sous son manteau et sa chemise, et chatouilla les points sensibles de ses flancs plus efficacement qu'avec des doigts.

Il prenait garde de ne jamais l'immobiliser, de ne jamais la blesser, même par accident. Qu'elle ait pris ce risque prouvait sa confiance totale en lui et lui réchauffait le cœur. Mais il n'autorisait jamais Frère Loup à oublier qu'elle les connaissait mal, qu'elle avait plus de raisons de les craindre que les autres, lui et ce qu'il était : un mâle, un dominant, et un loup.

Il entendit la voiture arriver. Il aurait pu arrêter leurs ébats, mais Frère Loup n'avait pas encore envie d'affronter une vraie bataille. Il lui attrapa la patte arrière et la tira, tout en roulant hors de portée des crocs brillants.

Il ignora l'odeur puissante de la colère paternelle ; une odeur qui disparut brusquement.

Anna n'avait pas conscience de la présence de son père. Bran avait la capacité de disparaître dans les ombres comme s'il était un homme normal et non le Marrok. L'attention *d'Anna* était toute dévouée à Charles, et Frère Loup se rengorgea à l'idée de passer avant le Marrok lui-même. Cela inquiéta l'homme car elle n'était pas entraînée à utiliser ses sens de louve : un jour, elle risquait de ne pas remarquer un danger qui lui serait fatal. Frère Loup était sûr qu'ils pouvaient la protéger et ne se préoccupa pas des inquiétudes de Charles, le ramenant au plaisir de leur jeu.

Il entendit son père soupirer et se dévêtir, tandis qu'Anna s'enfuyait et que Charles la pourchassait autour de la maison. Les arbres de derrière lui servaient d'écran pour le tenir à distance quand il s'approchait trop près. Ses quatre pattes griffues lui donnaient plus de prise que les bottes qu'il portait, et elle circulait plus vite entre les arbres.

Il finit par la déloger de sous les arbres, et elle s'élança autour de la maison, Charles à ses trousses. Elle passa le coin qui menait au jardin de devant et se figea à la vue de Bran, qui les attendait sous sa forme de loup.

Charles réussit avec peine à ne pas lui rentrer dedans comme un train, mais il lui faucha les pattes tandis qu'il terminait sa course en glissade.

Avant qu'il ait pu vérifier l'état d'Anna, un missile argenté l'atteignit et le combat changea brusquement. Charles avait contrôlé l'action dans ses échanges avec Anna, mais avec son père, il dut déployer tous ses muscles, sa vitesse et son cerveau pour empêcher les deux loups, le noir et l'argent, de lui faire manger la neige.

Il finit allongé sur le dos, Anna sur ses jambes, tandis que les crocs de son père touchaient sa gorge en une menace simulée.

— Très bien, dit-il tout en détendant son corps en signe de capitulation. Très bien, j'abandonne.

Les mots étaient plus qu'une simple reddition. Il avait essayé. Mais la parole de l'Alpha faisait toujours loi. Il se soumit donc à la dominance de son père avec autant de docilité que les autres chiots de la meute.

Le Marrok releva la tête et s'éloigna. Il éternua et s'ébroua pour ôter la neige tandis que Charles s'asseyait et faisait glisser ses jambes de sous Anna.

— Merci, lui dit-il, et elle lui adressa un sourire joyeux.

Il ramassa les vêtements sur le capot de la voiture de son père et ouvrit la porte de la maison. Anna bondit dans le salon et trottina dans l'entrée jusqu'à la chambre. Il jeta les vêtements de son père dans la salle de bains et, quand celui-ci fut entré à son tour, ferma la porte derrière sa queue à pointe blanche.

Quand son père ressortit, le visage rougi par l'effort du changement, les yeux de nouveau noisette et humains, Charles avait préparé du chocolat chaud et de la soupe.

Lui et son père ne se ressemblaient pas beaucoup. Charles avait pris les traits de sa mère Salish et Bran était gallois jusqu'au bout des ongles. Il avait les cheveux blond-roux et des traits proéminents qui d'ordinaire arboraient une expression faussement sérieuse, qu'il n'affichait pas pour le moment. Malgré le jeu, Bran n'avait pas l'air heureux.

Charles ne prit pas la peine de parler. Il n'avait d'ailleurs rien à dire. Son grand-père lui avait souvent dit qu'il faisait trop d'efforts pour déplacer les arbres quand un homme plus sage les aurait contournés. Son grand-père avait été homme-médecine et il aimait parler par métaphores. Il avait généralement raison.

Il tendit une tasse de chocolat à son père.

—Ta femme m'a appelé la nuit dernière.

Le ton de Bran était bourru.

—Ah !

Il l'ignorait. Anna avait dû appeler quand il était sorti pour oublier sa frustration.

—Elle m'a dit que je ne t'écoutais pas, lui dit son père. Je lui ai répondu que je t'avais clairement entendu dire que j'étais idiot d'aller à Seattle pour rencontrer la délégation européenne. La plupart de la meute l'a entendu, elle aussi.

La subtilité, c'est tout moi, songea Charles, préférant siroter son chocolat plutôt que d'ouvrir la bouche.

—Et je lui ai demandé si tu avais l'habitude de te disputer avec lui sans raison valable, dit Anna d'un air jovial tandis qu'elle apparaissait derrière son père et frôlait Charles.

Elle portait le pull marron préféré de Charles. Il lui arrivait à mi-cuisses, et enfouissait ses formes dans la laine couleur chocolat. Frère Loup aimait qu'elle porte ses vêtements.

Elle aurait dû avoir l'air d'une clocharde, mais ce n'était pas le cas. La couleur donnait à sa peau la blancheur de la porcelaine et apportait des reflets profonds à ses cheveux châtain clair. Elle mettait aussi en valeur ses taches de rousseurs qu'il adorait.

Elle se percha sur le comptoir et ronronna de bonheur en saisissant le chocolat qu'il lui avait préparé.

—Et ensuite elle a raccroché, dit son père d'un ton renfrogné.

—Hmm, dit Anna.

Charles ne savait pas si elle s'adressait au chocolat chaud ou à son père.

— Et elle a refusé de décrocher le téléphone quand j'ai rappelé.

Son père n'était pas ravi.

C'est pas agréable d'avoir un proche qui ne t'obéit pas au doigt et à l'œil, pas vrai, mon vieux? songea Charles à l'instant où il croisait son regard.

L'éclat de rire de Bran fit comprendre à Charles que son père n'était pas en colère.

— C'est frustrant, risqua Charles.

— Il m'a hurlé après, dit Anna d'un ton calme en se tapotant le front.

Le Marrok pouvait communiquer avec chacun de ses loups d'esprit à esprit, sans pour autant être en mesure de lire leurs pensées, bien que tous soient convaincus du contraire. Il avait juste un véritable don pour déchiffrer les gens.

— Je l'ai ignoré, et il a fini par partir.

— Ce n'est pas drôle de combattre quelqu'un qui ne répond pas, dit Charles.

— Sans personne avec qui se disputer, je savais qu'il devrait réfléchir à mes propos, leur dit Anna d'un air suffisant. Ne serait-ce que pour préparer une remarque cinglante avant notre prochaine conversation.

Elle n'avait pas encore atteint le quart de siècle, ils n'étaient pas accouplés depuis un mois, qu'elle disposait déjà d'eux à sa convenance. Frère Loup était content de la compagne qu'il leur avait trouvée.

Charles posa sa tasse et croisa les bras. Il avait conscience de son air intimidant; c'était voulu. Mais quand Anna s'éloigna de lui, juste un peu, il baissa les bras, coinça les pouces dans son jean et s'obligea à détendre les épaules.

Sa voix fut plus douce que prévu.

— Si tu manipules Bran, il se retournera contre toi, lui dit-il. Je te le déconseille.

Son père s'essuya la bouche et poussa un profond soupir.

— Donc, dit-il. Pourquoi serait-il désastreux que j'aille à Seattle, selon toi ?

Charles s'emporta contre son père, oubliant sa résolution de cesser le combat pour l'empêcher de partir.

— La Bête sera là, et tu me poses la question ?

— Qui ? demanda Anna.

— Jean Chastel, la Bête du Gévaudan, lui répondit Charles. Il aime manger ses proies ; des proies humaines pour la plupart.

— Il ne le fait plus, dit Bran d'un ton nonchalant.

— Allons, coupa Charles, *ne me le dis pas* si *tu* n'y crois pas. Ça sent le mensonge à plein nez. On a obligé la Bête à cesser de tuer ouvertement, mais un tigre ne change pas ses rayures. Il n'a pas arrêté. Tu le sais aussi bien que moi.

Il aurait pu souligner d'autres points : Jean appréciait beaucoup la chair humaine, et plus elle était jeune, meilleur c'était. Anna avait déjà vu ce qui arrivait quand un loup devenait monstrueux. Mais Charles ne voulait pas qu'elle apprenne de sa bouche qu'il existait des bêtes pires que son ancien Alpha et sa compagne. Son père savait ce qu'était Jean Chastel.

Bran lui concéda le point.

— Oui. Il est presque certain qu'il continue. Mais je ne suis pas un humain sans défense, il ne *me* tuera pas. (Il jeta un regard soucieux à Charles.) Tu le sais très bien. Alors pourquoi penses-tu que ce sera dangereux ?

Il avait raison. Si on retirait la Bête du tableau, il était toujours malade à l'idée que son père parte. La Bête n'était que le danger le plus évident, le plus palpable.

— Je ne sais pas, finit-il par admettre. Mais c'est à toi de prendre la décision.

Ses entrailles se serrèrent en songeant à quel point les choses risquaient de mal tourner.

—Tu n'as toujours pas de raison valable.

—Non.

Charles força son corps à accepter sa défaite et garda les yeux au sol.

Par la petite fenêtre, son père observa les montagnes drapées de blanc hivernal.

—Ta mère faisait ça, dit-il. Elle affirmait des choses sans aucune base réelle, et j'étais censé la prendre au mot.

Anna regardait Bran, dans l'expectative.

Il lui sourit, puis leva sa tasse vers les montagnes.

—J'ai appris à mes dépens qu'elle avait souvent raison. « Frustrant » est loin d'être le bon terme.

» Donc, dit-il en reportant son attention sur Charles. Ils sont déjà en chemin, je ne peux plus annuler ; il faut aller au bout. Annoncer au monde réel qu'il y a des loups-garous parmi les humains risque d'affecter les loups européens tout autant que nous, voire même davantage. Ils méritent qu'on les écoute et qu'on leur explique les raisons de notre décision. Cela devrait venir de moi, mais tu feras un bon remplaçant. Cela les offensera un peu, mais tu devras t'en débrouiller.

Le soulagement submergea Charles avec une telle soudaineté qu'il dut s'appuyer au comptoir, pris d'une brusque faiblesse. La sensation d'un désastre imminent et complet qui l'avait consumé jusque-là le laissait enfin en paix. Charles regarda sa compagne.

—Mon grand-père aurait adoré te rencontrer, lui dit-il d'une voix rauque. Il t'aurait appelée « Celle Qui Déplace les Arbres Hors de Son Chemin ».

Elle afficha un air perplexe mais son père éclata de rire. Il avait connu le vieil homme, lui.

—Il m'appelait « Celui Qui Doit Heurter les Arbres », expliqua Charles (dans un souci d'honnêteté, afin que sa compagne sache vraiment qui il était, il poursuivit :) Ou parfois « Aigle Qui Court ».

— « Aigle Qui Court » ? (Anna essayait de comprendre, les sourcils froncés.) Où est le problème ?

— Trop stupide pour voler, murmura son père avec un sourire en coin. Ce vieil homme avait une langue acérée, acérée et intelligente, si bien que tu t'en es souvenu à la bêtise suivante. (Il inclina la tête vers Charles.) Mais tu étais beaucoup plus jeune alors, et je ne suis pas aussi solide qu'un arbre. Est-ce que tu te sentirais mieux si tu...

Anna s'éclaircit la voix.

Son père lui sourit.

— Si toi *et Anna* y alliez à ma place ?

— Oui.

Charles marqua une pause parce qu'il y avait encore autre chose, mais la maison était trop encombrée d'objets modernes pour que les esprits s'adressent à lui clairement. D'ordinaire, c'était une bonne chose. Quand ils devenaient trop exigeants, il s'enfermait dans son bureau, où les ordinateurs et les appareils électroniques les tenaient à distance. Pourtant, il respirait mieux à présent que son père avait renoncé à son voyage.

— Ce n'est pas sans danger, mais c'est mieux ainsi. Quand veux-tu que nous arrivions à Seattle ?

Achevé d'imprimer en avril 2012
Par CPI Brodard & Taupin - La Flèche (France)
N° d'impression : 68458
Dépôt légal : mai 2012
Imprimé en France
81120781-1